NARRATIVA

952

Glenn Cooper

LE CHIAVI DEL COSMO

Romanzo

TRADUZIONE DI
BARBARA RONCA

NORD

Titolo originale
The Cosmos Keys

ISBN 978-88-429-3698-5

IL LIBRAIO.IT
il sito di chi ama leggere

La citazione in esergo è tratta da:
Eschilo, *Prometeo incatenato*, trad. it. di Enzo Mandruzzato,
in Id., *Tutte le tragedie*, Newton Compton, Roma, 2012.

In copertina: illustrazione di Luca Tarlazzi
Art director: Giacomo Callo
Graphic designer: Davide Nasta

LE CHIAVI DEL COSMO

A mio figlio, Shane Cooper,
che ha ideato la trama
e me l'ha servita su un piatto d'argento

Prometeo: *Le Moire triplici, le Erinni memori.*
Corifea: *Dunque Zeus è più debole di loro?*
Prometeo: *Non potrà mai sfuggire al fato: mai.*

ESCHILO, *Prometeo incatenato*

1

Quali pensieri li agitavano?

Ogni volta che David Birch, alto com'era, si chinava per entrare nella città sotterranea di Derinkuyu, quella domanda tornava a ronzargli in testa. Cos'aveva spinto le antiche popolazioni della Cappadocia a scavare in profondità attraverso strati e strati di roccia vulcanica per realizzare un vero e proprio universo sotterraneo? Quante generazioni di operai avevano lavorato in condizioni di aria rarefatta e luce fioca, battendo con martelli di pietra su scalpelli di bronzo? Di chi o di cosa avevano paura? Perché era evidente che solo la paura aveva potuto spingere un'intera società a compiere un'impresa tanto monumentale.

I titoli accademici di David erano perfetti per quell'incarico, a differenza dei suoi attributi fisici. L'alta statura e le spalle larghe, infatti, gli impedivano di muoversi agevolmente negli angusti cunicoli del sito archeologico. In compenso era diventato bravissimo a chinarsi, strisciare e contorcersi per raggiungere gli ambienti situati più in profondità durante quello che ormai chiamava il suo tragitto casa-lavoro. La prima volta che era stato a Derinkuyu, aveva impiegato mezz'ora per scendere. Adesso riusciva a percorrere il gelido labirinto in metà del tempo. In superficie, il gran caldo estivo e il sole battente della Turchia centrale cuocevano e inaridivano la terra, ma nei livelli più profondi dell'antica città c'era fresco come dentro un frigorifero.

Giunto alla sua postazione di lavoro, che consisteva in una semplice scrivania di legno illuminata da una lampadina nuda, indossò un gilet di pile e un paio di guanti per evitare che il sudore, raffreddandosi, gli facesse venire i brividi.

«Buongiorno, Mazhar. Com'è andato il weekend?» esordì.

Il collega, chino su un banco di apparecchiature elettroniche, era un uomo tozzo, con un torace a botte. «Non bene come il tuo, credimi.»

«Ah, sì? Io ho cenato con Peter e Hakan venerdì, sabato e anche domenica, ho letto e scritto un po' e sono andato a letto da solo ogni sera. Non mi è andata male, ma direi nemmeno bene.»

«Be', amico mio, io ho dovuto riparare il water e la doccia a casa di mia suocera. Non ho avuto tempo per altro», rispose Mazhar, guardandolo con i suoi occhi color carbone.

«Non sapevo che fossi anche idraulico», ridacchiò David.

«Per mia moglie e mia suocera, una laurea in Ingegneria equivale a saper montare tubi.»

«Ma tu sei un ingegnere geologico. E, da quel che so, i tubi non sono fatti di pietra.»

«È quello che ho detto anch'io, ma, ahimè, non è servito a nulla. Per fortuna sono riuscito a far scorrere l'acqua dello scarico nel verso giusto. Comunque, ammetto che sono stato contento di scappare da Ankara. Ma hai visto cos'ha combinato il Congresso degli Stati Uniti venerdì?»

David scosse la testa. «No. A essere onesto, il passato m'interessa più del presente.»

Mazhar ridacchiò. «E il futuro?»

«Il futuro si sistema da sé.»

Mazhar prese un paio di pinze a becco lungo dalla cassetta degli attrezzi. «Su questo siamo d'accordo.»

Mazhar Erduran collaborava con David a un progetto la cui denominazione ufficiale era *Scavi e analisi geofisica avanzata della città sotterranea di Derinkuyu. Programma svolto in cooperazione tra Harvard University e Hacettepe Üniversitesi.* David, docente di Archeologia del Vicino Oriente a Harvard, vi contribuiva mettendo a disposizione le sue solide competenze archeologiche; e Mazhar la sua altrettanto valida preparazione nell'ambito delle geoscienze. David aveva quarantasei anni e, sebbene dimostrasse meno della sua età, si era ormai lasciato alle spalle la nomea di bambino prodigio che gli era stata affibbiata agli inizi della carriera. Una fotografia ormai leggendaria, scattata durante uno scavo ai tempi in cui era ancora un giovane ricercatore e pubblicata su *National Geographic*, aveva fatto di lui una star nel mondo dell'archeologia. La foto lo ritraeva in piedi accanto a una scultura siriana dell'età del bronzo appena dissotterrata. Aveva gli occhi di un azzurro intenso che bucavano l'obiettivo, i capelli biondi scompigliati dal vento e la camicia sbottonata fino alla vita che metteva in mostra la muscolatura.

Ma nessuno rimane bello per sempre. Con il passare degli anni, David aveva messo su qualche chilo. I capelli avevano perso il biondo originario, avviandosi piano piano verso un grigio uniforme e, benché fossero ancora lunghi, ora in pubblico li portava raccolti in una coda di cavallo. L'odierno professore appariva meno esuberante e più misurato della sua controparte giovanile, anche perché la geopolitica e le guerre avevano rallentato il ritmo forsennato dei suoi esordi di carriera. Si era appena fatto un nome rinvenendo un tempio ittita in Siria, e aveva davanti a sé un programma di scavi che si sarebbe protratto per diversi anni, quando lo scoppio della guerra aveva reso inagibile il Paese. Da degno possessore di una tazza per il caffè con su scritto SCAVO, DUNQUE SONO, aveva subito aggiustato il tiro spostando le sue ricerche sul terreno più stabile dell'Anatolia. Nessuno, nel mondo dell'archeologia, era rimasto sorpreso quando, di lì a poco, era diventato uno dei maggiori esperti dell'età del bronzo nella regione.

Gli scavi di Derinkuyu erano da sempre nella lista dei desideri di David. Il sito si trovava tra le formazioni rocciose della valle dell'Amore, nella Turchia centrale, incastonato tra profonde gole rossastre e guglie coniche che millenni di erosione avevano modellato fino a farle somigliare a funghi giganteschi. Nessuno sapeva chi avesse costruito la città sotterranea, né perché, o quando, fosse stata realizzata, e David ambiva a risolvere quel mistero. Aveva chiesto finanziamenti a tutti i soliti interlocutori – agenzie governative e fondazioni private –, ma non era riuscito a racimolare abbastanza denaro per una campagna archeologica degna di questo nome, finché Binnur Oguz non era venuto a conoscenza delle sue intenzioni tramite un dipendente del ministero della Cultura e del Turismo turco. In uno sfoggio di ricchezza e tracotanza, Oguz aveva invitato David a St. Louis, offrendogli un viaggio a bordo del suo jet privato. A cena, l'uomo d'affari turco-americano, che aveva fatto fortuna producendo cemento, aveva ascoltato la proposta di David, chiedendogli poi, senza mezzi termini, perché non avesse cercato un socio turco. David, che in realtà aveva in mente di collaborare con un geoscienziato britannico di fama, era dunque tornato subito sui propri passi e, siccome conosceva Mazhar Erduran per averne letto alcuni articoli, aveva fatto il suo nome a Oguz.

David non avrebbe mai dimenticato il momento magico che aveva segnato la fine di quella serata. Erano fuori del ristorante, la neve cadeva da un cielo nero, imbiancando il marciapiede. Se fosse stato solo, David avrebbe tirato fuori la lingua per catturare un fiocco grosso e perfetto; ma era in compagnia di un ricco uomo d'affari con indosso un cappotto di cachemire che da solo valeva più del suo intero guardaroba, perciò aveva tenuto a posto la lingua e aspettato che l'ospite desse il suo verdetto, sicuro che sarebbe rimasto sul vago.

«Non ha senso tenerla sulle spine», aveva detto invece Oguz. «Sarà felice di sapere che ho con me il libretto degli assegni e la penna pronta per firmare. Se questa fosse una nuova iniziativa imprenditoriale, ridurrei il budget all'osso, rendendo la vita difficile a tutti. Ma qui non si tratta di business. Qui si tratta di patriottismo. Del mio amore per l'America e per la Turchia. Perciò finanzierò il progetto nella sua interezza. Facciamo vedere al mondo quali meraviglie è stata in grado di produrre la mia terra natia e quali imprese possono realizzare insieme scienziati americani e scienziati turchi.»

Dalla galleria che conduceva all'ufficio improvvisato giunsero alcune voci.

«Sono arrivati», annunciò David, entusiasta.

Ogni volta che Mazhar sorrideva, i suoi folti baffi si curvavano verso il basso. «Hai già dimenticato che i minatori non arriveranno prima della tarda mattinata? Questi sono gli studenti.»

« Merda, merda, merda », disse David, chiudendo il portatile di botto.

« Qualcosa non va? » gli chiese il collega.

« Abbiamo iniziato da un mese e siamo parecchio in ritardo. Tra una settimana arriva Oguz e non ho idea di cosa gli faremo vedere », si lamentò David.

« Non preoccuparti. Lo abbaglieremo con le nostre menti brillanti. Comunque, è un ritardo giustificato da ragioni didattiche. In fondo, siamo docenti, no? »

David gli agitò un dito contro. « Se vuoi farmi sparlare dell'istruzione, capiti male. Sono studenti universitari, giusto? »

« Sì, tutti del dipartimento di Archeologia dell'università di Ankara. Conosco la loro docente, Nur Celal, è una donna in gamba, single, come te. Potrei metterci una buona parola. »

« Lo terrò a mente la prossima volta che capito ad Ankara », replicò secco David.

Mazhar sorrise. « Non serve. C'è anche lei, oggi. »

Peter Andreeson, un dottorando di Harvard smilzo e dinoccolato, guidava la fila di studenti che, tutti in jeans e felpa, entrarono alla spicciolata. La professoressa Celal, che, come il resto del gruppo, aveva percorso l'ultimo tratto stando china in avanti, si raddrizzò e andò a salutare Mazhar. Aveva i capelli grigi, il viso cotto dal sole e un'età apparente di oltre settant'anni.

« Dottor Birch », disse, porgendo a David una mano leggera come una piuma. « Grazie per averci permesso di venire. È un vero onore. Ero già stata qui come turista, ma mai nelle vesti di archeologa. Vede, Derinkuyu appartiene a un periodo un po' troppo antico per me. Io sono specializzata in storia dell'impero ottomano. »

Mentre David ascoltava la docente, Mazhar, alle spalle

della donna, gli fece l'occhiolino. Proporgli quell'incontro galante improbabile era tipico del suo modo di scherzare, nonché parte della sua idea fissa di mettere fine al celibato di David affibbiandogli una brava donna turca.

Hakan Yavuz, uno dei dottorandi di Mazhar, afflitto da calvizie precoce, fece accomodare gli ultimi studenti e David li accolse con un caloroso benvenuto.

«Chi di voi ha già visitato Derinkuyu?»

C'erano già stati tutti.

«Allora sapete già più o meno di cosa si tratta», proseguì David. «Siamo in un sito molto insolito, una città sotterranea tanto grande da poter ospitare più di ventimila abitanti con le loro vettovaglie per mesi, se non addirittura anni. Immaginatela come un grattacielo capovolto: le scale e le rampe che avete disceso conducono al più basso dei diciannove piani di gallerie e ambienti a noi noti, situato a una profondità di novanta metri. Fino a poco tempo fa se ne conoscevano solo diciotto. Ma di recente abbiamo avuto la fortuna di scoprire il diciannovesimo, al momento accessibile tramite una scala in alluminio che riproduce quella originaria, molto probabilmente di legno. L'ingresso degli scavi, da cui siete entrati, è posto a un chilometro da quello riservato ai turisti. Ma, con ogni probabilità, esistono centinaia di altri punti di accesso alla città, a noi ancora ignoti. La stessa Derinkuyu è rimasta invisibile agli occhi di noi uomini moderni fino al 1963, quando, abbattendo un muro durante i lavori di ristrutturazione della sua casa, un abitante del posto si è imbattuto in un cunicolo che conduceva in profondità. È stato così che una squadra di archeologi turchi ha scoperto un intricato labirinto costituito da locali adibiti ad alloggi, stalle, scuole, cantine e cappelle, e dotato di un ingegnoso apparato di ventilazione e di un efficiente sistema idrico. La città era facilmente difendibile, dal momento che gli ingressi delle gallerie potevano essere chiusi dall'interno con massi di pietra circolari del peso di cinquecento chili e che la dimensione ridotta dei cunicoli obbligava gli invasori ad avanzare in fila indiana. Qualcuno sa chi ha costruito Derinkuyu? »

Nessuno alzò la mano.

« Risposta esatta », disse David tra le risate. « In effetti non lo sa nessuno. L'ipotesi più accreditata è che i primi cunicoli siano stati scavati nell'età del ferro, intorno al 1200 a.C., dagli ittiti, forse per proteggersi dall'invasione dei frigi. Come sapete, gli ittiti prosperarono nell'antica Anatolia finché non furono soppiantati dai frigi, che vi mantennero il dominio fino al 600 a.C. circa, quando, dopo una serie di ulteriori invasioni, la regione fu inglobata nell'impero persiano. Derinkuyu fu probabilmente utilizzata come rifugio. Essendo un crocevia tra Oriente e Occidente, la Cappadocia ha sempre avuto una posizione strategica, che al contempo l'ha resa però vittima di numerose incursioni straniere. Si ipotizza che gli abitanti della regione ampliarono Derinkuyu al presentarsi di ogni nuova minaccia, in modo da offrire accoglienza a un numero sempre maggiore di rifugiati. Dopo la fine del periodo greco-romano, l'Anatolia passò sotto il controllo dell'impero bizantino e, quando questo fu assediato dall'impero musulmano selgiuchide nell'XI secolo, Derinkuyu diede probabilmente rifugio a quasi ventimila cristiani. I dettagli di ciò che vi ho appena raccontato sono ancora incerti, perché gli scavi degli anni '60 del Novecento hanno portato alla luce pochi manufatti, per quanto preziosi. Questo perché, nel corso dei secoli, orde di predoni hanno saccheggiato a più riprese la città. »

La professoressa Celal alzò educatamente la mano.

« Professor Birch, potrebbe dirci quali sono gli obiettivi principali della sua campagna di scavi? »

David le fu riconoscente per quella domanda, che gli dava l'opportunità di passare presto la parola a Mazhar e tornarsene al lavoro. « L'unico modo per capire quali popoli abbiano scavato e poi ingrandito Derinkuyu è trovare parti della città non saccheggiate. Riteniamo di poter individuare cunicoli e ambienti ricchi di manufatti non ancora scoperti: ed è qui che entra in gioco il professor Erduran », disse, ritirandosi verso la propria scrivania.

Passando alla lingua turca, Mazhar invitò gli studenti a radunarsi intorno alle sue strumentazioni. « Questo macchinario serve a eseguire radiografie muoniche », spiegò. « La muografia è una tecnica che sfrutta la capacità di penetrazione dei 'muoni', particelle elementari simili agli elettroni ma con una massa duecento volte più grande, che vengono prodotti quando i raggi cosmici che viaggiano verso la Terra da ogni direzione entrano in contatto con l'atmosfera. Ebbene, grazie a questo dispositivo, noi siamo in grado di tracciare la traiettoria dei muoni e generare una mappa della loro distribuzione allorché penetrano nelle superfici in esame. Così come usiamo i raggi X per scandagliare il corpo umano, utilizziamo la muografia per scandagliare le rocce, e in questo modo riusciamo a ottenere splendide mappe tridimensionali di qualsiasi struttura. In Egitto, per esempio, la muografia è stata utilizzata per localizzare passaggi nascosti all'interno delle piramidi. Qui a Derinkuyu, la stiamo impiegando per cercare nuove gallerie e stanze sottoposte o affiancate a quelle già note. Se dovessimo individuarle, lasceremo poi il campo agli archeologi. »

« Avete già trovato qualcosa? » chiese uno studente.

«In effetti sì. L'ambiente in cui ci troviamo adesso non era noto prima di questo scavo. Ma abbiamo eseguito una muografia a partire dalla stanza sopra le nostre teste, che pensavamo occupasse il livello più basso del complesso di Derinkuyu, e... venite a guardare il monitor. Vedete? Il macchinario ha individuato dei vuoti al livello sottostante. Tuttavia, non siamo riusciti a scovare il passaggio che permetteva di raggiungerlo. Probabilmente perché è collocato più a est. Perciò, abbiamo deciso di scavare a mano attraverso due metri di roccia vulcanica e siamo sbucati nella galleria qui davanti. Finché non troveremo la rampa originaria, per raggiungere questo livello dovremo farci bastare la scala che avete appena disceso. Certo, speravamo di rinvenire qualche manufatto che avrebbe reso felice il professor Birch, invece finora abbiamo trovato solo cunicoli e ambienti vuoti.»

«E adesso come intendete procedere?» domandò un secondo studente.

«Faremo altre scansioni. Purtroppo, l'attrezzatura ha subito un lieve danneggiamento nel momento in cui l'abbiamo calata qui sotto. Stiamo aspettando un pezzo di ricambio dalla Germania. Quando arriverà, ricominceremo a scansionare verso il basso per vedere se ci sono livelli ancora più profondi. Nel frattempo, il professor Birch vorrebbe continuare l'esplorazione verso est. Non è vero, David?»

David si alzò dalla sedia pieghevole. «Tocca di nuovo a me, di già?» chiese. Poi proseguì: «Vedete quel cunicolo laggiù? Circa cento metri più a est s'interrompe di colpo. Sembra che un crollo, verificatosi in un momento impossibile da determinare, lo abbia ostruito. Sgomberare i detriti per liberarlo sarebbe pericoloso, quindi abbiamo assunto una squadra di minatori di carbone, che se ne occuperà permettendoci così di proseguire l'esplorazione e usare la muografia per mappare eventuali ambienti circostanti e più profondi».

«Possiamo vedere il cunicolo ostruito?» chiese uno studente.

«Non c'è molto da vedere, ma Peter e Hakan possono accompagnarvi, certo. Se la professoressa Celal è d'accordo, potremo poi farvi tornare qui al termine degli scavi per mostrarvi cosa avremo trovato dall'altra parte.»

«Sarebbe fantastico. Molto generoso da parte vostra», esclamò la docente.

I minatori provenivano da Manisa, nella Turchia occidentale, una provincia tristemente nota per l'esplosione all'interno di una miniera di carbone che nel 2014 aveva causato circa trecento vittime. A Derinkuyu erano di buonumore. Rispetto alla solita faticaccia, li aspettava un compito meno impegnativo e pagato il doppio del salario abituale. Con Hakan nel ruolo d'interprete, David li informò sul da farsi e loro si organizzarono in tre squadre: una per scavare le macerie, una per trasportare i detriti su stretti carrelli attraverso i cunicoli e una per issarli al livello superiore con un argano a manovella, un sistema antiquato che tuttavia il caposquadra aveva ritenuto idoneo allo scopo. Da lì, i detriti sarebbero stati spostati in uno dei profondi pozzi di ventilazione, dove un secondo argano, stavolta alimentato da un generatore, li avrebbe portati in superficie. Dopo alcune ore di lavoro, David si disse favorevolmente colpito dall'efficienza dei minatori e si augurò che concludessero l'impresa prima del termine previsto di una settimana.

A un'ora dalla fine del turno, Peter emerse dal cunicolo dove aveva supervisionato la rimozione delle macerie e pronunciò una sola, strabiliante parola: « Ossa ».

David scattò in piedi. « Dove? »

« A un metro dal crollo. »

« Di che tipo? »

« Arti inferiori. »

« Non tenermi sulle spine! Di che specie? Capra? Pecora? Maiale? »

« Niente di tutto ciò. Sono ossa umane. »

« Spero che tu non stia scherzando perché, se così fosse, ti ucciderei. »

David s'inoltrò nel cunicolo, superò i minatori che mormoravano tra loro, addossati alle pareti, e si mise in ginocchio per ispezionare da vicino le ossa bianche affiorate dai detriti: una tibia e un perone giacevano nella loro posizione naturale, allineati tra loro e collegati a un tratto di femore spezzato. Poco distante si trovava una rotula.

« È riverso in avanti », annunciò David esaltato. « Il piede sarà sotto le rocce. »

« Speriamo ci sia anche il resto di quest'uomo », disse Peter.

David non contestò il genere che Peter aveva attribuito al titolare dello scheletro. Le ossa erano spesse e robuste, perciò quella era senza dubbio una gamba maschile. « Non ci credo! Ossa umane... I primi resti mai trovati a Derinkuyu », disse David, quasi fuori di sé per l'emozione.

« È proprio vero che a volte la fortuna vale più del merito », commentò Peter. « Non è stato Thomas Jefferson a dire: 'Credo molto nella fortuna e mi accorgo che più lavoro duramente più ne ho'? Dobbiamo trovare un modo per ripulire il nostro nuovo amico dai detriti senza schiacciarlo. Ragioniamoci insieme con Mazhar e Hakan, così poi potremo dare istruzioni precise ai minatori. »

Proprio in quel momento, David notò un altro reperto accanto alla rotula e lo indicò con una penna. « E questo cos'è? Legno? »

« Sì, è legno », confermò Peter. « Ce n'è un altro pezzo lì e uno lì... e questi altri sembrerebbero brandelli di canapa. »

Il caposquadra dei minatori, che si era accorto di ciò che stavano guardando, gridò in turco: « *Afedersiniz!* » ovvero « scusate ». Aveva notato qualcosa che sporgeva dalle macerie e, senza interpellarli, sollevò una roccia svelando un pezzo di legno marrone scuro delle dimensioni e dello spessore di una mazza da baseball.

Poi puntò un dito grassoccio e sporco verso l'alto.

David seguì la direzione indicata ed ebbe un sussulto di sorpresa. « Noi archeologi abbiamo il difetto di tenere sempre lo sguardo rivolto verso il basso », borbottò.

Sopra le loro teste, la volta del cunicolo presentava una voragine buia, profonda circa un metro e larga quanto il cunicolo stesso.

« Sembra scavata a partire dal livello sopra di noi. Perché non l'abbiamo vista quando eravamo di sopra? » chiese Peter.

« Probabilmente non si collega a nessuno dei cunicoli che abbiamo già mappato. Dev'essere accessibile da un ingresso che nessuno ha ancora scoperto », azzardò David.

« Prendo una scala per vedere cosa c'è lassù », disse Peter.

« Sì, dobbiamo assolutamente andare a vedere, ma, considerata la quantità di legno e corda, è chiaro che si tratta di un manufatto costruito di proposito. Per chiudere le vie d'accesso e bloccare l'avanzata degli intrusi, ogni ingresso era dotato di un masso rotondo, ma ci voleva tempo per radunare gli uomini necessari a farlo rotolare per ostruire il passaggio. Non era un'opzione praticabile in caso di emergenza, quando magari c'erano solo pochi secondi per reagire. E se gli abitanti di Derinkuyu avessero scavato la voragine dall'alto e avessero costruito una sorta di reticolo di legno e corda dissimulandolo tra le macerie? All'arrivo degli invasori, avrebbero potuto farlo cadere con qualche meccanismo e in tal modo bloccare l'ingresso; oppure, se gli intrusi erano già penetrati all'interno, avrebbero potuto schiacciarli sotto i detriti.»

«Se ci hai visto giusto, sai cosa vuol dire questo?» disse Peter.

«Vuol dire che potrebbe esserci qualcosa d'importante oltre queste macerie», rispose svelto David.

Per proteggere le ossa durante la rimozione dei detriti, si scelse di erigere un'impalcatura di legno, abbastanza resistente da permettere ai minatori di lavorare dall'alto, per poi estenderla in orizzontale a mano a mano che il tunnel veniva liberato. L'indomani fu una giornata di continue novità e, a ogni scoperta, Peter si affrettava a convocare David.

Un ritrovamento in particolare provocò scompiglio: com'era possibile che quell'uomo avesse tre gambe? Ma, ben presto, le macerie rivelarono un secondo scheletro maschile, anch'esso con le ossa fratturate e ammaccate. I piedi di entrambi erano racchiusi in sandali di cuoio ancora intatti, corredati di sottili cinturini alla caviglia. Frammenti di un tessuto di lana rossa aderivano alle costole e alle ossa del bacino. Quando ormai restavano da individuare solo le vertebre cervicali e i teschi, comparvero una spada di bronzo e, poco lontano, un sacchetto di cuoio schiacciato.

Mentre i minatori si concedevano una pausa sigaretta in superficie, David e Mazhar si precipitarono a ispezionare le ultime scoperte. Peter scattò alcune fotografie dei reperti *in situ*, e solo allora David sollevò la spada che era stata rinvenuta, meravigliandosi di quanto la superficie fosse ancora lucente.

« È in condizioni perfette », disse.

« Qui sotto è fresco e asciutto », osservò il geologo. « Le condizioni ambientali hanno protetto il bronzo dall'ossidazione e dalla corrosione. Sai a che epoca risale? »

« Età del bronzo », rispose David, impassibile.

« Spiritoso », commentò Mazhar.

« La speranza ovviamente è sempre quella di trovare manufatti realizzati dai costruttori originari di Derinkuyu, ma questi uomini non erano ittiti. Questo è uno *xiphos*, una spada greca, o forse persiana, a doppio taglio. Potrebbe risalire a un periodo che va dal VI a.C. all'era volgare. Per restringere il campo, dovremo effettuare la datazione al radiocarbonio su ossa, cuoio, legno e canapa. » David rimise la spada dove l'aveva trovata, prese il sacchetto e ne saggiò il peso. « Non ci crederai, ma penso che qui dentro ci siano delle monete. »

Tornato alla sua scrivania, David indossò i guanti, allentò con cura i lacci di cuoio e lasciò cadere tre monete sul palmo della mano: due erano d'argento e una di bronzo, ma tutte erano in condizioni perfette come il giorno in cui erano state coniate. La moneta di bronzo aveva una circonferenza irregolare e recava raffigurati, su un lato, un busto di donna, sull'altro un cervo. Le monete d'argento, due cerchi quasi perfetti, erano più grandi e avevano un uomo dai capelli lunghi su una faccia e una donna in piedi che reggeva una lancia e uno scudo sull'altra.

«Se le identifichiamo, possiamo farci un'idea più precisa della datazione», disse David.

«Qui Internet non prende», rispose Peter. «Faccio qualche foto e corro di sopra.»

Il dottorando rimase in superficie per un'ora, che agli altri parve un'eternità. Un flusso costante di minatori passava davanti a David, spingendo carrelli di detriti verso l'argano. Hakan continuava a tenere sotto controllo il cumulo di macerie e, quando emerse una seconda spada, chiamò Peter, che arrivò proprio mentre David era intento a ispezionarla, armato degli scatti che aveva fatto poco prima.

«Wow, un altro *xiphos*», commentò Peter.

«Ce l'hai fatta?» chiese David.

Peter gli porse il telefono. «Dai un'occhiata. Le monete d'argento sono dracme, e ritraggono re Ariarate IV di Cappadocia. Risalgono al 200 a.C., anno più anno meno. Quella di bronzo con l'immagine della dea Artemide è della stessa epoca.»

«Chi era Ariarate? Un greco? Un persiano?» chiese David.

«Era un sovrano persiano, l'ultimo di una lunga stirpe.»

David allungò le dita. «Dunque, circa duemiladuecento anni fa, due soldati che, a giudicare dalle loro spade, potevano essere greci o persiani, e recavano monete locali nel borsellino, si sono inoltrati fino al livello più basso di Derinkuyu e sono rimasti uccisi in una trappola mortale. Che diavolo erano venuti a fare qui?»

A quel punto furono interrotti da Osman, il caposquadra, che li chiamò, rivolgendosi loro in turco.

Mazhar alzò lo sguardo dal banco da lavoro. « Dice che hanno trovato un minatore », riferì.

« Non capisco, aveva perso uno dei suoi? » chiese David.

Mazhar tradusse la domanda e la successiva risposta del caposquadra. « Hanno trovato le *ossa* di un minatore. »

In effetti, a un metro dagli scheletri ormai completi dei due uomini schiacciati, poggiati sulle macerie c'erano altri frammenti ossei di un avambraccio e di due mani.

« Un terzo scheletro. Come fa a sapere che era un minatore? » chiese David a bassa voce.

Il caposquadra sorrise e, con un gesto teatrale e un certo compiacimento, sollevò il suo berretto che giaceva a terra svelando un oggetto nero e ingombrante.

David si chinò a esaminarlo. « È una testa d'ascia di ferro. Vedete qui? È stata fissata con resina e corde a un manico di legno, che probabilmente è ancora sepolto. È incredibile. »

Proprio in quel momento, una roccia grande quanto la testa di una pecora cedette alla gravità e rotolò giù dalla sommità delle macerie. David la fermò con il piede prima che potesse travolgere le ossa appena scoperte. « Accidenti! » esclamò, studiando lo spazio un tempo occupato dal masso. « Altro ferro! » Accese la torcia e toccò una superficie ruvida e nera. « È un'asta che affonda in verticale tra i detriti. Peter, abbiamo assi a sufficienza per estendere l'impalcatura sopra il terzo scheletro? »

« Ne abbiamo quante ne vuoi. »

« Mazhar, puoi dire a Osman di starci attento? Quando rimuoveranno le rocce al di sotto, l'asta rischierà di cadere sulle ossa. »

Mazhar scambiò qualche parola con il caposquadra e riferì: « Dice che non c'è problema. Ed è anche convinto che non manchi tanto per completare la rimozione dei detriti. Tre metri al massimo».

«Come fa a saperlo?» chiese David.

«Dice che più vanno avanti più il tintinnio delle asce si fa acuto. Questa gente ha una grande esperienza.»

Nel tardo pomeriggio, David si ritrovò da solo nell'ufficio improvvisato. Mazhar e Hakan erano saliti in superficie per riparare un generatore capriccioso, mentre Peter era nel cunicolo. Quando il dottorando lo raggiunse, David fu colpito dai suoi occhi vitrei e dall'andatura barcollante.

«Stai bene?» gli chiese.

Peter annuì come inebetito. «Hanno raggiunto l'altro lato.»

«Hai messo in sicurezza il terzo scheletro?»

«Sì, hanno prolungato l'impalcatura.»

«E l'asta di ferro?»

«È lunga quasi tre metri.»

«È per questo che ti comporti in modo così strano?»

«No. Sto mandando a casa i minatori», disse Peter.

«Hanno finito di ripulire l'ultimo tratto?»

«Dovranno tornare domattina, ma non volevo che vedessero ciò che ho appena trovato. Non possiamo permettere che lo raccontino in giro.»

Gli operai iniziarono a sfilare l'uno dopo l'altro verso l'uscita del cunicolo, dopo aver raccolto i portapranzo e i barattoli per l'urina.

«Che diavolo hai trovato?»

«C'è una stanza oltre l'ostruzione. Prendi la torcia.»

David lo seguì, arrancando sull'impalcatura di legno finché non superarono i detriti. Il cunicolo si allungava per altri dieci metri prima di aprirsi in un ambiente spazioso, più o meno delle dimensioni del loro ufficio improvvisato. David lo esplorò con la torcia. Era cieco e dentro non c'era nulla, a parte la felpa di Peter distesa sopra un oggetto posato a terra.

Peter sollevò piano la felpa e fece un passo indietro, per consentire al docente di vedere con i propri occhi.

David s'inginocchiò, accese la torcia e istintivamente spazzò via i detriti con la sua bandana. Trascorse un minuto in silenzio; poi un altro. Quando infine si alzò in piedi, si girò verso il suo studente e disse: « Scusa, ma tutto ciò è impossibile ».

2

Sembrava che Binnur Oguz non avesse mai visitato uno scavo archeologico in vita sua, dato che aveva un abbigliamento decisamente più adatto a una gita in yacht. Quando David, a bordo dello scassato veicolo elettrico dello scavo, lo raggiunse al punto di accoglienza di Derinkuyu, e notò i pantaloni eleganti, la polo e le scarpe da barca senza calzini che l'uomo d'affari aveva indosso, si astenne dal commentare. Gli chiese invece se avesse con sé un maglione.

Oguz rispose di no, ma gli assicurò che sarebbe stato benissimo comunque. « Vivo a St. Louis. D'inverno da noi fa un freddo cane. Allora, David, ha fatto qualche progresso? »

« Posso dire che qualcosina abbiamo trovato », disse l'archeologo, tenendo a bada l'entusiasmo.

« Mi dica tutto. »

« Se per lei è lo stesso, preferirei farle vedere i risultati con i suoi occhi, anziché raccontarglieli », rispose David, premendo l'acceleratore e facendo sobbalzare il veicolo lungo la piana polverosa fino all'ingresso degli scavi.

I due ci misero un po' a raggiungere il livello inferiore percorrendo i cunicoli. Sebbene Oguz avesse solo sessant'anni, non era in forma smagliante. La pancia abbondante gli sbordava dalla cintura, il suo equilibrio era precario e la sua vista incerta, in condizioni di scarsa illuminazione. Il percorso non era difficile, a parte l'ultimo tratto, ma David temeva che Oguz potesse scivolare e farsi male.

« Una scala a pioli? Fa sul serio? » domandò Oguz, sbirciando nel buco.

« Sono certo di averglielo accennato », replicò David.

« Non pensavo fosse così lunga. Pazienza. Me la caverò. »

Giunsero nell'ambiente dove avevano allestito l'ufficio e lì trovarono la squadra già schierata in fila, pronta a stringere la mano al finanziatore.

Mentre chiacchierava con Mazhar in turco, Oguz si mise a braccia conserte per proteggersi dal freddo. David gli offrì la sua felpa di pile e i suoi guanti, e il magnate accettò senza protestare.

« Santo cielo, fa freddo quaggiù. Avrebbe potuto avvertirmi. Non indosso nemmeno i calzini », disse.

David gli aveva inviato istruzioni dettagliate, non poteva prevedere che Oguz avrebbe dato solo una scorsa veloce alla sua e-mail. Comunque, si scusò diplomaticamente per il disguido, e Hakan si privò addirittura dei calzini, donandoli alla causa senza bisogno che gli venisse chiesto.

« Che bravo ragazzo », approvò Oguz, accomodandosi sulla sedia di David. « Allora, mi faccia vedere tutto. Voglio sapere a cosa vi sono serviti i miei soldi. »

« Si trova in fondo a questo cunicolo », disse David.

« Dobbiamo camminare ancora? »

« Non per molto. »

David condusse Oguz lungo il cunicolo, ora ben illuminato da una serie di lampadine. Le macerie erano state rimosse e un telo ricopriva i resti umani. David lo sollevò con cura rivelando il macabro tableau. I tessuti molli dei corpi erano in gran parte consumati, fatta eccezione per alcuni scampoli di pelle incartapecorita sparsi qua e là e rade ciocche di capelli appiccicate ai crani sfondati.

Le ossa dei due uomini armati di spada erano punteggiate da brandelli di stoffa di un rosso sbiadito, mentre sullo scheletro che il caposquadra aveva denominato « il minatore » erano attaccati diversi frammenti di tessuto blu.

« Bene, bene, cos'abbiamo qui? » chiese Oguz, deliziato.

David illuminò meglio la scena con la torcia. « Abbiamo tre scheletri maschili, i primi resti umani mai trovati a Derinkuyu. Erano sotto un grande cumulo di detriti. Se guarda in alto, vedrà che nel soffitto del cunicolo c'è un buco. »

« Stavano scavando qui? È stato un infortunio? »

« Non credo », rispose David. « La nostra ipotesi è che gli uomini armati di spada stessero inseguendo quello con il piccone. In corrispondenza delle nostre teste era stata predisposta una trappola. Era stato scavato un buco nel soffitto e ne erano stati caricati i detriti su un reticolo di corda, sostenuto da un'intelaiatura di legno. Vede questi pezzi di legno e le fibre di canapa? È ciò che rimane della struttura originaria. Quanto a questa lunga asta di ferro, la mia ipotesi è che fosse posizionata in verticale nel cumulo di macerie, puntellata contro le traverse centrali dell'intelaiatura. Nel caso di un'invasione in quest'area del complesso, una sentinella posizionata al piano di sopra era pronta a colpire l'estremità superiore dell'asta con una mazza, fracassando così la struttura e liberando i detriti che, cadendo, avrebbero bloccato il cunicolo. Ma non credo che sia ciò che è successo qui. »

« E cos'è successo, allora? » chiese Oguz.

« Penso che gli uomini armati stessero inseguendo un intruso, ma che non ci fosse nessuno di sopra per far scattare la trappola. Perciò, la vittima dell'inseguimento ha cercato di salvarsi usando il piccone per colpire la struttura dal basso. È riuscito a far crollare tutto, ma non a scansarsi in tempo. E così sono rimasti schiacciati tutti e tre. »

« Perché lo stavano inseguendo? »

« Questo non c'è modo di saperlo. »

« Sono loro che hanno costruito Derinkuyu? »

« Gli eventi di cui parliamo hanno avuto luogo migliaia di anni dopo la costruzione del complesso. A giudicare dalle loro spade, i due potrebbero essere stati greci o persiani. Nel loro borsellino c'erano monete risalenti al 200 a.C., su cui era raffigurato un re persiano che governava questa parte della Cappadocia. »

« E il tizio che stavano inseguendo? »

« Secondo me era greco. »

« L'idea non mi entusiasma », protestò Oguz. « Questo scavo aveva lo scopo di esaltare le conquiste dei nostri antenati anatolici, lei invece mi dice che ha trovato dei greci? Cosa le fa credere che quest'uomo fosse greco? »

David era perfettamente consapevole delle annose tensioni tra greci e turchi, quindi lasciò correre i commenti di Oguz. « Penso che sia greco per via di un altro manufatto che abbiamo rinvenuto nei pressi. » Ogni volta che David si avvicinava a quell'oggetto gli tremavano le mani, non poteva farci niente. Era sicuro che Oguz se ne fosse accorto e strinse le dita per dissimulare il tremore. « Giri intorno alle ossa, con cautela. »

Un riflettore attaccato a un treppiede illuminò lo spazio e Oguz esplorò la stanza rettangolare con sguardo offuscato. « Dove siamo? » chiese.

« È una sala cieca. E l'abbiamo trovata vuota, se non fosse per questo. » Il manufatto era coperto da una semplice gabbia ricavata con le stesse assi dell'impalcatura. David la sollevò e indirizzò la torcia illuminando la superficie color miele dorato dell'oggetto.

Oguz si lasciò sfuggire un verso gutturale. «In nome di Dio, cos'è?»

David scelse con cura le parole. «Qualcosa che non dovrebbe esistere.»

Grazie all'atmosfera protetta di Derinkuyu, il metallo antico scintillava ancora come il giorno in cui era stato sepolto. La piastra di bronzo era un quadrato di venti centimetri di lato, incastonato in una cassa di cipresso scuro alta quindici. Su tre lati della cassa erano presenti fori del diametro equivalente a quello di una matita. Sulla superficie della piastra era incisa una mappa dettagliatissima, un planisfero raffigurante i contorni delle masse continentali e degli oceani. Da un oceano centrale si diramava un certo numero di lancette di bronzo, di varie lunghezze, fissate a un perno. Gli oceani non erano decorati con pittogrammi di onde o creature marine, come spesso si vedeva sulle mappe antiche, bensì con incisioni di intere frasi.

Oguz si chinò per osservare meglio. «Abbia pazienza, ma non capisco cosa sto guardando.»

Le mani di David ripresero a tremare, ma stavolta non cercò di nasconderle. «Sfruttando alcuni contatti, abbiamo assoldato un laboratorio di datazione al radiocarbonio di Ankara perché analizzasse con urgenza i campioni di ossa, cuoio, canapa e legno che abbiamo estratto dai detriti. I risultati mostrano che tutti gli oggetti risalgono al 200 a.C. circa, il che è coerente con le armi e gli attrezzi in bronzo che abbiamo trovato vicino ai resti umani. Abbiamo fatto analizzare anche una scheggia della cassa di legno contenente la mappa e i detriti organici intorno al manufatto che forse appartenevano a una copertura di stoffa, probabilmente un sacco, e abbiamo ricavato la medesima datazione. Per fugare ogni dubbio, Mazhar ha chiesto a un collega della sua università di analizzare un minuscolo frammento di bronzo prelevato dal meccanismo della mappa. Su uno degli ingranaggi c'era una macchia di corrosione più piccola di un chicco di riso che ha permesso di stabilire che il manufatto risale più o meno allo stesso periodo di tutto il resto. In conclusione, questa mappa ha più di duemila anni. Posso chiederle qual è la prima cosa che nota guardandola? »

Oguz la studiò con attenzione, poi esclamò: « Sembra sorprendentemente moderna! Ci sono tutti i continenti. Tutti gli oceani ».

« Già. E prima del XIX secolo non esistevano planisferi che includessero tutti i continenti. »

« Allora come si spiega? »

David si era sentito del tutto impotente solo una volta, nella vita: il giorno in cui, da bambino, era stato travolto da una corrente di riflusso, durante una gita con la sua famiglia a Cape Cod. Per quanto agitasse braccia e gambe, non riusciva a contrastare la risacca, e stava ormai per arrendersi alla potenza schiacciante della natura quando suo padre l'aveva afferrato stringendolo tra le braccia. Adesso, fissare quell'oggetto antico gli dava la stessa sensazione di essere sul punto di venir inghiottito da una forza sovrumana.

« Non ho una risposta », ammise quindi con un filo di voce.

« Che lingua è? » chiese Oguz, avvicinando il viso al planisfero.

David riprese il controllo delle proprie emozioni. « È greco antico. Vede come tutte le lettere sono in maiuscolo, senza spazi né segni di punteggiatura? È tipico della koinè, il greco parlato nel periodo ellenistico. »

« Che cosa dice? »

«Se fosse babilonese o ittita, ci andrei a nozze. Ma ho seguito soltanto un corso di greco al college, e lì le parole erano separate da spazi. L'unico termine di cui sono certo è questo.» Prese la penna e usò la punta per indicare due lettere, ΓΗ, che apparivano appena sotto l'asta centrale. «Si pronuncia 'ghe', significa 'Terra'. Solo che questa mappa non raffigura la Terra come la conoscevano gli antichi greci. Ciò che sta guardando è qualcosa d'impossibile.»

«E a cosa pensa che serva, questa scatola impossibile?»

«Non ne ho la minima idea, ma esiste un oggetto, risalente alla stessa epoca, altrettanto complesso. Ha mai sentito parlare del Meccanismo di Anticitera?» rispose David, pronunciando lentamente ogni parola.

«Che cos'è?»

David rimise la gabbia di legno sopra l'oggetto. «Torniamo indietro, le faccio vedere alcune foto.»

Quando furono di nuovo nell'ufficio sotterraneo, Mazhar chiese a Oguz: «Cosa ne pensa del nostro piccolo miracolo?»

L'uomo d'affari si grattò i capelli radi. «Non so davvero cosa pensare.»

David trascinò una seconda sedia pieghevole alla scrivania e aprì il computer portatile. «Il Meccanismo di Anticitera è un manufatto risalente all'età ellenistica e, per dire le cose come stanno, un dispositivo eccezionalmente sofisticato per la sua epoca. Fu scoperto nel 1901 nel relitto di una nave, affondata nelle acque al largo dell'isola greca di Anticitera, insieme con un'infinità di tesori antichi: cavalli di marmo a grandezza naturale, un'imponente statua di Eracle, gioielli, monete e centinaia di opere d'arte risalenti più o meno al II secolo a.C. Al momento del ritrovamento, si presentava come un conglomerato di bronzo pesantemente corroso e incrostato di frammenti di legno – il che ha fatto dedurre che fosse montato all'interno di una cassa –, ed era circondato da decine di frammenti bronzei minori sparpagliati nelle vicinanze.»

La foto sullo schermo del portatile mostrava una massa di metallo squadrata, di un azzurro tendente al verde, con un disco dentato centrale che ricordava il timone di una nave.

«È un ingranaggio?» chiese Oguz.

«Proprio così, uno dei circa quaranta ingranaggi identificati finora», confermò David.

«A cosa servivano?»

«Per quanto possa apparire incredibile – essendo stato costruito più di duemila anni fa –, il Meccanismo di Anticitera può essere considerato il primo computer analogico mai realizzato. Era un sofisticato calcolatore astronomico che i greci usavano per prevedere le posizioni degli astri nel cielo, nonché le eclissi con un anticipo di decenni prima che si verificassero. Lo sappiamo grazie alle iscrizioni individuate sulle facce anteriore e posteriore, alle tomografie computerizzate ai raggi X effettuate sui vari frammenti e alla realizzazione di modelli virtuali con cui si è cercato di ricostruire il funzionamento. Il congegno veniva azionato a mano tramite alcune lancette presenti sul quadrante anteriore e una manovella che innescava un sistema d'ingranaggi che avrebbe fatto invidia ai moderni orologiai. Le letture si effettuavano sul retro del Meccanismo, dove le lancette giravano su quadranti con scanalature a forma di spirale. Ecco un video che mostra come, con ogni probabilità, gli ingranaggi si attivavano e ruotavano per muovere le lancette.»

David fece partire un breve video e si disse d'accordo

con Oguz quando lui dichiarò che gli pareva impossibile che un congegno all'apparenza così moderno provenisse dall'antica Grecia.

« Le vorrei leggere le parole di un ingegnere meccanico che ha studiato il Meccanismo di Anticitera », proseguì David. « Secondo lo scienziato, 'è uno strumento quasi inconcepibile, considerato quanto sappiamo della tecnologia greca dell'epoca. Ci sono voluti secoli, se non addirittura un millennio dopo la sua datazione, per vedere qualcosa di vagamente simile nella storia. È così straordinario, per la precisione e le competenze necessarie alla sua costruzione, da non trovare corrispondenza con ciò che i greci erano in grado di realizzare all'epoca, almeno secondo le nostre attuali convinzioni. Eppure dobbiamo credere che a realizzare un meccanismo così sofisticato siano stati gli antichi greci. A meno di non pensare che provenga da un altro mondo'. »

« Va bene », concesse Oguz. « Ma questo cosa c'entra con la nostra scoperta? »

David prese nota del fatto che il suo benefattore aveva detto « nostra ». « Ha notato i fori nella cassa? Il dottor Erduran ha un piccolo endoscopio a fibre ottiche per guardare all'interno dei componenti elettronici. Puoi mostrarglielo, Mazhar? »

Mazhar tirò fuori un cavo lungo e sottile attaccato a una telecamera e disse: « Con questo si potrebbe fare una colonscopia a un topo ».

« Ed ecco come appare all'interno la nostra macchina », disse David, cliccando su un file. Un'immagine riempì lo schermo: numerose ruote dentate, collegate tra loro e alloggiate entro i confini bui di una cassa di legno.

«Sembra il video del Meccanismo di Anticitera», osservò Oguz.

«Infatti», disse David.

«Quindi cosa facciamo, adesso?»

Di nuovo quel «noi». Ma stavolta David sorrise. «Dobbiamo scoprire cosa ci faceva questo congegno qui e a cosa serviva. Ciò significa che dobbiamo consultare degli esperti. Ho contattato i ricercatori dell'Istituto di Anticitera ad Atene, il più prestigioso al mondo per lo studio del Meccanismo. La direttrice, la dottoressa Eleni Lillakis, ne è stata entusiasta e ha accettato d'incontrarmi dopodomani.»

Oguz si accigliò. «Andrà ad Atene?»

«Per qualche giorno.»

«Non può venire lei qui?»

«Sua madre sta morendo di cancro. Non può lasciare Atene.»

Oguz si guardò intorno e chiese: «David, c'è un posto dove possiamo parlare in privato?»

Anziché trascinare il suo finanziatore in un anfratto del complesso, David chiese a Mazhar e agli altri che li lasciassero soli per qualche minuto.

Quando la stanza si svuotò, Oguz disse: «Guardi, David, voglio essere sincero con lei. Sono contrariato. Non mi fraintenda, mi rendo conto che siamo di fronte a una scoperta entusiasmante, ma non rischia di distoglierci dall'obiettivo che mi aveva promesso? Se ho accettato di finanziare questo progetto è per mostrare al mondo le meraviglie dell'antica cultura anatolica. M'interessano le radici turche di Derinkuyu, le radici *anatoliche*. Invece, temo che questa scatola d'ingranaggi catturerà tutte le attenzioni, dirottandole dalla nostra missione principale e finendo per glorificare ancora di più la Grecia.

Inoltre, temo che la sua assenza dal sito in questa fase iniziale e delicata avrebbe un impatto negativo sul lavoro che dev'essere svolto».

«Capisco le sue preoccupazioni. Non è quello per cui siamo venuti qui, ma abbiamo trovato un oggetto straordinario e non possiamo ignorarlo. Potrebbe essere la scoperta archeologica del secolo, forse del millennio. Non possiamo far finta di niente. Ci servono risposte, anche perché presto si verrà a sapere del rinvenimento. E, per quanto abbia poco a che fare con gli obiettivi della nostra campagna di scavi, ottenere il contributo della dottoressa Lillakis in merito è fondamentale. Starò via per poco. Nel frattempo, il nostro team finirà di fotografare e scansionare al laser i resti ossei, in modo da poterli sigillare e spedire ad Ankara. Il dottor Erduran sta aspettando un pezzo di ricambio dalla Germania, dopodiché potrà installare il suo rilevatore di muoni nella nuova sala e, a quel punto, potremo sperare di trovare, nelle aree finora inesplorate, nuovi reperti che ci aiutino a provare le origini anatoliche di Derinkuyu.»

«Un paio di giorni», lo ammonì severamente Oguz. «È sicuro che poi tornerà?»

David pensò che Oguz lo trattasse come uno dei suoi dipendenti del cementificio. Mantenne la calma e gli assicurò che sarebbe tornato in Turchia una volta ottenute le risposte che cercava.

«Io domattina riparto per St. Louis. Mi tenga informato.» Oguz aggrottò di nuovo la fronte e David si preparò a ulteriori rimostranze. «La strada per arrivare in superficie è lunga, dica a quel giovanotto che mi tengo i calzini», concluse invece l'uomo d'affari.

3

All'aeroporto internazionale di Atene, David liquidò con un gesto il tassista, che gli aveva chiesto: « Non vuole metterlo nel bagagliaio? » E fece scivolare il trolley sul sedile posteriore. « Lo tengo con me. »

Nel traffico di metà mattina diretto in città, il veicolo procedeva a passo d'uomo. Quando David chiese di accendere l'aria condizionata, sulle prime il tassista si lamentò del costo della benzina, poi cedette, in cambio della promessa di una mancia. David si mise comodo e cambiò posizione solo una volta, in prossimità del centro. Aveva visitato Atene in varie occasioni, ma la vista del Partenone che torreggiava sulla metropoli lo stupiva sempre.

Il tassista vide nello specchietto retrovisore che David aveva alzato lo sguardo e gli chiese: « È un turista? Conosco una guida locale, una bellissima donna ».

« Non sono un turista. »

« È un uomo d'affari? »

« Nemmeno. »

L'indirizzo che David gli aveva dato si trovava accanto alla maestosa sede centrale della Banca di Grecia e a un isolato dal bel campus dell'università nazionale capodistriana di Atene. Era un anonimo palazzone di uffici con una serie di negozi a livello strada: non certo il tipo di edificio che pensava ospitasse un istituto scientifico. Arrivato a destinazione, raggiunse la reception affollata, si presentò consegnando il biglietto da visita e attese insieme con le altre persone presenti che la guardia lo chiamasse.

«Terzo piano. La stanno aspettando.»

Il terzo piano era un mondo a parte rispetto al trafficato atrio d'ingresso. Vi regnava un silenzio di tomba ed era presidiato da una sola guardia di sicurezza in un corridoio altrimenti deserto. Il tizio era un omone robusto che indossava un'uniforme verde oliva e se ne stava in piedi accanto a una porta di acciaio rinforzato, con la pistola d'ordinanza ben visibile su un fianco. Il soffitto era disseminato di telecamere.

«Il dottor Birch? Il suo documento d'identità, per favore», disse la guardia.

«L'ho già mostrato sotto.»

«Ma qui siamo sopra.»

La guardia parlò nella ricetrasmittente e poco dopo apparve Eleni Lillakis. Prima di presentarsi, lei e David si scrutarono attentamente per pochissimi secondi, come si fa quando s'incontra qualcuno su cui si sono già fatte sufficienti ricerche online. La foto più recente della professoressa che David aveva trovato risaliva a cinque anni prima, ed era stata scattata durante una conferenza che lei aveva tenuto a un convegno internazionale sul Meccanismo di Anticitera. La giovane donna che ora si trovava davanti a lui aveva lo stesso colorito diafano, le stesse labbra pallide e gli stessi capelli scuri e ondulati che aveva sfoggiato quel giorno, in piedi dietro il leggio. Stranamente entrambi indossavano abiti simili - jeans chiari con camicia bianca e blazer, blu per lui, grigio per lei -, ma nessuno dei due si sognò di fare riferimento a quella strana coincidenza.

Per rompere gli indugi, David disse: «La sorveglianza è piuttosto rigorosa qui».

« Dobbiamo proteggere un grande tesoro nazionale », dichiarò lei.

David la seguì superando una fila di uffici con le pareti in vetro, occupati da giovani incollati alle scrivanie che il fastidioso rumore delle ruote del trolley costrinse ad alzare lo sguardo.

« Lo ha portato con sé? » chiese la professoressa Lillakis, facendolo accomodare in una sala riunioni.

« Sì. »

« Come ha fatto a... » esclamò lei. Per poi aggiungere: « No, non dovrei chiederlo ».

Seguendo le indicazioni della donna, David si sedette dall'altra parte del tavolo. « Come ho fatto a portarlo fuori dal Paese, intende? Tenuto conto delle leggi turche sul trasporto all'estero dei beni culturali? »

La dottoressa fece un sorriso imbarazzato. « Be'... »

« Le ho ignorate, ma ho fatto tutto da solo. Il mio team pensa che il congegno sia ancora al suo posto », confessò lui.

« E i controlli all'aeroporto? »

« Ho corso un rischio – un grosso rischio, a dirla tutta – e l'ho imbarcato nella stiva. Se lo avessi messo nel bagaglio a mano, gli addetti alla sicurezza mi avrebbero fatto mille domande. » Alzò lo sguardo al soffitto. « Comunque è arrivato sano e salvo. Quindi dovrò ringraziare Turkish Airlines. »

« Perché correre un simile rischio, legale e professionale? »

« Dato che lei non poteva venire da me, sono venuto io da lei. Dovevo assolutamente sapere con cosa avevo a che fare. »

« Mi spiace non averla potuta raggiungere in Turchia. »

«Come sta sua madre?»

«Siamo agli sgoccioli, temo.» Incrociò le mani sul tavolo.

David intravide in quel gesto il desiderio di cambiare argomento. Dietro di lei, l'aria che fuoriusciva dal condizionatore appeso al soffitto le scompigliava delicatamente i capelli e soffiava verso di lui un lieve profumo, che gli fece ricordare il caprifoglio che cresceva dietro la casa dei suoi genitori in Pennsylvania: un misto di gelsomino e vaniglia.

«Ha detto che proteggete un tesoro nazionale», riprese. «Pensavo che il Meccanismo di Anticitera si trovasse al museo archeologico.»

La dottoressa inspirò a fondo. «Visto che lei mi ha rivelato informazioni confidenziali, io farò altrettanto. Il museo possiede una replica del vero Meccanismo. Quello autentico lo conserviamo qui, insieme con gli ottantadue frammenti minori, in modo da averli a disposizione per eseguire i test quando necessario. Se vuole, più tardi posso farglieli vedere. Il nostro è un istituto di ricerca all'avanguardia, con un laboratorio di metallurgia di livello internazionale e uno scanner per la tomografia assiale computerizzata in grado di sezionare virtualmente le strutture interne del congegno, che, come sa, sono corrose e deformate. Ogni volta che i nostri metallurgisti rimuovono nuovi frammenti microscopici delle parti corrose, ripetiamo le analisi. Le immagini così ottenute vengono poi trasmesse ai nostri esperti di modellazione 3D, che si avvalgono di sofisticati algoritmi di Machine Learning per comprendere meglio come funzionava il congegno. È un gruppo ristretto ma eccellente. Se le va, dopo posso farle vedere anche le apparecchiature.»

« Mi piacerebbe molto », rispose David. « Ho letto che lei è un'astronoma. »

« Esatto. Mi sono laureata all'università nazionale capodistriana. Non mi aspettavo di fare questo lavoro, ma quando si è presentata l'opportunità non ho potuto rifiutare, anche se un giorno probabilmente tornerò a studiare le lune di Giove. Comunque, anch'io ho letto qualcosa su di lei. Non sapevo nulla di Derinkuyu. È un luogo dove non ci si aspetterebbe di trovare niente di simile a ciò che avete scoperto. »

« È vero. »

« Le va di mostrarmelo? »

« Voglio prima ribadire ciò che ho scritto nell'e-mail. Mi deve promettere che non rivelerà questa scoperta a nessuno senza il mio permesso. »

« Glielo prometto », rispose lei.

David posò il trolley sul tavolo e inserì la combinazione nel lucchetto. Quando terminò di rimuovere gli strati di pluriball, svelando il congegno, lei si alzò in piedi. La sua prima reazione, un sussulto, non stupì David; la seconda invece sì: la dottoressa Lillakis scoppiò in singhiozzi.

« Mi scusi, non è molto professionale », mormorò la donna.

« Non c'è problema. La capisco. »

« Mi ha mandato solo una foto dell'interno », spiegò lei.

« Ho preferito essere cauto. »

« Non la biasimo. In fondo non mi conosce. È davvero sicuro della datazione? Potrebbe trattarsi di un falso moderno? »

« Abbiamo datato al radiocarbonio la cassa di legno e abbiamo richiesto una voltammetria delle componenti in bronzo. I risultati sono coerenti con la datazione dei resti umani, delle monete e degli altri reperti trovati nel sito. Risalgono tutti al II secolo a.C.»

«Chi ha eseguito la voltammetria?»

David fece il nome di un laboratorio turco.

«Sono bravi, ma noi siamo i migliori. Possiamo ripetere i test qui.»

«Ne sarei felice.»

La dottoressa si allontanò per prendere una bottiglietta d'acqua da un pensile e offrirne una anche a David. Bevve come se fosse terribilmente assetata, poi riprese: «Le dispiace tirarlo fuori?»

Lui lo estrasse con cautela dalla scatola e glielo mise davanti.

«Questo planisfero non rispecchia la concezione del mondo del II secolo a.C.», disse la donna. «Lei cosa ne pensa?»

«Posso riassumere il mio pensiero in due sole parole: sono confuso. Spero di trovare la risposta nelle iscrizioni. Non conosco il greco antico ed ero riluttante a inviare foto ai colleghi. Lei è in grado di decifrarle?»

David aveva iniziato a portare gli occhiali per leggere le scritte più piccole. Ma lei aveva occhi più giovani: studiò la superficie di bronzo, muovendo silenziosamente le labbra mentre scorreva le righe incise e, con il passare dei minuti, si asciugò spesso le lacrime con le nocche.

«Le dirò cosa c'è scritto, ma prima vorrei guardare all'interno», disse infine. «L'involucro si può rimuovere?»

«Non ci ho provato. Ho scattato la foto con un endoscopio a fibre ottiche facendolo passare attraverso il foro sul lato sinistro. L'ho portato con me.»

La dottoressa dedusse da sola come usare lo strumento e lo inserì nel foro della cassa sul lato sinistro, seguendone il percorso sul piccolo display e indugiando sugli ingranaggi. Questa volta, quando le lacrime tornarono a scendere, sembrò in imbarazzo. «Adesso penserà che io sia facile alla commozione.» Estrasse l'endoscopio, lo inserì nel foro a destra, poi in quello sul retro. Una volta terminato, sfilò lo strumento, lo spense e disse: «È solo che...» Fece una pausa prima di continuare: «È solo che abbiamo trascorso anni e anni a studiare un pezzo di bronzo corroso, potendo solo immaginare come si presentasse in origine il suo meccanismo. Come ho detto, abbiamo realizzato modelli virtuali e i ricercatori hanno creato apparecchi piuttosto rudimentali basandosi sulle simulazioni. Ma adesso, con il suo congegno, è come guardare un Meccanismo di Anticitera che non ha subito i danni del tempo. Gli ingranaggi hanno lo stesso spessore, circa cinque millimetri. Il diametro dell'ingranaggio più grande è di centocinquanta millimetri, più o meno lo stesso dell'ingranaggio principale del Meccanismo di Anticitera, il B1. Entrambi i congegni utilizzano ruote dentate epicicloidali per consentire a un ingranaggio di muoversi intorno all'altro. Prima che il Meccanismo di Anticitera fosse scoperto, si pensava che questo tipo d'ingranaggio differenziale fosse stato inventato nel XVI secolo. Ma c'è una cosa del tutto nuova. Ha notato la bobina di bronzo in basso?»

«No, non l'ho notata. Me la farebbe vedere?»

La dottoressa accese di nuovo l'endoscopio e trovò rapidamente ciò che cercava.

«Cosa pensa che sia?» chiese David.

«È una specie di molla, il che è sorprendente. Non ho idea della sua funzione. Questo tipo di molla a spirale si è diffuso con gli orologi del XVI secolo, non si era mai visto prima. Questo sarebbe il primo esempio, e precederebbe quelli noti di almeno millesettecento anni. In generale, la maestria con cui questo strumento è stato realizzato è sorprendente, soprattutto per un oggetto risalente al II secolo e del tutto paragonabile al Meccanismo di Anticitera. Sono certa, per quanto possibile, che la costruzione dei due strumenti sia attribuibile alla stessa officina.»

«Sapevo che avrei fatto bene a venire qui», disse piano David. «Ma qual era la sua funzione, secondo lei?»

«L'iscrizione allude proprio al suo scopo.» La donna si chinò sul congegno e lesse: «'Un dono, o uomo, di Zeus Soter...'» Alzò lo sguardo e spiegò: «*Sotér*, Salvatore, è uno degli epiteti che gli antichi greci attribuivano a Zeus. 'Un dono, o uomo, di Zeus Soter che lo diede alla Pizia che lo diede all'umanità.' Come forse saprà, la Pizia era la sacerdotessa di Apollo, nota anche come Oracolo di Delfi. Il testo continua: 'Presta attenzione, perché questo dono è un anatema per le Moire'. Conosce le Moire?»

«Le Parche romane, giusto? Ne ho qualche vago ricordo dagli studi di mitologia greca.»

«Sì. Le Moire sono in un certo senso superiori agli dei e presiedono al loro destino e a quello degli uomini. Persino Zeus si lamentava del loro potere smisurato. Il testo prosegue: 'Cloto che tesse il filo della vita, Lachesi che lo misura e Atropo che lo recide con le sue cesoie saranno sicuramente adirate per il dono di Zeus, poiché esso conferisce agli uomini la capacità di prevedere le catastrofi future, così che con lungimiranza possano evitarne le conseguenze'.» Alzò gli occhi pieni di lacrime.

«C'è altro, non è vero? Io ho riconosciuto la parola γῆ, ma lei non ha ancora nominato la Terra.»

«Ci sto arrivando. Ancora qualche riga», disse lei, riprendendo il filo. «'Questo dono dà agli uomini un potere che nemmeno Zeus possiede, poiché egli, pur conoscendo il destino di Sarpedonte, non poté impedirne la morte.' »

« Sarpedonte? » chiese David.

« Era il figlio di Zeus e Laodamia, una mortale. Durante la guerra di Troia, Sarpedonte combatté dalla parte dei troiani. Le Moire fecero sapere a Zeus che il suo amato figlio sarebbe stato ucciso in battaglia dall'eroe greco Patroclo, ma, in preda a un dilemma morale, il dio ritenne che fosse suo dovere mantenere l'ordine naturale delle cose. Pertanto non avvertì Sarpedonte, che fu ucciso, proprio come avevano previsto le Moire. »

« Certo che la conosce bene, la mitologia. »

« Indovini un po' cosa leggevo, anzi, divoravo, da bambina? Ma ecco la conclusione: si riferisce a Themis, la dea della legge e dell'ordine, nonché consorte di Zeus spesso associata al destino e alla profezia: 'Nel suo dolore, Zeus cospirò con Themis per rubare i segreti delle Moire e darli alla Pizia, la quale insegnò a me, umile servo, come costruire un apparato che consentisse agli uomini di conoscere il loro destino e cercarvi protezione. La Terra raffigurata qui non è la Terra che gli uomini conoscono. È la Terra nota agli dei'. »

« Tutto qui? » chiese David.

« Tutto qui », rispose lei, raddrizzando la schiena.

« Chi è l'autore, che si definisce 'umile servo'? »

« Non c'è un nome, ma le mani che hanno costruito questo strumento forse sono le stesse che hanno costruito il Meccanismo di Anticitera. In base alle vostre datazioni, i tempi coincidono. »

« Non ne capisco ancora il funzionamento », ammise David. « Immagino che gli ingranaggi facciano girare le lancette che a loro volta indicano i luoghi sulla mappa, ma come si fa ad azionarli? Forse veniva inserito qualcosa nei fori?»

«Sicuramente. Alla base di ogni ingranaggio ci sono dei fori dentro cui venivano inserite delle aste, probabilmente di bronzo, per metterli in moto. Non li avete trovati?»

«No. Perciò lei crede che il congegno fosse parte di un meccanismo più grande?»

«È molto probabile.» In quell'istante il telefono della dottoressa squillò. Lei guardò lo schermo e si scusò, allontanandosi in fretta.

Rimasto solo, David usò l'endoscopio per individuare i fori di cui lei gli aveva parlato. Il profumo del caprifoglio permeava ancora l'aria della stanza.

Quando la dottoressa tornò, aveva un fazzoletto spiegazzato in mano e le guance rigate di lacrime. «Mi scusi, era mio padre. Devo andare a casa.»

«Certo», rispose lui, facendo per riporre il manufatto nel trolley.

«Quanto tempo si ferma ad Atene?»

David lanciò un'occhiata al bagaglio. «Dovrei riportarlo in Turchia domani.»

«Dove alloggerà stanotte?»

Lui agitò il telefono. «Cercherò un hotel.»

Lei strinse forte le palpebre per un attimo. Quando le riaprì, i suoi occhi avevano un'espressione intensa e accorata. «Mi rendo conto che le sembrerà invadente, ma le posso chiedere di venire a casa dei miei genitori?»

David infilò le mani nelle tasche dei jeans, a disagio. «Se vuole possiamo incontrarci più tardi o domattina. Sua madre...»

«Per favore», lo supplicò, posando le mani sul trolley. «Posso spiegarle tutto, ma è importante che mia madre veda quest'oggetto prima di morire.»

4

Prima di mettere piede nell'infuocata odós Stadiou, Eleni prenotò un'auto tramite Taxiplon, spiegando a David che preferiva le app di trasporto greche a quelle americane. « Si potrebbe dire che io sia una nazionalista, nel senso più positivo del termine », disse.

Quando l'auto arrivò, i due salirono a bordo con il trolley ben stretto tra loro. Eleni chiese a David se conoscesse la città.

« La conosco perché ci sono venuto per partecipare ad alcuni convegni di archeologia. Ma la mia è una conoscenza superficiale. »

« La casa dei miei genitori non è lontana, si trova a Plaka, una zona molto amata dai turisti. La chiamano il 'quartiere degli dei', perché da lì, alzando lo sguardo, si vedono l'Acropoli e il Partenone. Plaka è una zona bella e d'importanza storica, ma crescere in mezzo ai turisti è stato al contempo una benedizione e una maledizione. »

La casa si trovava a metà di una stretta via residenziale con un piccolo bar in fondo, ed era un classico edificio a due piani con le finestre alte. L'intonaco giallo era annerito dall'inquinamento e disseminato di tracce di rampicanti ormai appassiti.

« È dell'inizio del XIX secolo, quindi abbastanza datata, per essere una casa ateniese », spiegò Eleni, pescando le chiavi nella borsa. « La gente si stupisce quando lo dico, ma è vero, se si considera che questa città è stata devastata da terremoti, invasioni straniere e pessime politiche urbanistiche.»

Mentre lei apriva la porta, David chiese se i suoi genitori sapessero che c'era anche lui.

«No, ma non è un problema. Saranno contenti della visita.»

Quando il sole era alto, la casa riceveva scarsa luce naturale. A prescindere dal fatto che ospitasse un'ammalata, l'ambiente era tetro, e l'odore di muffa e di chiuso si fondeva con quello di sigarette fumate di recente. Eleni gli chiese di aspettare, poi s'inoltrò per la scala centrale che scompariva nell'oscurità. Solo allora lui allentò la presa sul trolley. I dipinti a olio all'ingresso sembravano incolori nella penombra. A destra c'era un salotto con lampade d'argento ossidate, una statua dalle vaghe sembianze femminili e mobili sciupati. A sinistra una biblioteca. Voci attutite lo raggiunsero dal piano di sopra; senza dubbio stavano parlando di lui.

Quando finalmente scese le scale, Eleni era accompagnata da un uomo smunto, con i capelli bianchi e indosso un gilet di lana, che gli rivolse la parola in un inglese corretto, seppur connotato da un forte accento greco.

«Dottor Birch, ci scusi se l'abbiamo fatta aspettare», disse. «Mia moglie, Sofia, non sta affatto bene. Pensavamo di essere quasi alla fine, ma quando Eleni le ha detto cosa lei ha con sé si è come rianimata, quasi avesse ricevuto una scarica di adrenalina. Erano due giorni che non si sedeva sul letto! Sono il professor Lillakis, ma mi chiami pure Yiorgos.»

«Con piacere. Io sono David», rispose lui, stringendo la mano che l'uomo gli porgeva, le dita ceree e ingiallite dalla nicotina. «Mi dispiace davvero per sua moglie.»

« Che farci? È il destino. Ce l'ha qui con lei? In quel trolley? »

« Sì. »

« Da questa parte, prego », lo invitò Eleni, con gli occhi arrossati.

David aveva già esperienza di stanze in cui la malattia aveva albergato a lungo. Sua madre era una ferma sostenitrice del principio per cui, potendo evitarlo, nessuno sarebbe dovuto morire in ospedale. Così, quando lui aveva sei anni, sua nonna era rimasta nella loro camera degli ospiti per un mese, prima di morire. Poi, negli anni del liceo, era toccato a sua sorella alloggiare nella camera degli ospiti, dopo che la chemioterapia si era rivelata inefficace e il suo fisico debilitato non era stato più in grado di sopportarla. Attraverso lo spiraglio della porta, lui vedeva la madre che le dava la morfina liquida con il cucchiaio. In entrambi i casi aveva sentito lo stesso tanfo dolciastro e nauseante, l'odore della morte che trionfava sulla vita. E adesso, mentre entrava nella camera di Sofia Lillakis, lo stesso odore gli investì di nuovo le narici.

Gli venne da pensare che un tempo doveva essere stata una bella donna. I lunghi capelli, striati di grigio e acconciati in un'unica treccia, le stavano attorcigliati come un serpente intorno al collo lungo e fiero. Gli zigomi alti tendevano la pelle, giallastra e sottile come carta velina, sui lineamenti delicati.

Vedendolo, la donna tese un braccio tremolante. « Mi è sempre piaciuto il nome David. Si avvicini », disse con la gola secca.

Lui obbedì.

Gli parlò con frasi brevi e affannate. « Insomma lei è un archeologo. Anche molti miei colleghi lo sono, o lo erano. Prima di ammalarmi, facevo la restauratrice. Al museo archeologico nazionale.»

«Qual era la sua specializzazione?» le chiese lui.

«Ceramica. Mi piaceva tantissimo. Mi chiedo se non siano state tutte quelle sostanze chimiche...» Sollevò le mani, come per impedirsi di dire altro. «Mia figlia mi ha detto che ha qualcosa da mostrarmi. E che potrebbe essere la Michaní Pepromenou.»

Lui sbatté le palpebre. «Mi scusi, non parlo greco.»

Eleni mise una mano sulla spalla della madre. «Glielo spiegherò dopo, David. Può mostrarle il congegno?»

Yiorgos fece per trascinare un tavolino fino al letto e David corse ad aiutarlo. Poi, non appena vi pose sopra il manufatto, Sofia spalancò le palpebre cadenti.

Per diversi secondi, nessuno parlò.

Eleni scrutò il viso della madre mentre, con Yiorgos, fissava la mappa incisa nel bronzo. Siccome la camera da letto sorgeva sul retro della casa, i rumori della strada vi penetravano attutiti. Dal corridoio li raggiungeva solo il ticchettio smorzato di un orologio a pendolo. Erano i respiri a dominare il paesaggio sonoro. Quelli vigorosi di Yiorgos e del suo naso generoso. Quelli affannosi di Sofia che uscivano sibilando dal suo torace minuto. Quelli ravvicinati di Eleni, simili ai sospiri di una bambina.

Quando Sofia parlò, lo fece con emozione e con brevi frasi in greco, che fecero sentire David un intruso. Non capiva cosa i presenti si stessero dicendo, ma dalle scrollate di spalle e dai gesti di Eleni comprese che Sofia e Yiorgos le stavano facendo domande cui lei non sapeva rispondere. All'improvviso, la conversazione s'interruppe e Sofia si accasciò sulla montagna di cuscini, il corpo magro scosso dai tremiti. Yiorgos le porse un fazzoletto singhiozzando. Eleni le prese la mano e pianse a sua volta.

David restò immobile, in evidente imbarazzo. Era dolore, quello che vedeva? O cos'altro?

Ricevette una risposta, almeno parziale, quando Eleni si girò a sussurrargli: «Grazie. L'ha resa molto felice». Poi, girandosi di nuovo verso il letto, la giovane disse: «Forza, mamma. Adesso devi riposare. Tornerò presto».

«Vuoi che scenda con te?» le chiese il padre.

«No, papà. Resta con lei.»

Sofia chiese qualcosa in greco, ed Eleni girò la domanda a David. «Vuole sapere se può lasciare il congegno qui finché non si addormenta. Vorrebbe continuare a guardarlo.»

David assentì e seguì Eleni giù per le scale, attraverso la cucina e una porta sul retro che conduceva in giardino. I suoi genitori dovevano saperci fare con le piante, perché si trovò davanti a un caleidoscopio di colori e profumi. Una pergola di legno ricoperta di glicine schermava il giardino alla vista dei vicini. Le aiuole erano piene di grappoli rosa di salvia pomifera, ciuffi gialli di elicriso, lance di papaveri rossi, cascate viola di timo selvatico. E farfalle. Tantissime farfalle.

Per riempire il silenzio, in attesa che lei gli dicesse di più, David si complimentò del rigoglio.

«Questo è il periodo migliore dell'anno. E il giardinaggio è una passione di mia madre», spiegò Eleni con la testa china, coprendosi il viso con una mano. «Mi scusi. Le porto del vino.»

David aspettò a lungo, persino troppo, ma alla fine Eleni lo raggiunse all'ombra del pergolato, dove riempì due calici di assyrtiko.

«I suoi genitori sembrano proprio delle brave persone. Mi dispiace che stiate vivendo questo momento difficile», disse David.

Lei annuì, mandò giù una sorsata e in tono triste rispose: « È strano che lei sia arrivato proprio oggi ».

« Non crede che dovrei sapere cosa sta succedendo? » azzardò David. « Lei e i suoi genitori avete avuto una reazione esagerata alla vista del congegno. È evidente che sapete di cosa si tratta. »

« Ho fatto una telefonata », disse lei, eludendo la domanda. « Mi rendo conto di essere evasiva, ma ci sono persone qui ad Atene che deve incontrare. È bene che siano anche loro a spiegarglielo, oltre a me. »

David nascose l'impazienza meglio che poté. « Ascolti, tutta questa storia mi sembra inutilmente misteriosa. Ho corso il rischio di venire qui perché non sapevo a chi altro rivolgermi, ma non mi va di condividere la mia scoperta con un gruppo di sconosciuti. »

Eleni sembrava riluttante a guardarlo negli occhi. « La prego, anzi, la imploro, David. Per favore, venga con me a trovare i miei amici. Avrà le risposte a tutte le domande. Glielo prometto. »

« Almeno mi dica cosa significa *Michaní Pepromenou*. »

« Significa 'Macchina del destino'. »

La loro meta era poco distante, sempre nel quartiere di Plaka. Sarebbe bastata una breve passeggiata per raggiungerla, ma Eleni insistette per prendere la macchina del padre. « Non ho intenzione di andarmene in giro a piedi con questo trolley », disse.

La dimora un tempo elegante in odós Perinandrou era stata costruita all'ombra del tempio di Zeus Olimpio, nel frattempo divenuto parco archeologico. Risaliva alla stessa epoca della casa dei Lillakis, ma versava in pessime condizioni. David osservò l'intonaco sgretolato, i muri crepati e il legno marcio degli infissi e chiese se fosse pericolante.

«Il comune minaccia di renderla inagibile, ma dentro è messa meglio», spiegò Eleni.

«Chi ci vive?»

«Si chiama Iriniki. Le piacerà. E le piaceranno anche gli altri.»

Eleni suonò il campanello e, senza nemmeno aspettare risposta, precedette David in un ampio atrio che, in tempi migliori, sarebbe stato teatro di ogni genere di festeggiamenti. Ora, le pareti macchiate di umidità erano spoglie, i tappeti logori e i pochi mobili malridotti.

«Venga, saranno in biblioteca.»

A metà di un corridoio in penombra, David sentì l'inconfondibile borbottio di un ascensore. Un cancello si aprì sferragliando e una sedia a rotelle motorizzata emerse dal buio.

Una donna alle soglie dei sessanta, con indosso un maglioncino sottile, li salutò con una mano, mentre con l'altra manovrava un joystick. «Benvenuto, David Birch», esordì in un inglese impeccabile. «Dire che siamo emozionati d'incontrarla sarebbe un oltraggio alla parola 'emozionati'.»

Iriniki era minuta, quasi infantile, con i capelli tagliati corti e un ampio sorriso radioso. I suoi piedi nudi, con le unghie laccate di rosso, spuntavano dai pantaloni della tuta lucidi e di un azzurro intenso, come la bandiera greca.

«Lei deve essere Iriniki», disse David.

«Santo cielo! Sa come mi chiamo. Cos'altro sa di me?»

«Nient'altro.»

«Be', ci siamo appena conosciuti. Saprà tutto in men che non si dica.»

«Ci sono molte ville con l'ascensore, ad Atene?» chiese David.

«Niente affatto. Ma, dopo che, quand'ero ancora una bambina, è stato chiaro che non avrei mai camminato, i miei genitori hanno deciso d'installarne uno. Senza, non avrei mai potuto vivere qui. Si accomodi in biblioteca. Penso che ormai siano arrivati tutti. Quando Eleni ha chiamato, ho lanciato il bat-segnale e hanno mollato all'istante ciò che stavano facendo.»

La biblioteca era una stanza piuttosto ampia, con librerie su tre pareti e schedari di legno sulla quarta. Il camino, che non vedeva fiamme da decenni, era stipato di altri volumi.

Quando David entrò, una dozzina abbondante di teste si girò a guardare non lui, bensì il suo trolley. David esaminò i presenti come avrebbe fatto con i reperti di un museo sconosciuto. Immaginò che i più anziani arrivassero direttamente dal lavoro, perché gli uomini indossavano completi e giacche sportive e le donne abiti formali. I più giovani erano quasi tutti in maglietta e jeans, a eccezione di due ragazze, avvolte in tuniche di un bianco diafano in stile boho, lunghe fino alle caviglie. Diversi invitati si avvicinarono a Eleni per abbracciarla, sussurrandole frasi in greco.

Iriniki manovrò la sedia a rotelle fino a posizionarsi accanto al camino. «Parleremo in inglese: lo conosciamo tutti, chi più chi meno. Il nostro ospite, il professor David Birch, è americano. Noi membri ateniesi siamo presenti quasi al completo, tranne Yiorgos e Sofia e... dov'è Stelios?» domandò.

Prima che potesse aggiungere altro, un rumore di passi pesanti risuonò in corridoio. Un giovane robusto e dal viso rubizzo, avvolto in un completo marrone chiaro, entrò di corsa, spiegando concitatamente in greco perché era in ritardo. Quindi si accomodò su un divano accanto a una delle donne in abito bianco, che salutò con un bacio sulla guancia.

« Adesso ci siamo tutti », riprese Iriniki. « Professor Birch, so che Eleni non le ha detto nulla di noi, né del perché ci emozioni tanto l'idea di vedere cosa c'è in quel trolley e di sentire il suo racconto. Prima di spiegarle tutto, le useremo la decenza di presentarci. Io per prima. Mi chiamo Iriniki Baros e vivo e lavoro qui. Le persone in questa sala mi chiamano 'la bibliotecaria'. »

A turno, tutti enumerarono nome e professione. C'erano docenti universitari, medici, ingegneri informatici, avvocati, insegnanti, laureandi e dottorandi. Il ritardatario, Stelios, lavorava per il governo.

Iriniki aggiunse: « In tutta la Grecia contiamo quattro volte più membri di quelli che vede qui. Siamo un gruppo di persone che condividono alcune idee e ci facciamo chiamare *Phylakes tis Moiras*, ovvero 'Custodi del fato'. Non dubitiamo che siano state le Moire a portarla da noi e di questo siamo riconoscenti, sia a loro sia a lei. Andreas, per favore, lascia la tua poltrona al professore. Voglio che sia seduto mentre ascolta ciò che abbiamo da dirgli ».

Andreas, uno degli studenti, un ragazzone alto con una maglietta da basket dei Lakers, cedette volentieri la sua poltrona a David, che si accomodò sui cuscini sformati.

« La prima cosa che deve sapere », riprese Iriniki, « è che tutti noi siamo ellenisti, ovvero seguaci della tradizionale religione politeistica dell'antica Grecia, l'ellenismo appunto, in una variante adattata al mondo moderno. Riteniamo che le pratiche e le credenze religiose degli antichi fossero valide ai loro tempi come lo sono anche ai giorni nostri. Veneriamo l'intero pantheon degli dei greci, in particolare i dodici Olimpi. Dedichiamo loro preghiere e offerte - non sacrifici di animali, perché, come le ho detto, ci siamo adattati al mondo moderno - e celebriamo le festività tradizionali. La nostra è una religione estremamente etica e inclusiva, basata sui principi di reciprocità, ospitalità e moderazione.»

«Ha detto che vi definite Custodi del fato», disse David, nel tentativo di farle aggiungere altro.

«Gli ellenisti sono sempre esistiti, fin dall'antichità. Oggi, in tutta la Grecia e nel resto del mondo, contiamo migliaia di fedeli, ma solo poche decine sono anche Custodi del fato. I Custodi del fato provengono da una discendenza ininterrotta di ellenisti che, da oltre due millenni, cercano il congegno che secondo Eleni si trova nel suo trolley.»

«La Michaní Pepromenou», disse David.

«Ha sentito mia madre che ne parlava», spiegò Eleni.

«Sì, la Michaní Pepromenou», confermò Iriniki. «Di generazione in generazione, i Custodi del fato hanno invitato altri ardenti ellenisti a unirsi a loro, e per oltre duemila anni abbiamo mantenuto viva la fiamma cercando la Michaní Pepromenou, la Macchina del destino.»

David stava diventando impaziente. «E avete intenzione di dirmi cosa sarebbe?»

Yannis Makris, un anziano signore barbuto, inspiegabilmente a suo agio in un completo a tre pezzi in quella calda giornata estiva, sollevò un braccio e disse: «È un congegno che permette di predire il futuro».

David si maledisse in silenzio per essersi lasciato attirare in quella conventicola di matti e cominciò a chiedersi come potersi defilare educatamente. «Ascoltate, sono sicuro che capiate che un'affermazione del genere è molto difficile da digerire», confessò.

«Okay», rispose Eleni stizzita. «Le giuro che non ho detto a nessuno dell'iscrizione sul congegno. Qualcuno potrebbe illuminare David sull'origine della Macchina del destino secondo la nostra tradizione?»

Una delle donne in bianco, quella accanto a Stelios, l'ultimo arrivato, si alzò in piedi e cominciò a salmodiare: «Zeus non voleva che gli uomini soffrissero come lui aveva sofferto quando suo figlio, Sarpedonte, fu ucciso da Patroclo. Le Moire avevano predetto la sua morte, ma Zeus non poté intervenire, a rischio di essere visto. Distrutto dal dolore, escogitò un piano per sfidare le Moire cosicché i mortali non dovessero subire la sua stessa angoscia. Rubò i loro segreti e li consegnò all'Oracolo di Delfi, che li riferì a un abile artigiano che con quelli creò la Macchina del destino».

«Grazie, Lexi», disse Eleni. «Adesso vi dirò cosa c'era scritto sul congegno di David.» E a quel punto passò dall'inglese al greco.

Per diversi secondi David non capì cosa stesse succedendo, poi si rese conto che Eleni doveva aver memorizzato il testo presente sulla mappa incisa nel bronzo. Lei non aveva ancora finito di recitarlo, che molti dei presenti avevano già le lacrime agli occhi.

Dopo aver pronunciato le ultime parole, si voltò con aria di sfida verso David e disse: «Vuole che glielo traduca di nuovo in inglese?»

«Ricordo bene cosa diceva.»

«Allora qual è secondo lei la spiegazione per questa formulazione quasi identica?»

«Non ne ho una, ma non basta certo questo a convincermi che il congegno preveda il futuro. Occorrerebbe molto di più, prima di tutto dimostrare che Zeus e gli dei della mitologia sono reali. E, con tutto il rispetto per le vostre convinzioni, non credo sarà facile.»

La giovane donna con i capelli viola e un marsupio sul fianco balzò in piedi, gli puntò addosso un dito con fare accusatorio e urlò: «Come osa dire una cosa del genere? I bigotti parlano sempre a vanvera».

David non capiva perché quasi tutti i presenti fossero scoppiati a ridere finché Iriniki non spiegò: «Congratulazioni per aver scatenato la bestia. Koriana è la nostra lanciatrice di bombe ufficiale. Koriana, David è nostro ospite. Prosegui pure, ma rivolgiti a lui con rispetto».

«Va bene, ci proverò», rispose Koriana, mentre il rossore sulle sue guance si dissipava. «Professor Birch, conosce l'espressione 'esclusivismo religioso'?»

«No, ma penso di capire cosa significhi.»

«Ne sono certa», disse Koriana, decisa. «Perché le nostre convinzioni dovrebbero essere meno valide di, per dire, quelle cristiane? Perché gli dei che adoriamo dovrebbero valere meno del dio cristiano o degli dei di qualsiasi altra religione? Una volta ho assistito a un'intervista in cui un arcivescovo della Chiesa greco-ortodossa condannava la religione ellenista e prendeva in giro il modo in cui ci vestiamo per i nostri rituali. Diceva che sembriamo mascherati. E lo diceva indossando una tunica nera degna di Harry Potter e un cappello alto fino a qui! Noi non sosteniamo che la nostra sia l'*unica* vera religione. Diciamo che è una religione *vera*, e che gli dei del monte Olimpo che adoriamo esistono sicuramente. Qual è la sua religione, professore? In cosa crede?»

David fu tentato di appellarsi al diritto alla privacy, ma non avrebbe funzionato con quella gente. «I miei sono protestanti », disse invece. « Da bambino andavo in chiesa, ma non sono credente. Mi chiedete se penso che ci sia un dio, un dio cristiano? Un dio di qualsiasi tipo? Dirò solo che quest'idea non fa parte del mio ethos. Guardate, mi scuso se vi sono sembrato un esclusivista religioso, come lo definite voi. È solo che ho sempre pensato agli dei dell'antica Grecia come... be', come a entità mitologiche, cioè, non rappresentative di un movimento culturale o religioso ancora attivo. Non sapevo che l'ellenismo fosse ancora praticato. Non voglio assolutamente sminuire le vostre credenze. Sono venuto in Grecia per ottenere delle risposte, non per insultare una stanza piena di persone perbene. »

Eleni sembrò quasi prendere le sue parti, dicendo che era lei a doversi scusare con lui. « Il professor Birch ha accettato di venire qui senza sapere in cosa si stesse cacciando. E adesso noi ci stiamo coalizzando contro di lui. Diamogli un po' di tempo per lasciar decantare ciò che gli abbiamo raccontato. Intanto le va di mostrare a tutti l'oggetto per cui si trovano qui? »

David esitò, incerto. Non era entusiasta di rivelare la sua scoperta a una cerchia più ampia di estranei, soprattutto perché aveva infranto la legge turca portandola in Grecia, il posto peggiore in assoluto. D'altra parte, la gente presente in quella biblioteca sembrava sapere parecchie cose sul manufatto. Il silenzio calò nella stanza mentre lui rifletteva. Poi, quando infine iniziò ad aprire la cerniera del trolley, tutti sembrarono tirare un sospiro di sollievo.

« Sulla scrivania, lo metta sulla scrivania », disse Iriniki fremente.

David sollevò dalla scatola il congegno e lo posò delicatamente sull'unica superficie sgombra. I Custodi del fato si radunarono in cerchio, lasciando spazio per la sedia a rotelle di Iriniki. David li osservò mentre mormoravano tra loro sbalorditi. Alcuni lessero le iscrizioni a bassa voce. Koriana lo adocchiò e, in inglese, chiese alla donna accanto a lei: «Come la spiega, il professore, questa mappa?»

David rimase in silenzio e intervenne solo quando Stelios tirò fuori il telefonino per scattare una foto. «Mi dispiace, ma non posso permettervi di fotografarlo. Su questo non transigo.»

Stelios si scusò e rimise il cellulare in tasca.

«Non ne ha già scattata una?»

«No, no. Giuro. Le faccio vedere, se vuole.»

«David, va bene se racconto al gruppo come ha trovato il congegno e cosa ci ho visto quando ho guardato dentro?» intervenne Eleni.

«Non mi piace l'idea di rivelare certi dettagli. A tempo debito pubblicheremo un articolo.»

Eleni sorrise e disse: «Se mi permette di essere sincera con il gruppo, condivideremo con lei le informazioni che le faranno comprendere quanto sia urgente la situazione».

«Quale situazione? Non sapevo che avessimo una 'situazione'.»

«Ce l'abbiamo eccome», ribatté Iriniki.

«È d'accordo, David? Mi consenta di riferire agli altri ciò che mi ha detto in confidenza, e noi le riveleremo ciò che sappiamo», disse Eleni.

David acconsentì a malincuore ed Eleni si lanciò nella descrizione di Derinkuyu e di ciò che aveva visto attraverso l'endoscopio di Mazhar. Poi arrivarono le domande. Perché Derinkuyu? Perché quel tesoro greco era finito nella lontana Anatolia? Chi era l'uomo con il piccone che forse aveva portato il prezioso congegno in quelle grotte? Dove stava andando? Chi erano gli uomini che lo inseguivano? Le risposte di David, tutte varianti di « al momento lo ignoriamo » o « forse ulteriori scavi forniranno le risposte », non furono granché utili.

Quando le domande si esaurirono, David aprì le braccia e disse: « Va bene, ora tocca a voi. Ditemi, cosa c'è di così urgente? »

Iriniki si prestò a fare da portavoce avvicinandosi a lui con la sedia a rotelle e iniziando a spiegare: « Quello che sappiamo viene tramandato oralmente da secoli. I Custodi del fato di ogni generazione s'impegnano nella ricerca della Macchina del destino e, se non la trovano, devono garantire che le generazioni successive ne vengano a conoscenza. Ciò che è trasmesso oralmente viene spesso considerato inattendibile. Tuttavia, come sentirà tra poco, la sua scoperta conferma buona parte delle nostre credenze. La nostra tradizione ci dice che la Macchina del destino fu costruita durante il primo anno della centoquarantaduesima Olimpiade. Gli antichi greci non misuravano il tempo in singoli anni, ma basandosi sui cicli quadriennali dei giochi olimpici. Ora, poiché la prima Olimpiade si tenne nel 776 a.C., la Macchina del destino dovrebbe essere stata costruita nel 212 a.C. »

David si sporse in avanti sulla poltrona. La data era coerente con le prove raccolte a Derinkuyu.

« E adesso viene la parte più importante », proseguì Iriniki. « I Custodi del fato sono a conoscenza di un evento catastrofico che si verificherà cinquecentosessanta Olimpiadi dopo la data di costruzione della Macchina del destino. Il ciclo quadriennale di cui parliamo è iniziato tre anni fa. Manca solo un anno alla sua conclusione. La calamità attesa potrebbe verificarsi oggi. O tra un anno. Ma in ogni caso il tempo stringe.»

«Il tempo per fare cosa, per l'esattezza?» David era palesemente irritato.

«Secondo la tradizione, la Macchina del destino andò perduta nello stesso periodo del Meccanismo di Anticitera. Riteniamo che fosse composta da quattro pezzi separati, o chiavi: quattro chiavi, passate dagli dei all'uomo, che insieme erano in grado di rivelare i segreti del cosmo. Le chiavi in questione erano: la chiave del mondo, la chiave delle catastrofi, la chiave del tempo e la chiave degli dei. Lei, David, ha appena scoperto la chiave del mondo. Il planisfero che vi è raffigurato mostra il mondo così com'è oggi, un mondo che solo gli dei potevano conoscere due millenni fa. Questo ci riempie di un'immensa speranza. Significa che è possibile trovare anche le altre tre chiavi.»

«E poi?» incalzò David. «Supponiamo di avere tutte le chiavi su questo tavolo. Cosa succederà a quel punto?»

«Quando saremo in grado di conoscere la natura dell'evento catastrofico, potremo agire per salvare l'umanità. Perché lei vuole salvare l'umanità, vero, David?» chiese Eleni.

«A volte sì, altre no», rispose lui. Ma poi, vedendo che la battuta era stata accolta da un silenzio di tomba, aggiustò il tiro. «Non so davvero cosa potrei fare per voi.»

Koriana scattò in piedi. «Io ho ventisei anni. Non voglio morire. Non voglio che la mia famiglia e i miei amici muoiano. Dopo due millenni, il destino ha scelto lei. Ha già trovato una chiave. Può aiutarci a trovare le altre.»

David rispose sollevando il congegno e rimettendolo nel trolley. « È stato un piacere conoscervi. Apprezzo la vostra sincerità, ma devo riportarlo in Turchia domani. »

« Per favore, ci aiuti! » esclamò Koriana.

« Mi dispiace, ma devo andare. »

I visitatori dell'Istituto di Anticitera spesso alloggiavano in un hotel convenzionato. Eleni insistette per accompagnarvi David e assicurarsi che gli venisse applicata la tariffa agevolata. Durante il breve tragitto in macchina non si dissero nemmeno una parola e, date le circostanze, si separarono cordialmente. Si scambiarono i numeri di telefono, poi lui le chiese di porgere i più sinceri saluti ai genitori e lei gli augurò buona fortuna per il suo lavoro.

Quella sera, David rimase nell'hotel e ordinò il servizio in camera. Gli sarebbe piaciuto andare fino all'Acropoli, ma aveva paura a lasciare il manufatto incustodito nella stanza. Si appisolò guardando un programma televisivo greco, senza capirci nulla, e si svegliò qualche ora dopo per gli squilli del cellulare.

« David, sono Eleni. La disturbo? »

« Per niente. »

« Volevo dirle che mia madre è morta. »

« Oh, mi dispiace molto. »

« Il funerale si terrà domani. »

« Okay... »

Quando Eleni parlò di nuovo, aveva la voce incrinata. « Mi ha riferito un ultimo desiderio, poco prima di spirare. Ha chiesto che lei venga al funerale. »

5

David trascorse il mattino dopo nella sua stanza, vegliando come una chioccia sul manufatto e lavorando a un articolo su un precedente scavo. Arrivò a casa Lillakis prima del tramonto e porse subito le condoglianze a Eleni.

«Grazie per essere venuto. La sua presenza onora mia madre», gli disse lei, con gli occhi asciutti ma arrossati.

David ribatté che gli faceva piacere essere lì e, se non suonò molto convincente, fu perché in realtà avrebbe preferito essere da tutt'altra parte. Rendendosene conto, si ripromise di recitare un po' meglio nelle ore a venire.

Il padre di Eleni era in giardino sotto il pergolato, a fissare il vuoto e sorseggiare un bicchiere di vino. Quando vide David, si alzò e spalancò le braccia. «Non so come ringraziarla. È proprio un brav'uomo», disse.

«Le faccio le più sentite condoglianze per sua moglie. Mi sarebbe piaciuto conoscerla meglio.»

«Era una donna eccezionale, mi creda. Aveva un intelletto superiore. E un cuore pieno di saggezza e compassione. Non so proprio come faremo senza di lei.» Le ginocchia gli cedettero ed Eleni gli prese la mano per aiutarlo a sedersi. «Dobbiamo andare al cimitero tra poco», concluse Yiorgos.

Indossavano vestiti casual, ma David ipotizzò che si sarebbero cambiati. «Purtroppo non ho portato con me niente di più appropriato», disse.

«Sarà una cerimonia informale, non si preoccupi», lo informò Eleni.

David aveva con sé il trolley. «Non sapevo cosa fare con il congegno. Non volevo lasciarlo in hotel; è un problema se lo porto con me?»

«Venga», lo invitò Yiorgos. «Ho la soluzione perfetta per farla stare tranquillo.»

Alla cantina di casa Lillakis si accedeva attraverso il ripostiglio. Discesero le vecchie scale scricchiolanti. Le travi del soffitto e i pilastri in legno erano crivellati di fori di tarlo. La stanza era grande, asciutta e polverosa, rivestita di scaffalature in cui erano ordinatamente riposti articoli da ferramenta e giardinaggio, cianfrusaglie e ricordi di famiglia.

«Durante la Seconda guerra mondiale, questa era la casa di mio nonno», spiegò Yiorgos. «Quando è stato chiaro che i nazisti avrebbero preso Atene, lui si è preoccupato di proteggere i cimeli di famiglia - dipinti, gioielli e simili -, oltre a un po' di denaro e oro. Così, ha fatto costruire un caveau. Lei è un cercatore di tombe. Vediamo se riesce a trovarlo.»

David lo assecondò e passò un po' di tempo a ispezionare la cantina, guardando dietro la caldaia, sotto le scale, sotto vecchi tappeti, alla ricerca di portelli nascosti. «Sono in difficoltà», confessò infine.

«Ecco, guardi», disse Yiorgos, andando verso una scaffalatura che ricopriva la parete sul lato del giardino. Allungò la mano dietro di essa e tirò una grossa asta di ferro conficcata nel cemento, che la fece ruotare sui cardini, allontanandola dal muro e svelando una porta simile a quelle dei caveau delle banche.

«Ma pensa un po'!» si stupì David.

«Hanno scavato sotto il patio, versato il cemento, rimontato il patio e installato la porta blindata. Mio padre mi ha detto che c'era anche lui quando i tedeschi hanno perquisito la cantina, senza trovare un bel nulla.» Yiorgos fece girare la grande serratura a combinazione, aprì il caveau e accese la luce. La camera blindata era vuota, fatta eccezione per alcune scatole. «I cimeli si sono esauriti da tempo, la mia famiglia li ha venduti per sopravvivere nel dopoguerra. Io uso il caveau per conservare qualche euro, qualche moneta d'oro e la vecchia pistola di mio nonno, una FN Modèle 1910, con qualche scatola di munizioni. La detengo in modo illegale, non ho mai ottenuto un porto d'armi, ma sono sicuro che lei non mi denuncerà.»

David sorrise. «Le do la mia parola.»

«Allora, se la sente di lasciare qui il suo tesoro?»

Yiorgos seguiva il sole che calava in direzione del Terzo cimitero di Atene, mentre guidava piano nel traffico scorrevole. David sedeva accanto a lui, Eleni nel sedile posteriore, singhiozzando sommessamente. L'archeologo si sentiva di troppo in quell'occasione tanto intima e, per placare il disagio, ricordò a sé stesso che erano stati loro a volerlo lì. Arrivati al cimitero, Eleni prese due borse di tela dal bagagliaio e scrutò il parcheggio in cerca di volti familiari. Vide un uomo dai capelli bianchi scendere dall'auto e lo chiamò. Quello si avvicinò e abbracciò calorosamente lei e Yiorgos.

«David, questo è il professor Alexandros Petridis. Era un collega di mia madre al museo ed è anche lui un archeologo. La accompagnerà alla tomba. Noi faremo una breve veglia privata nella cappella prima di raggiungervi.»

David vide alcuni Custodi del fato e si accorse che avevano tutti una borsa di tela. Eleni e il padre si unirono a loro sul sentiero per la cappella.

Petridis era un uomo corpulento, con un impeccabile completo bianco, della stessa tonalità della sua folta chioma. David si avviò accanto a lui lungo un ampio sentiero alberato.

« Temo di non sapere molto di lei, a parte che è un archeologo americano. È un amico di famiglia? » chiese Petridis.

« Ho conosciuto i Lillakis solo ieri. »

« Capisco, o a dire il vero non proprio. Ma sono certo che sia qui per un buon motivo. »

« Può dirlo forte », commentò David, senza aggiungere altro.

« Be', magari Yiorgos ed Eleni m'illumineranno, prima o poi, o magari no. Lei ha una cattedra, David? »

« Sì, a Harvard. »

« Oh, conosce per caso Winnifred Cunningham? »

« Ma certo. È bravissima. »

« Nei primi anni Duemila, è venuta a trovarmi durante uno dei miei scavi, un sito di arte classica a Mykonos. Santo cielo quanto beveva, quella donna! Lei dove lavora? »

« Perlopiù in Turchia. »

« Ah, sì? E di che civiltà si occupa? »

« In genere degli ittiti, ma a volte vario un po'. »

« Già, noi archeologi siamo come cani e gatti randagi, seguiamo la scia odorosa dei finanziamenti. Sono contento di vedere che ha delle scarpe comode. Ci aspetta una bella camminata. Il cimitero è immenso, il più grande della Grecia, forse di tutti i Balcani. La morte di Sofia non è stata una sorpresa. Quella poveretta ha sofferto tantissimo, soprattutto verso la fine. Lei è mai stato a un funerale greco? »

« No. »

« Di solito vengono celebrati secondo il rito ortodosso. Questo è un'eccezione, perché la famiglia è, come dire... particolare. »

« Sì, lo so. »

« Apprezzo molto il loro fervore e, da classicista, ammiro la loro dedizione nei riguardi dell'antichità. La trovo commovente. I preti ortodossi, invece, storcono il naso. »

Alla luce del giorno morente, superarono innumerevoli tombe e sepolcri, camminando fianco a fianco per un tratto lungo il quale David ascoltò, dalla bocca del suo accompagnatore, un dettagliato resoconto sulle moderne pratiche di sepoltura greche. « Abbiamo un problema che gli antichi non avevano: abbiamo esaurito lo spazio per seppellire i nostri morti. A complicare le cose ci si è messa pure la Chiesa greco-ortodossa, che ancora proibisce la cremazione, tanto che fino al 2019, nel Paese, non esisteva nemmeno un crematorio. Sa come abbiamo risolto il problema, diciamo così? Ora, per legge, dopo tre anni di sepoltura, i cari estinti vengono esumati e i loro resti raccolti in una scatola e trasferiti in un *osteophylakio*, un ossario. »

« Ma tre anni di solito non sono sufficienti perché un corpo si trasformi in un mucchio di ossa », obiettò David.

« Esatto! Ecco perché la maggior parte delle famiglie sceglie di non partecipare a queste macabre cerimonie. Ma c'è un inghippo: bisogna pagare una quota annuale per conservare i resti nell'ossario. Se la quota non viene pagata, le ossa vengono trasferite in una fossa comune chiamata *choneftiri*. Un nome che deriva dalla parola greca che significa 'digerire'. »

« Allettante. »

«È proprio il caso di dirlo. Fortunatamente, alcune famiglie hanno dei lotti di proprietà. Nel caso dei Lillakis, credo sia stato il bisnonno di Yiorgos ad acquistarlo. Anche se devono effettuare un pagamento annuale a tempo indeterminato per il privilegio di un riposo indisturbato, era un pensiero consolante, per Sofia, sapere che sua figlia non avrebbe dovuto sopportare un'esumazione. Ah, eccoci qui. È pacificante, non trova?»

Il lotto di famiglia, un gruppo di rettangoli di marmo alti mezzo metro, sorgeva in un piacevole boschetto quasi ai confini del cimitero. Una delle tombe era scoperchiata e, accanto alla fossa, c'era un mucchio di terra scura. Piano piano, circa venticinque persone si unirono a loro due, salutandoli con aria affranta. Un addetto al cimitero accese alcune candele infilate su bugie di ferro.

«Molti dei presenti sono accademici, colleghi di Sofia o Yiorgos», spiegò Petridis a David. «Per quanto ne so, nessuno è un ellenista. Oggi questa religione è rara, ma era quasi inesistente quando i genitori di Yiorgos e i loro antenati prima di loro hanno iniziato a praticarla. Non so con precisione a quando risalga la loro conversione alla fede pagana. Yiorgos l'ha fatta conoscere a Sofia quando hanno cominciato a frequentarsi, e lei l'ha abbracciata a sua volta. Diceva che l'ellenismo aveva reso Yiorgos ancora più interessante ai suoi occhi. Eleni è stata cresciuta in quella fede, quindi per lei è naturale come respirare.» Il professore indicò il sentiero. «Eccoli che arrivano.»

I Custodi del fato fendevano l'oscurità con torce accese, camminando piano e cantando. Osservandoli, David capì il commento che Eleni aveva fatto poco prima a proposito dell'abbigliamento. Indossavano tutti degli *himation* bianchi, i tradizionali indumenti di lana della Grecia classica, drappeggiati sotto il braccio sinistro, allacciati sulla spalla destra e lunghi fino alle caviglie. La sedia a rotelle di Iriniki ronzava davanti al gruppetto, mentre la donna teneva parte dei drappi raccolti in grembo. Nel vederli, i visitatori del cimitero rimasero a bocca aperta e iniziarono a scattare fotografie.

«So che è incredibile, ma mostrare così apertamente la loro fede sarebbe stato illegale prima del 2017, quando il governo ha reso il paganesimo un culto riconosciuto dallo Stato. Ancora oggi gli ellenisti possono celebrare cerimonie in siti archeologici e culturali come l'Acropoli solo dopo aver ottenuto costosi permessi. Per gran parte della gente, rappresentano più che altro una sorta di attrazione. Mentre i sacerdoti ortodossi li odiano con tutti sé stessi», spiegò Petridis.

Quando la processione si avvicinò, David vide che la bara di Sofia era adagiata su un carretto trainato a mano da Stelios e da un altro giovane prestante, Nikolaos. Mentre i due portavano il carretto verso la tomba, gli altri Custodi del fato continuarono il loro canto sommesso e ipnotico, radunandosi in cerchio intorno al feretro insieme con gli altri presenti.

Poi l'inno s'interruppe bruscamente ed Eleni parlò in inglese, a voce alta, salmodiando: «Oh, Natura, che, nella tua grandezza, hai intessuto l'arazzo dell'esistenza, annodando vita e morte in una trama indissolubile. Tu che con la tua saggezza ci porti in questo mondo e, quando arriva il momento, ci richiami al tuo abbraccio».

«Lei è l'unico non greco qui. Sta parlando in inglese per lei, credo», bisbigliò Petridis a David.

«Siamo qui in memoria e in onore di mia madre Sofia, che ha percorso il cammino della vita guidata dalla luce della ragione e dal calore dell'amicizia. Come ha sempre apprezzato la gioia della vita, così ha compreso la natura della morte: un ritorno alla pace dove non c'è più dolore, né paura, né desiderio. Nel sereno giardino di Epicuro, abbiamo appreso che la fine dell'esistenza non è altro che il compimento di un processo naturale. Ci conforta sapere che ora Sofia riposa, libera dai vincoli della carne e dalle preoccupazioni terrene. Nella quiete della natura e dei suoi cicli, possa lei trovare la beatitudine eterna e possiamo noi trarre forza dall'inarrestabile marcia dell'universo, in perenne movimento ed evoluzione, ma sempre in equilibrio nella sua eterna danza di creazione e ritorno. Con cuori calmi e menti lucide, diciamo dunque addio, non nell'angoscia, ma in una pacifica accettazione della legge universale che tutto governa. Addio, madre mia. Possa il tuo viaggio essere lieve mentre ritorni al vasto abbraccio senza tempo del cosmo.» Nel pronunciare l'ultima parola, Eleni individuò David nell'ombra e lo guardò dritto negli occhi.

Lo sguardo di lei lo fece sussultare e di colpo avvertì, in tutta la loro essenza, la brezza serale, il bagliore della luna bassa nel cielo e il fruscio dei cipressi.

La cerimonia proseguì in greco. Yiorgos srotolò una pergamena scritta a mano e, alla luce della torcia di Eleni, con voce gutturale intonò un altro canto.

Dopo la prima strofa, il professore sussurrò a David: «Questa è una trenodia, un inno funebre composto da Yiorgos. Parla della vita e delle virtù di Sofia».

David non aveva bisogno di conoscere la lingua per comprendere la profondità delle emozioni di Yiorgos.

Terminato il canto, il vedovo fece ricadere il mento sul petto ansimante e i celebranti iniziarono a intonare un'altra mesta melodia.

«Posso tradurla, se vuole», sussurrò il professore. «'O Persefone, regina delle ombre, figlia del raccolto, nel tuo duplice regno di luce e ombra, tessi l'arazzo della vita e dell'aldilà. Nei campi dorati di Eleusi, i tuoi passi segnano il mutare delle stagioni, dalla fioritura della primavera alla quiete dell'inverno, riflesso dei cicli del nostro cammino mortale. Mentre emergi in superficie e torni negli inferi, collegando il mondo dei vivi e dei defunti, insegnaci ad abbracciare la bellezza della nostra esistenza terrena e l'inevitabilità del ritorno. Nelle profondità del tuo regno, dove gli spiriti trovano riposo, concedi a Sofia un passaggio lieve e un luogo di pace tra coloro che ci hanno preceduto.' »

Le nuvole oscurarono la luna, immergendo la cerimonia nelle tenebre. Se non fosse stato per le torce, l'oscurità sarebbe stata completa. Ci furono altri canti funebri e orazioni. E a ogni nuovo canto David si sentì trasportato in un'antichità ancora viva e pulsante. Se non fosse stato per i rumori della moderna Atene, avrebbe potuto credere di trovarsi nella Grecia classica, al funerale di un'aristocratica. Era preda di un incantesimo intenso e toccante.

Ascolta, gli diceva una voce nella sua testa. *Apri le orecchie. Apri il tuo cuore.*

Iriniki fece avanzare la sedia a rotelle e prese un foglio. Quando parlava, aveva una voce del tutto anonima, ma cantava in modo straordinario, con toni da soprano chiari e cristallini e un'incredibile naturalezza.

« È un'ode funebre in stile classico », sussurrò Petridis.

« Potrebbe tradurmela? »

« Con piacere. Iniziano con la strofe. »

I Custodi del fato danzavano in senso orario intorno a Iriniki.

« 'Nella danza sacra del cosmo, dove le Moire intrecciano i loro fili, Sofia, con la tua ricerca, hai toccato i cieli e abbracciato la terra. Con sguardo implacabile alle ombre dell'ignoto, hai svelato i misteri dell'universo, incarnando l'eternità.' »

« E ora l'antistrofe », disse Petridis, mentre Iriniki proseguiva e i Custodi del fato invertivano la direzione. « 'Con le tue parole dirette agli dei, i tuoi occhi rivolti alle stelle, la saggezza di Atena e la forza di Artemide, hai illuminato il cammino. Conversando con le Moire, decifrando la danza della vita e della morte, Sofia, sei diventata un ponte di armonia tra immortali e mortali.' »

Tutti si fermarono e sollevarono le torce.

« E ora la conclusione, l'epodo », annunciò il professore. I Custodi del fato unirono le loro voci in un coro lugubre. « 'Nell'abbraccio delle stelle, dove nascono sogni e speranze, hai trovato la verità nascosta dal mondo, risolvendo gli enigmi del destino. Nell'inno dell'universo, nella tranquillità dell'infinito, il tuo nome echeggerà come una luce tra le stelle. Ora, mentre viaggi verso l'Ade sui sentieri segreti degli dei, le Moire ti accolgono con canti di eterna armonia. Sofia, stella pura e luminosa, nell'abbraccio del cosmo riposa in pace, nell'eterna danza della vita e della morte.' »

I necrofori calarono la bara nella tomba e sollevarono il coperchio di marmo, sistemandolo al suo posto. Dopo quel gesto irrevocabile, i Custodi del fato spensero le torce e s'incamminarono lentamente lungo il sentiero buio, proseguendo nel loro canto.

Petridis disse che la loro canzone era un peana a Zeus e agli dei dell'Olimpo. Quando s'incamminarono dietro il corteo, David sperò che il professore smettesse di parlare, in modo da poter semplicemente ascoltare e assorbire ogni dettaglio di quella sera. Il suo desiderio si avverò, lasciando che i suoi pensieri corressero a un altro funerale. La cerimonia protestante per la morte di sua sorella era stata un evento freddo e austero, dove tanto le parole quanto i canti erano sembrati esangui e asciutti. Ricordava di aver cercato, nella chiesa bianca e disadorna, almeno una persona che mostrasse apertamente il suo dolore. Ma, non trovando nessuno, era stato costretto a reprimere le proprie emozioni per non violare quel silenzio. Il funerale di Sofia era stato l'esatto opposto. In esso, una religione antica, vibrante e potente, aveva ripreso vita. Quante volte, da archeologo, aveva fantasticato di tornare indietro nel tempo, anche solo per un giorno, per osservare da vicino una civiltà ormai scomparsa? Seguendo i Custodi del fato, con la loro musica nelle orecchie e le loro vesti bianche che sventolavano nella brezza, si sentì magicamente catapultato nell'antica Grecia. Proprio in quel momento, qualcuno in fondo al corteo si girò a fissarlo con astio. Era Koriana, la donna che lo aveva accusato di esclusivismo religioso.

Aveva ragione, pensò David.

Quante migliaia di divinità erano state adorate nel corso dei secoli, da quando i primi esseri senzienti avevano guardato il cielo? Perché gli dei antichi venivano relegati nella sfera del mito, mentre quelli più recenti del cristianesimo, dell'islam, dell'ebraismo e dell'induismo erano degni di essere venerati? Quanto era arrogante sostenere che le proprie credenze fossero migliori di quelle altrui, che il proprio dio fosse l'unico vero dio, mentre gli altri fossero solo falsi idoli?

Durante il tragitto verso casa, Yiorgos ed Eleni gli parvero esausti, quasi assenti.

«Grazie per essere venuto», disse Eleni.

«È stata una cerimonia molto toccante», rispose David. Non stava recitando. Lo pensava davvero.

«Ci piacerebbe che si unisse a noi per una festa in onore di Sofia. A quest'ora gli altri saranno già arrivati », aggiunse Yiorgos.

Durante il funerale, un servizio di catering aveva allestito l'occorrente nel giardino, che ora appariva decorato con lanterne e disseminato di cibo e bevande.

Eleni e Yiorgos andarono a cambiarsi.

Rimasto solo, David si versò un whisky liscio e rimase seduto finché non arrivò Yannis Makris, il primo Custode del fato. Il gentiluomo barbuto si era tolto la tunica e ora indossava un elegante abito di lino.

« Ah, whisky. Un'idea eccellente », disse, notando il bicchiere di David. Gli sedette accanto e fece un brindisi. « A Sofia. Ci mancherà molto. »

David bevve con lui.

« Allora, cosa pensa dei nostri riti funebri? Immagino che, non conoscendo il greco, si debba basare solo sulle impressioni. »

« Un collega di Sofia, il professor Petridis, ha tradotto per me. Mi è sembrata una cerimonia bellissima. »

« La nostra è una religione legata agli elementi naturali. Sentiamo la presenza degli dei nel cielo serale, negli alberi, nel mare. Non siamo mai soli. »

Arrivarono i due uomini che avevano trasportato la bara di Sofia, ora vestiti con jeans e maglione.

« Stelios? Lazaros? Potreste prendere la pedana per Iri? È nell'armadio all'ingresso », disse loro Yannis.

Nell'arco di pochi minuti, giunsero tutti i Custodi del fato. Evangelea aveva ancora indosso l'*himation*. Collegò il suo telefonino a un amplificatore e si unì a David e Yannis. Dalla cassa risuonarono canzoni popolari greche. Stelios si avvicinò alla donna, posandole un braccio sulle spalle con fare possessivo.

«Vediamo se ho ancora buona memoria», disse David. «Yannis, mi pare che lei sia un banchiere.»

«Sì, lavoro per la Banca centrale. Mi occupo di tassi d'interesse e altre questioni noiosissime, ma essenziali, dell'economia.»

«E lei, Evangelea, è iscritta all'università di Atene.»

«Wow, se n'è ricordato.»

«Cosa studia?»

«Architettura. Vorrei progettare edifici e spazi pubblici.»

«E, Stelios, lei ha detto che lavora per il governo. Dove, precisamente?»

«Al ministero della Difesa. Sono un piccolo ingranaggio in una grande macchina che si occupa di pianificazione e amministrazione. Fare l'archeologo deve essere ben più entusiasmante.»

«Sì, devo ammettere che ogni tanto ha il suo fascino.»

«Come quando ha trovato la Michaní Pepromenou, immagino», disse Yannis.

Eleni e Yiorgos arrivarono per ultimi. Yiorgos si accomodò accanto a Iriniki sotto il pergolato, ed Eleni raggiunse David.

«Posso rubarle un minuto?» Lo condusse in biblioteca e si sedette accanto a lui su un vecchio divano di pelle screpolata. «Ho una lettera per lei da parte di mia madre.»

David fece un respiro profondo e, trattenendo il fiato, prese la busta sigillata.

«Può leggerla ora, se le va.»

La lettera era vergata con una calligrafia tremante su carta bianca ed era scritta in inglese. Le righe non erano parallele e tra le lettere ogni tanto c'erano interruzioni improvvise. David immaginò che in quei punti Sofia si fosse fermata per tossire.

David,

sono sempre stata brava a capire il prossimo, spesso già da un primo sguardo. I suoi occhi l'hanno tradita: sono occhi gentili, che brillano d'intelligenza e curiosità. Le scrivo queste parole mentre gli ultimi granelli scorrono nella mia clessidra. Se sta leggendo, significa che mi ha accontentata e ha accettato di rimanere ad Atene per il mio funerale. Vede quanto è buono? Durante i funerali ellenistici noi invochiamo gli dei affinché concedano al defunto l'ingresso nei Campi Elisi, dove si trascorre l'eternità nella gioia perenne, sotto gli occhi vigili di Ade e Persefone. Yiorgos avrà posto una moneta nella mia bocca per pagare il traghettatore Caronte affinché mi accompagni sull'altra sponda del fiume Stige: se gli dei mi sono stati favorevoli, adesso mi trovo lì.

Lei ha esaudito il mio ultimo desiderio. Ora, gliene affido un altro. La prego, aiuti Eleni e gli altri a trovare le chiavi mancanti della Macchina del destino. Nonostante i suoi difetti, il mondo merita di essere salvato. Ho conosciuto molti archeologi, e tutti, in fondo al cuore, erano esploratori e avventurieri. I Custodi del fato sono brave persone, ma nessuno di loro è in grado di fare ciò che potrebbe fare lei. È un cercatore di tesori smarriti nel tempo, un detective, un risolutore di enigmi, e ha una grande forza, sia fisica sia spirituale.

Il fato l'ha condotta a una chiave. Sicuramente arde dentro di lei il desiderio di trovare le altre. La imploro. Salvi mia figlia e i bambini che un giorno potrebbe mettere al mondo. Salvi tutti.

SOFIA LILLAKIS

Eleni lo stava guardando e, quando lui si posò il foglio in grembo, quello sguardo si fece penetrante.

« Immagino che lei sappia cosa c'è scritto », disse lui. « Ha una risposta da darle? »

David non si era accorto di piangere. Se ne rese conto solo quando si toccò le guance bagnate: a quel punto, sbatté le palpebre, sorpreso. Aveva mai pianto da adulto? Aveva perso il conto delle volte in cui il suo stoico padre gli aveva detto: « I Birch non mostrano le loro emozioni ».

Ciò che gli stava succedendo era del tutto inaspettato. Pensava che avrebbe osservato con distacco i rituali di un gruppo di eccentrici benintenzionati e poi sarebbe tornato a Derinkuyu per riprendere il suo lavoro. Più avanti, avrebbe pubblicato un articolo sulla mappa misteriosa, curioso di sapere cosa ne pensassero i colleghi accademici. Avrebbe raccontato agli amici, davanti a un drink, della sua serata di riti pagani. Non aveva previsto quell'ondata di emozioni, il modo in cui l'antichità aveva ripreso vita, concreta e pulsante, il legame instaurato con Eleni e la sua famiglia, la sua istintiva simpatia per i Custodi del fato e per la loro dedizione a un'impresa donchisciottesca. All'inizio era stato tentato di liquidare la loro fede negli antichi dei, e nel destino, come una fantasticheria; ma – e sapeva che si trattava di una possibilità infinitesimale – se Sofia e gli altri avessero avuto ragione? La mappa era reale e sembrava impossibile da spiegare.

Anche solo il giorno prima, la risposta che si risolse a dare a Eleni sarebbe stata inconcepibile; quella sera, invece, gli parve scontata. « La risposta è sì. »

L'abbraccio di lei fu tanto stretto quanto fugace. Le scatole di fazzoletti erano ovunque in casa Lillakis, e lei ne tirò fuori un paio. « Ne vuole uno? » gli chiese.

« Io non piango mai », dichiarò David, asciugandosi il viso con la mano.

« Mi pare che ora lo stia facendo. Dobbiamo dirlo agli altri. »

« Che sto piangendo? »

Dapprima lei parve prenderlo sul serio, poi lo vide sorridere e capì che scherzava. « Della sua decisione. »

« Non si faccia troppe illusioni. Non ho la più pallida idea di dove cominciare a cercare. »

« Iriniki sta lavorando a un archivio. Penso che potrebbe aver trovato qualcosa. »

6

Quando tornò in giardino, Eleni fece un piccolo cenno affermativo al padre e si rivolse al gruppo. «Ho qualcosa da dirvi.»

Tutti posarono i piatti pieni di cibo e la guardarono con aria fiduciosa.

«La musica», disse Yannis bruscamente.

Evangelea passò il dito sul suo telefonino e i canti popolari greci s'interruppero all'istante.

Il silenzio calò sul giardino. David non aveva mai vissuto niente di paragonabile a ciò che sperimentò dopo che Eleni ebbe annunciato la sua disponibilità ad aiutarli. Fu preso d'assalto, travolto da strette di mano, abbracci e baci, un'ondata di gratitudine e gioia che faceva da bizzarro contrappunto alla tristezza del funerale.

«Mi permetti di ritrattare le cose brutte che ho detto sul tuo conto?» chiese dolcemente Koriana, che sciolse prima di tutti le formalità tra il professore e il gruppo, passando dal lei al tu.

David sembrava divertito. «Non mi parevano poi tanto brutte.»

«Non mi riferisco a ciò che ti ho detto in faccia. Parlo di ciò che ho detto agli altri.»

Lui scoppiò a ridere. «Certo, considerale annullate», disse, accettando il suo abbraccio.

Stelios lo raggiunse da dietro, gli diede una sonora pacca sulla schiena e gli disse: «Bravo».

L'onda d'urto di quella manata parve attraversare il

petto di David, riverberandosi fino allo sterno. « Non ci vai piano, amico. Sono contento che tu non sia arrabbiato con me. »

« Cosa ti ha spinto a cambiare idea? » gli chiese Iriniki, girandosi sulla sedia a rotelle.

« È stato merito di tutti voi, ma la lettera di Sofia ha rotto ogni indugio », ammise David.

Asterios, un avvocato di mezza età con una folta chioma di capelli neri, propose un brindisi a Sofia. Tutti sollevarono i calici e bevvero. Dopo un po', Eleni si chinò su Iriniki, chiedendole di recuperare la borsa che aveva infilato tra una gamba e la sponda laterale della sedia a rotelle.

« Mi avete detto in tanti che ho un'aria stanca », esordì la donna. « È vero. Sono stata sveglia quasi tutta la notte. Sono anni che mi dico che dovrei alzare il culo - metaforicamente, è ovvio - e imparare a usare un software per catalogare il nostro archivio. Come molti di voi sanno, però, quando si parla di tecnologia sono un dinosauro. Sono un'archivista più del XIX secolo che del XXI. Il massimo che sono riuscita a fare è stato organizzare il materiale in ordine cronologico. Probabilmente hai visto gli schedari nella biblioteca di casa mia, David. Quello è il nostro archivio. Generazioni di Custodi del fato vi hanno depositato frammenti sparsi d'informazioni riguardanti la possibile ubicazione della Macchina del destino. I miei genitori hanno ricevuto l'archivio da una coppia senza eredi, la cui famiglia lo custodiva da generazioni. Quando dico 'frammenti sparsi', intendo proprio questo: ritagli di giornale, telegrammi, appunti che i Custodi del fato hanno preso durante i loro viaggi, dopo aver osservato o ascoltato qualcosa di rilevante sul Meccanismo di Anticitera. Alcune lettere risalgono al XVI secolo, ma direi che più della metà di tutto ciò di cui disponiamo è costituito da ritagli di giornali, periodici e riviste scientifiche dal 1901 a oggi.»

Eleni si girò verso David. «Nessuno aveva mai ipotizzato che il Meccanismo di Anticitera e la Macchina del destino potessero essere correlati, ma il fatto che gli antichi greci fossero riusciti a costruire un congegno tanto complesso e sofisticato ha spinto i Custodi del fato a credere che anche la Macchina del destino potesse esistere ed essere ritrovata. I Custodi del fato sono da sempre ossessionati dal Meccanismo di Anticitera. Io ne ero già infatuata prima di avere la possibilità di dirigere l'istituto.»

Suscitando qualche risata, Iriniki aggiunse: «Dovremmo istituire una nuova demarcazione temporale: a.D. per 'avanti David' e d.D. per 'dopo David'. Prima dell'avvento di David non avevamo punti di riferimento per esaminare con occhio critico l'archivio; dopo David, abbiamo visto la chiave del mondo. Ieri notte, alle quattro, mi sono imbattuta in un appunto del 1898 di un Custode del fato di nome Dimitri, originario di Salonicco. In esso, Dimitri diceva di aver sentito parlare di un interessante papiro, appartenuto a un collezionista privato di Creta, in cui erano menzionati le 'ruote del destino', le 'terre dei sogni' e Zeus. Pur essendo certo che quel papiro, di cui non conosceva ulteriori dettagli, meritasse un'indagine, Dimitri non sapeva quando sarebbe riuscito a raggiungere Creta. Ho cercato nell'archivio altri eventuali appunti o lettere risalenti ai successivi vent'anni, ma non ho trovato nulla, quindi non sappiamo se Dimitri abbia mai svolto quell'indagine».

Yiorgos, accasciato sulla sedia, un bicchiere di ouzo in mano e un'espressione spenta, fu il primo a parlare. «Allora è a Creta che dovrai iniziare la ricerca. Le 'ruote del destino', secondo me, sono ingranaggi come quelli presenti nel congegno di David. Le 'terre dei sogni' sono la chiave del mondo di David, una mappa della Terra che gli antichi potevano solo sognare. Quanto a Zeus, be', la Michaní Pepromenou è opera sua, dico bene? David, sei mai stato a Creta? »

« Una volta, per una conferenza. »

« Noi ci andavamo in vacanza », disse Yiorgos tristemente. « Eleni lo sa bene. »

David guardò Eleni e rispose: « Allora andremo a Creta ».

Le libagioni e le commemorazioni proseguirono finché Eleni non mise a letto il padre, ormai ubriaco. I Custodi del fato scemarono alla spicciolata, esprimendo le loro speranze e preghiere per il successo della missione di David ed Eleni.

Dopo che tutti se ne furono andati, Eleni annunciò: « Vado a prenotare i biglietti aerei. Ci saranno diversi voli al giorno per Heraklion ».

David aveva bevuto ininterrottamente e cominciava a girargli la testa. « Non all'alba, per favore. » Stava ancora riflettendo, chiedendosi in cosa diavolo si fosse cacciato, quando il suo cellulare squillò. Era Peter Andreesen.

« Peter, è mezzanotte passata. Tutto bene? »

« Non ti ho svegliato, vero? » rispose il dottorando con voce tesa.

« No, sono ancora in piedi. Cosa succede? »

« Volevo aspettare domattina per chiamarti, ma non riuscivo a prendere sonno. »

« Okay... »

« Oggi, dopo il lavoro, sono andato al deposito. »

David sapeva cosa stava per dirgli, ma fece il finto tonto. « E come mai? »

«Nessun motivo particolare, solo per scrupolo.»

«Capisco...»

«Ho aperto la cassa del congegno con la mappa e l'ho trovata vuota. Non c'erano segni di effrazione e tu sei l'unico ad avere la chiave oltre a me. Quindi...»

«Non devi preoccuparti, Peter. Ce l'ho io.»

«Questo l'avevo capito, ma non mi spiego il motivo. Sei in Grecia, giusto?»

«Giusto.»

«Come hai fatto a portarlo all'estero senza una licenza di esportazione?»

«Ascolta, non è una tua responsabilità. Non devi preoccuparti. Meno sai, meglio è. Il congegno è con me ed è perfettamente al sicuro. Se mai la notizia si diffondesse, sarebbe soltanto colpa mia. Dirò che non sapevi nulla e ti consiglio di fare altrettanto.»

«Santo cielo, David!»

«Va tutto bene. Sono riuscito a ottenere informazioni importanti tramite il mio contatto qui ad Atene. Quando avrò finito, il congegno tornerà in Turchia.»

«Cioè quando?»

«Non lo so. Nel giro di qualche giorno, forse una settimana. Avvertirò io Mazhar e Oguz. Ma come vanno le cose? È arrivato il pezzo di ricambio?»

«Non ancora. C'è stato qualche ritardo. Nel frattempo, ho usato una scala per infilarmi nella voragine sul soffitto del cunicolo ed esplorare il livello superiore. Finora ho trovato più o meno ciò che abbiamo già visto: solo una serie di gallerie vuote. Ci saranno sicuramente dei punti di collegamento con altri livelli, ma non li ho ancora trovati.»

«Vedi però di non perderti.»

«No, tranquillo.»

«E dico sul serio: non preoccuparti di quello che combino io, okay?»

«Non mi preoccupo, anche perché non so nemmeno di cosa si tratta.»

«Bravo, risposta esatta.»

La mattina seguente, quando erano già al gate d'imbarco dell'aeroporto, David si allontanò da Eleni per chiamare Oguz. Voleva essere lui, e non uno dei suoi a Derinkuyu, a informare il finanziatore del viaggio che stava per intraprendere, sebbene non fosse per nulla entusiasta di dover fare quella chiamata.

«Allora, David, è tornato alla base?» esordì Oguz.

«Non proprio. Ho avuto alcune conversazioni molto proficue con degli esperti, ma ho bisogno di passare qualche altro giorno in Grecia per approfondire i dettagli.»

«Di quanto tempo parliamo?»

«Di qualche giorno, credo.»

Dopo una pausa eloquente, Oguz disse: «Sappia che non sono affatto contento, David. Lei ha delle responsabilità qui in Turchia».

David era infastidito, ma non voleva rovinare i rapporti con il suo finanziatore. «Signor Oguz», disse, adottando il grado di formalità imposto dall'uomo d'affari. «Lei sa benissimo quanto noi apprezziamo il suo sostegno. Tuttavia, in quanto responsabile del progetto, devo poter condurre le indagini scientifiche con la necessaria libertà di movimento. Il manufatto con la mappa è una scoperta di rilevanza eccezionale, anzi, rivoluzionaria. La dottoressa Lillakis dell'Istituto di Anticitera sospetta che provenga dalla stessa officina del Meccanismo di Anticitera. Il fatto che il congegno sia stato trovato a Derinkuyu permette di stabilire un collegamento tra l'Anatolia e le tecnologie più all'avanguardia del mondo ellenistico.»

«'Ellenistico', per me, significa cultura greca, non turca. Non la pago per glorificare la Grecia. I greci, di gloria, ne hanno già in abbondanza, anche senza il mio aiuto.»

«Il mondo antico era meno compartimentato di quanto potremmo pensare», replicò David, perorando la propria causa. «Il commercio e le conquiste contribuivano a stabilire legami profondi tra culture diverse. La presenza di uno strumento scientifico tanto sofisticato a Derinkuyu ci dice che l'Anatolia si collocava tra i centri più all'avanguardia nella ricerca tecnologica dell'epoca. Ma, prima di annunciare il rinvenimento al mondo, abbiamo il dovere di scoprire il più possibile al riguardo.»

«Be', e cos'ha scoperto finora?»

David aveva deciso di mantenere vaghe le sue rivelazioni. «Si tratta molto probabilmente di una specie di congegno astrologico usato per predire gli accadimenti terrestri. Le iscrizioni in lingua greca alludono a un legame mitologico con gli dei e il destino. La dottoressa Lillakis ritiene che fosse costituito da altri elementi che, se trovati, potrebbero in qualche modo renderlo di nuovo funzionante.»

«E cosa dice la dottoressa della mappa dall'aspetto moderno?»

«È incuriosita, ovviamente, ma non ha spiegazioni. Ha però qualche idea su dove potremmo trovare gli elementi mancanti. Se li trovassimo, potremmo ottenere delle risposte. Cercherò di rimanere lontano da Derinkuyu il meno possibile. Il dottor Erduran sta ancora aspettando dalla Germania il pezzo di ricambio per il rilevatore di muoni. Cercherò di tornare in tempo per guardare i risultati delle prime scansioni che effettuerà sotto la stanza dov'è stato trovato il congegno.»

Oguz concluse la conversazione bruscamente. «Senza girarci tanto intorno, David, le dico che sono contrariato. Mi faccia sapere quando decide di tornare in Turchia.»

Eleni aveva occupato un posto a sedere per David vicino al gate. Dopo che lui ebbe terminato la chiamata e messo via il telefonino, spostò la borsa e gli disse: «Sembri arrabbiato».

«Si vede tanto?» chiese lui, senza aspettarsi una risposta. «Se avessi voluto lavorare con il fiato di qualcuno sul collo, avrei fatto il dipendente di un'azienda privata, non l'archeologo. Ho venduto l'anima al diavolo accettando di esser finanziato da un ricco uomo d'affari. Non è contento che io abbia lasciato la Turchia.»

«Sa che hai portato con te la chiave del mondo?»

«Per carità, no! Il tuo istituto sa del tuo viaggio a Creta?»

«L'ho detto ai miei collaboratori, ma non ho superiori diretti cui rendere conto. L'istituto ha un piccolo consiglio di amministrazione che risponde al ministero della Cultura, il nostro principale finanziatore, però i consiglieri non si fanno quasi mai vedere, a parte durante le riunioni periodiche.»

«Beata te.»

«David, ti siamo davvero grati per l'aiuto, mi dispiace che ti stia creando problemi.»

«Nessun problema», rispose lui in modo poco convincente. «Eri al telefono con il direttore del museo di Heraklion?»

«Sì, Nicos Galanis. Mi ha richiamato, per fortuna.»

«Immagino che essere la direttrice dell'Istituto di Anticitera apra diverse porte.»

Eleni parve arrossire appena. « Non lo avevo mai sperimentato prima, ma a quanto pare sì. Galanis non è stato in grado di dirmi se il papiro appartenga alla loro collezione, ma ci ha dato il permesso di verificare. »

« Hai chiesto se il loro è l'unico museo di Creta che custodisce papiri? »

« Mi ha detto che è impossibile che uno dei musei minori abbia qualcosa del genere. Se fossero entrati in possesso di un pezzo del periodo classico, lo avrebbero certamente ceduto al museo archeologico di Heraklion. È più probabile che sia nelle mani di un privato, o che sia stato venduto o donato a un museo fuori dell'isola, sempre che esista davvero. In ogni caso, se è al museo archeologico, lo scopriremo presto. »

Durante il volo, della durata di un'ora, David ed Eleni divisero la cabina con numerosi turisti diretti alle spiagge e ai siti archeologici dell'isola. Sedettero vicini, ma parlarono poco. Lei era ancora sconvolta per la morte della madre, lui preferì non disturbarla e si soffermò a fissare fuori del finestrino il mare incredibilmente azzurro.

Nel breve tragitto verso l'hotel, il tassista li scambiò per marito e moglie. Sentendoli parlare in inglese, disse: « Siete una bella coppia. In luna di miele sulla nostra isola, vero? Certe cose le capisco subito ».

La brusca risposta in greco di Eleni lo spinse a chiudere il becco per il resto del tragitto. David non le chiese cos'avesse detto. Aveva scelto lei l'albergo, un hotel di charme a buon prezzo nel centro di Heraklion, a due minuti di camminata dal museo. Fecero il check-in, si sistemarono nelle rispettive stanze e pranzarono in un ristorantino all'aperto lì vicino.

« Hai già visitato il museo? » chiese Eleni, e dal tono

piatto della domanda David capì che si stava sforzando di fare conversazione.

Fu tentato di dirle: *Eleni, tua madre è appena morta. Non devi per forza chiacchierare con me.* Invece rispose: « Sì, qualche anno fa. Hanno una collezione minoica fantastica, una delle più ricche al mondo ». Consapevole del suo stato d'animo, la sollevò dai convenevoli, lanciandosi in una dissertazione sull'infruttuosa ricerca di connessioni tra la cultura ittita dell'Anatolia e quella minoica di Creta. « Ittiti e minoici ebbero quasi certamente scambi commerciali, ma finora non ci sono prove concrete a sostegno di questa tesi. Non so cosa darei per trovare una statua o una ceramica minoica in Turchia. Sarebbe la scoperta della vita. »

« Penso che tu abbia già fatto la scoperta della vita », ribatté lei, asciutta.

Nicos Galanis, con la sua aria affabile e una giacca di lino sgualcita, li aspettava nell'atrio del museo.

« Benvenuti all'AMH », disse, usando l'acronimo con cui era conosciuto il museo archeologico di Heraklion. « È un piacere ricevere visite illustri da Atene e Cambridge. Non so se ne siate a conoscenza, ma il nostro istituto vanta quasi centocinquant'anni di storia ed è uno dei musei più grandi della Grecia. Venite, vi accompagno nei magazzini, dove vi affiderò alle mani della dottoressa Kyriadis, la curatrice delle nostre collezioni classiche. »

Melina Kyriadis era una donna di mezza età con l'aria disgustata di chi ha appena assaggiato qualcosa di sgradevole. Quando li salutò, fin troppo sbrigativa, il direttore parve in imbarazzo per lei.

« Per quanto mi sforzi, non riesco a capire perché la direttrice dell'Istituto di Anticitera e un archeologo di Harvard, che, a giudicare dal suo curriculum, non si occupa del periodo classico, siano interessati a un papiro cretese », disse la donna.

David ed Eleni avevano elaborato una storia di copertura per questo genere di domande.

« Sono lusingato che abbia cercato informazioni su di me », rispose David. « Sono qui su richiesta di un collega, uno studioso di antichità classica che di recente è venuto a conoscenza di una lettera del XIX secolo che menziona il papiro che stiamo cercando. Sapeva che sarei venuto a Creta e mi ha chiesto di provare a reperirlo, dal momento che sta scrivendo un articolo su Zeus e le Moire per cui potrebbe essergli utile. La dottoressa Lillakis è una mia cara amica. »

« La nostra ricerca non ha nulla a che fare con il Meccanismo di Anticitera », aggiunse Eleni.

« Se avessimo avuto un maggior preavviso, avremmo potuto chiedere a Eleni e David di tenere dei seminari per noi », disse Galanis, dirigendosi verso la porta. « Ora vi lascio nelle mani capaci di Melina. Buona ricerca! »

« Seguitemi », disse la curatrice. « Non conosco questo papiro in particolare, ma abbiamo centinaia di frammenti non catalogati. Se solo il governo greco ci assegnasse una piccola frazione di ciò che dà all'Istituto di Anticitera, forse potremmo permetterci di catalogare il materiale in modo più efficiente. »

Eleni rivolse a David un sorrisino mentre la curatrice li precedeva in un ripostiglio allestito con vari armadi, un piccolo tavolo e un paio di sgabelli.

Kyriadis scelse due scatole da un armadio e disse: « Se non è qui dentro, non ce l'abbiamo noi ».

« Di quanto tempo disponiamo? » chiese David.

« Chiudiamo alle cinque. Se avete bisogno di più tempo, domani apriamo alle nove. Se serve, mi trovate in fondo al corridoio. A proposito, sapete leggere il greco antico? »

« Ce la caveremo », rispose Eleni.

« Bene, perché io ho molto da fare. Troverete pinzette e lenti d'ingrandimento laggiù », aggiunse la donna. « Mi sembra superfluo dirvelo, ma vi prego di fare attenzione ai papiri. Sono molto fragili. »

Quando furono di nuovo soli, David disse: « È stata gentile », suscitando in Eleni una risatina, il suo primo barlume di allegria. « Vediamo un po' cos'abbiamo qui. » David aprì la prima scatola e fischiò. Era piena di vassoi di plastica, ognuno suddiviso in una dozzina di scomparti quadrati. I papiri erano in maggioranza frammenti irregolari delle dimensioni di francobolli, accanto ad alcuni più grandi.

Insieme elaborarono un piano per ottimizzare il tempo.

Lei gli propose d'imparare a riconoscere una singola parola della koinè. « Mi concentrerei sui termini chiave: 'ruote', 'destino', 'mappe', 'sogni' e 'Zeus'. »

« Io scelgo 'Zeus' », disse David.

Eleni scrisse il nome del dio in greco e lo avvertì: « Non sarà così chiaro. Potrebbe sembrare uno scarabocchio, se non è stato scritto in una grafia formale, la cosiddetta 'grafia documentaria', da uno scriba professionista. Se vedi qualcosa che gli somiglia, anche lontanamente, avvertimi ».

« Non vedo l'ora di dire alla curatrice che tra noi due l'esperta di greco antico è l'astronoma. »

« Già, l'astronoma sommersa di finanziamenti governativi », rispose Eleni con sarcasmo.

Ogni passaggio di quella ricerca era laborioso, a partire dall'estrazione dei delicati frammenti dai vassoi. Molti papiri erano sbiaditi e, agli occhi di David, le lettere si confondevano l'una con l'altra. Resistette alla tentazione di fare una battuta sul fatto che a lui sembrasse più aramaico che greco e concentrò gli sforzi nella ricerca della parola « Zeus ». Temendo di sbagliare, le chiese però di sorvegliare da vicino il suo lavoro.

« Che ne dici di questa? » domandò una volta.

« Quella no. Significa 'birra' », replicò lei.

Procedettero a fatica per tutto il pomeriggio. Alle cinque meno un quarto, la curatrice riapparve per chiedere come andava. « Abbiamo appena iniziato con la seconda scatola. Finora niente », rispose David.

« Sono perlopiù documenti relativi alla compravendita di grano », commentò Eleni.

« Ah, sì? » disse Kyriadis, girandosi verso David.

« Non guardi me. È la dottoressa Lillakis la paleografa. »

« Capisco », disse brusca la curatrice. « Una donna dai molti talenti. Volete tornare domani? »

« Sì, grazie. Saremo qui alle nove », disse David.

La mattina dopo, s'incontrarono per colazione nella sala da pranzo dell'hotel. La sera prima, Eleni aveva saltato la cena. Era stanca e scossa, ed era chiaro che aveva bisogno di un po' di spazio per elaborare il lutto da sola. David, invece, aveva fatto una bella passeggiata nel centro città e al porto, e aveva trovato un bar tranquillo, non battuto dai turisti, in una stradina laterale vicino al parco Georgiadis.

« Mi dispiace di averti abbandonato ieri sera », gli disse lei quella mattina.

«Capisco benissimo», rispose lui.

«Cos'hai fatto?»

«Ho mangiato, bevuto un paio di drink e sono andato a letto.» Sorvolò sul fatto che avesse passato del tempo a riflettere sull'opportunità di proseguire con la ricerca e avesse persino cercato se ci fossero voli per tornare ad Atene il pomeriggio successivo. «Hai pensato a cosa vuoi fare se non avremo successo nemmeno con la seconda scatola?»

«Ci toccherà controllare nei musei minori dell'isola. Continuare a fare domande. Ormai siamo qui, non possiamo gettare la spugna.»

David sollevò il bicchiere di succo d'arancia per un brindisi. «Che la seconda scatola sia quella giusta.»

Come il giorno prima, la curatrice non fu felice di vederli. Si scusò frettolosamente e li lasciò soli. David aveva acquisito maggiore dimestichezza con la parola «Zeus» e si destreggiava tra i papiri a un ritmo più spedito.

Dopo tre ore di ricerche, si ritrovarono ciascuno con un ultimo vassoio da verificare. Eleni finì per prima e rimase a guardarlo mentre estraeva gli ultimi frammenti con le pinzette.

«Mi dispiace», disse lui, chiudendo di scatto il coperchio.

Eleni scoppiò a piangere.

David non sapeva se fosse per la delusione di quel fallimento, per sua madre o per entrambi i motivi. Non importava. Sentiva il forte desiderio di aiutarla a superare quel momento, ma non aveva idea di come farlo.

«Ci penso io», disse Eleni, riponendo al suo posto la scatola appena controllata.

David si aspettava che, dopo, avrebbe chiuso l'anta dell'armadio, invece la vide guardare verso l'alto.

« Non c'è una scala. Tu riesci a raggiungere la scatola in cima? » gli chiese.

« Perché? »

« L'etichetta dice: 'Manoscritti miscellanei - Donazioni al museo'. »

David era abbastanza alto da riuscire a prenderla. « Pensi che dovremmo chiedere a Miss Simpatia? » domandò. Ma poi si rispose da solo. « No. Ha detto che aveva *molto* da fare. »

A differenza delle scatole di papiri, quella in alto era stipata di buste di varie dimensioni e colori, ciascuna con un'etichetta scritta a mano. Eleni e David si misero a esaminarle insieme.

« Questa è la lettera di un generale della Rivolta cretese del 1866 », disse lei, mettendola da parte. « Questa è una copia dell'accordo di Varkiza del 1945, non credo che abbiamo bisogno di saperne di più. Questa è un proclama di un sacerdote bizantino del X secolo. Mio Dio, che confusione! Hanno davvero bisogno di finanziamenti per una catalogazione decente. » Eleni continuava a estrarre buste, a leggere le etichette e a mettere da parte ciò che non le interessava.

Erano a metà del lavoro quando David la vide prendere un respiro profondo.

« Che cos'è? » chiese.

« L'etichetta dice: 'Papiro d'epoca ellenistica, dono del 1935 di M. Kostas'. »

« Okay, wow. »

Eleni estrasse una piccola busta bianca da una gialla più grande. Dentro c'era una terza busta semitrasparente, che mostrava un frammento di papiro di circa due centimetri per tre. « Puoi usare tu le pinzette? A me tremano le mani », sussurrò.

David estrasse il papiro fragilissimo, lo adagiò con cura sulla busta gialla e guardò le labbra di Eleni muoversi mentre leggeva tra sé le righe di un marrone scolorito.

Con un singhiozzo, alla fine disse: « L'appunto di Iriniki era veritiero. È un frammento di poesia di un tale Persopoulos. '*E morì di febbre, la mente sequestrata dagli dei, delirando di ruote del destino e terre dei sogni, e del luogo di nascita del potente Zeus.* Persopoulos' ».

« Porca miseria! » esclamò David. « Perdona il commento molto poco colto. »

« Porca miseria, davvero. Sapresti dirmi qualcosa sull'epoca del papiro, a un primo sguardo? »

« Dovremmo eseguire una datazione al radiocarbonio, ma a occhio e croce potrebbe benissimo essere del II secolo a.C. »

« Corrisponde tutto. Le 'ruote del destino' potrebbero riferirsi agli ingranaggi di bronzo. Le 'terre dei sogni' alla mappa sconosciuta. »

« E il 'luogo di nascita di Zeus'? Cosa pensi possa essere? »

« Sai cosa c'è sull'isola di Creta? » disse lei piano.

« No, dimmelo tu. »

« La grotta di Psychro. Il luogo in cui, secondo il mito, nacque Zeus. Dobbiamo noleggiare un'auto. È a un'ora da qui. »

Mentre Eleni scattava foto del papiro, David rifletté che probabilmente non sarebbero tornati ad Atene quel giorno, come aveva previsto.

Durante il tragitto verso il villaggio di Psychro, lungo un paesaggio montuoso solcato da stretti tornanti, risero ricordando la reazione della curatrice alla loro scoperta. « Bah », aveva detto la donna in tono scontroso, « non ho mai sentito parlare di questo Persopoulos. Nella migliore delle ipotesi, era un poeta minore. Volete che richieda una datazione? Se il suo socio in America è interessato, magari troverà lui i fondi necessari. Comunque avreste dovuto chiedermi il permesso prima di aprire altre scatole. »

Eleni aveva visitato la grotta di Psychro due volte, in vita sua. Spiegò a David che era un posto speciale per gli ellenisti, non perché credessero che fosse l'effettivo luogo di nascita di Zeus, ma perché nutrivano un forte rispetto per le tradizioni antiche. « Crediamo nel potere e nella maestà degli dei dell'Olimpo, ma con un'interpretazione moderna. Ci concentriamo sugli aspetti rituali, culturali e spirituali. Non sottostiamo a un'accettazione passiva di ciò che ci dice il mito. Devi pensare a noi come a quei cristiani che credono in Cristo e nei principi umanistici del cristianesimo, non come ai fondamentalisti che prendono per oro colato ogni parola della Bibbia. Per noi, la grotta di Zeus è una specie di tempio naturale dove contemplare i misteri dell'universo. »

« Possiamo esplorarla in autonomia? » chiese David.

« Non credo. La sala principale è accessibile tramite visite guidate. Il resto è off limits. »

Quando arrivarono nel remoto e impervio sito della grotta, mancavano due ore alla chiusura e il parcheggio si stava già svuotando. David si stiracchiò e ammirò davanti a sé la distesa bruna dell'altopiano di Lasithi e, all'orizzonte, una catena di cime spoglie che svettavano nel cielo velato. Intorno a loro, i venditori ambulanti di succo d'arancia e di ciliegia e i chioschi di souvenir stavano iniziando a chiudere bottega.

Eleni lesse la segnaletica. « C'è un ultimo tour che inizia tra venti minuti. »

« Dove? » chiese David, guardandosi intorno e non vedendo nulla.

Eleni sollevò il braccio per indicare in alto. « Dobbiamo salire per poi ridiscendere. »

Rinunciando a noleggiare un asino, s'inerpicarono per un pendio roccioso fino ad arrivare a un casotto di pietra calcarea, dove Eleni acquistò due biglietti. Camminarono per un breve tratto, unendosi a un gruppo di persone che si aggirava senza meta in attesa che iniziasse il tour. Un cancelletto li separava dalla voragine che corrispondeva all'ingresso della grotta.

Non passò molto che una fila di turisti sudati e stremati dalla fatica uscì dall'antro al seguito di un ometto in là con gli anni, che aveva indosso pantaloncini e scarpe da trekking e sfoggiava la pelle coriacea e i polpacci muscolosi di chi è dedito alla vita all'aria aperta. L'uomo aprì il cancello, salutò in diverse lingue le persone che aveva accompagnato, intascando con discrezione le mance.

Non appena l'ultimo visitatore se ne fu andato, la guida rivolse la sua attenzione al nuovo gruppo e, in un inglese dal forte accento ellenico, esordì: « L'esperienza mi dice che qualcuno di voi non parla greco. Chi è greco, tra i presenti? »

Eleni fu l'unica ad alzare la mano.

La guida la salutò nella loro lingua, poi tornò all'inglese. « Qualcuno invece non capisce la lingua universale che sto usando adesso? Oh, bene! Lo prendo per un silenzio assenso, che inglese sia! Conosco il tedesco, lo spagnolo, il francese e l'italiano, quindi avrei potuto accontentare quasi tutti, ma ci avremmo messo un secolo. Mi chiamo Michail Kontos e vi condurrò nelle profondità di questa grotta. Se dopo il primo centinaio di passi sentite che vi manca l'aria, per favore ditemelo e vi rimborseremo. Tutto chiaro? Allora, seguitemi, scenderemo verso quello che, secondo la leggenda, è il luogo di nascita del potente Zeus.»

Scale di calcare e ringhiere di ferro si snodavano a spirale nelle viscere fresche e umide della grotta. Non appena raggiunsero un punto piano, Michail disse: «Abbiamo iniziato il nostro tour a un'altitudine di circa mille metri, e ora ci troviamo già cento metri più in basso. Creta è un'isola calcarea e conta più di tremila grotte. Quella in cui ci troviamo è la più famosa ed è conosciuta con nomi diversi: grotta di Psychro, dal nome del villaggio di Psychro; grotta di Dikteon, per la montagna in cui è scavata; o semplicemente grotta di Zeus. Per darvi qualche elemento in più, vi dirò che in passato sono stato un archeologo. Sapete da cosa si capisce? Dal fatto che il mio fegato è l'unica cosa in condizioni peggiori delle mie ginocchia. Nel caso improbabile in cui tra di voi ci fossero degli archeologi, mi scuso in anticipo».

«*Io* sono un archeologo», dichiarò David con un sorriso.

Il viso di Michail s'illuminò. «Davvero? Da dove viene?»

«Cambridge. Quella in Massachusetts.»

«Lavora all'università?»

«Proprio così.»

«Santo cielo, signore e signori. Oggi abbiamo la fortuna di avere tra noi un luminare, un docente di Harvard! C'è solo una persona in questa grotta che potrebbe contare di più: Zeus in persona. Come si chiama?»

« David. »

« Be', David, si senta libero di correggermi se durante i miei sproloqui dirò qualcosa di sbagliato. »

« Oh, questo non è il mio ambito di specializzazione, si senta libero di sproloquiare », rispose David.

Il gruppo si sporse per guardare nel vasto ambiente in cui le imponenti stalagmiti e stalattiti, illuminate dal basso, emanavano un bagliore verdastro per via dei muschi e delle alghe che le ricoprivano.

« Scendiamo ancora un po' », disse Michail. « Continuerò a parlare mentre camminiamo. Per gli antichi greci, Zeus era il sovrano del Cielo e della Terra, la personificazione stessa delle meraviglie della natura. Secondo la mitologia, abitava sul monte Olimpo, la nostra vetta più alta, insieme con la sua grande famiglia di dodici divinità maggiori, i maestosi Olimpi. Ma era nato proprio qui, a Creta, in una grotta arroccata tra le montagne che, da secoli, la tradizione identifica con questa. La leggenda racconta che Crono, uno dei dodici titani, dio del tempo, e Rea, una titanide, dea della fertilità e della maternità, ebbero cinque figli prima di Zeus, che Crono divorò - sì, avete capito bene! - l'uno dopo l'altro, temendo che gli avrebbero rubato il trono. Rea alla fine si fece furba e, quando diede alla luce Zeus, consegnò al marito una pietra avvolta in fasce al posto del bambino. Questo stratagemma funzionò: Crono ingoiò la pietra, credendo così di aver messo al sicuro il proprio trono, mentre Rea nascose il piccolo Zeus in questa grotta, dove il dio crebbe al sicuro dalle pulsioni cannibaliche del padre. Se volete, potete scattare qualche fotografia. Poi scendiamo un altro po'. »

I turisti mormoravano nelle loro lingue e scattavano foto delle enormi e luminose formazioni calcaree. Un ragazzo con la maglietta rossa e bianca della squadra di calcio dell'Olympiakos attirò l'attenzione di David perché continuava a muovere la videocamera per fare ampie riprese panoramiche. David non condivideva l'entusiasmo dei turisti, ed era anzi scoraggiato dalla vaghezza della missione che aveva intrapreso con Eleni. Una poesia scarabocchiata su un papiro che menzionava il luogo di nascita di Zeus era un indizio a dir poco debole cui aggrapparsi. E lui aveva lasciato una spedizione speleologica ben finanziata e condotta da una squadra altamente specializzata per avventurarsi lì, in quella grotta su un'isola greca, senza risorse e senza nemmeno avere un'idea precisa di cosa stesse cercando.

Il gruppo percorse lentamente una scalinata scivolosa.

«Fermiamoci qui», propose Michail. «Siamo arrivati alla grotta inferiore, conosciuta come Kato Spileo. Nel punto che sto indicando potete vedere una sala con bacini pieni d'acqua in cui, secondo la leggenda, Zeus era solito dissetarsi. E lì c'è l'attrazione più caratteristica della grotta, un lago sotterraneo circondato da enormi stalattiti e stalagmiti. La stalattite centrale, quella che pende sul lago come un lampadario, prende il nome di 'mantello di Zeus'.»

David lasciò che i turisti facessero domande, alcune intelligenti, altre inutili, prima d'interrogare a sua volta la guida. «Sono stati effettuati degli scavi archeologici, qui?»

La risposta di Michail rimbalzò contro le pareti calcaree. «La mia domanda preferita! Il medico e archeologo greco Chatzidakis e l'archeologo italiano Halbherr hanno effettuato uno scavo parziale del sito nel 1886. Il primo scavo sistematico, guidato dal britannico David Hogarth, è stato avviato nel 1899 e seguito da diverse campagne minori nel corso del XX secolo. I reperti recuperati si trovano all'AMH, il museo archeologico di Heraklion, e all'Ashmolean Museum di Oxford. Grazie a questi scavi è stato possibile accertare che c'è stata una presenza umana ininterrotta nella grotta di Psychro per seimila anni, a partire dalla fine del periodo neolitico. Sappiamo che la grotta ha svolto un ruolo importante come centro di culto dall'era minoica, ossia dal 2000 a.C. circa - periodo che ho studiato personalmente -, fino al periodo arcaico, cioè il 700 a.C. circa. Ha continuato a ricoprire questa funzione, seppure in modo più sporadico, anche durante l'epoca romana. Fino a poco tempo fa, pastori e cacciatori la usavano come rifugio. Durante la Seconda guerra mondiale, quando i nazisti hanno occupato Creta, i partigiani della resistenza cretese, in fuga sulle montagne, l'hanno usata per nascondersi dai tedeschi. Ma venite, avviciniamoci al lago. Anche se la parola è abusata, è davvero un posto *magico.* »

Durante la ripida risalita verso l'ingresso, Eleni e David si avvicinarono a Michail, cercando di star dietro al suo passo veloce.

« Allora, lei di cosa si occupa? » chiese Michail a David.

« Perlopiù mi occupo di ittiti. Al momento lavoro in Turchia », rispose David.

« E cosa la porta a Creta? »

« Sono venuto a trovare Eleni. »

Michail la guardò una volta, poi una seconda, infine disse: « Signorina, la sua faccia non mi è nuova. L'ho per caso vista in televisione? È un'attrice? »

Lei gli rivolse un sorrisino schivo. « Ho realizzato un documentario per la EPT sul Meccanismo di Anticitera. Forse mi ha visto lì. »

« Mio Dio! È la direttrice. È un onore conoscerla. »

« Grazie. Posso farle una domanda? Stiamo cercando informazioni su un manufatto che potrebbe essere stato trovato o potrebbe essere ancora sepolto nella grotta di Zeus. »

« Ah, sì? Che tipo di manufatto? » chiese Michail, guardandosi alle spalle per assicurarsi che nessun turista fosse rimasto indietro.

« Forse qualcosa che somiglia al Meccanismo di Anticitera », rispose lei senza esporsi troppo.

« Mi dica di più... »

« Dovrebbe essere di bronzo e presentare delle ruote dentate. »

Quando Michail annunciò: « Ah, siamo quasi in cima », David pensò che li stesse deliberatamente ignorando. Invece, giunti all'ingresso della grotta, la guida chiese loro: « Cosa fate stasera? »

« Non abbiamo ancora programmi », rispose David.

« Allora dovete venire a cena da me. Voglio presentarvi una persona. » Gli occhi di Michail brillavano alla luce del sole del tardo pomeriggio.

Immerso nella conversazione con Michail, David non si accorse che il giovane con la maglietta bianca e rossa stava puntando la sua videocamera su lui ed Eleni.

7

Siracusa, Sicilia, 212 a.C.

Il grande uomo si appoggiò alla ringhiera in bronzo e guardò verso il mare. Amava che la sua villa fosse rivolta a est, perché l'alba era il suo momento preferito della giornata, quando, levandosi sopra l'orizzonte, l'astro infondeva al mare grigio sfumature di azzurro e barbagli di luce danzante. Era solito svegliarsi quando la maggior parte delle persone dormiva ancora sotto le coperte. Usciva sulla veranda per godersi il quotidiano e miracoloso spettacolo della natura, prima di eseguire rapide abluzioni e raggiungere, persino prima degli apprendisti o degli schiavi più umili, il suo laboratorio stipato di strumenti e rinomato in tutto il mondo civilizzato per essere la fucina d'innumerevoli invenzioni meravigliose e di elaborate dimostrazioni matematiche.

La notte era trascorsa turbolenta e pressoché insonne. Il regno di Siracusa, una ricca enclave greca nell'isola siciliana, era da tempo conteso tra greci e cartaginesi, ma negli ultimi anni era entrato nelle mire di un nuovo nemico. I romani, guidati da Marco Claudio Marcello, lo tenevano sotto assedio con una flotta di navi e un esercito terrestre ormai da un triennio. Benché il console si aspettasse una rapida vittoria, i coraggiosi siracusani avevano organizzato una resistenza efficace, in parte proprio grazie all'inventiva del loro cittadino più celebre, Archimede.

Il sovrano di Siracusa aveva insistito affinché questi

escogitasse opere difensive da contrapporre all'assalto navale. All'inizio, Archimede aveva esitato. Aveva troppo da fare, impegnato com'era in un'impresa che gli era stata affidata da un'autorità ben più elevata di un sovrano terreno; ma alla fine la situazione si era fatta tanto grama che si era convinto. I romani rappresentavano una minaccia mortale, e il suo grande progetto, il coronamento di tutta una vita, non si sarebbe mai concretizzato se avesse lasciato che i nemici conquistassero la città e la saccheggiassero, fondendo le sue sofisticatissime opere in bronzo per farne volgari spade. Così, aveva progettato diverse armi da tiro, che venivano schierate per respingere gli invasori. Ma non solo. Aveva ideato un marchingegno, noto come « artiglio di Archimede », un'enorme gru in grado di sollevare le navi romane e poi schiantarle di nuovo in acqua, dove si sfasciavano e affondavano; uno specchio gigante in grado di deviare i raggi del sole verso le vele delle navi nemiche, incendiandole; infine alcune catapulte che, posizionate sulle mura della città, facevano piovere palle di fuoco sugli invasori. Ciononostante, durante gli anni dell'assedio, Archimede non aveva smesso di lavorare al completamento della sua impresa più grande.

Quella notte, l'ultima della sua vita, stava sognando strepiti e tumulti, quando era stato svegliato dal suo fido assistente, Ettore, che lo aveva informato che i suoi sogni erano reali. Era stata una notte di festeggiamenti a Siracusa. Gli abitanti, stanchi dell'assedio, si erano dedicati alle gioiose celebrazioni della dea Artemide quando, sullo sperone più orientale dell'isola di Ortigia, vicino alla dimora di Archimede, un gruppo di romani era riuscito a scalare una sezione delle mura. Le sentinelle, seppur distratte dai festeggiamenti, non erano ubriache fradicie e avevano reagito all'assalto, ma Ettore aveva informato il suo padrone che ormai la situazione era disperata.

« Convoca il comandante, digli di prepararsi », aveva detto Archimede, alzandosi dal giaciglio e raddrizzando le membra scricchiolanti. « E sveglia i falegnami. Avvertili che devono finire subito il lavoro. »

All'alba, quando Ettore raggiunse sulla veranda il maestro, che aveva gli occhi fissi sul mare, la flotta romana era all'ancora nella baia. Sebbene dai ponti si levasse il fumo delle cucine, Archimede non si lasciava ingannare da quella calma apparente.

« Ti stanno aspettando », disse Ettore.

L'officina era un edificio basso all'interno del giardino recintato, dal cui tetto di tegole spuntava il camino di una fornace. Faceva freddo, quella mattina. Quando Archimede entrò, i falegnami erano già al lavoro, intenti a segare e martellare forsennatamente. Liquidò i loro inchini ossequiosi e raggiunse il comandante della trireme *Delfi*, che era riunito in un angolo con cinque uomini che Archimede chiamava « i guardiani ». Nessuno di loro era siracusano. Provenivano infatti dalla sponda opposta del mar Ionio, dalla regione montuosa di Delfi, nella Grecia continentale.

La loro nave era arrivata un mese prima, eludendo la flotta romana radunata a est di Ortigia in una notte senza luna e gettando l'ancora in un'insenatura appartata sulla costa occidentale dell'isola. A Delfi, infatti, era giunta voce che il grande artigiano avesse portato a termine la sua opera suprema, così dalla Grecia era salpata una nave da guerra allo scopo di recuperare il prezioso frutto del suo lavoro e traghettarlo in un luogo sacro, già perlustrato dai guardiani, dove sarebbe stato tenuto al sicuro. Durante i pasti e le chiacchiere serali, Archimede aveva stretto amicizia con il comandante della nave e i guardiani, al punto di ammettere che avrebbe sentito la loro mancanza, allorché fossero ripartiti. L'inventore, celibe e figlio unico, chiamava scherzosamente quegli uomini «il fratello e i figli che non ho mai avuto». C'era Alexandros, l'incartapecorito comandante, il cui corpo coriaceo e segnato dalle intemperie portava le cicatrici d'innumerevoli battaglie contro nemici e bufere. Stephanos, agile e biondo, arti lunghi e pelle liscia, che con il suo onnipresente sorriso non mancava mai di sollevare lo spirito del vecchio e con la sua voce melodiosa e vibrante gli calmava i nervi. Loukas, bruno, attraente e dalla mente acuta che, seppur incolto, non aveva paura d'intervenire nei dibattiti filosofici che Archimede avviava a tavola. Kosmas, robusto, muscoloso e con una criniera corvina che gli ricadeva sulle spalle, sempre chiassoso e pronto alla rissa, ma altrettanto pronto a sorridere e a porgere una mano conciliante. Agapitos, basso e agitato, un burlone e un giocatore d'azzardo con un infinito repertorio di storielle licenziose e un sacchetto di astragali sempre a portata di mano. Ma il preferito di Archimede era Ilias, che ai suoi occhi rappresentava la perfezione maschile: un giovane con il corpo di un dio, fin troppo saggio per la sua età e dotato di una delicatezza che persino le donne gli avrebbero invidiato. In verità, il vecchio si era innamorato di lui, anche se non ne aveva mai fatto parola.

Invece di salutarlo, Alexandros disse ad Archimede: «Saremmo dovuti partire una settimana fa, con il favore della luna nuova».

«Non eravamo pronti, allora. Grazie a Zeus, lo siamo adesso», rispose Archimede.

«Vicino al tempio di Apollo sono in corso diverse schermaglie. Avrei voluto uccidere qualche porco romano, ma i miei fratelli mi hanno trascinato via», disse Kosmas.

«È troppo presto per banchettare con il maiale», commentò Loukas.

«Quando sarà pronto il carico?» chiese Alexandros.

«A breve», lo rassicurò Archimede. «I falegnami hanno quasi finito. Ma non vorrete salpare con la luce del giorno.»

«I romani stanno arrivando in massa», disse il comandante. «Se raggiungono l'altura a est, potrebbero avvistare la nostra nave e bruciarla mentre è all'ancora. No, dobbiamo partire prima che faccia notte. I venti sono forti e la *Delfi* è veloce. Possiamo seminare quei bastardi.»

Il vecchio andò al suo banco da lavoro e si fermò davanti alla creazione che aveva completato solo pochi giorni prima. Sarebbe stato arrogante definirla una *sua* creazione, perché lui era un mero esecutore. Secondo l'Oracolo di Delfi, era invece opera degli dei, anzi, di Zeus in persona, che aveva trasmesso le istruzioni all'Oracolo, il quale, durante uno stato di trance durato settimane, le aveva trascritte su un lungo rotolo di papiro. Ogni dente di ogni ingranaggio. Ogni raggio. Ogni asta. Ogni lancetta. Ogni mappa. Ogni pittogramma. Ogni parola. Tutto era stato concepito e descritto con precisione, fino a quel dettaglio che la sacerdotessa conosceva bene, ovvero che solo un unico mortale, Archimede di Siracusa, avrebbe potuto trasformare quell'ideazione in un macchinario funzionante.

Archimede aveva già dato prova di esserne capace una volta, quando gli dei avevano esaudito il desiderio degli uomini di predire il moto della luna e dei pianeti. In quell'occasione era stato Urano, il dio dei cieli, a trasmettere la propria conoscenza all'Oracolo di Delfi.

«Chi tra i mortali potrebbe trasformare i tuoi disegni in un macchinario?» gli aveva chiesto l'Oracolo. E le dita sapienti avevano puntato a ovest, verso Siracusa, dove dimorava il grande matematico e fisico Archimede. Il quale si era quindi dedicato a inventare strumenti e tecniche per lavorare il bronzo con una precisione e una finezza mai raggiunte prima, allo scopo di costruire il congegno che aveva chiamato «Macchina celeste». Aveva imparato a realizzare ingranaggi dello spessore di un foglio di papiro, che contavano ciascuno fino a duecento denti finemente intagliati, e aveva fatto interagire quelle ruote dentate tra loro attraverso complessi movimenti differenziali ed epicicloidali. Quando aveva finito, la sua Macchina celeste era in grado d'indicare la posizione del sole e della luna nello Zodiaco e di prevedere le eclissi e le fasi lunari; d'indicare la posizione dei pianeti nel cielo; nonché di calcolare e scandire il ciclo quadriennale delle Olimpiadi. Archimede aveva annotato diligentemente tutte le informazioni e i presagi ricavati dalla Macchina celeste e inviato dispacci dettagliati all'Ecclesia di Atene, dove l'assemblea popolare dei cittadini aveva preso nota delle sue osservazioni.

Archimede aveva battezzato il nuovo meccanismo «Macchina del destino», dal momento che la Macchina celeste era una singola scatola d'ingranaggi con piastre anteriori e posteriori e una manovella, mentre quest'ultima era molto più complessa. Infatti era composta da quattro sistemi d'ingranaggi collegati tra loro da aste. E ogni sistema, secondo la definizione di Archimede, era una «chiave» per leggere il cosmo. C'era la «chiave del mondo», dotata di una strana mappa di masse continentali e mari che lasciava presagire che gli dei conoscessero la natura del pianeta molto più a fondo rispetto agli uomini mortali. C'era la « chiave delle catastrofi », un quadrante pittografico con una lancetta che poteva indicare terribili eventi di morte e distruzione. La « chiave del tempo », un meccanismo che fungeva da calendario, dotato di ruote e quadranti girevoli. Infine la « chiave degli dei », un sistema di ruote dentate che, una volta azionato, faceva muovere in armonia gli ingranaggi di tutte le altre chiavi. Mentre Archimede era impegnato a completare l'opera, l'Oracolo aveva ordinato agli uomini di Delfi di allestire un sacrario in un luogo antico, dove custodire il macchinario una volta messo a punto.

Archimede stava esaminando un'ultima volta la sua creazione, quando sentì un respiro caldo sul collo e, girandosi, vide i quattro guardiani radunati intorno a lui.

« È di una bellezza indescrivibile », disse Ilias.

« È commovente, non è vero? » replicò Archimede. « Mi mancherà guardarne girare le ruote, ma è giunto il momento che voi giovani la portiate nel nascondiglio. I romani si avvicinano in fretta. »

« È un peccato separare le quattro chiavi. Guardate come sono ben incastrate », disse Agapitos.

« I falegnami hanno costruito una cassa per ciascuna, in modo da proteggerle durante il trasporto », spiegò Archimede. « Stephanos, tu custodirai la chiave del tempo. Agapitos, tu custodirai la chiave delle catastrofi. Kosmas, tu custodirai la chiave del mondo. E, Ilias, tu custodirai la chiave maestra: la chiave degli dei. »

« E io? » chiese Loukas.

« Tu custodirai la mia Macchina celeste. Non può rimanere a Siracusa. Deve restare in mani greche, ma dev'essere custodita altrove rispetto alla Macchina del destino. Il comandante Alexandros farà una sosta ad Atene durante il tragitto verso il luogo sacro indicato dall'Oracolo. Dovrai affidarla agli uomini dell'Ecclesia.»

«La proteggerò con la mia vita», dichiarò Loukas.

«Ora ho qualcosa per voi», annunciò Archimede, facendo segno a uno dei suoi servi di portare un vassoio carico di doni: cinque casse di legno levigate a specchio. «Prendetene una ciascuno e apritela.»

I cinque guardiani obbedirono ed emisero versi compiaciuti nel vedere, ognuno, un bellissimo anello di bronzo, su cui era intarsiato un minuscolo ingranaggio.

«Indossateli con orgoglio, perché vi identificheranno come i guardiani privilegiati della Macchina del destino. Grazie al vostro coraggio, l'umanità prenderà in mano il proprio destino e sconfiggerà i capricci delle Moire.»

I cinque indossarono gli anelli, chinarono il capo e ringraziarono il grande maestro.

«Tenete sempre con voi le chiavi», disse Archimede. «Tenetele accanto quando dormite. Non perdetele mai di vista. Se verrete separati dai vostri compagni guardiani, fate ogni sforzo per riunirvi a loro nel sacrario. Là, un nuovo ordine di uomini, i Custodi del fato, azionerà la manovella della Macchina del destino e avvertirà l'umanità dei pericoli imminenti.»

«Le Moire saranno adirate», osservò Ilias.

«Di loro si occuperà il possente Zeus. Voi pensate solo ai suoi figli, a noi mortali», rispose Archimede.

«Maestro, tu hai mai azionato la manovella?» chiese Loukas.

Archimede chiuse gli occhi lattiginosi e svuotò i polmoni prima di stringere le dita intorno all'asta di legno della chiave maestra. «Sì. E a volte mi sono sentito quasi colto dalla follia, perché non riuscivo a smettere di girarla e guardare le ruote e le lancette del destino. Altre volte il giorno diventava notte e la notte diventava giorno.»

«Cos'hai imparato?» chiese Kosmas.

In lontananza, Archimede sentì un soldato ferito gridare. Era greco? Romano? Che importanza aveva? Era un uomo. «Ora dobbiamo sbrigarci, ma ti dirò questo», rispose, posando la punta di un dito sulla mappa di bronzo. «Molti luoghi raffigurati su questa mappa sono terre di sogno note solo agli dei, però alcuni sono noti anche a noi. Qui, a sud di Roma, un vulcano erutterà tra settantadue Olimpiadi. Quante vite potranno essere salvate, grazie a questa consapevolezza?»

«Vite romane... non vale la pena di salvarle», sbuffò Kosmas.

«Una vita è una vita», disse il vecchio. «E sappiate anche questo: tra cinquecentosessanta Olimpiadi, qualcosa di veramente catastrofico colpirà il mondo intero.»

«Cosa? Cosa succederà?» chiese Ilias.

Ma, proprio in quel momento, sentirono alzarsi un putiferio di urla e un clangore di spade.

Il comandante della *Delfi* si affrettò a dire agli altri: «Dobbiamo partire subito!»

Archimede non ebbe il tempo di rispondere alla domanda di Ilias. Si mise a rimuovere le aste e la manovella in modo che Ettore potesse imballare ogni chiave, ovattandola con ciuffi di paglia. Una volta inchiodata, ogni cassa venne riposta in un sacco finemente intessuto e spalmato di grasso animale perché fosse impermeabile.

«Prenditi cura dei miei ragazzi», disse Archimede ad Alexandros. «Il caro Loukas mi ha detto che non sa nuotare.»

Uno alla volta, i cinque guardiani abbracciarono e baciarono il loro celebre ospite. Chissà se Ilias si accorse che il suo abbraccio durò più a lungo degli altri. Poi si misero i sacchi in spalla e seguirono il comandante della nave fuori della porta. Dopo che se ne furono andati, Archimede si sedette al banco da lavoro vuoto e iniziò a piangere.

Con il trascorrere della mattinata, il fragore della battaglia aumentò, ma Archimede, ignaro della piega che stavano prendendo gli eventi, aveva congedato gli schiavi e il personale dell'officina, ordinando loro di mettersi in salvo attraverso la passerella che collegava l'isola alla terraferma. Solo Ettore, suo fedele assistente da trent'anni, era rimasto con lui. «Non ti lascio», aveva detto.

Archimede aveva annuito solennemente. «Non potevo aspettarmi niente di diverso da te.»

Il vecchio saggio decise di dedicare il resto della mattinata a una dimostrazione matematica. Aveva risolto un gran numero di teoremi, enigmi e problemi durante la sua lunga vita all'insegna delle scoperte. Aveva dimostrato la fondamentale legge della leva, nonché il principio che permetteva di dedurre il volume di un corpo in base alla spinta verso l'alto che riceveva quando veniva immerso nell'acqua, anche se, al momento della scoperta, non aveva detto «*Eureka!*» come avrebbe riportato più avanti la leggenda, bensì un più garbato «Oh, ora capisco». Aveva calcolato il rapporto tra la circonferenza di un cerchio e il suo diametro, ottenendo un valore costante (π) estremamente preciso. Aveva scoperto metodi ingegnosi per misurare il volume e l'area di sfere, cilindri e solidi generati da sezioni paraboliche. E adesso, mentre i romani si avvicinavano, stava lavorando a un metodo per calcolare l'area o il volume di qualsiasi oggetto scomponendo la figura in parti infinitamente piccole.

Era perso nei suoi pensieri, mentre tracciava complesse figure su una pergamena, quando sentì Ettore esclamare: «Non potete entrare!» E poi un grido lancinante, nel momento in cui il collo del suo servo veniva squarciato.

Un possente soldato romano gli si avvicinò, con la spada rossa e gocciolante.

«Hai ucciso il mio servo?» gli chiese Archimede.

«Oro! Dov'è l'oro?» urlò il romano, ignorando la domanda.

«Non ho oro.»

«Con una villa così? Non ti credo.»

«Sai chi sono?» chiese Archimede in tono imperioso.

«Non m'interessa chi sei.»

«Vattene! Sto lavorando e tu disturbi i miei calcoli», strillò allora il vecchio.

Il bruto imprecò e decise di risolvere la questione con un fendente, che fece schizzare fiotti di sangue caldo sulla dimostrazione matematica incompiuta. Poi, prima d'iniziare a rovistare nella villa, pulì la spada su un pezzo di pergamena coperto di cerchi disegnati con cura.

La trireme *Delfi* era una meraviglia della tecnica, una nave da guerra formidabile, realizzata dai mastri costruttori di Atene, con tre ordini sovrapposti di remi su ogni lato, che facevano apparire lo scafo simile a un riccio. Era stata progettata affinché si mantenesse veloce e manovrabile in tutte le condizioni atmosferiche. Quando il vento gonfiava l'unica vela di lino posta al centro della nave e i centosettanta rematori spingevano con tutte le loro forze, poteva fendere le onde a dodici nodi e squarciare le imbarcazioni nemiche con lo sperone di prua rivestito di bronzo.

A quel punto, un gruppo di fanti e arcieri esperti nell'abbordaggio e nella lotta corpo a corpo era pronto a finire i nemici ormai in difficoltà. Le triremi come la *Delfi* non erano costruite per lunghi viaggi. Erano progettate per fare a pezzi le flotte nemiche e spedire i marinai in fondo al mare. I rematori dormivano alle loro postazioni. L'unico carico era costituito dall'acqua e dal cibo necessari a mantenere l'equipaggio idratato e nutrito per diversi giorni. Il comandante della nave, Alexandros, calcolò che ce ne sarebbero voluti tre, forse quattro per raggiungere la loro destinazione. Mentre dava l'ordine di levare le ancore, vide un fumo nero e rabbioso alzarsi da tutti i quartieri della città.

Andò a poppa, posizionandosi accanto al timoniere che controllava la rotta con due remi di governo e al maestro di voga che dettava il ritmo gridando istruzioni sottocoperta all'ufficiale di prua.

« Datemi dieci remi », ordinò Alexandros al maestro di voga. « Cercheremo di prendere il vento quando saremo usciti dalla baia. »

I remi rimestarono il mare scintillante e la *Delfi* beccheggiò verso est. A mezza nave, i cinque guardiani, Ilias, Kosmas, Agapitos, Stephanos e Loukas, si reggevano ai parapetti, scrutando il mare in cerca d'imbarcazioni romane. Kosmas s'inginocchiò per controllare le legature che assicuravano le loro cinque preziose casse agli attacchi sul ponte.

« Dubiti della forza dei miei nodi, fratello? » disse Agapitos.

Kosmas sorrise. « L'unica forza di cui dubito è quella del tuo cervello. »

« Pensi che i romani ci seguiranno? » chiese Loukas.

«Speriamo di no, so che non sai nuotare», rispose Stephanos.

Kosmas rise di cuore e strinse le braccia massicce intorno alla vita sottile di Loukas, sollevandolo da terra e minacciando di gettarlo in acqua. «Vieni, vediamo se è vero», esclamò tutto allegro. «Un uomo costretto a fronteggiare la morte può compiere imprese incredibili.»

«Mettimi giù», esclamò Loukas, per nulla divertito. «Preferirei mille volte essere picchiato a morte con i remi che essere lanciato in mare.»

Erano ormai a tre leghe da terra quando uno dei marinai incaricati di fare da vedetta urlò: «Nave! Nave a poppa!»

Alexandros si voltò verso ovest e strizzò le palpebre. Anche da lontano, riconobbe il profilo inconfondibile della nave che doppiava l'estremità appuntita dell'isola di Ortigia. «È una quadrireme!» urlò di modo che tutti lo sentissero.

La nave romana era una grande e potente due alberi con quattro ordini di remi. Sebbene ispirata ai modelli greci, aveva una poppa più alta e una larghezza maggiore della trireme, nonché un ponte armato con baliste e scorpioni.

«La quadrireme è temibile, ma pesante. Se gli dei ce lo permettono, la semineremo», disse Alexandros al maestro di voga. Poi gridò: «Issate la vela!»

La quadrireme ne aveva due, di vele. Le issò entrambe e l'inseguimento ebbe inizio. Per tutto il giorno e fino a sera, i rematori greci e romani mantennero una cadenza furiosa, riposando a turno i muscoli in fiamme, ma l'equipaggio romano era più numeroso e guadagnava terreno in modo costante. Alexandros tenne d'occhio l'implacabile nemico e, mentre il sole si spegneva in mare, si accorse che la quadrireme aveva ridotto il divario a una sola lega.

I guardiani parlottavano a bassa voce, preoccupati per la loro incompetenza nelle questioni marittime. Come tutti i giovani uomini in forze, sapevano combattere, e nessuno meglio di Kosmas, che era stato un membro della guardia d'élite che proteggeva il tempio di Apollo a Delfi. Ma a cosa sarebbero serviti le loro spade e i loro pugnali se la nave fosse stata raggiunta e abbordata da un intero contingente di soldati romani?

« Ci servirebbe un miracolo », confidò il maestro di voga ad Alexandros. « All'alba saranno abbastanza vicini da costringerci a inalare il fetore del loro fiato. »

« Ho un piano. Poco più a est di qui c'è un'isola greca che conosco bene. Si chiama Anticitera. Ci sei mai sbarcato? » chiese Alexandros.

« Mai. »

« Le donne lì sono bellissime, ma non è per questo che voglio andarci. C'è un'insenatura nascosta sul lato nord. Possiamo raggiungerla prima che sorga il sole. Gli dei ci hanno benedetti nascondendo la luna dietro una coltre di nubi. Se arriviamo quando la notte è più buia, potremo nasconderci da quei bastardi. »

« E svegliarci circondati da belle donne? »

« Continua a sognare, amico mio, e fa' in modo che i ragazzi remino con tutte le forze. »

Mentre la luce della sera svaniva, il vento di ponente gonfiava le vele delle navi, sia la greca sia la romana, e da entrambe le parti giovani possenti tendevano i muscoli allo stremo mulinando i remi nell'acqua. Ma, con il calar della notte, i venti cambiarono e la pioggia sferzò la *Delfi*, rendendone scivoloso il ponte.

Il comandante conosceva quelle acque meglio dei suoi

figli, ed era certo che in quel punto si trovassero equidistanti dall'isola di Creta, a sud, e da quella di Anticitera, a nord. Sentì il vento schiaffeggiargli il viso e disse al maestro: «Gli dei ci stanno mettendo alla prova. Questi sono i venti etesi, che ci soffiano contro con il massimo della violenza proprio quando dobbiamo virare a nord. So che gli uomini sono stanchi, ma saranno i remi a salvarci, non la vela. Trasmetti i miei ordini a bassa voce. Il nemico potrebbe essere a portata d'orecchio».

I guardiani, stretti insieme sotto la pioggia battente, videro la vela calare e tutti i remi di sinistra uscire dall'acqua, finché la nave non sbandò verso nord.

Ilias li raggiunse da poppa e annunciò: «Il comandante dice che stiamo facendo rotta verso un'isola chiamata Anticitera».

«Dov'è quella maledetta quadrireme? Quei bastardi non si fanno vedere da quand'è calata l'oscurità», osservò Loukas.

«Non possono essere molto indietro», disse Stephanos.

«Fidiamoci del comandante e degli dei. Possano i romani non accorgersi della manovra e passare oltre, inconsapevoli delle nostre azioni», si augurò Agapitos.

Mentre la notte avanzava, il comandante guardò a ovest, cercando di valutare la distanza dalla costa di Anticitera in base al rumore delle onde che si abbattevano contro il litorale. Quando finalmente lo sentì, la nave era ormai pericolosamente vicina alle rocce. Il vento soffiava sempre più forte e i cavalloni scudisciavano lo scafo.

All'improvviso, ci fu uno schianto assordante seguito da un lamento angosciato proveniente da sottocoperta. Due rematori erano stati sventrati da un pesante dardo che aveva trafitto lo scafo con la sua punta di ferro. Altri tre erano gravemente feriti. I dardi romani piovevano sul ponte e contro l'albero.

« Là! » urlò il maestro di voga, indicando a est. Nell'oscurità della notte, la prua alta e slanciata della quadrireme romana si sollevò dalle onde, spaventosamente vicina alla *Delfi*, tanto che i guardiani poterono vedere i soldati della nave romana che tiravano la corda di carico di una balista montata sul ponte e inserivano un dardo nella scanalatura.

« Abbassatevi! » urlò Kosmas.

Il dardo sfrecciò sul ponte e si schiantò contro uno dei boccaporti, scheggiando il legno.

« Tutta a sinistra! Issate la vela! » urlò Alexandros ai maestri di voga e di vela. « Vireremo di bordo e li speroneremo! Dite a tutti i rematori ancora in forze di sfruttare ogni energia rimasta. »

Poi si girò verso i soldati sul ponte e ordinò loro di fare fuoco. Una pioggia di dardi cadde sulla quadrireme romana, ma non riuscì a impedire che la sua prua si schiantasse contro lo scafo della *Delfi*. Le due imbarcazioni rimasero avvinghiate per qualche istante come bestie in calore, prima che il vento riempisse la vela greca e le separasse. La trireme mantenne la rotta verso nord. La quadrireme sbandò verso ovest, incontro alle rocce.

« Siamo liberi! » gridò Stephanos, tenendosi alla murata.

Pochi istanti dopo, la *Delfi* iniziò a inclinarsi su un fianco. Si udirono grida provenire da sottocoperta: « Stiamo imbarcando acqua! Stiamo affondando! »

Mentre la quadrireme colpiva la riva rocciosa, il vento portò loro le grida strazianti che si levavano dalla nave romana.

L'acqua allagò i ponti inferiori della *Delfi* e la nave s'inclinò pericolosamente. Il maestro di voga scese sottocoperta per valutare i danni. Riapparve con un'espressione affranta e informò il comandante che tutto era perduto.

« D'accordo, ordina agli uomini di abbandonare la nave », disse Alexandros freddamente.

Gli ordini furono impartiti e i rematori salirono sul ponte.

Alexandros dovette aggrapparsi al parapetto per raggiungere il centro della nave, dove i guardiani erano rimasti al loro posto con il prezioso carico. « Stiamo affondando », urlò per sovrastare il vento ruggente e le grida degli uomini. « Il maestro Archimede vi ha affidato le sue macchine. Prendetele e nuotate verso riva, se siete capaci. Attenti alle correnti e al vento che vi contrasteranno. E tenetevi alla larga dalla quadrireme, che è da qualche parte sugli scogli. Ora sbrigatevi, o la nave vi risucchierà negli abissi di Poseidone. Che gli dei vi proteggano. »

Ilias assunse il comando dell'operazione e ordinò agli altri di liberare le casse dalle corde. « Seguitemi verso la riva e cercate di rimanere vicini. »

« Sai che io non so nuotare! » gridò Loukas.

« Le casse galleggeranno », gli rispose Ilias. « Afferra la tua con il braccio più debole e tienila stretta al petto. Pagaia con il braccio più forte e scalcia con i piedi. Resta vicino a me. Te la caverai. »

Mentre i guardiani liberavano le casse, uno strattone improvviso fece pendere la *Delfi* da un lato, minacciando di farli precipitare oltre i parapetti. I membri dell'equipaggio iniziarono a tuffarsi.

« Vai », disse Alexandros al maestro di voga. « È stato un onore, amico mio. »

« Comandante, non vieni con noi? »

« Resterò con la mia nave. Forse c'incontreremo di

nuovo nell'Ade.» Poi si aggrappò all'albero maestro e, rivolto ai guardiani, gridò: «Andate, subito!»

Ilias legò la sua cassa alla cintura e saltò per primo. Kosmas, Agapitos e Stephanos lo seguirono. Quando Loukas ebbe terminato un'accorata preghiera a Poseidone, la nave era così inclinata che lui non poté fare altro che gettarsi a sua volta in acqua.

Il buio della notte e le onde che s'infrangevano rendevano difficile per Loukas individuare i compagni. Si strinse la cassa al petto e lottò per tenere la testa fuori dell'acqua.

Sentì Kosmas che lo chiamava: «Loukas, sono qui. Scalcia più forte che puoi».

All'improvviso, però, la sua cassa divenne pesante. Nella fretta di abbandonare la nave, non si era accorto che il dardo della balista romana aveva sfiorato la cassa di legno, lacerando il sacco e rompendone un angolo. E adesso la cassa si stava riempiendo d'acqua, trascinandolo a fondo. «Aiuto! Aiutatemi!» gridò Loukas.

Udì i suoi compagni che gridavano di rimando: «Dove sei?» Ma le loro voci sembravano lontanissime. Kosmas, Stephanos e Agapitos non potevano aiutarlo. Ciascuno di loro combatteva per non soccombere alle forti correnti e al vento. Ben presto, avvolti dall'oscurità, persero tutti l'orientamento e nuotarono in direzioni diverse. Solo Ilias si diresse verso la riva.

Loukas allungò la mano verso il coltello per liberarsi della cassa che lo stava trascinando a picco, ma, nell'armeggiare, la lama gli scivolò di mano. Prima che la testa gli finisse sott'acqua, si riempì i polmoni d'aria e scese piano verso il fondale insieme con il congegno che Archimede chiamava Macchina celeste. Il tempo che riuscì a trattenere quel respiro fu il tempo che gli rimase da vivere. Di lì a poco le creature marine avrebbero mangiato le sue carni; le sue ossa sarebbero scomparse, il legno si sarebbe disintegrato e il metallo si sarebbe corroso. Con il passare dei secoli, sarebbe rimasto soltanto quel grumo di bronzo che un pescatore di spugne avrebbe ritrovato nel 1901 e che avrebbe preso il nome di Meccanismo di Anticitera.

Quando spuntò l'alba, un gruppo di soldati romani in cerca di cibo nei pressi della quadrireme che si era schiantata sulle rocce dell'isola di Anticitera trovò il maestro di voga greco mezzo annegato sulla riva e lo portò dal comandante, che gli diede del vino per rianimarlo e poi lo sottopose a un interrogatorio. Gli chiese cosa ne fosse stato della sua nave.

«È affondata», disse lui.

«Sappiamo, poiché abbiamo interrogato i suoi schiavi, che il famoso matematico Archimede vi ha affidato alcune delle sue invenzioni. Sono forse affondate con la nave?» gli domandò il comandante.

«Sono andate tutte perse», rispose lui.

«Come fai a saperlo?»

«Lo so perché ho gli occhi.»

«Perdonami se non ti credo. Dimmi dove le stavate portando e ti risparmierò la vita.»

Il maestro di voga pregò che quella promessa sarebbe valsa anche dopo la sua risposta. «Eravamo diretti nel culo di tua madre.»

Il comandante romano lo fece torturare e al mattino, quando ormai aveva perso conoscenza, lo fece passare a fil di spada.

Persopoulos trascorreva le sue languide giornate a badare al gregge del padre sull'isola di Creta. Per la sua famiglia e per la gente del villaggio, era Persopoulos il pastore. Tuttavia il giovane aveva una visione diversa di sé. «Sono un poeta», diceva alle sue pecore e, se quelle si mostravano obbedienti, le intratteneva con le sue declamazioni.

Aveva imparato a leggere e scrivere da uno zio, che faceva lo scriba per un mercante di olio d'oliva. Non possedeva rotoli, né conosceva nessuno che ne possedesse; aveva avvicinato le opere dei grandi poeti come Euripide, Omero, Aristofane e Saffo solo grazie agli aedi, i cantori itineranti, e pensava che la trasmissione orale della poesia di generazione in generazione fosse una cosa buona e giusta, ma se voleva che le sue opere superassero lo scorrere del tempo avrebbe dovuto fissarle su papiro.

Era stata una giornata magnifica, con la luce dorata del sole che inondava i prati sul fianco della montagna; l'esatto contrario della settimana precedente, il cui clima burrascoso gli aveva inzuppato le ossa, facendolo rabbrividire. Durante quelle ore inclementi, Persopoulos aveva abbozzato un'elegia malinconica sull'impermanenza della vita, ma quell'oggi il sole gli aveva risollevato il morale ed era tornato a rivolgere i suoi pensieri poetici all'amore. Dato che la serata era serena e le pecore erano ormai al sicuro nel recinto, decise d'incamminarsi lungo un sentiero tortuoso per consumare la sua frugale cena a base di pane e formaggio sulla montagna. I misteri delle vette scoscese, in particolare la sacra grotta di Zeus che attirava pellegrini vicini e lontani, erano per lui un'inesauribile fonte d'ispirazione. Da bambino ne aveva esplorato le profondità, ma ormai si accontentava di osservare l'abisso nero e assorbirne il potere spirituale. A metà del sentiero, scorse una sagoma incerta in lontananza, grosso modo delle dimensioni di una delle capre marroni che vagavano per le rupi. Era immobile, e si chiese se fosse una carcassa di animale. Ma quando capì che si trattava di un uomo si allarmò.

«Ehi, stai dormendo?» gli chiese.

In assenza di una risposta, si avvicinò con cautela. L'uomo aveva il chitone arrotolato in vita, che gli lasciava scoperte le natiche rotonde e le gambe abbronzate. La sua perfetta nudità tenne il pastore basito per alcuni istanti, prima che ritrovasse la presenza di spirito per toccargli una gamba con il bastone, all'inizio piano, poi con più forza.

Un gemito sommesso lo fece indietreggiare per la paura. L'uomo aveva il volto nascosto sotto un braccio. Quando Persopoulos lo girò su un fianco, vide che aveva i lineamenti delicati di un giovane non più anziano di lui. Il viso era imperlato di sudore; i riccioli biondi appiccicati al cuoio capelluto. Le palpebre si sollevarono solo il tempo necessario per rivelare occhi sfocati e vitrei. Poi un odore pungente penetrò nelle narici del pastore che, ispezionando il corpo dello sconosciuto, si accorse che aveva il chitone lacerato e incrostato di sangue secco. Sbirciando attraverso lo strappo, vide una profonda ferita sanguinante sul fianco, causata dallo schianto contro gli scogli frastagliati lungo la riva dell'isola. Persopoulos non sapeva per quanto tempo il naufrago avesse lottato contro la corrente o come si fosse risvegliato sulla spiaggia desolata, sanguinante e assetato. Non sapeva del giovane cercatore di patelle che aveva soccorso Stephanos, gli aveva dato da bere e gli aveva detto che si trovava a Creta. Non sapeva del tragitto doloroso e arduo che Stephanos aveva compiuto per scalare la montagna sacra e raggiungere la grotta che una volta aveva visitato in pellegrinaggio. Non sapeva quanto tempo aveva trascorso nella grotta, delirante per la febbre mentre la ferita s'infettava. Né sapeva quanto a lungo Stephanos era rimasto privo di sensi su quel sentiero.

«Mi senti?» chiese Persopoulos.

Di nuovo il giovane rispose con un gemito.

«Come ti chiami?»

Un altro gemito.

«Hai sete?» Aveva con sé un otre di vino e ne spruzzò delicatamente qualche goccia sulle labbra screpolate del ragazzo. Vide la sua lingua guizzare e leccare il liquido, così ne spruzzò ancora un po'.

Persopoulos era forte. Poteva facilmente trasportare una pecora malata sulla schiena, quindi riuscì a caricarsi Stephanos sulle spalle e portarlo giù dalla montagna, fino al villaggio.

Giunto davanti alla casa paterna, chiese aiuto. Il padre e i fratelli si precipitarono fuori e insieme adagiarono a terra l'uomo.

«Chi è?» chiese il padre.

«Non lo so. L'ho trovato sul sentiero per la grotta. Forse è un pellegrino. È ferito e ha perso sangue.»

Apparve la madre, che toccò la fronte di Stephanos. «Ha la febbre alta», sentenziò. Sollevò il chitone per vedere la ferita. «Si è infettata. Posso fare un cataplasma, ma il suo destino è nelle mani degli dei.»

«Possiamo accoglierlo in casa?» domandò Persopoulos.

«Non abbiamo spazio», protestò la madre. «Se vuoi, mettilo con le pecore.»

«Ma, mamma!»

«Ha soldi con sé? Può pagare l'alloggio?» chiese il padre.

«Non ha niente.»

« Allora hai sentito tua madre! Nell'ovile o in strada, per quanto mi riguarda », urlò il genitore.

« Resterò con lui e me ne prenderò cura », dichiarò Persopoulos.

« Purché tu ti prenda cura anche delle pecore, puoi fare come vuoi », concluse il padre.

Iniziarono così i due giorni più intensi della vita di Persopoulos. Il giovane sistemò Stephanos in fondo all'ovile, che aveva un tetto che l'avrebbe protetto dalle intemperie. Preparò un giaciglio di paglia pulita e gli s'inginocchiò accanto, asciugandogli la fronte, lavandogli il corpo liscio e longilineo e applicando l'impiastro fangoso di sua madre sulla ferita aperta e infetta. Per tutto il tempo, Stephanos continuò a gemere e mormorare frasi incomprensibili.

Persopoulos sedette con lui tutta la notte, cercando di abbassargli la febbre con pezzette umide e facendogli bere acqua. La mattina dopo, corruppe uno dei suoi fratelli affinché si prendesse cura delle pecore al posto suo e continuò a dedicarsi al bel giovane. Con il passare delle ore, si scoprì innamorato. Non aveva mai visto un volto e un corpo tanto perfetti. Di sicuro, doveva avere una mente raffinata quanto i suoi lineamenti.

Fantasticò sul fatto che fosse un poeta come lui, che viaggiasse per mare per incontrare il suo amante da cui era separato da tempo, il soggetto di una serie di poesie meravigliose e ispirate, forse persino di un'opera teatrale. E che una crudele tempesta del destino avesse distrutto la sua nave, gettandolo in mare e depositandolo, ferito, sulla riva di Creta.

Durante il giorno, Stephanos si fece irrequieto, dimenando gli arti e contorcendo la schiena. Intorno all'impiastro secco gocciolava materia infetta e rivoli rossastri gli si ramificavano sul ventre e sulla schiena. Persopoulos cercò di calmarlo con parole rassicuranti e recitando alcune delle sue poesie più contemplative. Quando calò la notte, Stephanos, ormai stremato, rimase immobile, con la testa china da un lato, gli occhi aperti e lo sguardo assente. La febbre infuriava e, dal guazzabuglio di mormorii, iniziarono a emergere alcune parole. Persopoulos avvicinò l'orecchio per cercare di carpirne il significato.

Cosa intendeva con « ruote del destino »? Dov'erano quelle « terre dei sogni »? Chi era Loukas? Il suo amante? Cos'era una quadrireme? Perché continuava a blaterare della grotta di Zeus?

La mattina seguente, Stephanos era diventato silenzioso, il suo corpo quasi immobile. Persopoulos stava ancora sonnecchiando quando un crepitio lo svegliò. Era un rantolo di morte, e proveniva dalla gola secca di Stephanos. Poi, nel giro di pochi istanti, il crepitio cessò e il petto del naufrago si sollevò per l'ultima volta.

Persopoulos pianse a lungo, lavò il corpo di Stephanos e lo lasciò nudo, eccetto per il bellissimo anello di bronzo che il naufrago si sarebbe portato nella tomba. Poi lo caricò con delicatezza su un carro, attaccò un mulo e lo condusse fino a un vicino pascolo, dove scavò una fossa nel terreno morbido. Prima di ricoprire con la terra il cadavere nudo e perfetto, pregò gli dei perché gli garantissero un passaggio sicuro nell'aldilà e perché potesse, un giorno, riunirsi nell'Ade con la persona che amava.

Persopoulos era troppo esausto per trovare il fratello e sollevarlo dai suoi doveri di pastore. Invece, andò nella sua stanza, prese un prezioso foglio di papiro e scrisse una poesia sull'uomo perfetto che non avrebbe mai conosciuto. Significava così tanto per lui che lo firmò, affinché un giorno il mondo potesse riconoscere il suo genio.

E morì di febbre,
la mente sequestrata dagli dei,
delirando di ruote del destino e terre dei sogni,
e del luogo di nascita del potente Zeus.

PERSOPOULOS

8

Michail Kontos viveva in una casa ben tenuta del XIX secolo vicino al centro del villaggio di Psychro, di fronte a una piazza con una bellissima chiesa ortodossa bianca. Accolse David ed Eleni e accettò di buon grado la bottiglia di vino che loro avevano comprato al supermercato.

«Sono felice che siate riusciti a venire», disse con calore. «Anastasia, gli ospiti sono arrivati!»

La risposta di Anastasia, dalla cucina, fu un tintinnio di pentole.

Dall'ingresso, David ed Eleni avvertirono subito il profumo dell'agnello arrosto.

«Spero non vi siate presi troppo disturbo», disse David.

«Sciocchezze», protestò Michail. «Quando ci ricapita di avere degli invitati tanto interessanti nella nostra piccola enclave?»

La moglie di Michail, che più tardi avrebbe rivelato di essere un'insegnante in pensione, fece una breve apparizione per poi scusarsi e andare a finire di cucinare. La zona pranzo si trovava in fondo a un lungo soggiorno e, mentre Michail serviva loro da bere, David notò che il tavolo era apparecchiato solo con quattro coperti. Si chiese come fosse possibile, considerato cos'aveva detto loro Michail invitandoli.

Anastasia li raggiunse intorno a un tavolino da cocktail per qualche minuto di vivaci convenevoli che sciolsero ogni formalità. Anche lei aveva visto il documentario sul Meccanismo di Anticitera e sembrava emozionata all'idea di conoscere Eleni. Le due donne presero a chiacchierare animatamente in greco.

Michail, dando una pacca sul ginocchio di David, disse: « Non farci caso. È perfettamente abituata a ricevere archeologi, ma un'astronoma è tutta un'altra storia! »

« Non potrei essere più d'accordo », rispose l'altro.

Quando Michail gli rabboccò il boccale di birra, si accorse che David pareva perplesso. « Ti stai chiedendo chi sia il misterioso qualcuno che volevo farvi incontrare? »

« Ammetto di sì. »

« È mio padre. È molto vecchio e vive confinato nella sua stanza. Ha cenato presto e ora sta facendo un pisolino. Dopo mangiato, parleremo con lui. Potrebbe sapere qualcosa sul manufatto che state cercando. »

Il pasto fu delizioso e accompagnato da interessanti discussioni su archeologia, astronomia e Creta. Eleni aveva chiesto a David di non fare accenno al suo recente lutto. Era un po' sottotono, ma non era detto che i loro ospiti lo avessero notato. Dopo il dolce al miele, Michail andò a verificare se il padre si fosse svegliato.

« Venite pure », disse a David ed Eleni. « È seduto in poltrona. »

Nikos Kontos era con la testa china in avanti, la mandibola abbandonata sul petto. Si raddrizzò quando entrarono e con occhi velati individuò Eleni, cui rivolse un sorriso flaccido e tutto gengive.

« È ancora un dongiovanni », ridacchiò Michail. Quindi proseguì, in greco: « Papà, queste sono le persone di cui ti ho parlato. Lui è americano. Lei è greca. Vogliono farti delle domande sulla guerra ».

« Americano? » chiese Nikos. E, passando a un inglese stentato, aggiunse: « Hai una Lucky Strike? »

Michail rise. « L'ha imparato dai soldati americani dopo la guerra. »

David sorrise e finse di controllare le tasche. « Mi dispiace, non fumo. »

« Ha novantun anni. Ricorda benissimo il passato, ma se gli chiedessi cos'ha mangiato a pranzo non te lo saprebbe dire. Vorrei fargli raccontare cosa gli è accaduto da bambino. Noi conosciamo la storia a memoria, ma voi potete chiedergli ciò che vi preme di più. Avanti. Non fatevi problemi. »

Eleni pose le domande all'anziano e le tradusse in inglese per David. Nikos raccontò che, nel 1943, era un bambino di otto anni e viveva a Psychro. Nel 1941 i nazisti avevano invaso Creta e conquistato con successo l'isola, ma una resistenza agguerrita li aveva sfiancati fino a costringerli alla resa nel 1945. La lotta partigiana aveva coinvolto quasi tutte le città e tutti i villaggi, compreso Psychro, nella cui zona montuosa operava un distaccamento che agiva nell'ombra, conducendo operazioni lampo sulle coste nord e sud per poi ritirarsi nelle grotte calcaree interne, ben rifornite di provviste e munizioni.

Nell'estate del 1943 Nikos stava mungendo la mucca di famiglia quando aveva udito degli spari sulla montagna. Anche i suoi amici li avevano sentiti e ben presto quel gruppetto d'incoscienti si era inerpicato su per i ripidi sentieri per vedere cosa stava succedendo. Trovarono uno squadrone di soldati tedeschi armati fino ai denti che piantonava l'imbocco della grotta di Zeus, sparando all'interno con bazooka e mitragliatrici.

Nikos raccontò di essersi nascosto dietro un enorme masso, a pochi metri di distanza, e ricordò, come se vi avesse appena assistito, l'apparizione dell'ufficiale alto e magro che dirigeva l'assalto, restando stranamente calmo e impartendo ordini con tono misurato, mentre i soldati urlavano e correvano concitati.

Dopo un po', i tedeschi si erano introdotti nella grotta e le esplosioni erano rimbombate fino in superficie. All'improvviso c'era stata una deflagrazione assordante, seguita molti secondi dopo da una nuvola di polvere e detriti, che era emersa dall'ingresso della grotta, e infine dal silenzio assoluto.

Gli amici di Nikos erano rimasti rintanati, ma lui, più intrepido di loro, voleva capire cosa fosse successo, così era andato fino all'imbocco e aveva proseguito, avanzando con cautela lungo un cunicolo che conosceva bene, avendo esplorato la grotta molte volte. Da una sporgenza sopra il Kato Spileo, o grotta inferiore, aveva visto l'ufficiale infilare con naturalezza la mano nella giacca per prendere un astuccio d'argento, da cui aveva estratto una sigaretta. Ma, prima che quello potesse accenderla, due dei suoi uomini erano risaliti da un punto più in basso, trascinando il corpo mutilato di un combattente della resistenza e urlando qualcosa. Nikos aveva visto l'ufficiale riporre rapidamente l'astuccio d'argento nella giacca, solo che, nella fretta, aveva mancato la tasca facendo cadere l'oggetto in una fessura. L'ufficiale si era chinato imprecando, ma subito dopo si era raddrizzato perché qualcosa di più importante reclamava la sua attenzione.

I soldati, impegnati in una discussione animata, gesticolavano, indicando i cunicoli più profondi. L'ufficiale aveva dato loro un ordine e quelli erano scomparsi nel buio di quei corridoi. L'ufficiale aveva intrapreso un altro tentativo infruttuoso di recuperare l'astuccio e poco dopo i suoi uomini avevano fatto ritorno. Uno di loro trasportava una specie di macchinario, delle dimensioni di un portapane. L'ufficiale glielo aveva preso di mano e aveva cominciato a strappare pezzi di legno marcio, finché non lo aveva liberato dai detriti.

Mentre i soldati continuavano a estrarre dalla grotta i corpi di altri partigiani uccisi, l'attenzione dell'ufficiale pareva catturata da quel congegno. Quando questi aveva fatto per uscire dalla grotta, Nikos si era ritirato nell'ombra e, al passaggio dell'ufficiale, aveva potuto dare un'occhiata ravvicinata al macchinario. Era fatto di metallo dorato, come i candelabri di ottone di sua madre, e aveva ingranaggi che gli ricordavano l'orologio a pendolo che aveva visto una volta quando aveva accompagnato il padre al municipio di Heraklion.

A quel punto, un'emozionata Eleni interruppe i ricordi del vecchio per chiedere se il congegno avesse una cassa di legno. Il vecchio rispose di no: dopo che l'ufficiale aveva eliminato alcuni residui tutt'intorno, era rimasto solo il metallo.

«Il legno non avrebbe mai resistito per migliaia di anni in un ambiente umido come la grotta di Psychro», le disse David.

«Migliaia di anni?» intervenne Michail, sorpreso. «Mio padre ha sempre pensato che quel congegno fosse un vecchio orologio di ottone che qualcuno aveva messo nella grotta per tenerlo al sicuro, finché un soldato tedesco non lo aveva stanato dal suo nascondiglio.»

David si affrettò a rimediare al passo falso. «Intendevo centinaia.»

«Ah, quindi questo vostro manufatto non è poi così vecchio per gli standard di noi archeologi», disse Michail facendogli l'occhiolino.

Eleni resse il gioco: «Stiamo cercando un vecchio strumento astronomico che si dice sia stato sepolto in una delle grandi grotte di Creta. In realtà lo cerco io. David mi sta solo dando una mano. E sembrerebbe proprio quello che ha visto tuo padre».

«Puoi chiedergli se sa cosa ne è stato?» domandò David.

Nikos rispose alla domanda inumidendosi le labbra secche e proseguendo con il racconto.

Non aveva mai più visto né il congegno né l'ufficiale. Era rimasto nascosto finché tutti i corpi e le armi dei partigiani non erano stati rimossi dalla caverna e la squadra tedesca se n'era andata. Solo allora era sceso al Kato Spileo e aveva cercato di recuperare il portasigarette d'argento. Il braccio dell'ufficiale era troppo grosso per quella fessura, ma il suo no. A fatica, Nikos era riuscito a raggiungerlo e a tirarlo fuori. Era finemente inciso e pieno di fragranti sigarette tedesche che lui aveva poi barattato con oggetti di maggior interesse per un bambino di otto anni.

«Che fine ha fatto l'astuccio?» chiese Eleni.

Il vecchio sollevò la testa dal petto e puntò un dito tozzo verso la cassettiera.

«L'ha conservato per tutti questi anni. Io ci giocavo da piccolo. È un autentico trofeo di guerra.» Michail aprì un cassetto e, dopo averci frugato dentro per qualche secondo, tirò fuori un sottile portasigarette d'argento con un'intricata filigrana su un lato che incorniciava un nome inciso.

OBERST WILHELM BIERMANN

«Possiamo scattare una foto?» chiese Eleni.

«Sì, certo. Spero vi sia utile. Se riuscirete a scovare il

manufatto, dovrete tornare a raccontarci tutto. Io e Anastasia saremo felici di rivedervi.»

David ed Eleni trovarono due stanze in una locanda lì vicino, consigliata loro da Michail.

Prima di andare a dormire, Eleni, esausta, gli disse: «Dev'essere per forza una delle chiavi, David. Per forza».

Si ritrovarono l'indomani a colazione e si chiesero come avrebbero potuto scoprire qualcosa su un ufficiale tedesco della Seconda guerra mondiale. A voler credere alla storia di Nikos Kontos, quel Wilhelm Biermann avrebbe potuto conservare il congegno come bottino di guerra. E, se lui era sopravvissuto al conflitto, adesso forse la chiave si trovava in Germania.

David scansò il suo piatto colmo di uova al tegamino e pancetta, e aprì il portatile. «Pare che a Friburgo ci sia un archivio centralizzato con i fascicoli personali di tutti gli ufficiali della Wehrmacht e dei funzionari civili che hanno prestato servizio durante la guerra.»

«C'è un database consultabile?» chiese Eleni.

David lesse per un po' in silenzio, poi scosse la testa. «Bisogna andare di persona.» Chiuse gli occhi, avvilito, poi all'improvviso aggiunse: «Forse ho un contatto. Uno dei miei ex dottorandi, un ragazzo tedesco: ha una cattedra in Studi mediorientali presso l'università di Friburgo. Era bravo, non eccezionale, e mi deve molto, dato che grazie alla mia raccomandazione è riuscito a ottenere l'incarico. Gli chiederò un favore».

David andò a telefonare in una saletta in disparte mentre Eleni contattava suo padre per sapere come stava.

La chiamata di David durò parecchio, ma alla fine tornò da Eleni con un pollice sollevato. «Werner è felice di potermi aiutare. Andrà al dipartimento degli Archivi militari questo pomeriggio e vedrà cosa riesce a trovare su Biermann. Nel frattempo, non vedo ragione per rimanere qui. »

« Ho già prenotato un volo di ritorno per le due e un quarto. »

« Lo sai che sono basse le probabilità che... »

Eleni lo interruppe: « Sì, lo so ».

Quando atterrarono ad Atene, David aveva già deciso che quella sera avrebbe recuperato la chiave del mondo dal caveau della famiglia Lillakis e avrebbe preso un volo per Istanbul per tornare al suo lavoro. Mazhar gli aveva scritto per dirgli che il pezzo di ricambio per il rilevatore di muoni era stato spedito dalla Germania, quindi a breve sarebbero stati in grado di riprendere le scansioni. L'unica macchia in quel piano perfetto era Eleni. Dirle addio non sarebbe stato facile. Era in lutto e vulnerabile, e lui non voleva contribuire alla sua sofferenza abbandonando la missione. E poi c'era qualcos'altro. Con lei... sentiva la scossa di adrenalina che lo coglieva ogni volta che era attratto da una donna. Una volta conclusi gli scavi a Derinkuyu, se lei fosse stata d'accordo, l'avrebbe rivista volentieri.

Erano già al terminal quando il cellulare riacquistò il segnale e David si rese conto di avere un messaggio in segreteria.

« David, sono Werner. Dunque, sono stato all'archivio, ed è stato relativamente semplice. Avevano il fascicolo personale completo del tuo uomo, Wilhelm Biermann. Ho richiesto delle copie, ma ho anche preso appunti sugli aspetti chiave. Hai detto che t'interessava in particolare la sua attività a partire dal 1943. Ebbene, Biermann ha prestato servizio come colonnello nella Luftwaffe, nello specifico come ufficiale ausiliario del generale Kurt Student, che era il comandante della divisione aviotrasportata nella campagna di Creta. Sembra che Student sia stato trasferito nel 1943 in Italia e poi in Francia, mentre Biermann è stato lasciato a capo dell'operazione a Creta, dov'è rimasto sino alla fine della guerra. Dopodiché gli Alleati hanno condannato Student per il trattamento riservato ai prigionieri di guerra greci. Anche a Biermann sono state mosse alcune accuse, ma non ho trovato tracce di una condanna. È tornato nella sua città natale di Lemgo, nella Renania Settentrionale-Vestfalia, e lì è morto nel 1967. Ho il suo ultimo indirizzo e mi sono preso la libertà di fare qualche ricerca. C'è ancora una Frieda Biermann che vive lì. Ti ho inviato i suoi contatti via e-mail. Insomma, David, spero di esserti stato utile. Sento la mancanza dei tempi di Cambridge... Sì, sì, lo so che ci ho messo due anni più del previsto per scrivere la tesi! Se dovessi andare a Lemgo, che dista solo tre ore di macchina da Friburgo, vieni a trovarmi.»

Eleni aveva aspettato in silenzio che David ascoltasse tutto il messaggio.

«Werner ci è riuscito», le annunciò David. «Biermann è morto nel 1967 a Lemgo, in Germania. Una donna di nome Frieda Biermann vive al suo ultimo indirizzo noto, di cui mi ha mandato i dettagli.»

La notizia sembrò sollevare Eleni dal suo torpore. «Devi chiamarla», lo incalzò.

«Io non parlo tedesco, e tu?» le chiese, sperando di evitare quella seccatura. Non vedeva l'ora di chiudere quella faccenda e di confessarle che aveva deciso di tornare in Turchia.

« Vedi se parla inglese. Altrimenti, posso trovare qualcuno che ci aiuti. »

Arrivarono nel gate vuoto e silenzioso e David compose il numero di telefono. Gli rispose la voce tremolante di una donna anziana. « Biermann. *Guten Tag.* »

« Salve, parla inglese? »

« Sì. Con chi parlo? »

« Mi chiamo David Birch. Sono un docente dell'università di Harvard. Stavo facendo delle ricerche e mi sono imbattuto in un nome, Wilhelm Biermann. »

Con un tono molto sospettoso, la donna disse: « Capisco. È mio padre. Su cosa vertono le sue ricerche? »

« Su un antico macchinario in bronzo che suo padre potrebbe aver posseduto. Grande quanto una piccola macchina per scrivere e dotato di ingranaggi. Molti ingranaggi. »

Ci fu una lunga pausa, tanto che David temette che la sua interlocutrice avesse riattaccato. Poi la donna aggiunse: « Sapevo che prima o poi qualcuno mi avrebbe chiesto del vecchio orologio di papà ».

In quel momento David capì che Derinkuyu avrebbe dovuto aspettare. Lui ed Eleni dovevano andare in Germania.

9

Lemgo era una città medievale, con un centro pieno di graziose case a graticcio. David ed Eleni avevano preso un volo diretto per Hannover dall'aeroporto di Atene e avevano noleggiato un'auto. Al loro arrivo a Lemgo era troppo tardi per andare a trovare Frau Biermann, quindi avevano prenotato due camere in un piccolo hotel e, dato che Eleni aveva preferito non cenare, David aveva fatto un giro tra i vecchi edifici anseatici, trovato un bar e scambiato alcune e-mail di lavoro con il suo team a Derinkuyu. Fortunatamente, nella sua casella di posta non c'era traccia di messaggi di Binnur Oguz.

La mattina dopo, raggiunto l'indirizzo di Biermann, lui ed Eleni si trovarono davanti a una massiccia villetta di mattoni nascosta da un'alta siepe in una zona residenziale a est del centro città.

Prima di entrare, Eleni disse: « Quindi è qui che viveva l'uomo che ha oltraggiato il mio Paese ».

Frieda Biermann li accolse vestita di tutto punto, avvolta in una nube di profumo, con il viso pesantemente incipriato. Era anziana come sembrava al telefono: all'incirca sull'ottantina. « Oh! Ha portato anche una signora », osservò sulla porta.

David le aveva detto che si sarebbe presentato con Eleni, ma a quanto pareva lei se n'era dimenticata. Presto si sarebbero resi conto che la sua memoria era piuttosto lacunosa. Mentre prendevano il tè in un salotto traboccante di libri, cianfrusaglie e orologi che ticchettavano rumorosamente, l'anziana si lanciò in un racconto della sua vita, senza che nessuno glielo avesse chiesto. «È bello ricevere visite. Mi succede di rado, ultimamente. Tanti miei amici sono passati a miglior vita. Be', capita così quando s'invecchia. Sono nata in questa stanza. Ci credereste? Due anni dopo la fine della guerra. Allora non c'era tanto caos. Era prima che mio padre iniziasse le sue collezioni. Basta guardarsi intorno per capire cosa lo appassionava: gli uccelli di porcellana. E i conigli, naturalmente. Ma, soprattutto, gli orologi. Quand'ero bambina, mi portava con sé nei negozi di antiquariato e alle aste. All'epoca comprava orologi rotti – qualcuno li avrebbe definiti ciarpame – ma aggiustarli era il suo hobby. Alcuni li vendeva per guadagnare qualche soldo nei periodi di magra. Per me era meraviglioso: noi due che andavamo a caccia di orologi in giro per le campagne. Vedete, mia madre è morta quando avevo nove anni, e allora siamo rimasti solo noi due. Ve l'ho detto che sono nata in questa stanza?»

«Suo padre cosa fece dopo la guerra?» chiese Eleni.

«Era un uomo molto importante, sapete. Prima della guerra, era un avvocato di successo. Un ufficiale dell'esercito di alto grado. Dopo, lo hanno accusato di cose terribili. Cose che non sarebbe mai stato capace di fare. Il vero criminale era il suo ufficiale superiore, il generale Student, che papà conosceva da prima della guerra. Anche Student era di Lemgo. Papà è stato scagionato da ogni accusa, ma la macchia gli è rimasta addosso per sempre. Non ha trovato più lavoro come avvocato. Si è messo a fare l'impiegato, ma era un lavoro indegno. Penso che sia stata l'umiliazione a portarlo alla morte prematura. Ero all'università quand'è successo. Ho sposato un insegnante come me, un bravo ragazzo, e ci siamo trasferiti in questa casa. A mio marito non è mai piaciuto il disordine di mio padre, ma io non avevo intenzione di disfarmi dei suoi oggetti. Mio marito è morto giovane, in un incidente d'auto. Non abbiamo mai avuto figli. E ora cosa dovrei farci, con tutte le cose di mio padre? Quando non ci sarò più, chi le vorrà? Cosa mi aveva chiesto, cara?»

David ed Eleni avevano ispezionato gli orologi da lontano.

«I suoi orologi sono affascinanti. Ne conserva altri?» chiese Eleni.

«Oh, sì. Sono ovunque, dalla soffitta alla cantina! Naturalmente, quelli in cantina sono perlopiù rotti. Papà è morto prima di poterli aggiustare.»

«Ieri, al telefono, si è riferita a uno chiamandolo il 'vecchio orologio di papà'», disse David.

Lei contrasse il viso in un'espressione confusa. «Davvero?»

«Era di bronzo, con molti ingranaggi», continuò lui speranzoso.

«Tutti gli orologi hanno ingranaggi. La maggior parte è di ottone, credo.»

«Le posso chiedere di dare un'occhiata in giro?» chiese David.

«Solo se promette di non far caso alla polvere. Dovrei proprio riordinare più spesso.»

Eleni rimase seduta con Frau Biermann mentre David ispezionava la casa: ci mise quasi un'ora. La soffitta e il seminterrato erano il paradiso di un accumulatore seriale; guardare tra gli scaffali e le scatole di cartone richiedeva tempo.

David era ancora in soffitta, a metà del lavoro, quando Eleni lo chiamò. «Mi ha appena detto che se n'è ricordata.»

Frau Biermann era in cucina a riempire di nuovo la teiera.

« Le dispiace dire a David cos'ha appena detto a me? Dell'orologio di suo papà? » le chiese Eleni.

« Sì, l'orologio. Solo dopo un po' di tempo dalla sua morte mi sono resa conto che mancava il suo orologio più strano. Oltre a un orologio da taschino d'oro che era appartenuto a suo padre. E a un graziosissimo ritratto in smalto di mia madre. Ho cercato ovunque, ma non sono riuscita a trovarli. »

« Per favore, ci racconti di quell'orologio strano. » Eleni aveva un'espressione seria.

« Be', non aveva il quadrante di un tipico orologio. Aveva diverse ruote dentate con strane scritte incise. Da piccola, volevo sapere perché non ticchettava come gli altri. Mio padre ci ha provato con tutte le sue forze, ma non è mai riuscito a capire come funzionava. È diventato la sua ossessione. Non potete immaginare quante ore ha passato a studiarlo. Lo ha portato dagli orologiai più esperti, ma nessuno sapeva cosa fosse o come funzionasse. Mio padre pensava che fosse molto vecchio, anzi, di sicuro il più vecchio tra quelli che possedeva, e sospettava che fosse anche prezioso. In tanti si sono offerti di comprarlo, ma lui non ha voluto mai venderlo. Allora non avevamo Internet, sapete. Oggigiorno, probabilmente avrebbe potuto trovare la risposta online o contattare un esperto in un altro Paese. Invece poteva contare solo sulla sua rete di esperti di orologi in Germania e sulle biblioteche. Vi ho già detto che era la sua ossessione? »

« E lei l'ha cercato, dopo la sua morte? » chiese Eleni, accettando un'altra tazza di tè.

« Sì. Ho pensato che qualcuno l'avesse rubato mentre ero al funerale, ma non era sparito nessun altro oggetto di valore. Solo quei tre oggetti preziosi: l'orologio, la cipolla di suo padre e il ritratto in smalto di mia madre. Ancora oggi non ho idea di cosa ne sia stato. Se potessi scegliere, quello che più mi piacerebbe riavere sarebbe il ritratto di mia madre. Da bambina lo adoravo. Le somigliava tantissimo, era proprio come me la ricordavo.»

«Crede sia possibile che suo padre li abbia venduti mentre lei era all'università?» chiese David.

«Oh, no. Sono sicura di no, anche se...» S'interruppe, con aria sognante.

«Anche se cosa?» la incalzò David.

«Alla fine non ci stava più tanto con la testa. Vorrei essere stata più attenta, ma... di sicuro vi ricordate quanto sono egoriferiti gli studenti universitari. Papà viveva da solo e la sua mente cominciava a fare strani scherzi. Direi quasi che stava perdendo il contatto con il mondo reale, immerso com'era nella mitologia.»

«Cosa intende?» chiese Eleni.

«Intendo l'antico Egitto e tutti gli dei egizi.»

David aveva notato che molti volumi nella libreria del soggiorno erano testi in tedesco sull'antico Egitto. «Perché proprio l'Egitto?» chiese.

La seguirono di nuovo in soggiorno.

«Prima della guerra, papà è andato in Egitto con mia madre. Era affascinato dalle piramidi, dalla Sfinge, dai mausolei. Ci sarebbe sempre voluto tornare, ma non ci è mai riuscito. Leggeva di tutto, però. Diceva che ammirava la religione egizia più di quelle occidentali. Non aveva alcun interesse per il cristianesimo. Anzi, è stato molto chiaro sul fatto che non voleva una sepoltura cristiana. L'ultimo testo che ha letto prima di morire - l'ho trovato sul suo comodino - era *Il libro dei morti*. Aveva un'insufficienza epatica, sapete, causata dall'alcol. Dopo la guerra, aveva cominciato a bere tantissimo. Dovevo metterlo a letto io, la sera. Però non diventava cattivo quando beveva, non diventava chiassoso come certi altri bevitori. Lui era riflessivo e introspettivo. Parlava con sé stesso del passato. Lei è greca, vero, cara? Papà parlava spesso di Creta. È stato di stanza là per molto tempo. Verso la fine, sapeva che stava morendo, ma non è voluto andare in ospedale. È morto nel suo letto, da solo, mi dispiace dirlo. Giallo per l'itterizia. L'ha trovato la donna delle pulizie.»

«Cosa le ha detto di Creta?» chiese Eleni.

Frau Biermann si lasciò sprofondare nella sedia. «Oddio, non mi ricordo. È passato tanto tempo.» Indicò un libro in cima a una piccola pila sul tavolino accanto a sé e disse: «Quello è l'ultimo libro che ha letto».

David notò un pezzo di carta ripiegato che sporgeva dalle pagine. «Posso vederlo?» chiese.

«Sì, faccia pure.»

Il libro era una traduzione tedesca del testo funerario egizio che illustrava le formule magico-religiose necessarie per raggiungere con successo l'aldilà. David lo sfogliò e, non trovando annotazioni, rivolse la sua attenzione al foglio ripiegato. Era una breve lettera per Wilhelm Biermann scritta da un avvocato e inviata nel settembre del 1967.

«Questa lettera, sa cosa dice?» domandò David.

Frau Biermann la prese e indossò gli occhiali da lettura, che teneva appesi al collo con una catenina. «Oh, sì, me la ricordo benissimo. Bizzarra. Ho chiesto chiarimenti al dottor Neumann. Ricordo che si è scusato molto, ma ha detto che la morte di mio padre non lo liberava dal vincolo di riservatezza. Un piccolo mistero mai risolto.»

«Potrebbe tradurla per noi?»

« Dice: 'Mio caro Herr Biermann, ho ricevuto le sue istruzioni datate 24 agosto 1967 in merito all'aggiunta di un codicillo al suo testamento. Come forse saprà, dopo la sua morte, l'atto potrà essere visionato da familiari, notai e alcuni funzionari del tribunale. Pertanto, non posso garantirle la riservatezza assoluta di cui ha bisogno. Le suggerisco di lasciare a me, in qualità di suo avvocato ed esecutore, il compito di trasmettere le sue volontà all'impresario delle pompe funebri. Per favore, mi faccia sapere se questa proposta le sembra accettabile. In tal caso, avrò bisogno di sapere come, dopo la sua morte, potrei procurarmi ciò cui ha fatto riferimento'. Segue la firma. Non scrive altro. Come ho detto, è una lettera bizzarra. »

« Lei non sa a cosa si riferisse? » chiese Eleni.

« Assolutamente no. Perché è tanto importante per voi? »

« C'interessa l'orologio speciale di suo padre. È un reperto importante, dovrebbe essere in un museo. »

« Suo padre teneva copie della sua corrispondenza? » chiese David.

« Sì, era molto meticoloso in queste cose. Ho conservato tutto. Non so perché, ma l'ho fatto. Qualcuno, non so chi, dovrà occuparsi di tutte quelle scartoffie quando io non ci sarò più. »

« Dove sono conservate? »

« Le lettere? Il suo studiolo era in soggiorno. Dentro c'è un archivio. »

« Possiamo dare un'occhiata? » domandò ancora David.

« Fate pure. Io vado in cucina. La mia amica Anna viene a prendere il tè questo pomeriggio e voglio preparare una tortina. »

David ed Eleni si strinsero nello studiolo zeppo di orologi di Wilhelm.

« Stai pensando anche tu quello che penso io? » domandò David.

« Tre dei suoi beni più preziosi sono scomparsi. Un ritratto della moglie, l'orologio di suo padre e l'orologio che c'interessa. Non penserai davvero che... »

« Questo tizio era affascinato dalla mitologia egizia, al punto di leggere *Il libro dei morti* prima di morire e chiedere al suo avvocato di riferire all'impresario delle pompe funebri le sue istruzioni, molto specifiche. Sai cosa facevano gli antichi egizi? Seppellivano con sé gli oggetti che pensavano sarebbero stati importanti nell'aldilà. »

Eleni sedette sulla poltrona di pelle di Wilhelm e si girò verso di lui. « Ci servirà qualcosa di più solido della nostra feconda immaginazione. »

« Allora, vediamo cosa riusciamo a trovare qui », disse David, aprendo l'archivio. Fu subito evidente che Wilhelm Biermann era un uomo molto scrupoloso. L'archivio era pieno di cartelle ordinatamente etichettate in bella grafia. Né David né Eleni conoscevano il tedesco, ma le intestazioni erano abbastanza facili da capire. Per ognuno dei suoi orologi aveva una cartella contenente ricevute di acquisto, riparazioni effettuate e qualsiasi informazione storica pertinente. C'erano fascicoli riguardanti il servizio militare, il suo comandante, Kurt Student, con ritagli di giornale sul suo processo, e altri relativi a conti di famiglia, dichiarazioni dei redditi e vari documenti su moglie e figlia.

Alla fine, David disse: « Ecco qua », tirando fuori un fascicolo etichettato HERR DOKTOR NEUMANN. Lo posò sulla scrivania e iniziarono a scartabellarci dentro.

« Provo a tradurlo con il telefonino. Non credo sia il caso di chiedere alla figlia », disse Eleni.

« Cosa significa questo? » chiese David, indicando un fascicolo etichettato LETZTWILLIGE VERFÜGUNG.

« Penso che sia il suo testamento. L'avvocato ha detto che non lo avrebbe modificato, quindi non ha molto senso leggerlo. »

« C'è una pila di lettere. Sembra che abbia conservato la copia carbone di quelle che ha inviato a Neumann. » David scorse le date e trovò una lettera di Biermann a Neumann datata 24 agosto 1967. « Potrebbe essere quella cui Neumann faceva riferimento nella sua. »

Eleni si mise al lavoro, digitando il testo in tedesco su un'app di traduzione finché non ebbe trascritto l'intera lettera. David guardava il testo da sopra le spalle di lei mentre Eleni leggeva ad alta voce la traduzione del paragrafo di maggior interesse: « 'Le chiedo di aggiungere il seguente codicillo al mio testamento. Desidero essere sepolto con alcuni oggetti di enorme valore sentimentale, vale a dire...' » – la voce di Eleni si fece stridula per l'emozione – « '... l'orologio da tasca d'oro appartenuto a mio padre, un piccolo ritratto in smalto di mia moglie e uno dei miei orologi speciali, l'unico in bronzo, che a lungo mi ha incantato con la sua natura enigmatica. Oltre a lei e all'impresario delle pompe funebri, che dovete essere informati per ovvie ragioni, richiedo la massima riservatezza. Non voglio che la mia tomba venga profanata dai ladri' ». Eleni vide David con la testa china e disse con voce roca: « Avevamo ragione. Se l'è portato nella tomba ».

« Incredibile, cazzo », balbettò David.

Eleni iniziò a tremare di rabbia. « Quel bastardo ha invaso il mio Paese, ucciso i miei connazionali, rubato il nostro tesoro, poi ha trascorso la sua vita in pace in questa bella villetta immersa nel verde. Dov'è la giustizia in tutto questo? »

« Non troveremo giustizia qui, ma forse potremmo trovare un'altra chiave », disse David, chiudendo l'archivio.

Eleni si alzò e lo affrontò: « Non puoi dire sul serio. Non starai proponendo quello che penso? »

« Se anche riuscissimo a ottenere il permesso della figlia, dubito che il tribunale autorizzerebbe un'esumazione; di solito vi si ricorre solo per riesaminare le cause di morte, nei casi in cui si sospetti un crimine. E comunque ci vorrebbe un'eternità. Scopriamo dov'è sepolto e andiamo a dare un'occhiata. »

« David! » disse Eleni esasperata.

« Senti, sono un archeologo. Dissotterrare tombe è il mio lavoro; okay, in genere sono vecchie di qualche migliaio di anni, ma so come si fa. E poi quello stronzo aveva paura dei tombaroli. » Sorrise e aggiunse: « Forse un pizzico di giustizia possiamo ottenerlo, dopotutto ».

Trovarono Frau Biermann in cucina, dove stava per infornare la sua torta.

« Abbiamo finito », annunciò David. « Grazie mille per il suo aiuto. Adesso la lasciamo alle sue cose. »

« E cos'è che stavate cercando? » chiese la donna, chinandosi per infilare la teglia in forno.

« Un orologio. Un orologio in bronzo », disse Eleni.

« Ma non l'avete trovato, vero? »

« No. »

« Oddio! Allora temo di non essere stata di grande aiuto. »

« Lei è stata più utile di quanto pensi. C'è un'ultima cosa. Vorremmo rendere omaggio a suo padre, visitando la sua tomba. Può dirci dov'è sepolto? » chiese David.

« Oh, che cari che siete! » cinguettò lei. « È al Friedhof Obernberg di Bad Salzuflen. È lo stesso cimitero in cui è sepolto il suo generale Kurt Student. »

« Sì, che cari », commentò Eleni, mal celando il suo sarcasmo.

Bad Salzuflen era a venti minuti di macchina da Lemgo. Il cimitero, alberato e dal fascino bucolico, ospitava solo poche centinaia di sepolture. Il loro era l'unico veicolo nel piccolo parcheggio. Seguirono le vaghe istruzioni ricevute da Frau Biermann sulla collocazione della tomba del padre e andarono a cercarla. David vide Eleni irrigidirsi mentre camminavano tra le lapidi e si rammaricò che dovesse confrontarsi con la morte così presto dopo il funerale della madre. Eleni invece, dal canto suo, notò che lo sguardo di David era rivolto verso l'alto, anziché verso il basso, e gli chiese come mai.

« Telecamere », disse lui. « Sto cercando di capire se ce ne sono; i cimiteri le usano per fermare vandali e teppisti. Ma non ne vedo. Immagino che Bad Salzuflen sia una città tranquilla. »

Trovarono la tomba di Wilhelm Biermann verso il centro del cimitero, in una radura pianeggiante circondata da betulle. Era una delle circa venticinque tombe della sezione, tutte con pietre tombali orizzontali a filo con l'erba tagliata. La maggior parte aveva piccoli bouquet, ma non quella di Biermann. Evidentemente l'anziana figlia non andava molto spesso a trovarlo.

« È accanto a sua moglie », disse Eleni.

David la sentì a malapena. Era in modalità archeologo. Le bare erano probabilmente orientate verso nord-est e sepolte a un metro e mezzo di profondità, ragionò. Un cumulo di terra scavata sarebbe stato alto e largo altrettanto. Affondò il tallone nell'erba; il terreno era solido e asciutto. Se avesse dovuto fare il lavoro da solo, gli ci sarebbero volute circa tre ore per scavare e un'ora per ricoprire. «Scusa, dicevi?»

«Sua moglie», disse Eleni, indicando.

«Che bello che siano insieme. Andiamo a pranzare, poi faremo acquisti.»

Mangiarono in un locale nel centro di Lemgo, si fermarono a uno sportello automatico dove David prelevò un po' di soldi, poi presero la macchina per andare in un negozio di bricolage alla periferia della città. David mise nel carrello una vanga, una pala, una scala a pioli, un paio di torce elettriche, una lanterna da campeggio, alcune batterie e un grande telo, pagando in contanti per evitare che gli acquisti fossero tracciati. Tornati in hotel, si separarono, dandosi appuntamento dopo il tramonto.

Alle ventuno, lui le telefonò in camera; gli parve, dalla voce, che lei avesse dormito. S'incontrarono nella hall e si diressero in macchina lungo le strade semideserte di Lemgo.

Eleni aprì lo zaino che aveva in grembo. «Ho preso un po' di provviste», disse, estraendo allegramente pane, formaggio, acqua, barrette di cioccolato e una bottiglia di vino con il tappo a vite.

«Ottimo lavoro. Sei ufficialmente invitata a tutti i miei scavi.»

Il parcheggio del cimitero si trovava in fondo a un viale, ben nascosto dalla strada. Quando arrivarono, la notte era buia come l'inchiostro. Nuvole argentate e sottili fluttuavano davanti a uno spicchio di luna: il momento ideale per saccheggiare una tomba, pensò David. Portarono l'attrezzatura fino a quella di Wilhelm Biermann e David iniziò i preparativi. Srotolò il telo sull'erba e appoggiò la lanterna da campeggio sulla lapide di Wilhelm.

Mentre lui metteva il piede sulla lama della vanga, Eleni disse: «Gli stiamo solo dando ciò che si meritava».

«Parole sante», disse David, fendendo erba e terra. Tagliò con precisione una lunga zolla erbosa rettangolare, la arrotolò come un tappeto e la mise da parte. La terra sottostante era umida e smossa e, nel giro di due ore, aveva scavato una minuziosa trincea profonda un metro. L'istinto dell'archeologo aveva avuto la meglio: le pareti dovevano essere dritte, il lavoro raffazzonato non faceva per lui. D'un tratto sentì piangere Eleni, alle sue spalle, ma la lasciò sola con il ricordo della madre. Poi fece una pausa, seduto sul bordo: mangiò un panino al formaggio e bevve direttamente dalla bottiglia di vino, passandola quindi a Eleni.

«Quanto in profondità devi andare?» gli chiese lei.

«Ancora un metro, forse anche meno. Le dimensioni delle tombe moderne sono abbastanza standard nei Paesi occidentali.»

«È un piacere avere a che fare con un tombarolo di professione.»

«Dovrò aggiungerlo al mio curriculum.»

Proprio in quel momento, sentirono delle risate tra gli alberi.

David spense la lanterna. «Vengono dal parcheggio», sussurrò.

«Cosa facciamo?»

«Tu resta qui. Io vado a dare un'occhiata.» David tirò fuori le gambe dalla buca e strisciò lungo una fila di alberi finché non riuscì a vedere il parcheggio oltre i cespugli.

Una seconda auto era parcheggiata sull'area asfaltata, all'estremità opposta rispetto alla loro auto a noleggio. Dal finestrino aperto del guidatore fuoriusciva un filo di fumo di sigaretta. David rimase in ascolto per un po': sentì una donna ridacchiare e, dopo alcuni minuti, qualcuno che amoreggiava.

Tornato alla tomba, riferì a Eleni ciò che aveva scoperto. A quanto pareva, disse, le coppiette andavano in quel parcheggio per « infrattarsi ». Eleni non conosceva quel termine, ma ne colse il significato.

« Per sicurezza, è meglio aspettare che se ne vadano », disse David, togliendo di nuovo il tappo alla bottiglia di vino. Dopo mezz'ora, sentirono il motore avviarsi e l'auto ripartire. David alzò il pollice, riprese la vanga e saltò nella buca.

Scavò per un'altra ora, aggiungendo terra al già considerevole cumulo sul telo. Era sceso di un altro mezzo metro e non aveva ancora raggiunto il legno. « Li ficcano in profondità, da queste parti », borbottò.

« Sei sicuro che non vuoi che ti dia il cambio? » chiese lei.

« Me la cavo. » Le sue mani erano callose, quelle di lei, invece, si sarebbero riempite di vesciche in pochi minuti. « Sono sicuro che ci siamo quasi. »

Ci aveva visto giusto: non passò molto che sentì il rumore rincuorante dell'acciaio che colpiva il legno. Lo sentì anche Eleni, che scese nella buca con la scala a pioli. David cominciò a raschiare lungo i fianchi della bara e a rimuovere la terra smossa. Quando i bordi furono completamente liberati, scavò un po' più a fondo da un lato finché non trovò un robusto chiavistello di ottone. Erano passati quasi sessant'anni da quando quella cassa era stata interrata, ma era in perfette condizioni, tanto che la superficie di resina lucida rifletteva il raggio della torcia.

«È un buon legno resistente. Mogano, il meglio del meglio», osservò David.

«Buon per lui», commentò Eleni sprezzante.

Poi David sganciò il chiavistello. «Sei pronta?»

«Certo.»

«Non posso prevedere le condizioni del corpo, dipendono dalla tenuta della bara.»

«Ce la faccio. Voglio solo vedere cos'altro c'è dentro.»

Eleni tenne la torcia mentre David sollevava il pesante coperchio, che si aprì scricchiolando.

Gli enzimi e i batteri del corpo avevano già da tempo compiuto la loro magia. Tutto ciò che rimaneva di Wilhelm Biermann era il suo scheletro, avvolto in un completo scuro a doppio petto incredibilmente intatto, con una cravatta di seta stretta in un nodo allentato intorno alle vertebre cervicali più alte. Il cranio era bruno e glabro, le otturazioni ai denti luccicanti. Tra le ossa disarticolate della mano c'erano oggetti scintillanti. Sulla sinistra, un piccolo ritratto in smalto di una donna, senza dubbio sua moglie. Sulla destra, un orologio da taschino d'oro.

David ed Eleni posarono lo sguardo su un sacchetto di velluto blu, con un rigonfiamento a forma di parallelepipedo, posato tra le gambe dei pantaloni.

«Sarà quello?» chiese Eleni.

«C'è solo un modo per scoprirlo», disse David, chinandosi per raccoglierlo. «Di certo è pesante.»

Eleni uscì dalla buca e s'inginocchiò, tendendo le mani verso David, che le passò il sacchetto e uscì a sua volta. Quindi rimasero entrambi seduti sul bordo della buca, l'oggetto misterioso tra di loro.

«Procedi», disse lui.

Attraverso il visore notturno, David ed Eleni apparivano avvolti in un bagliore verde, quasi fossero spettri che fuoriuscivano dal sepolcro. L'uomo tra i cespugli aumentò l'ingrandimento al massimo e puntò l'obiettivo sul sacchetto, sforzandosi di tenere fermo il binocolo.

Eleni allentò i cordini e tirò fuori un oggetto grande circa la metà della chiave del mondo di Derinkuyu. Lo studiarono alla luce della torcia di David: la piastra frontale in bronzo presentava quattro serie di cilindri ed era ricoperta da una patina più scura rispetto alla chiave del mondo, sicuramente per colpa dei millenni trascorsi dentro l'umida grotta di Zeus e del mezzo secolo passato dentro quella bara. Come la sorella, anche quella chiave era custodita in una cassa di cipresso con fori praticati su entrambi i lati. David la fissò senza parole, colto dallo stesso sbigottimento che aveva provato a Derinkuyu, quando aveva posato per la prima volta gli occhi sulla mappa di bronzo.

Fu Eleni, singhiozzando dolcemente, a infrangere il silenzio. « È la chiave del tempo, David. Ce l'abbiamo fatta. L'abbiamo trovata. Te l'avevamo detto, che esisteva. »

« Non vi ho creduto, allora », ammise lui in un soffio. « Ma adesso sì. »

Lei gli toccò la mano. « Grazie. »

« Ora però fammi impacchettare di nuovo Wilhelm. Ci vorrà un po' », disse, dirigendosi verso la scala a pioli. David si soffermò un momento a chiedersi se non fosse il caso di prelevare il ritratto della madre di Frieda Biermann e spedirlo alla donna; ma quell'atto di gentilezza avrebbe sicuramente ricondotto a loro. Così chiuse la bara e iniziò a rivangare la terra nella buca.

Eleni era andata a sedersi sull'erba fresca, con la chiave in grembo, illuminata dalla lanterna da campeggio. « Ti serve aiuto? » chiese distrattamente.

« Ce la faccio. Ci metterò poco. » Le spalle di David si sollevavano ritmicamente.

L'uomo tra i cespugli guardò le mani verdi di Eleni muoversi sulla piastra frontale della chiave, le dita verdi che facevano girare i piccoli cilindri di bronzo. Aveva abbassato la luminosità del telefonino, ma per sicurezza, quando decise d'inviare un messaggio, si girò dall'altra parte.

David era esperto tanto nel ricoprire le buche quanto nello scavarle. Non ci volle molto perché il telo tornasse sgombro e il terreno sopra la tomba fosse livellato. Rimise a posto la zolla arrotolata, ne calpestò i bordi e dichiarò di aver finito. C'era un'immobilità quasi inquietante. Persino gli uccelli e gli insetti erano addormentati. Il cielo si era schiarito e adesso appariva luminoso.

« Andiamocene via », disse David. Riportò da solo l'attrezzatura in macchina, lasciando che Eleni si occupasse del macchinario. Sulla strada per l'hotel, si sbarazzò dell'occorrente. Il telo e le batterie finirono nel cassonetto di un autolavaggio e gli attrezzi e la scala in un lago nel villaggio di Hartigsee. Con le mani strette sul volante, rispettò il limite di velocità, temendo un controllo della polizia. Prima di rimettere piede in albergo, Eleni avvolse il congegno rivestito di velluto nella sua giacca, anche se l'occultamento si rivelò inutile, perché ormai era notte fonda e la reception era vuota.

Lei e David salirono in ascensore, storditi dal sollievo. Fuori della stanza di David, Eleni sussurrò: « Penso di aver capito come funziona. Vuoi vedere? »

Lui rispose aprendo la porta e facendola entrare.

Lei scoprì la chiave del tempo, la mise sul letto e si sedette. « È un sistema ingegnoso. Ci sono quattro serie di cilindri rotanti. Quella a sinistra è composta da due cilindri, che mostrano i giorni con due cifre. Quella successiva ha due cilindri che mostrano i mesi. Quella dopo ancora ne ha tre. Mostra gli anni, ma non in modo convenzionale. Sono quasi sicura che indichi il numero delle Olimpiadi, ecco perché ha tre cifre. Poi segue un singolo cilindro che mostra l'anno all'interno del ciclo quadriennale delle Olimpiadi indicate prima. »

David prese gli occhiali da lettura e scrutò i cilindri di bronzo. « Non vedo numeri. »

« Gli antichi greci usavano un sistema di numerazione alfabetico. Le unità da 1 a 9 sono rappresentate dalle prime nove lettere dell'alfabeto, compreso il digamma. Alfa corrisponde a 1, beta a 2, e così via, fino a theta, che è 9. Le successive nove lettere dell'alfabeto, compreso il qoppa, rappresentano le decine, da 10 a 90. Le centinaia sono rappresentate dalle nove lettere ancora seguenti, compreso il sampi. Ho provato a far girare i cilindri. Ecco, guarda la configurazione attuale. La prima serie mostra una iota e un digamma. Corrispondono a 10 e 6, il sedicesimo giorno del mese. La serie successiva mostra una iota e una beta, che corrisponde a 12, il dodicesimo mese del ciclo lunare. Tieni presente che il ciclo lunare era leggermente diverso dal nostro, ma sarebbe piuttosto semplice calcolare le equivalenze. C'è una potenziale complicazione data dal fatto che ogni città-Stato greca aveva il suo calendario, ma questo è probabilmente il sistema delfico, perché sappiamo dalle incisioni sulla chiave rinvenuta a Derinkuyu che le macchine sono state concepite a Delfi. »

« Sarà semplice per te, calcolare le equivalenze », protestò David.

« Dovrei scrivere un programma, ma non mi ci vorrà molto », disse lei con una scrollata di spalle. « La terza serie mostra tre lettere: rho, omicron e zeta. Ovvero 1, 7 e 7, la centosettantasettesima Olimpiade. Il quarto cilindro è singolo, e presenta le lettere da 1 a 4, corrispondenti agli anni del ciclo olimpico quadriennale. Indica alfa, ovvero il primo anno del ciclo.» Eleni tirò fuori il cellulare e digitò i numeri sulla calcolatrice. «Che equivale al 72 a.C. nel calendario moderno, ovvero quello gregoriano. Vedi questi buchi? Sono sicura che sono fatti per le aste che collegavano la chiave ad altre due chiavi. Non ho provato ad aprire la cassa, ma ascolta: si sentono gli ingranaggi ticchettare quando faccio girare i cilindri. È fantastico.»

Anche lei era su di giri, pensò David. Sorrise alla sua inequivocabile e traboccante emozione. «Che ne dici di un brindisi?» le propose.

La loro bottiglia di vino era ancora mezza piena. Eleni ne prese un grande sorso e gliela passò.

Quando lui la abbassò dopo aver bevuto, Eleni si sporse in avanti e lo baciò. «Grazie», sussurrò.

David non si aspettava quel bacio, ma rispose afferrandole le spalle e ricambiando con trasporto. Non si era permesso di pensare a lei in quel modo; il suo dolore era palpabile. Ma in quel momento, e in un attimo, ammise a sé stesso di essere attratto da Eleni. «Siamo una bella squadra», disse goffamente.

«Non voglio restare sola stasera.»

«Ne sei sicura? Voglio dire...»

«Non ti piace l'idea di approfittare di una donna vulnerabile e in lutto? È un pensiero nobile, ma non devi temere. Lo voglio davvero, lo voglio fin dal giorno in cui sei arrivato all'istituto.»

David posò con delicatezza il congegno sulla cassettiera, appese il cartellino Do not disturb fuori della porta e tornò a letto, felice e sollevato.

La luce del mattino cominciò a filtrare attraverso le fessure delle tapparelle, mentre Eleni era ancora tra le braccia di David. Lui si svegliò senza fretta. Avevano dormito solo poche ore e ci vollero alcuni secondi prima che lui ricordasse ciò che era successo quella notte. Sul comò c'era un manufatto incredibile, come incredibile era la bellezza della donna che aveva nel letto. Sfiorandola sentì la morbidezza e il tepore della sua pelle e pensò che sarebbe stato meraviglioso imbottigliare le emozioni di quel momento, per poterle rivivere ogni volta che era giù di morale.

Eleni si mosse e sollevò la testa dal suo torace. « Buongiorno », gli disse con voce roca.

Lui la strinse a sé, con delicatezza. « Buongiorno. »

« Che ore sono? »

« Più o meno le cinque e mezzo. »

« Voglio proprio fare una cosa. »

« Cosa? »

Eleni allungò la mano, trovò l'elastico che legava i capelli di lui e lo tirò via, così che gli ricadessero sulle spalle. « Mi piaci di più così. »

« Buono a sapersi », rispose lui con un bacio.

Si sciolse dall'abbraccio e le prese un succo dal minibar.

Fecero a turno per usare il bagno e poi s'infilarono di nuovo a letto, rannicchiandosi nudi sotto il piumone e ricominciando a fare l'amore, come spesso capita ai nuovi amanti.

Quando David notò una lacrima silenziosa scenderle sulla guancia, le chiese se stava bene.

« Sì e no. Non so se mi capisci », rispose lei.

« Certo. Ne hai passate tante. »

Eleni si sollevò poggiandosi su un gomito. « Tu conosci un sacco di cose di me. Il mio lavoro, la mia famiglia, i miei amici, le mie convinzioni. Io so pochissimo di te.»

Lui sorrise. «Sono un libro aperto.»

Lei gli sfiorò il petto con un dito mentre chiedeva: «Lo leggiamo, questo libro?»

«Certo. Chiedi.»

«Qual è il titolo?»

«*Il ragazzo che ama scavare.* O qualcosa del genere.»

«E perché gli piace scavare?»

Lui si ricordò di un episodio cui era molto affezionato. «Da piccolo, passavo i fine settimana nella fattoria di mio nonno. Sono cresciuto in un posto chiamato Buck's County, in Pennsylvania. La fattoria era a un'ora di macchina più a ovest. Dopo essermi occupato del bestiame, facevo lunghe camminate nei dintorni. Sorgeva su un terreno collinare, con un ruscello che lo attraversava e alcuni boschi. Un giorno stavo girovagando, lanciando sassi nel ruscello o facendo le cose che fanno i bambini all'aperto, quando a un certo punto ho notato un pezzo di ceramica blu e bianca sulla riva. L'ho tirato fuori dalla sabbia con la punta della scarpa. Sembrava vecchio. Quando l'ho lavato e ho visto che aveva un bel motivo colorato a smalto, ho provato un'emozione indescrivibile: è stato come ricevere uno splendido regalo di Natale. Sono tornato alla fattoria e ho mostrato la scoperta a mio nonno. Lui mi ha detto che era un manufatto indiano, mi ha dato una vanga e mi ha detto che avrei dovuto scavare nei dintorni per vedere se riuscivo a trovare una punta di freccia. Be', il pensiero di poter trovare la punta di una freccia mi ha entusiasmato oltre ogni dire, e sono tornato sulla riva del ruscello a scavare come un forsennato. E sai una cosa?»

«Cosa?» disse lei con un sorriso adorabile.

«Proprio quando stava per fare buio, l'ho trovata. Una punta di ossidiana nera. Perfetta. Probabilmente mai usata. Ce l'ho ancora. Se fossi costretto a vendere tutto ciò che possiedo, quella sarebbe l'ultima cosa da cui mi separerei.»

«Ed è bastato quello? A conquistarti?»

«Sì. Come sarà bastato a te osservare le stelle per la prima volta.»

«Sì, hai ragione. La mia punta di freccia è stata la costellazione dello Scorpione. Quando mio padre mi ha mostrato la coda dello scorpione e mi ha raccontato il mito greco secondo cui Artemide aveva inviato uno scorpione a uccidere Orione, ho capito che ero conquistata.»

«Allora, cos'altro vuoi sapere? Scuole frequentate? Cronologia delle pubblicazioni?» chiese lui timidamente.

«Ho letto il tuo curriculum online. Era molto sintetico, com'è normale. Ma, visto che ormai abbiamo una certa intimità, vorrei conoscere dettagli più personali.»

«Per esempio?»

«Ah, vediamo. Per esempio, in cosa credi?»

«Ho detto agli altri Custodi del fato che ho ricevuto un'educazione protestante, ma è stata più che altro una forzatura. I miei mi trascinavano in chiesa sperando che mi rimanesse attaccato addosso qualcosa. Però non è successo. Anzi, trovavo l'esperienza vuota e deprimente.»

«Ci hai detto che la fede in Dio non era nel tuo ethos. È una risposta evasiva. Uno o crede o non crede o non lo sa.»

Lui rifletté per qualche secondo. «Quando ero al college, mi consideravo ateo. Sarà anche uno stereotipo, ma all'epoca le cose in cui credevo erano sesso, droga e rock 'n' roll. Ogni volta che tornavo a casa dai miei per le vacanze, mi rifiutavo di andare in chiesa con loro, il che ha causato un sacco di attriti. Ma adesso che sono diventato vecchio e brizzolato... »

« Vecchio e brizzolato? » protestò lei.

« Ah, se lo cerchi bene, qualche capello bianco lo trovi di sicuro. Comunque, con l'età sono giunto alla conclusione che l'ateismo intransigente è tanto imperfetto quanto la fede intransigente nell'esistenza divina. Quindi posso umilmente dire di appartenere alla schiera di chi non ha la minima idea se esistano o no entità superiori. »

« Anche dopo aver trovato questi due macchinari apparentemente impossibili che gli antichi greci non avrebbero potuto inventare senza l'aiuto divino? »

David fece una smorfia.

« È la faccia che facevi da bambino quando ti trascinavano in chiesa? »

« È la faccia di uno che è del tutto confuso e non sa proprio cosa pensare. »

« Però sei incuriosito, no? »

« Sì, sono incuriosito da morire. »

« Bene. »

David bevve un po' di succo e riprese: « Mi hai chiesto in che cosa credo, e te lo dirò. Credo nelle relazioni - di amicizia come d'amore - e credo nel lavoro. È questo che mi fa andare avanti ».

Lei sorrise con espressione maliziosa. « Allora devo chiederti delle storie d'amore. Sono sicura che ce ne sono state molte. »

« Troppe! » disse lui ridendo. « Tanto tempo fa... »

« Durante i tuoi giorni all'insegna del rock 'n' roll. »

« Proprio quelli. Poi, alla scuola di specializzazione, ho incontrato una donna del mio dipartimento di un paio d'anni più grande e ci siamo sposati. È durata un anno e undici mesi. Non abbiamo retto nemmeno fino al secondo anniversario. Eravamo di un'incompatibilità quasi ridicola. Ci parliamo ancora alle conferenze accademiche. Adesso lei è felicemente sposata e ha figli.»

«Tu non ti sei mai risposato?»

«Mai.»

«Ma sei stato con molte donne, da allora.»

«Direi che è un'analisi corretta.»

«E adesso?»

«Adesso sono con te», disse lui, allungando la mano per toccarla.

Quando David uscì dalla doccia, Eleni stava leggendo qualcosa sul telefonino.

«Ieri sera ho inviato un messaggio a Iri dopo che siamo tornati dal cimitero», gli disse. «Volevo che lo vedesse appena sveglia. Le ho scritto solo: 'Ce l'abbiamo'. Adesso vedo che è stata sveglia fino a tardi e ha ricevuto il messaggio. E senti cos'ha risposto: 'Ho trovato qualcosa anch'io'.»

«Si torna ad Atene?» disse lui, tirandosi su i jeans.

«Si torna ad Atene», rispose lei, facendo lo stesso.

10

Eleni e David trovarono Yiorgos Lillakis che armeggiava in giardino. All'inizio non si accorse di loro, perché era assorto nella potatura di un rampicante lungo la staccionata sul retro. Ma, riconoscendo il passo leggero della figlia, si girò per stringerla a sé.

« Papà! Come stai? » lo salutò lei con entusiasmo.

« Meglio, adesso che sei a casa. » Poi Yiorgos vide David e salutò anche lui. « Vedo che siete tornati dalla vostra avventura. Venite, preparo il caffè. »

Yiorgos mise il caffè macinato nel *briki* e chiese della Germania con il tono di uno che si aspetta cattive notizie.

« Wilhelm Biermann si è portato il segreto nella tomba », raccontò Eleni.

« Quando hai chiamato da Creta, l'ho immaginato. Era troppo bello per essere vero », commentò il padre, abbattuto.

Eleni fece un cenno a David, che, come obbedendo a un segnale, prese il trolley.

« Quel bastardo se l'era letteralmente portato nella tomba », disse Eleni.

Passando d'istinto al greco, Yiorgos esclamò: « Cosa vuoi dire? » E guardò David aprire la cerniera del trolley e tirare fuori il sacchetto di velluto verde.

Eleni raccolse il sacchetto, infilò la mano all'interno e tirò fuori il congegno. « Guarda, papà. La chiave del tempo. »

Yiorgos si abbandonò su una sedia della cucina e fissò

a bocca aperta l'antico macchinario. « Ma come...? Come avete fatto? »

« David è molto bravo nel suo mestiere », si limitò a dire Eleni.

« Siamo stati un'ottima squadra », ribatté David.

« Vuoi dire che... avete disseppellito la bara di Biermann? E l'avete fatta franca? » balbettò Yiorgos.

« Io ero sicura che ci avrebbero beccati. È stato spaventoso. E allo stesso tempo emozionante. Non avevo mai infranto la legge, prima », disse Eleni.

« Temo che sua figlia si sia imbattuta in un criminale », commentò David impassibile.

Yiorgos toccò la piastra di bronzo con un dito, come a voler dimostrare a sé stesso che era reale. « Perché? Perché è stata sepolta con lui? »

« Era ossessionato dall'idea di scoprirne il funzionamento, ma non ci è mai riuscito », spiegò Eleni. « Credeva in un aldilà sul modello dell'oltretomba degli antichi egizi, così ha disposto che gli fossero messi accanto, nella bara, alcuni oggetti di grande valore sentimentale come viatico per il viaggio negli inferi. »

« Gli egizi credevano che, al momento del giudizio, il cuore venisse pesato e, se fosse risultato più pesante di una piuma, venisse dato in pasto ad Ammit, la Divoratrice, mentre la sua anima finisse nell'oscurità. Speriamo che Wilhelm Biermann, il mostro che ha aiutato Kurt Student, il Macellaio di Creta, sia stato condannato a vagare in eterno nelle tenebre, privato dell'anima », rifletté Yiorgos.

« Parole sante », disse David.

« Sapete come funzionava? » chiese Yiorgos.

« Credo di sì. Te lo faccio vedere », disse Eleni.

David si scusò e tornò in giardino per chiamare Peter

Andreeson, sperando che fosse in un punto in cui il suo telefonino prendeva.

Peter rispose al primo squillo. «Ehi, capo, dove sei?»

«Ancora ad Atene.»

«Ah, sì? Speravo fossi di ritorno, a quest'ora. Mi fa stare in ansia il fatto che 'quello che sappiamo' non sia dove dovrebbe essere.»

«Non preoccuparti, è al sicuro. Non vedo l'ora di raccontarti tutto ciò che sto scoprendo al riguardo. Ma ci tengo a farlo di persona, quando avrò esaminato tutte le piste. Dimmi piuttosto che succede laggiù.»

«Ho mappato una rete di circa cinquecento metri di cunicoli al livello sopra la nostra area di scavo principale. Ma, a parte quello in corrispondenza del crollo, non sono riuscito a trovare nessun punto di collegamento con i livelli superiori o inferiori. Immagino perciò che quella rete di cunicoli conduca alle grotte di Kaymakli, cinque chilometri a nord.»

«Niente manufatti?»

«Zero. Tutto pulitissimo.»

«Come mai sei in superficie?»

«Sto aiutando Mazhar. È arrivato il suo pezzo dalla Germania, ma purtroppo è una versione più recente e non si adatta al rilevatore. Deve modificare le staffe. Io e Hakan andremo in tutti i negozi di ferramenta locali, alla ricerca di dadi e bulloni adatti e di qualcosa per piegare l'alluminio.»

«Ma è una cosa che si può risolvere?»

«Mazhar è ottimista, come sempre. Però non è felicissimo che tu sia via.»

«Lo chiamerò stasera. Peter, mi dispiace di essere scappato in questo modo. Tu però tieni duro. Non vedo l'ora di raccontarti cos'ho scoperto. Rimarrai a bocca aperta.»

Quando tornò, Eleni stava finendo di mostrare i cilindri rotanti a suo padre.

« E adesso che si fa?» chiese Yiorgos. « Siamo in possesso di due preziosi componenti della Macchina del destino, ma ne mancano ancora due, senza i quali la chiave del tempo e la chiave del mondo sono due aggeggi di bronzo graziosi ma completamente inutili.»

« Dobbiamo continuare a cercare. Ieri sera Iri mi ha detto che potrebbe aver scoperto qualcos'altro. Però non risponde al telefono », disse Eleni.

« Si ammala spesso. Dovresti andare da lei », suggerì Yiorgos.

« Prima mettiamo al sicuro il congegno », rispose Eleni.

David lo portò giù per le scale del seminterrato, mentre Eleni spostò la scaffalatura e Yiorgos fece girare la serratura della stanza blindata. David posò delicatamente la chiave del tempo accanto alla sua chiave di Derinkuyu.

« Guardate come sono splendide insieme », commentò Yiorgos. « Quanto vorrei che Sofia potesse vederle. Adesso però andate. Io rimarrò per un po' seduto qui.»

« Perché, papà? »

« Voglio solo guardare le chiavi e pensare a tua madre. Abbraccia Iri da parte mia.»

Era già da diverso tempo che Eleni suonava con insistenza il campanello della casa decrepita di Iriniki in odós Perinandrou. « Di solito ci mette parecchio a rispondere se è di sopra, ma così è decisamente troppo », disse infine.

David provò la maniglia.

«C'è una chiave di riserva in caso di bisogno», disse Eleni.

«Che genere di bisogno?»

«Il catetere le procura delle infezioni alle vie urinarie, che a volte sfociano in setticemia. Così l'abbiamo convinta a nascondere una chiave sotto un vaso di fiori sul lato della casa, qualora avessimo l'urgenza di controllare come sta.»

Eleni si allontanò per un minuto e tornò con la chiave. Quando furono dentro, chiamò ancora Iriniki.

Non appena entrarono in biblioteca, lei e David si resero conto che era stata saccheggiata. I libri erano stati sfilati dagli scaffali, e armadi e cassetti erano spalancati.

«Ho paura», disse Eleni, irrigidendosi.

David afferrò un attizzatoio e gridò: «Iriniki, sono David Birch e con me c'è Eleni. Ci sei?»

Anche la sala da pranzo e la cucina erano un disastro. La porta dell'ascensore era chiusa a chiave.

«L'ascensore è di sopra, quindi anche lei è lì», osservò Eleni.

Salirono le scale con cautela, sempre chiamandola, poi David seguì Eleni lungo il corridoio fino alla camera da letto.

Eleni si fermò sulla soglia, quindi si precipitò verso una sagoma che giaceva accanto al letto e crollò carponi. «Oddio, no! Ti prego, no! È morta, David. Qualcuno le ha fatto del male», gridò.

Iriniki giaceva sul lato sinistro del letto, accanto alla sedia a rotelle, vestita con una polo e un paio di pantaloni della tuta. Le tende erano tirate, ma da fuori filtrava abbastanza luce per riconoscere i segni di violenza sul suo corpo. Iriniki aveva la mano destra maciullata, con molte dita fratturate e scomposte, e il viso gonfio. C'era sangue ovunque: sui vestiti, sulla sedia a rotelle, sul pavimento e sul muro. E una manciata di perle era sparpagliata sul tappeto.

David le toccò la fronte. « È fredda. È successo ore fa. Dobbiamo chiamare la polizia. »

« Chi può aver fatto una cosa simile? Non ce la faccio a vederla così. Iri! »

David la vide allungare la mano per abbracciare l'amica e le fece segno di allontanarsi. « Non farlo, Eleni. Questa è una scena del crimine. Per favore, chiama la polizia e andiamo fuori ad aspettarla. » La aiutò ad alzarsi e, tenendole un braccio intorno alle spalle, la condusse giù per le scale.

Arrivò una pattuglia di agenti di polizia, seguita dai detective della Omicidi, dai tecnici della Scientifica e da una magistrata. David ed Eleni trascorsero parte del pomeriggio dentro una volante parcheggiata fuori casa, dove furono ascoltati da diversi poliziotti. Era già metà pomeriggio quando finalmente vennero portati alla stazione di polizia dell'Acropoli e raggiunti nella sala degli interrogatori dalla magistrata, una donna di mezza età dall'aria trasandata, con i capelli biondo platino e gli occhiali di metallo.

« Salve », esordì. « Sono la PM Anastasia Georgiou e coordino le indagini sulla morte di Iriniki Baros. Mi pare di capire che lei non parla greco, signor Birch. Per me va bene l'inglese. » Guardò il tavolo spoglio. « Nessuno vi ha offerto qualcosa da mangiare o da bere? Dove hanno la testa? Cosa vi andrebbe? Un caffè? Una bibita? »

« Un caffè sarebbe fantastico », rispose David.

Eleni restò in silenzio, lo sguardo vuoto.

« Mia cara, ha un aspetto orribile. Torno subito. »

La magistrata rientrò con un vassoio di pasticcini e due caffè. « Penso che siano lì da ore, ma sono ancora commestibili, almeno per i miei standard poco pretenziosi. Servitevi pure. »

Eleni rifiutò il cibo, ma David era affamato.

« So che avete parlato con gli agenti e i detective, ma spetta a me stabilire cos'è successo alla vostra amica. Quindi, per favore, rispondete alle domande con la massima precisione e completezza, anche se si tratta di cose che avete già detto e ripetuto. Prima finiamo questo colloquio, prima vi lasceremo andare. »

La magistrata fu scrupolosa e metodica. Durante quel lungo pomeriggio, David ed Eleni fecero in modo di nascondere le informazioni riguardanti i Custodi del fato e la Macchina del destino. Parlarne avrebbe spalancato un vaso di Pandora impossibile da gestire per David, ormai divenuto a tutti gli effetti un contrabbandiere di reperti antichi, e avrebbe compromesso la ricerca delle altre chiavi. Tra le altre cose, la magistrata volle conoscere i dettagli dell'amicizia tra Eleni e Iriniki, perché lei e David avessero deciso di entrare in casa usando una chiave di riserva, quale fosse stata l'ultima volta che avevano parlato con la defunta, se Iriniki avesse dei nemici e cosa ci facesse David ad Atene. Sebbene il colloquio venisse registrato, la donna annotò le risposte su un taccuino.

Eleni spiegò che lei e Iriniki erano amiche da sempre. Siccome era insolito che Iriniki non rispondesse al telefono e, dati la sua disabilità e i ricorrenti problemi di salute, lei si era preoccupata al punto di ricorrere alla chiave di riserva.

Scelse di prendere alla lettera la domanda della magistrata sull'ultima loro conversazione e disse che non sentiva l'amica da due giorni, giorni che aveva trascorso con David a Creta, ma evitò di menzionare i messaggi notturni.

Eleni aggiunse che Iriniki non aveva nemici, anzi, tutti l'amavano e la stimavano, e David era un caro amico che stava effettuando uno scavo in Turchia e si era concesso una breve pausa per farle visita. Nel dirlo, gli strinse la mano per dimostrare la loro vicinanza. Lui ricambiò la stretta, con un gesto del tutto sincero.

« La polizia ha parlato con alcune persone che si sono presentate a casa della vittima per chiedere cosa fosse successo », disse la magistrata controllando i suoi appunti. « Un testimone ha dichiarato che l'ultima volta che l'ha vista è stato a un funerale ellenistico qualche giorno fa. »

« Quello di mia madre », spiegò Eleni.

« Ah, le faccio le mie condoglianze. Una morte naturale, presumo. »

« Per cancro. »

« Lei è un'ellenista? »

Eleni annuì.

« Anche lei? »

David disse di no, ma aggiunse che il giorno del funerale si trovava ad Atene e aveva partecipato alla cerimonia.

« Un'altra persona ha detto di conoscere Iriniki perché insieme facevano parte di un gruppo chiamato Custodi del fato. Di che cosa si tratta? »

Eleni finse una risatina. « Ah, il gruppo. È un forum di lettura e discussione su libri che trattano l'ellenismo, una specie di club del libro molto specifico. C'incontravamo a casa di Iriniki. »

« Anche Iriniki era un'ellenista? »

« Sì. »

« Capisco. Mi procurerò i nomi dei membri. »

David decise che era il momento d'indirizzare altrove la sua attenzione. « Posso chiederle cosa si sa dell'omicidio? »

La magistrata giunse le mani. « Guardi, è ancora presto, ma il sospetto al momento è che si sia trattato di un furto con scasso finito male. Era una donna disabile che viveva da sola in una grande casa. Non abbiamo trovato né il suo telefonino né la sua borsa. Probabilmente hanno tentato di strapparle la collana, le perle erano sparse ovunque sul pavimento. Non sappiamo cos'altro manchi, però di sicuro gli aggressori hanno setacciato la casa in cerca di soldi, gioielli e di qualcos'altro che pensavano tenesse nascosto. Purtroppo gli indizi dicono che l'hanno torturata, prima di ucciderla recidendole la gola. Conosce bene la casa, signorina Lillakis? »

« Sì, certo. »

« Sarebbe utile se potesse accompagnare i detective nel sopralluogo per stabilire se sono stati rubati oggetti di valore. So che è stata una lunga giornata, ma le chiedo questa cortesia. »

David tornò da Yiorgos per aiutarlo a preparare la cena, mentre Eleni accompagnò i poliziotti a ispezionare la casa di Iriniki a partire dal piano terra, verificando che non mancassero quadri, oggetti d'antiquariato, argenteria e in generale che non ci fosse nulla di strano. La lasciarono libera di guardare ovunque e toccare qualsiasi cosa, perché le foto erano già state scattate e le impronte digitali rilevate.

In biblioteca un poliziotto le chiese: « Hanno messo tutto a soqquadro. Ha idea di cosa stessero cercando? »

«Non lo so. Iriniki non era ricca. Come può vedere dallo stato della casa, non aveva molti soldi.»

«Cosa sono tutti questi fascicoli?»

«Iriniki era un'accademica. Ha svolto numerose ricerche sull'antica Grecia.»

«Qualcuno deve aver pensato che fosse molto danarosa.»

Al piano di sopra, Eleni notò che mancava un piccolo quadro nel corridoio, vicino all'ascensore. «C'era un dipinto a olio, qui. Era di Sophia Laskaridou, un'artista che era stata amica dei genitori di Iriniki.»

«Non ne ho mai sentito parlare.»

«Era un'impressionista e una femminista. Il dipinto raffigurava un paesaggio costiero dei primi del Novecento.»

«Era prezioso?»

«Non particolarmente. Le sue opere si vendono a non più di qualche migliaio di dollari, di questi tempi.»

«Per un tossicodipendente potrebbe essere tanto. C'è una foto del quadro, da qualche parte? Vorrei farla circolare.»

«Cercherò di trovarne una.»

Sulla soglia della camera da letto, il poliziotto informò Eleni che il corpo era stato portato all'obitorio, poi si allontanò per rispondere a una chiamata. «Entri pure. Arrivo subito», le disse.

Iriniki teneva il portagioie su un mobiletto basso vicino al bagno. Non le piacevano particolarmente i monili, anche se non si separava mai dalla collana di perle della nonna e in rare occasioni indossava gli anelli e le spille di sua madre. Eleni non riuscì a trovare ciò che cercava nel groviglio di collane di bigiotteria e icone elleniche, perciò si spostò verso i comodini per controllare i cassetti alla ricerca di oggetti mancanti. Invece di scavalcare la sedia a rotelle rovesciata, che bloccava il passaggio, la raddrizzò, e la vista del sangue sullo schienale e sul cuscino le diede la nausea. Nel tirarla su tenendola dai braccioli, notò qualcosa e si fermò. La voce del poliziotto, immerso in una fitta conversazione, risuonava dal fondo del corridoio, quando si accorse che si trattava di un frammento di carta gialla che sporgeva appena da un lato del cuscino sulla sedia a rotelle. Lo prese tra le dita e, notando che era una lettera ripiegata, la infilò subito in una tasca non appena il poliziotto tornò nella stanza.

«Scoperto qualcosa?» le chiese l'uomo.

«Sembrano essere spariti alcuni anelli e spille di sua madre.»

«Maledetti drogati», commentò il poliziotto.

Eleni passò dall'inferno della casa di Iriniki alla tranquillità e alla semplicità di quella di suo padre. Nell'aria risuonava un rilassante brano di musica classica. La cucina profumava di pietanze casalinghe e David era intento a mescolarne una a base di carne e salsa di pomodoro.

«Com'è andata?» le chiese.

«È stato orribile. Dov'è mio padre?»

«In giardino con una bottiglia di vino.»

Eleni si sfilò la lettera di tasca e gliela agitò davanti al naso.

«Cos'è?»

«L'ho trovata sotto il cuscino della sedia a rotelle. Non so se la tenesse nascosta lì o se l'abbia appoggiata poco prima di andare a letto. Nel messaggio che mi ha mandato faceva riferimento a questa lettera. Deve averla trovata ieri sera nell'archivio. È stata scritta nel 1932 da un Custode del fato di Naxos ed è indirizzata a un altro Custode del fato che si trovava invece ad Atene. »

« Cosa dice? »

« Aspetta, chiamo papà. »

Quando Yiorgos rientrò, Eleni aprì la lettera e prese a leggerla, traducendola in inglese. « 'Mio caro signor Makris, le scrivo per informarla di un piccolo ma bizzarro accadimento di cui sono venuto a conoscenza durante la mia visita a Naxos questo mese. Probabilmente non sarà nulla d'importante, ma, sapendo quanto lei sia desideroso di apprendere qualunque notizia anche solo vagamente collegabile alla ricerca della Michaní Pepromenou, mi sentirei in difetto se non le riferissi quanto ho appreso dal signor Lippio Kolovos, residente sull'isola e membro della nostra società. Pare che un mese fa un direttore di giornale di nome Spyro Valatos, un Custode del fato come noi che ho incontrato in una sola occasione tempo addietro, abbia informato la moglie di dover partire urgentemente per l'Inghilterra per "sventare catastrofi". Questa è stata la sua unica e letterale spiegazione. Il signor Valatos, come lei forse saprà, è diventato Custode del fato solo due anni fa. Per quanto mi riguarda, lo reputo un giornalista rispettato e razionale, un uomo che non abbandonerebbe mai i suoi affari, la moglie e il figlio neonato senza un valido motivo. Sappiamo che è partito da Naxos a bordo di un piroscafo diretto al Pireo il 7 maggio, con l'intento di proseguire per l'Inghilterra. Il signor Kolovos mi ha promesso che mi scriverà se avrà ulteriori notizie sul suo conto. Cordiali saluti. Palamedes Kanelos.' » Eleni alzò lo sguardo, poi aggiunse: « C'è una nota a margine scritta a matita da Iri: 'Nell'archivio non c'è nulla su Spyro Valatos' ».

Yiorgos sembrava più colpito di David. « Valatos si riferiva alla chiave delle catastrofi? » chiese.

« Mi sembra un'ipotesi azzardata », obiettò David. « Voglio dire, se Valatos avesse trovato qualcosa d'importante, non pensate che i Custodi del fato dell'epoca ne sarebbero venuti a conoscenza? »

« Difficile dirlo », rispose Yiorgos. « Andreas Makris era un membro molto rispettato della nostra società agli inizi del XX secolo. Questa lettera lo avrebbe incuriosito, ma le informazioni allora viaggiavano più lentamente di oggi. Forse Valatos ha trovato qualcosa, però non è tornato mai a Naxos. »

« O più probabilmente non ha trovato nulla ed è tornato a casa per farsene cantare quattro dalla moglie », ipotizzò David.

Eleni passò la lettera al padre.

L'uomo vide una macchia rossa su un angolo e chiese: « È il sangue di Iri? »

« Dobbiamo approfondire la questione », disse Eleni, evitando di rispondere. « Lo dobbiamo a Iri. »

« Approfondire come? » domandò David.

« Andando a Naxos, a consultare tutti gli archivi dell'isola. Non c'è altro modo per trovare informazioni su una persona qualunque vissuta nel 1932. »

« Eleni ha ragione. Se scoprirete che Valatos è morto a Naxos, allora possiamo ragionevolmente supporre che quel viaggio tanto improvviso non abbia condotto ad alcuna scoperta interessante », disse Yiorgos.

Durante la cena, Yiorgos riferì anche di aver ricevuto numerose chiamate da parte dei Custodi del fato che chiedevano notizie sulla morte di Iriniki. « Volevano venire qui stasera, così li ho invitati. Dovrebbero arrivare a breve. »

Gli ospiti cominciarono ad affluire dopo le nove, scambiandosi abbracci, lacrime e domande concitate. E, come già era accaduto giorni prima, alla fine si radunarono, con volti tesi e pensierosi, nel giardino di Yiorgos per ricordare l'amica. L'ultima volta che David aveva partecipato a un evento simile, era per loro un estraneo. Adesso lo trattavano tutti come uno di loro. Perfino la fumantina Koriana lo accolse con due baci sulle guance.

Toccò a Eleni aggiornarli sugli sviluppi dell'indagine. « La polizia crede si sia trattato di una rapina. »

Asterios, l'avvocato con la spettacolare capigliatura nera, esclamò: « Rapina? Ma se non aveva un soldo! »

« Una donna sola in una grande casa... » si lamentò una delle donne. « Ormai Atene è piena di gentaglia. In che tempi viviamo! »

« Mancavano alcune cose: il portafoglio, i gioielli di sua madre, il piccolo paesaggio di Laskaridou », raccontò Eleni.

« Ma perché ucciderla? » gridò Lexi, così forte che Stelios, seduto accanto a lei, sussultò.

« Di' a tutti cosa le hanno fatto quegli animali », disse Yiorgos, trattenendo a stento le lacrime.

Eleni chiuse gli occhi. « È stata torturata. Le hanno spezzato le dita. L'hanno picchiata. La magistrata pensa che volessero estorcerle informazioni sui gioielli o sui soldi, che noi sappiamo non possedeva. Perdonatemi, ma non voglio raccontare come l'hanno uccisa. »

« Per favore, dimmi almeno che non è stata violentata », disse Evangelea.

« Sembrerebbe di no », rispose Eleni piano.

Seguì un lungo silenzio, interrotto da Stelios. « Non ci hai detto com'è andata a Creta. »

Eleni sembrava troppo esausta per rispondere. « David, ti dispiace? »

Lui posò la birra e cominciò: « Sono stati giorni folli ». Poi catturò l'attenzione dei Custodi del fato raccontando gli eventi di Creta e della Germania. Era così abile nel narrare che per loro fu come scavare insieme con lui nella tomba di Wilhelm Biermann. « E alla fine era lì! Proprio tra le gambe scheletriche di quel bastardo », esclamò David.

« No! L'avete trovata davvero? » urlò Yannis, il banchiere.

David sorrise. « Sì. »

« Dov'è? Possiamo vederla? » chiese Andreas.

Eleni fece un cenno al padre, che disse: « Datemi un minuto ».

« È qui? » chiese Stelios.

« Con la sorella », confermò Yiorgos.

Quando Yiorgos fece ritorno, stringendo tra le braccia il congegno come fosse stato un neonato, i Custodi del fato non stavano più nella pelle. Yiorgos lo sfilò dal sacchetto di velluto e disse: « Ecco a voi la chiave del tempo ».

A David dispiacque che Eleni fosse costretta a ripetere la lezioncina sul suo funzionamento, ma lei lo fece senza esitazione e rispose persino a tutte le domande. Lui si limitò a starle accanto e rabboccare il suo bicchiere quando si svuotava.

« Questo è un raggio di luce nella più buia delle notti. È inconcepibile che Iri non sia qui per condividere il nostro stupore », dichiarò Yannis alla fine.

« Il suo spirito c'è. E poi ci ha lasciato un regalo di addio », aggiunse Eleni.

« Cosa intendi? » chiese il banchiere.

« Ieri sera mi ha mandato un messaggio per dirmi che forse aveva scoperto un altro indizio. Stasera quell'indizio l'ho trovato incastrato sotto il cuscino della sua sedia a rotelle. È una lettera che si sono scambiati due Custodi del fato nel 1932. Papà, puoi leggerla? »

Quando Yiorgos ebbe finito, Koriana sbottò: « Dovete andare a Naxos! »

« Io e David prenderemo un volo domattina. La magistrata ci ha detto che, a causa delle indagini, il funerale di Iriniki sarà rimandato di alcuni giorni », disse Eleni.

Stelios si schiarì la gola prima di parlare. « Ascoltate tutti. Sarà perché lavoro al ministero, dove le teorie complottistiche si sprecano, ma davvero vogliamo credere che sia una coincidenza che Iriniki sia stata uccisa la notte in cui ha trovato un nuovo indizio? »

« Cosa potrebbe essere successo? Sono quasi certo che nessuno di noi abbia mai parlato della Macchina del destino e della nostra ricerca delle chiavi. Se per qualcuno il discorso non vale, è ora di ammetterlo », disse Asterios.

Tutti scossero la testa in silenzio.

Asterios proseguì: « Io sono un avvocato e mi attengo ai fatti. Che Iri vivesse da sola ci è sempre sembrato preoccupante. La magistrata ritiene che si sia trattato di una rapina ed è davvero poco credibile che le cose stiano altrimenti ».

Gli ospiti cominciarono a disperdersi alla spicciolata.

Yannis si avvicinò a Yiorgos, lo portò in un angolo per poter parlare senza essere sentito dagli altri e si avvicinò a lui per maggiore sicurezza. « L'archivio », disse. « Adesso che Iri non c'è più, tocca a te occupartene. Permettimi di nominarti nostro nuovo archivista. Il voto sarà unanime. Hai lo sguardo dello studioso e in questa grande casa c'è spazio a sufficienza. »

« Io sto invecchiando, amico mio. Non sarebbe una soluzione lungimirante », protestò Yiorgos.

L'alito di Yannis sapeva di vino. « A questo posso dare due risposte. Primo, se la nostra tradizione orale è accurata, il mondo sarà devastato da una catastrofe entro un anno, a meno che non riusciamo a trovare le chiavi mancanti e a sovvertire il fato. Secondo, hai un successore designato. Tua figlia è giovane ed è più intelligente di tutti noi messi insieme. »

Yiorgos diede all'amico una pacca sulla spalla. « Capisco il tuo punto di vista. Ma, prima di parlare di certe cose, affidiamo la nostra amica Iri alla terra. »

Nel frattempo Koriana cercò Eleni, si scostò la frangia viola dagli occhi e le sussurrò: « Scusa, ma devo proprio chiedertelo. Tu e David state...? »

« Stiamo cosa? »

« Dai, tesoro, a me puoi dirlo. Ho visto come ti guardava stasera. »

« È tardi, Kori, vai a casa », disse Eleni impettita.

11

In quel periodo dell'anno, c'erano voli regolari per Naxos da Atene, e David ed Eleni si ritrovarono stipati in un aereo straripante di turisti. Il meglio che riuscirono a ottenere, per non stare seduti troppo lontani, furono due posti nella stessa fila ma ai lati opposti del corridoio, così che, per parlare, erano costretti a chinarsi l'uno verso l'altra e sussurrare. Sebbene avessero condiviso il letto la sera prima, erano mentalmente troppo stanchi per affrontare la questione del loro futuro.

«Hai già pensato a un piano d'attacco?» le chiese invece David, rendendosi subito conto che forse non era il linguaggio più adatto da usare su un aereo. «Cioè, intendo un piano d'azione.»

Lei alzò lo sguardo dal telefonino. «Stavo controllando gli elenchi telefonici di Naxos. Non c'è nessuno di nome Valatos sull'isola. Ciò significa che non abbiamo modo di contattare i discendenti.»

«Potrebbero essercene in linea materna.»

«Dovremmo andare negli uffici del comune e cercare i registri di nascita e morte.»

«E se fosse uno strike?»

Quella metafora sportiva presa dal baseball la lasciò perplessa.

«Se non trovassimo nulla?» chiarì lui.

«C'è sempre la grotta di Zas.»

«Cosa sarebbe?»

« Il luogo in cui si dice che Zeus abbia trascorso la sua infanzia, nascondendosi da Crono. »

« Vuoi scherzare. Un'altra grotta di Zeus? »

« Che vuoi che ti dica? Abbiamo molte grotte in Grecia e Zeus ha vagabondato parecchio. »

Il municipio situato sul lungomare, che fungeva da centro amministrativo per Naxos e le circostanti isole Cicladi ed era raggiungibile con una breve corsa in taxi dall'aeroporto a una sola pista, era un attraente complesso giallo canarino con eleganti arcate e infissi color acquamarina in tono con il mare, distante appena pochi metri.

« Che posizione privilegiata », disse David, ammirando le onde che s'infrangevano contro il muraglione.

Eleni prese in mano la situazione, parlando con gli impiegati di tutti gli uffici dove furono indirizzati. Dopo uno scambio piuttosto animato con quello dell'ufficio anagrafe e stato civile, disse a David: « Ci siamo quasi, secondo me. Mi ha detto che i registri di nascite e decessi sono esclusivamente cartacei fino agli anni '80, il che non è un problema, ma la difficoltà è accedervi. Dovremmo scrivere una lettera al sindaco per ottenere l'autorizzazione. Ho chiesto di parlare con la sua superiore ».

« Cosa le dirai? »

Eleni sorrise. « Le darò il mio biglietto da visita. Il Meccanismo di Anticitera smuove l'orgoglio di tutti i greci. »

La funzionaria aveva un'espressione crucciata. Diede un'occhiata al biglietto da visita di Eleni e glielo restituì senza dire una parola, come se non l'avesse neanche letto. Quando le passò un modulo da compilare, David vide Eleni animarsi, gesticolando come una forsennata e infine indicando nella sua direzione. La donna guardò il soffitto, alzò le mani in segno di resa e parlò con l'impiegata.

Eleni fece un passo indietro per sussurrargli: « Che tu ci creda o no, non ha mai sentito parlare del Meccanismo di Anticitera ».

« L'avevo intuito. »

« Poi le ho detto che sei un famoso professore americano dell'università di Harvard, di passaggio sull'isola per un giorno solo, e di Harvard aveva sentito parlare. Allora ho pensato a quello che hai detto sull'aereo a proposito della discendenza per linea materna e ho avuto un'illuminazione. Tu lo sapevi che tua madre era greca, di Naxos? »

« Lo ignoravo », disse David.

« Be', sappi che hai intenzione di scoprire qualcosa su suo padre, Spyro Valatos, che è nato sull'isola all'inizio del XX secolo. Sei spiacente, ma purtroppo non avevi pensato a chiedere il permesso in anticipo. »

« Un fondo di verità c'è », sussurrò lui di rimando. « Non sapevo che servisse un permesso per fare la ricerca. Quindi adesso cosa succederà? »

« Le piaci, perciò penso che ci faranno entrare. »

« Ottimo. »

Eleni gli toccò la gamba con un ginocchio. « Anche a me piaci. »

L'archivio era ospitato in una stanza priva di finestre con un ventilatore a pale che girava lento al soffitto, limitandosi a spostare aria calda. Eleni e David si videro recapitare gli scatoloni che potevano riguardare la loro ricerca, con la raccomandazione di esaminare i registri uno alla volta.

« Partiamo dal presupposto che Spyro Valatos sia esistito davvero e iniziamo dal suo certificato di nascita », disse David.

« Non sappiamo quanti anni avesse nel 1932 », commentò Eleni.

« Vero, ma la lettera diceva che aveva un figlio neonato. La gente si sposava presto a quei tempi. Penso che possiamo iniziare tranquillamente dal 1900 e proseguire da lì. »

Portarono il registro che copriva il periodo dal 1900 al 1909 su uno stretto tavolo addossato contro un muro ed Eleni iniziò la ricerca. Per fortuna, all'epoca l'isola non era molto popolosa e sul fascicolo erano registrati meno di cinquanta nascite e cento decessi all'anno.

Fissare pagine e pagine scritte in greco fece quasi appisolare David, che però scattò sull'attenti quando Eleni puntò il dito su un nome. « Eccolo! 1907. Un bambino di nome Spyro Valatos è nato nella città di Chora, da Demetri ed Eirini Valatos. »

« Okay, combacia. Significa che aveva venticinque anni nel 1932. »

« Giovane per essere un Custode del fato. Sarà stato uno molto entusiasta », ipotizzò Eleni.

« Considerato che l'aspettativa media di vita, a quei tempi, per gli uomini non superava i sessantacinque anni, dobbiamo cercare la sua morte negli anni fino al 1972 circa. Immagino non ci sia permesso portare un caffè qui dentro. »

Mentre Eleni esaminava i registri, in quello spazio angusto senza finestre, senza campo per il cellulare né Wi-Fi per gli ospiti, David cominciò a sentirsi in trappola. Non gli ci volle molto per appisolarsi con il mento appoggiato sul petto.

Lo svegliò un tocco sul naso. «Quanto tempo...» iniziò a chiedere, sbattendo le palpebre.

«Quasi un'ora. Non volevo disturbarti. Sono arrivata fino all'ultimo registro, che riguarda il 1985, ma non c'è traccia della morte di Spyro Valatos. Dal 1985 in poi i registri sono digitali.»

«Evidentemente non è mai tornato sull'isola», disse David sbadigliando. «Andiamo a mangiare un boccone.»

Una volta fuori, strizzarono le palpebre alla luce intensa del sole e alzarono la voce per sovrastare lo strepitio dei gabbiani.

«Sono stata qui da ragazzina. Le zone più interessanti della città sono da questa parte», disse Eleni.

Il cellulare di David si accese, procurandogli una serie di smorfie sufficientemente contrariate perché Eleni gliene chiedesse il motivo.

«Ho perso una chiamata importante del mio socio di scavi a Derinkuyu, e c'è un'e-mail di fuoco del nostro finanziatore che vuole sapere perché non sono tornato in Turchia. Be', se non altro, sono su una magnifica isola greca con una bellissima donna.»

Mentre camminavano, David ascoltò il messaggio che Mazhar gli aveva lasciato in segreteria. «Ciao, collega disperso. Qui va tutto bene. La riparazione del rilevatore di muoni è quasi completata. Per fortuna, le competenze che ho acquisito facendo lavori di ristrutturazione a casa di mia suocera hanno dato i loro frutti e sono riuscito a realizzare una nuova staffa per il pezzo di ricambio. Ora sto andando di sotto e non potrò chiamarti prima di stasera, però dobbiamo parlare urgentemente. Oguz mi ha chiamato stamattina presto per discutere della tua assenza. Non è contento e minaccia ritorsioni non meglio specificate. Conto su di te per risolvere la cosa al più presto. Ciao per ora.»

«Problemi?» chiese Eleni.

«Sì, direi di sì. Questa faccenda comincia a pesare.»

«Questa faccenda?»

David si accorse che Eleni aveva scelto di fare la finta tonta.

«Questa faccenda, sì.»

«Ah, questa faccenda!» esclamò lei ridendo. Poi, tornando seria, aggiunse: «Mi dispiace, non dovrei ridere. Capisco la situazione, ma quello che stiamo facendo è importante».

«Però devo tornare.»

«Allora sbrighiamoci», disse lei accelerando il passo.

Lo condusse verso la città vecchia, tra stretti vicoli acciottolati, fiancheggiati da case imbiancate a calce, con persiane dipinte di blu, viti rampicanti e sgargianti buganvillee.

Attraversarono la storica Traní Porta, con il suo arco di pietra e il portale in legno.

«Siamo arrivati nel quartiere di Kastro», annunciò Eleni. «Questa è la vecchia città veneziana, costruita nel Medioevo quando la Serenissima governava l'isola. Se fossimo turisti, ti porterei a visitare il castello e le chiese antiche.»

«Mi accontenterei di un ristorante», disse David.

«Hai sempre fame, ho notato.»

«Soprattutto quando sono sotto stress.»

Si fecero strada tra i vicoli affollati e riuscirono a trovare un tavolo in un ristorante vicino al castello. Mentre

Eleni esaminava il menu, David rilesse l'e-mail severa, quasi minacciosa, di Oguz.

«Sai già cosa vuoi?» chiese Eleni.

«Scegli tu per me? Devo scrivere un'e-mail. Ah, e da bere una birra, per favore. Media.»

Signor Oguz,

comprendo le sue preoccupazioni, ma voglio rassicurarla: la mia prolungata assenza dalla Turchia si sta rivelando utile per il nostro progetto. Il manufatto che abbiamo scoperto ha un'importanza storica significativa e sono sempre più convinto che sia tecnicamente affine al Meccanismo di Anticitera. Non sono d'accordo con lei quando dice che il ritrovamento di un manufatto greco a Derinkuyu sia contrario al nostro obiettivo di comprovare le radici culturali anatoliche del sito. Anzi, ritengo che rafforzi l'idea che l'Anatolia fosse un centro nevralgico e un partner commerciale essenziale per la Grecia del II secolo a.C. Altrimenti come si spiegherebbe che uno degli esemplari più avanzati di tecnologia greca sia stato rinvenuto proprio in Anatolia? Sto lavorando per capire come e perché il manufatto sia arrivato in Turchia. Le risposte sicuramente accresceranno, non sminuiranno, il prestigio della cultura anatolica. Con la giusta strategia di divulgazione, potremo far sì che questa scoperta porti lustro più alla Turchia che alla Grecia. Nel frattempo, so che il dottor Mazhar è riuscito a rimettere in funzione il suo macchinario, perciò quando tornerò saremo pronti per effettuare nuovi rilievi.

David

Mise via il telefonino proprio mentre arrivava il suo boccale di Mythos, che svuotò per un quarto in rapidi sorsi.

« Meglio? » chiese Eleni.

« Meglio. »

« Allora, eccoci a Naxos, dove Spyro Valatos non è morto e dove non c'è un suo discendente da interrogare. Forse dovremmo prendere in considerazione la tua idea d'indagare le altre linee di discendenza. Io intanto ho guardato qualche sito web, ma potremmo anche pagare un genealogista. »

« Non abbiamo tempo, o per meglio dire, non *ho* tempo. Devo tornare in Turchia. Tu continua pure a cercare e teniamoci in contatto. Forse potrò tornare ad Atene tra una settimana o due. Devo avanzare con lo scavo per tenere a bada Oguz. »

Gli occhi di Eleni si riempirono di lacrime.

David si era dimenticato di quanto fosse vulnerabile e si sentì mortificato. « Mi dispiace, Eleni. Non voglio rendere le cose ancora più difficili. »

Il cameriere portò le ordinazioni e lei spiluccò l'insalata.

Lui bevve altra birra, poi fu colto da un pensiero. « Secondo te c'è una biblioteca pubblica nei paraggi? »

« Deve esserci per forza. Perché? »

« In base a ciò che abbiamo letto nella lettera, abbiamo qualche elemento su Spyro Valatos. Sappiamo che era un Custode del fato, che era un giornalista, che era sposato e aveva un figlio e che ha lasciato Naxos il 7 maggio 1932. Le biblioteche conservano gli archivi dei vecchi giornali. Magari possiamo scoprire cosa stesse succedendo a Naxos nel periodo in cui lui se n'è andato. »

« È un'idea geniale », disse Eleni posando la forchetta.

« Sei troppo buona. È un'idea come un'altra. »

Eleni fece un cenno al cameriere.

« Chiedi già il conto? Io non ho ancora mangiato », disse David.

« Voglio solo chiedergli dov'è la biblioteca. »

Il cameriere rispose alla domanda puntando un dito verso la strada.

Eleni prese la mano di David. « Dev'essere destino, David. La biblioteca è a cento metri da qui. »

La biblioteca era all'interno del Centro culturale di Naxos, a sua volta ospitato in una vecchia scuola femminile del XVIII secolo fondata dalle suore Orsoline, custodi di una roccaforte cattolica, risalente all'occupazione veneziana medievale, sull'isola a maggioranza ortodossa. La scuola era rimasta chiusa per decenni, fino a quando la città non aveva ristrutturato il bell'edificio neoclassico trasformandolo in un centro culturale.

Quando entrarono, la responsabile della biblioteca andò in visibilio davanti al biglietto da visita di Eleni e si rese disponibile per aiutarli in tutti i modi possibili.

« Sì, abbiamo un archivio del giornale locale di Naxos, il *Kykladikí*, che parte dagli anni '20. Non ci è stato possibile digitalizzarlo, per mancanza di risorse, ma, per quanto sia un sistema antiquato, è consultabile su microfilm. Vi prendo le bobine. Avete detto 1932? » domandò.

David ed Eleni si accomodarono fianco a fianco davanti a un lettore e sfogliarono i numeri del *Kykladikí* a partire dall'aprile del 1932. David non poté fare altro che scattare una foto delle pagine di tanto in tanto. Il *Kykladikí* era un quotidiano di solo sedici pagine a quei tempi, di cui due dedicate alla pubblicità. I soggetti delle fotografie erano banali: una festa scolastica, un sindaco sorridente, un prete ortodosso che benediceva un peschereccio; almeno fino al numero del 6 maggio 1932.

Lì, in prima pagina, c'era il ritratto di un uomo barbuto in un abito a tre pezzi, in piedi su un molo davanti a un piroscafo. Accanto a lui, un grande carrello portabagagli carico di numerose casse di legno.

David lo indicò e chiese a Eleni: «Di cosa parla l'articolo?»

«Oddio! È di Spyro Valatos. In calce c'è scritto: 'Dal nostro corrispondente Spyro Valatos'.»

«Un giorno prima che lasciasse Naxos. Leggimelo.»

«'La spedizione a Naxos del signor Charles Gilday di Nottingham, Inghilterra, è giunta al termine. Il signor Gilday, rinomato antiquario e archeologo amatoriale, ha trascorso un mese a Naxos con la moglie e alcuni inservienti, acquistando opere d'arte locali, ceramiche e mobili e conducendo scavi in tutta l'isola alla ricerca di reperti antichi. Alla nostra domanda su eventuali tesori rinvenuti *in loco*, il signor Gilday ha risposto: "Direi che abbiamo fatto diverse scoperte interessanti, com'era prevedibile trovandoci nel cuore dell'antica civiltà greca. Ma nessuna scoperta è stata rilevante e, direi, rivoluzionaria quanto quella effettuata nelle profondità della grotta di Zas". Invitato a fornire altri dettagli, il signor Gilday ha dichiarato: "Speriamo di concludere i nostri studi e scrivere un articolo da pubblicare il prima possibile su una rivista antiquaria". Gli abbiamo dunque chiesto se sarebbe tornato a Naxos per tenere una conferenza sulle sue scoperte e lui ha risposto che sarebbe stato felice di farlo, poiché ha trovato la gente dell'isola calorosa e ospitale.'» Eleni alzò lo sguardo. «David, pensi che...?»

« Per la miseria! Sono nei guai fino al collo », disse lui, prendendosi la testa tra le mani.

« Perché? »

« Perché domani non torno in Turchia. Vengo con te a Nottingham. »

12

Naxos, 212 a.C.

Agapitos portava tre cose legate alla cintura: un pugnale, un borsellino e un sacchetto di astragali. Due di quegli oggetti lo avrebbero salvato. Uno lo avrebbe ucciso.

Era alla deriva da due giorni, aggrappato alla sua cassa galleggiante, lottando contro il vento e le correnti, ignaro che un altro guardiano come lui, Stephanos, stesse andando alla deriva nella medesima direzione. Arso dal sole e assetato, Agapitos recuperò un po' di fiducia vedendo la sagoma sfumata di Creta stagliarsi all'orizzonte. All'alba del suo terzo giorno da naufrago, dormiva, abbandonato sopra la cassa, quando fu svegliato di soprassalto da alcune grida in una lingua straniera.

Aprì lentamente gli occhi e pensò: *Hai una fortuna sfacciata, Agapitos. L'hai sempre avuta e sempre l'avrai.*

L'imbarcazione accanto a lui era un mercantile di medie dimensioni guidato da marinai fenici, che lo presero a bordo e, sempre parlando una lingua che non capiva, gli diedero acqua e una crosta di pane e ripresero la navigazione, allontanandosi da Creta. Quando furono in mare aperto, il comandante della nave, un uomo tutto rugoso e con pochi denti rimasti in bocca, si chinò su di lui, blaterando in fenicio.

Agapitos scosse la testa e rispose: «Non ti capisco».

«Ah, sei greco. Io parlo un po' di greco. Che fine ha fatto la tua nave?» disse il comandante.

« È stata affondata dai romani. »

L'altro sembrò allarmato e scrutò l'orizzonte. « Romani? Dove sono i romani? »

« Ad Anticitera. »

« Bene. Non è lì che siamo diretti. »

« E dove? »

« Veniamo da Creta e andiamo a Naxos. Abbiamo olio d'oliva e vino di qualità. »

« Di dove siete? »

« Di Sidone. »

« Fenici », mormorò Agapitos. Il resto lo tenne per sé. Non si fidava di quel popolo.

Il comandante guardò il sacco con la cassa. « Cos'hai lì dentro? »

Agapitos s'inventò una bugia su due piedi. « Una statua del dio Ermes. Il mio padrone mi ha mandato a Siracusa per commissionarla a uno scultore. »

Ermes, dio della fortuna e delle opportunità, era il nume tutelare di Agapitos.

« Da dove vieni? »

« Da Rodi », mentì, citando l'isola greca più vicina alla sua vera destinazione, l'Anatolia.

« Un lungo viaggio per una statua. »

« È uno scultore molto famoso. Potete portarmi a Rodi? »

« Possiamo portarti fino a Naxos. Poi noi torniamo a casa. Ma devi pagare per andare a Naxos. »

« Pagare? » Agapitos scoppiò a ridere.

Il comandante disse qualcosa ai membri dell'equipaggio più vicini e quelli si avvicinarono con i pugnali sguainati. « Paga o finisci di nuovo in mare, ma senza occhi e senza pisello. »

« Tranquillo », disse Agapitos, mettendo mano alla cintura.

Il comandante s'irrigidì quando Agapitos sfiorò il fodero del suo pugnale, ma poi si rilassò vedendolo frugare nel borsellino e tirare fuori una dracma.

« No! Di più! » urlò il fenicio.

Agapitos capì che era inutile insistere. « Quanto di più? »

L'altro mostrò per cinque volte tutte le dita delle mani. « Cinquanta! » blaterò.

« Sei una canaglia, lo sai? Va bene, facciamo cinquanta, più tutto il vino che riesco a bere. »

Mentre posava le monete nel palmo coriaceo del fenicio, Agapitos guardò il cielo luminoso e pensò: *La mia fortuna continua. Sarei stato disposto a pagarne cento. Grazie, potente Zeus, per aver fatto sì che non perdessi il borsellino quando sono saltato giù dalla* Delfi.

Nella settimana di navigazione che li portò ad approdare a Naxos, Agapitos pensò spesso con apprensione ai suoi compagni e al destino delle altre chiavi. Tenne sempre con sé quella delle catastrofi e si ripromise di trovare un modo per raggiungere l'Anatolia, pregando che gli dei avessero favorito i suoi compagni come avevano favorito lui.

Fu un grande sollievo sbarcare dalla nave fenicia, malridotta e puzzolente, con occhi e pisello ancora intatti. La città portuale brulicava di gente, ma nessuno sembrava interessarsi granché al nuovo arrivato.

Agapitos salutò un anziano calzolaio che, seduto su un sedile di pietra fuori della sua bottega, era intento a cucire sandali di cuoio. « Mi sai indicare la locanda più vicina? E anche il tempio più vicino? » gli chiese.

« La locanda è in fondo a quel vicolo. E per i templi... Ne abbiamo uno dedicato a Demetra e uno a Dioniso. »

Agapitos preferiva Dioniso, il dio del vino e della fertilità, alla dea dei raccolti, anche se nessuno dei due era il suo nume tutelare. «Quanto dista quello di Dioniso?»

«Potresti arrivarci in tre, forse quattro ore.»

Per quanto sentisse il bisogno di pregare, Agapitos era troppo stanco e assetato, dopo il lungo viaggio, per affrontare quel cammino. «Non ci sono altri templi a Naxos?»

L'uomo si grattò la barba e, sentendo qualcosa che si muoveva, si strappò un pidocchio. «Dietro di te c'è il tempio di Apollo. Non te ne ho parlato perché è un rudere mai completato, quindi suppongo non si possa considerarlo un vero tempio.»

«Quello che vorrei davvero è un tempio dedicato a Zeus.»

Il calzolaio annuì con entusiasmo. «Non c'è un tempio, ma c'è un luogo sacro a Naxos, la grotta di Zas.»

«Raccontami di questa grotta.»

Riprendendo a cucire, il calzolaio disse: «Chiedi molto e dai poco, straniero».

Agapitos gli lanciò una dracma.

«Che Zeus ti benedica», rispose l'uomo. «Quando Zeus, in fuga dal padre Crono che voleva divorarlo, fu portato via da Creta, approdò a Naxos, dove crebbe fino all'età adulta in una grotta situata sul monte che, in suo onore, fu poi battezzato monte Zas.»

Agapitos era felicissimo. L'Oracolo di Delfi in persona aveva radunato i guardiani prima che salpassero per Siracusa e aveva detto loro che Zeus sarebbe stato il loro nume tutelare da quel giorno in poi. Nessun altro dio aveva il potere di assicurare il successo della loro sacra missione.

«Quanto tempo ci vuole per arrivarci?» chiese.

«Se parti all'alba, arriverai al tramonto.»

« Vorrei fare un'offerta a Zeus. In che direzione si trova il monte Zas? »

Il calzolaio indicò una cima grigia che svettava in lontananza. Proprio in quel momento un tizio alto e bruno, con una tunica di lino della stessa foggia di quella indossata dagli africani, interruppe la conversazione. In un greco rudimentale, chiese al calzolaio se i suoi sandali fossero stati riparati.

L'artigiano rispose che erano pronti e chiese ad Agapitos di aspettare.

Dopo aver congedato il cliente, riprese: « Se hai intenzione di fare il viaggio fino alla grotta di Zas, dovresti comprare un paio di sandali nuovi. Guarda in che stato sono i tuoi. Un'altra dracma e ti venderò i migliori che ho ».

Agapitos indossò il nuovo paio di calzature e si diresse verso la locanda, una struttura modesta, situata di fronte a una stalla, ma costruita con blocchi di marmo, a dimostrazione del fatto che l'isola era costellata di cave di quella pietra. Attraversò a grandi passi il cortile pieno di avventori e cercò di attirare l'attenzione del locandiere, un uomo florido che stava pulendo un tavolo con uno straccio sporco.

« Cerchi una stanza, amico? »

« Sì », rispose Agapitos.

« Collettiva o singola? »

« Quanto costa una singola? »

« Una dracma per notte. »

« Allora ecco due dracme. Da giocatore, voglio scommettere che domani sarò ancora vivo », disse Agapitos con un sorriso.

« Giocatore, dici? » Il padrone della locanda abbassò la

voce e si avvicinò. « Allora ti consiglio di andare a quel tavolo vicino alla mangiatoia per una partita. Quel gruppo è composto da marinai egiziani che aspettano che la loro nave venga riparata. Sono in tanti ad aver spennato quegli sciocchi nelle ultime settimane. »

Agapitos vide che tra loro c'era il tizio alto che aveva incontrato dal calzolaio. « Grazie, amico », disse Agapitos facendogli l'occhiolino. « Sai se c'è una nave pronta a salpare per Rodi? »

« Nessuna in porto, ma non ci sarà molto da aspettare. È una destinazione molto frequentata dai mercanti dell'Egeo. »

La stanza era una minuscola cella affacciata sul cortile, arredata con un tavolaccio cosparso di paglia sporca, un tavolino e una rozza cassapanca.

Una donna fece capolino tossendo e gli consegnò una brocca d'acqua attinta dal pozzo. « Serve altro? »

« In cambio di una dracma, puoi procurarmi della paglia pulita e una brocca di vino? »

La donna gli mostrò i denti marroni. « Credo di sì, signore. »

« Molto bene. E un'altra cosa. Rimani qui a vegliare sul mio sacco mentre io vado alla latrina. »

Quella sera Agapitos si svegliò nella sua stanza, ben riposato dopo un pisolino conciliato dal vino. Aveva fame e uscì in cortile, con il prezioso sacco appresso. Quando vide la donna con la tosse, la chiamò al suo tavolo. « Portami del cibo, brava donna. Pane, formaggio e olive, per favore. »

« E vino? » chiese lei.

« Che domande? Certo! E altro vino. »

Mentre mangiava, Agapitos notò gli egiziani seduti al tavolo vicino e li guardò con crescente interesse lanciare dadi e monete. Ben rimpinzato e con una brocca di vino nello stomaco, trascinò il suo sacco verso i giocatori e si schiarì la gola. «Qualcuno di voi parla greco?»

L'uomo alto, quello con i sandali riparati di fresco, sorrise. «Io un po'. Abbastanza da prendermi tutti i tuoi soldi. Sai giocare?»

«Fammi vedere.» Esaminò i dadi e, seppur confuso per gli strani simboli che vide incisi sulle facce, disse: «Fatemi spazio. Accidenti, quanto sei alto! Fatti un po' da parte, ragazzone. Grazie». E, nel mentre, nascose il sacco sotto la panca.

Gli egiziani cercarono d'insegnargli a quali numeri corrispondevano i diversi simboli, ma lui, con la mente già offuscata dal vino, aveva difficoltà a seguirli.

«Altri greci, come te, usano gli astragali. Per noi vanno bene. Tu ne hai?» chiese l'uomo alto.

Agapitos sorrise. «A dire il vero sì.»

Giocarono per ore, mentre il vino scorreva a fiumi. Il gioco si basava tutto sulla fortuna. Agapitos vinse alcune partite e ne perse altre, ma, via via che gli egiziani si ubriacavano, le loro scommesse diventavano più avventate. Agapitos seppe trarne vantaggio fino a ritrovarsi con una montagnola di monete, a differenza degli avversari, che ne avevano appena una manciata.

Contrariato, l'egiziano alto chiese: «Dimmi. Cosa c'è in quel sacco? Lo stai covando come una chioccia».

«Non sono affari tuoi.»

«Vuoi scommettere quel sacco, anziché altri soldi?»

«Come ho detto, non sono affari tuoi.»

Era tardi e nel cortile erano rimasti solo loro.

Agapitos si alzò e, afferrato il sacco, disse: «Io la chiudo qui, ragazzi. Bella partita. Ci sarò anche domani sera, se volete tentare di nuovo la fortuna».

Gli egiziani si scambiarono qualche parola nella loro lingua e quello che parlava greco tradusse per Agapitos: «Il mio amico pensa che i tuoi dadi siano pieni di piombo. È andata bene a te, ma male a noi».

Contrariato, Agapitos protestò: «Non ho mai imbrogliato in vita mia. Voi avete perso. Io ho vinto. Incolpate voi stessi, non me».

«No, no. Vogliamo indietro i soldi che hai vinto imbrogliando», disse l'uomo alto, alzandosi.

«Scordatevelo. Buonanotte, ragazzi. Ci vediamo domani quando avrete smaltito il vino.»

Si alzarono anche gli altri egiziani e tutti insieme lo accerchiarono.

Per quanto fosse un combattente grintoso, Agapitos temette di finire male, così decise di difendersi dando fiato ai polmoni. «Aiuto! Locandiere! Uomini di Naxos! Gli egiziani mi aggrediscono!»

Le sue urla spaventarono e confusero gli egiziani, che esitarono il tempo sufficiente per consentire al locandiere e ai suoi figli di riversarsi in cortile. Quando Agapitos spiegò la situazione, il locandiere disse agli egiziani che, se non fossero andati subito a dormire, avrebbe convocato la guarnigione di soldati. L'uomo alto riferì la minaccia ai suoi compagni e tutti sgattaiolarono via, borbottando contrariati.

Agapitos si ritirò nella sua stanza, ma, sebbene fosse stanco, decise di dormire con un occhio aperto e il pugnale in mano, temendo che i giocatori sarebbero tornati per aggredirlo. Le sue preoccupazioni si rivelarono fondate e, durante la notte, scattò sull'attenti al cigolio della porta che si apriva. Anche se in evidente inferiorità numerica (erano in sette contro uno), Agapitos era più sobrio degli egiziani e aveva il vantaggio di essere addossato a un muro, il che impediva a chiunque di colpirlo alle spalle. Inoltre, era veloce come un fulmine, con il pugnale.

Gli egiziani provarono qualche affondo, ma lo mancarono. Lui, invece, con il primo fendente trafisse la guancia di uno degli avversari, infilzandogli la lingua; con il secondo, procurò un taglio profondo alla gamba di un altro. E, quando, con la coda dell'occhio, vide che un altro uomo aveva messo la mano sul suo prezioso sacco, scalciando via due aggressori si abbatté sul ladro e gli trafisse il cuore dalla schiena, facendolo rovinare a terra.

L'egiziano alto ordinò la ritirata urlando: «Greco, sei un uomo morto. Morto!»

Agapitos sedette ansimando sul giaciglio di paglia e pensò: *Grazie, potente Zeus, per aver fatto sì che il pugnale attaccato alla mia cintura sopravvivesse al naufragio.* Decise che passare la notte alla locanda sarebbe stato imprudente, perché gli egiziani potevano tornare in qualsiasi momento, così vuotò la brocca d'acqua, si mise il sacco in spalla e si allontanò furtivo nella notte.

La luce arancio di un'alba senza nuvole lo svegliò nell'uliveto che aveva scelto come rifugio. Agapitos si stiracchiò e lasciò la città, attraversando la campagna brulla in direzione della grotta di Zas. Lungo la strada, ottenne del pane da una contadina che apprezzava il suo aspetto (e che lui apprezzava a sua volta, almeno finché il marito non si presentò alla porta della capanna) e, a ogni biforcazione, chiese consiglio ai passanti per non sbagliare. Con il trascorrere delle ore, cominciò a sentirsi leggero.

Nonostante il naufragio, le preoccupazioni per il destino dei suoi compagni guardiani e del prezioso carico e i tafferugli della notte appena trascorsa, credeva in cuor suo che un'offerta a Zeus avrebbe sistemato tutto. Il fatto che i suoi nuovi sandali fossero comodi, poi, era un altro punto a favore.

Quella mattina l'egiziano alto batté il pugno sulla porta e parlò al calzolaio, che era seduto a lavorare. « Al greco di ieri, quando sono venuto per i sandali, hai indicato una strada. Dov'era diretto? »

Il calzolaio si strofinò la barba e disse: « Ti costerà una dracma saperlo ».

L'egiziano tirò fuori il pugnale e rispose: « Io non pago. Dimmelo o sarai tu a pagare. Con la vita ».

Un pellegrino di ritorno dalla grotta di Zas indicò ad Agapitos di dirigersi verso la cima più alta e di proseguire fino al villaggio di Filoti, dove sarebbe giunto nel tardo pomeriggio. Arrivato a destinazione, Agapitos acquistò una capra e un'anforetta di terracotta piena di olio d'oliva. Chiese altre indicazioni e proseguì verso una parte del sentiero ripida e disseminata d'insidiosi sassi malfermi sui quali la capra camminava con passo sicuro, lui un po' meno. Ciononostante continuò ad avanzare, determinato a raggiungere la grotta prima che facesse buio finché, senza fiato e ansimante per aver trasportato il sacco lungo il pendio, non vide la bocca nera della grotta di Zas che si apriva nel fianco roccioso della montagna.

Giunto in cima, raccolse alcune sterpaglie e sfregò due sassi l'uno contro l'altro per accendere il fuoco. Quindi, tagliando una striscia di stoffa dall'orlo del suo *himation* per farne uno stoppino, trasformò l'anforetta d'olio in una fonte di luce abbastanza luminosa da permettergli di entrare nella grotta senza timore.

Il pellegrino gli aveva detto che avrebbe trovato un piccolo altare - poco più che un mucchietto di sassi - nel punto più profondo della grotta. Agapitos si fece strada con cautela nella fredda oscurità e lungo una discesa dal pietrisco così viscido e granuloso da costringerlo a slittare sugli avampiedi. Quando finalmente arrivò nel cuore dell'antro, vide l'altare di sassi imbrattato del sangue di un pollastro sgozzato e decapitato.

Agapitos cadde in ginocchio e iniziò a pregare, ringraziando Zeus per la sua guida e la sua maestà. In segno di gratitudine, trafisse la capra con il pugnale e, dopo averne fatto colare il sangue, la adagiò ancora tremante sulle pietre dell'altare. Continuò a pregare fino a notte fonda, e la benedizione di Zeus che gli parve di sentir calare su di sé lo tranquillizzò al punto che si addormentò con la schiena contro la sua preziosa cassa.

Non avrebbe saputo dire da quanto tempo dormiva quando delle voci lontane lo svegliarono di soprassalto. Il lume si era spento e, benché avesse in tasca altre sterpaglie e pietre focaie, si guardò bene dal riaccenderlo. Tese le orecchie, sperando che gli intrusi fossero semplici pellegrini, ma il suo sangue si gelò quando riconobbe i suoni gutturali della lingua egiziana. Si addentrò più a fondo nel buio della caverna, trascinando la cassa e avanzando carponi. Strisciò per una decina di minuti, allontanandosi il più possibile finché il cunicolo non s'interruppe. Si fermò ad ascoltare e il suo cuore sprofondò quando si accorse che le voci degli egiziani lo raggiungevano anche lì.

Il tizio alto era scortato da tre compagni, quelli rimasti illesi dopo il tafferuglio alla locanda. Giunti all'altare, ispezionarono le carcasse degli animali con le loro lucerne a olio.

« Cos'è questo, un sacrificio pagano? » domandò l'egiziano alto.

« Dobbiamo continuare a cercarlo? » chiese un altro.

Il loro capo toccò la capra e il pollastro e disse: « Sono freddi. Vuol dire che è venuto e se n'è già andato. Continueremo a cercarlo domattina. Com'è stato gentile a lasciarci del cibo. Avanti, andiamocene da questo posto orribile ».

Agapitos si sforzò di elaborare un piano. Se si fossero accorti che lui era in quel cunicolo buio, avrebbero facilmente potuto ucciderlo a sassate. D'altra parte, se si fosse avventurato all'esterno, avrebbe rischiato di finire nelle loro grinfie, perché quasi certamente erano appostati ad aspettarlo. Ciò che gli premeva di più era proteggere la chiave delle catastrofi. Il pensiero che finisse nelle mani di quei pagani puzzolenti gli faceva rivoltare lo stomaco. In preda allo sconforto, affondò le dita nel terreno polveroso e in un lampo gli venne un'idea, che solo Zeus aveva potuto suggerirgli. Prese il pugnale e sondò il terreno della grotta. Il calcare era così tenero che si scalfiva con facilità, così, non appena le voci si affievolirono e scomparvero, Agapitos iniziò a scavare una buca, continuando a rivolgere odi e preghiere a Zeus. Lavorò per ore e ore nell'oscurità totale, finché le sue mani non presero a sanguinare e la lama del pugnale non si spezzò. Continuò con il manico e finalmente la buca fu abbastanza grande da riuscire a contenere la cassa. Dopo averla adagiata al suo interno, recitò un'ultima preghiera, ricoprì di terra la buca, la lisciò con i palmi scorticati e si addormentò esausto.

Quando si svegliò, non sapeva se fosse notte o giorno. Non sentendo alcun rumore, usò le pietre focaie per dar fuoco alle sterpaglie e accendere il lume, quindi si avventurò verso l'esterno, dicendo alla chiave sepolta: « Tornerò quando si saranno calmate le acque. Il potente Zeus veglierà su di te fino ad allora ».

Raggiunse l'altare e vide che le offerte erano sparite. *Razza di pagani*, pensò, ribollendo di rabbia per l'oltraggio. Mentre si avvicinava all'imbocco della grotta, intravide una luce pallida e spense il lume. L'alba stava dipingendo il fianco della montagna con i toni del blu e del viola. Agapitos decise che sarebbe sceso al villaggio, avrebbe preso qualcosa da mangiare e, quando non ci fosse stato più pericolo, sarebbe tornato a prendere il suo tesoro. Respirò l'aria fresca di montagna, si godette il meraviglioso spettacolo del sole nascente e si sentì benedetto dalla perenne fortuna che Zeus gli donava ogni giorno. Ma, arrivato a una curva nel sentiero, ecco che li vide: gli egiziani, che si erano accampati lì per la notte, sentendo i suoi passi si erano alzati di scatto, come un animale colto di sorpresa e spaventato.

Agapitos allungò la mano verso il pugnale, ma trovò solo un manico di legno.

Si batté come una tigre, ma i pugnali degli egiziani gli trafissero il ventre e i fianchi e, mentre il sangue fluiva dal suo corpo e la vita lo abbandonava, sentì l'egiziano alto ficcargli il sacchetto di astragali in gola e strappargli con violenza l'anello di bronzo dal dito.

Il suo ultimo pensiero fu che era un peccato che il sacchetto di astragali non si fosse slegato dalla cintura e non fosse finito in fondo al mare.

13

Né David né Eleni erano mai stati a Nottingham. Per arrivarci, dovettero affrontare una lunga giornata di viaggio, volando prima da Naxos ad Atene, da lì ad Amsterdam, quindi all'aeroporto delle Midlands Orientali e, infine, noleggiando un'auto per coprire il tragitto di venti chilometri fino alla città. Utilizzarono il tempo nel modo più proficuo possibile, facendo ricerche su Internet in volo e telefonate durante gli scali.

«Non ho trovato una sola pubblicazione firmata da Charles Gilday nella letteratura archeologica», disse David.

«Spyro ha scritto che era un dilettante», gli ricordò Eleni.

C'erano due Gilday nell'elenco telefonico di Nottingham. Eleni voleva che fosse David a fare le chiamate, temendo che il suo forte accento greco avrebbe scoraggiato gli interlocutori.

Ad Atene David compose il numero di Margaret Gilday, che si limitò a dirgli di non aver mai sentito parlare di nessun Charles Gilday. Ad Amsterdam, telefonò a un tizio di nome Brian Gilday.

«Come ha detto di chiamarsi?» chiese Gilday.

«David Birch. Sono un archeologo dell'università di Harvard.»

«E vuole informazioni su Charles Gilday?»

«Sì.»

«Cosa vuole sapere?»

Incoraggiato dalla risposta, David guardò con espressione trionfante Eleni e proseguì: « Sono interessato a un oggetto che aveva rinvenuto durante uno scavo sull'isola di Naxos ».

In tono bellicoso, Gilday insistette: « E perché le interessa? »

« Vorrei sapere se l'oggetto in questione è finito in un museo o presso un privato. »

« Ah, sì? E di che diavolo si tratterebbe? »

« Di un congegno di bronzo », spiegò David, trattenendo a stento il fastidio per la maleducazione del suo interlocutore. « Senta, sa o no chi era Charles Gilday? » sbottò alla fine.

« Era il mio trisavolo. Pensavo volesse parlare del suo omicidio. Ogni tot anni mi chiama un podcaster, o un altro idiota del genere, per chiedermi notizie del suo omicidio. »

« Omicidio? »

« Già. La cosa più interessante che sia accaduta alla mia famiglia da generazioni. Invece, mi creda, di oggetti di bronzo non ne so niente, e sono in partenza per Londra, quindi non ho tempo per proseguire questa conversazione. Contatti Hutchinson's. »

« Chi? »

« Hutchinson's Auctions. Ho venduto a loro la casa d'aste di famiglia dopo che mio padre e mio nonno sono morti in un incidente stradale. Il mio caro paparino era un ubriacone e all'epoca non c'era Uber. In ogni caso le aste sono un business orribile, perciò sono contento di essermene sbarazzato e di averci guadagnato una bella sommetta. Mi dispiace non poterla aiutare di più. »

David chiuse la chiamata proprio mentre cominciava l'imbarco del volo per il Regno Unito. « Quel tizio è un idiota, ma Charles Gilday era un suo parente e, senti questa, è stato assassinato. Spero ci sia Internet sull'aereo», riassunse a Eleni.

Internet non c'era, perciò il viaggio fu una tortura e la prima cosa che fecero, una volta sbarcati all'aeroporto delle Midlands Orientali, fu un'accurata ricerca. Non trovarono nulla sull'omicidio di Charles Gilday, ma visitando il sito web dell'agenzia Hutchinson's Auctions scoprirono che aveva sedi a Nottingham e Londra.

David compose il numero di Nottingham e la chiamata fu inoltrata alla direttrice, una donna dal tono allegro che confermò che Hutchinson's aveva acquistato Gilday Auctions nel 2012, a seguito della morte dei proprietari. La donna non sapeva nulla del rampollo di famiglia, Charles Gilday, ma disse che avevano conservato gli archivi storici dell'azienda e, se un professore di Harvard come lui era interessato a fare ricerche, sarebbe stata felice di metterglieli a disposizione.

Per risparmiare tempo, David ed Eleni mangiarono un boccone all'aeroporto e raggiunsero il centro città con l'auto a noleggio. La casa d'aste si trovava sulla trafficata Upper Parliament Street, di fronte al Theatre Royal e alla sua notevole facciata neoclassica che, come disse Eleni scherzando, con quelle belle colonne corinzie la faceva sentire a casa.

La direttrice, Meghan Parmeter, li accolse in un ufficio pieno di opere d'arte. Era una donna raffinata ed esuberante, molto socievole e gentile. Dopo un rapido scambio di biglietti da visita e convenevoli, e un caffè offerto con estrema cordialità, disse: «Non ero ancora stata assunta quando la sede di Nottingham è stata acquisita. Sono arrivata nel 2019, appena prima della pandemia... che tempismo! Comunque sono ancora qui, perciò tutto bene. Ce l'abbiamo fatta. Come avete visto, siamo specializzati in opere d'arte europee, mobili e oggetti d'arredo. La casa d'aste è stata fondata da Charles Gilday; un discendente di ennesima generazione ha preferito disfarsene dopo che due precedenti eredi hanno subito un brutto incidente di percorso, nel senso letterale del termine». Si coprì appena la bocca e sussurrò: «Guida in stato di ebbrezza. Posso chiedervi perché un archeologo specializzato nel Vicino Oriente e un'astronoma che studia il manufatto più affascinante della Grecia classica sono interessati a una casa d'aste di provincia?»

«A quanto pare, Charles Gilday era un archeologo dilettante, ai suoi tempi», disse David.

«In altre parole un tombarolo», sbuffò Parmeter.

«Be', ha trafugato un manufatto a Naxos e noi lo stiamo cercando», disse Eleni.

Parmeter li guardò oltre il bordo degli occhiali. «Ah, sì? Che genere di manufatto? Tipo il Meccanismo di Anticitera?»

David sorrise. «Complimenti per la deduzione.»

«Sto solo facendo due più due. Oddio, che meraviglia sarebbe? Cosa posso fare per aiutarvi?»

«Vorremmo curiosare nei vostri fascicoli relativi agli anni '30. Non sappiamo esattamente cosa stiamo cercando, ma c'interessa capire il più possibile sull'omicidio di Charles», spiegò David.

«Omicidio?»

«Non sapeva che è stato assassinato? A noi l'ha detto il pronipote.»

«Non ne ero al corrente. Una maledizione dei Gilday?» rifletté. «Vi faccio vedere la segreta. Scherzo! Il seminterrato è bellissimo. È lì che conserviamo i vecchi schedari.»

Il seminterrato dell'edificio vittoriano era stipato di merce - oggetti di qualità inferiore rispetto a quelli esposti al piano terra -, una postazione per il restauro e pile di contenitori di plastica pieni di fascicoli.

«I più vecchi sono qui. Posso lasciarvi da soli? Purtroppo attendo una chiamata dall'ufficio di Londra... Quando avrete finito, passate a raccontarmi com'è andata», disse Parmeter.

Qualcuno si era preso la briga di ordinare ed etichettare per bene tutte le scatole. La più vecchia in assoluto era del 1905, l'anno in cui Charles aveva fondato l'azienda, e ce n'erano un paio per ogni anno successivo. David ed Eleni le passarono in rassegna finché non ne trovarono una, molto leggera, del 1932.

Dentro c'erano dieci o dodici cartelle ingiallite, che poggiarono sul tavolo adibito ai restauri e perciò perfettamente illuminato. Si spartirono le cartelle e iniziarono a esaminarle. Perlopiù si trattava di fatture vergate con una grafia elegante.

David aveva appena aperto un nuovo fascicolo, quando Eleni, sollevando un fascio di fogli tenuti insieme da graffette e macchiati di marrone in più punti, esclamò: «David! Guarda!» La prima pagina presentava la stessa grafia delle fatture: *Bozza del catalogo invernale 1932, Charles Gilday Auctioneers*. Eleni si fermò su una delle pagine centrali e indicò a David una delle schede dattiloscritte.

Insolito esemplare di orologio, unico nel suo genere, probabilmente risalente al XVIII secolo, rinvenuto in una grotta greca, dove con ogni evidenza era stato interrato per essere

> sottratto ai saccheggi. Il quadrante, non convenzionale, presenta una simbologia insolita rispetto ai consueti segni usati nell'orologeria. I meccanismi in bronzo, anziché in ottone, maggiormente usato nel periodo di riferimento, sono di straordinaria fattura. Sebbene privo di marchio, siamo dell'opinione che provenga da uno degli stimati orologiai operanti all'epoca a Londra, Parigi o Vienna. È in buone condizioni ma non funzionante, e potrebbe difettare di alcuni elementi meccanici. Saranno prese in considerazione offerte superiori alle 200 ghinee.

Un'annotazione a margine, a matita, recitava: *Fotografie ancora da realizzare.*

«Gesù santo! Gesù santissimo! Gilday non aveva alcuna intenzione di scrivere un articolo sul congegno. Voleva piazzarlo», concluse David.

«Quindi avevamo ragione.»

Lui la baciò sulla guancia. «Sì, avevamo ragione.» Guardò il catalogo più da vicino. «Cos'è quella macchia? Sangue?»

Lei scrollò le spalle, poi disse: «E ora?»

«Scatta qualche fotografia al catalogo. Io intanto vedo se trovo qualcosa di relativo a un omicidio nel resto dei fascicoli.»

Non trovò nulla, purtroppo.

«Gli omicidi però finiscono sui giornali. Facciamo un salto in biblioteca? In Grecia abbiamo avuto fortuna», disse David.

Eleni tirò fuori il telefonino. «Forse non serve. Accidenti! Non c'è campo.»

Un giovane impiegato era sceso nel seminterrato con una grande urna e David gli chiese la password del Wi-Fi.

Non ci volle molto perché Eleni trovasse una risposta. «Il *Nottingham Journal* è un quotidiano operante dal 1811. Oh, fantastico! È tutto digitalizzato. Ed è possibile effettuare ricerche nell'archivio. Devo inserire un numero di carta di credito. Dammi un secondo.»

Mentre lei digitava, David approfittò del Wi-Fi per controllare i suoi messaggi. La sola vista di uno dei mittenti gli fece venire i sudori freddi. Oguz aveva risposto più in fretta di quanto lui avesse desiderato. Sperò che se non altro il tono dell'e-mail fosse misurato e magari addirittura conciliante, ma rimase deluso.

David,

il suo messaggio di ieri mi ha lasciato interdetto. Non credo che lei comprenda appieno il mio disappunto per la sua assenza e il suo atteggiamento. Valuterò le contromisure da prendere e le darò presto mie notizie.

BINNUR OGUZ

Si riscosse quando Eleni, con gli occhi sgranati, gli tirò la maglietta.

«21 maggio 1932. Articolo in prima pagina», disse. «Titolo: 'Titolare di casa d'aste assassinato'. Senti qua: 'L'antiquario e titolare di una casa d'aste di Nottingham, Charles Gilday, è stato assassinato oggi nel suo negozio in Upper Parliament Street. Secondo quanto riferito dal capo della polizia Reginald Nellis, che si è recato personalmente sulla scena del crimine, stamattina, all'apertura, un dipendente della casa d'aste ha trovato Gilday accasciato sulla scrivania, con una vistosa ferita alla testa, in uno scenario che non può che definirsi sanguinoso e raccapricciante. La polizia sta lavorando per accertare se il crimine sia avvenuto durante una rapina o se la vicenda nasconda ulteriori inquietanti retroscena. Al momento non ci sono sospettati. Si consiglia ai lettori residenti nei pressi di Upper Parliament Street e del Theatre Royal di prestare attenzione a eventuali individui sospetti'.»

David accolse con favore quella gradita distrazione dal rimbrotto di Oguz. «Questo è in linea con quello che mi ha detto Brian Gilday. La macchia bruna sul catalogo... Pensi che potrebbe essere il sangue di Charles? Forse era sulla sua scrivania quand'è stato ucciso. Cerca più avanti e vedi come sono progredite le indagini della polizia.»

Eleni scrollò sul cellulare per qualche minuto. «Oddio, c'è un articolo al giorno per intere settimane. Aspetta, ora li leggo. Quello del giorno dopo dice: 'Secondo la polizia di Nottingham, il movente del brutale omicidio di Charles Gilday, avvenuto nel suo ufficio della Gilday Auctioneers, potrebbe essere la rapina. I dipendenti hanno infatti confermato la scomparsa di un prezioso orologio antico che Gilday aveva da poco acquisito. Stranamente, però, il portafoglio e l'orologio da taschino d'oro di Gilday sono stati rinvenuti sul cadavere e niente altro sembra essere stato sottratto alla casa d'aste. Il capo della polizia ha riferito al *Nottingham Journal* che il colpevole non è ancora stato identificato'.»

Eleni continuò a scorrere gli articoli, ma riferì a David che, sebbene il giornale avesse tenuto a lungo viva la storia, per diversi giorni non c'erano state novità sostanziali.

«Aspetta! 28 maggio, guarda il titolo!» disse infine,

emozionatissima. Sollevò il telefono e aspettò che David inforcasse gli occhiali da lettura.

UCCISO IN UNO SCONTRO CON LA POLIZIA UNO STRANIERO SOSPETTATO DI AVER ASSASSINATO CHARLES GILDAY.

Quindi Eleni lesse l'intero articolo: «'La scorsa notte la polizia ha ucciso a colpi d'arma da fuoco un uomo che potrebbe essere il responsabile del brutale omicidio di Charles Gilday, avvenuto una settimana fa. I solerti cittadini di Peel Street hanno denunciato alle autorità la presenza di un individuo sospetto nella casa di un vicino, dove l'uomo è stato sorpreso a rubare del cibo. Quando un agente ha tentato di arrestarlo, l'uomo si è dileguato in un varco inutilizzato di Peel Street che conduce alle antiche grotte di arenaria. L'allarme generale diramato dalla polizia ha richiamato numerosi agenti, che hanno provveduto a setacciare le grotte, rinvenendo il presunto ladro in un cunicolo senza uscita, dove ha tentato di sottrarsi alla cattura aggredendo violentemente un agente. Un collega armato è sopraggiunto in suo soccorso e ha fatto fuoco, ferendo a morte il ladro. I documenti rinvenuti sul cadavere ne hanno rivelato l'identità: si tratta di un cittadino greco venticinquenne di nome Spyro Valatos'».

«Cavolo, Spyro, te l'eri ripreso!» disse David. «Vai avanti.»

«'Il capo della polizia Reginald Nellis ha riferito al *Nottingham Journal* che intende scoprire se la nazionalità di Valatos sia solo una coincidenza, considerato che Gilday era tornato da poco dalla Grecia. Il segretario personale di Gilday, Nathaniel Green, che lo aveva accompagnato nel viaggio, è stato convocato all'obitorio per visionare il corpo del presunto assassino e, in quell'occasione, ha dichiarato di aver riconosciuto Valatos, che aveva incontrato appunto sull'isola di Naxos e incrociato di nuovo durante il viaggio in piroscafo da Naxos ad Atene. Il maggiordomo di Gilday, Selwyn Grove, ha riferito che un uomo scuro di carnagione, presumibilmente Valatos, si era presentato a più riprese alla villa dei Gilday in Cavendish Road durante la settimana precedente l'omicidio, chiedendo di vedere Gilday. Anche il personale della Gilday Auctioneers ha riferito che un uomo corrispondente alla descrizione di Valatos si era fatto vedere spesso negli uffici della casa d'aste. Il capo della polizia Nellis ritiene che Valatos fosse a conoscenza del valore dell'orologio acquisito da Gilday e, in un impeto irrazionale, abbia deciso di seguirlo in Inghilterra per rubarlo. Nonostante le estese ricerche nelle grotte, l'orologio non è stato recuperato, perciò la polizia sospetta che il ladro possa averlo gettato nel fiume Leen. Come da prassi, l'ambasciatore greco verrà messo al corrente e il colpevole seppellito in una fossa comune.' »

Eleni continuò a cercare, ma gli articoli sull'omicidio scemarono fino a scomparire del tutto senza fornire ulteriori dettagli.

Scuotendo la testa, incredula, Eleni disse: «Sapevi che c'erano delle grotte a Nottingham?»

«No. Ma dobbiamo rimediare.»

Avendo promesso a Meghan Parmeter di aggiornarla, trascorsero qualche minuto nel suo ufficio, condividendo il dispiacere per lo smarrimento di quel prezioso manufatto greco.

«Un vero peccato. Cosa farete adesso?» domandò Parmeter.

« Potrebbe consigliarci un hotel in centro? » chiese David.

« A me piace molto il St. James, anche se è un po' caro. »

« Andrà benissimo. È dai tempi del college che non supero il massimale della carta di credito », disse David.

« Molto oculato da parte sua », commentò la direttrice.

Una volta in strada, David attirò Eleni a sé e disse: « Sbrighiamoci a fare il check-in. Ho voglia di fare l'amore con te ».

« Incredibile! »

« Perché? »

« Perché anch'io ho voglia di fare l'amore con te. »

14

Nottingham, Inghilterra, 1932

Spyro Valatos aveva una moltitudine di preoccupazioni. Si preoccupava per il figlio neonato e per la moglie, che aveva lasciato fornendo una spiegazione molto superficiale. Si preoccupava di come si sarebbe orientato in un Paese straniero. Si preoccupava per i soldi. Si preoccupava di come convincere Charles Gilday a fare ciò che voleva facesse. Ma, più di tutto, si preoccupava per il recente colpo di testa che l'aveva portato a diventare un Custode del fato. Da studente modello, orgoglioso della propria conoscenza dei classici, era stato così attratto dagli usi e costumi degli antichi che aveva imparato il greco antico e aveva iniziato a preferire i riti ellenici alla rigida ortodossia della Chiesa orientale.

Si era fatto notare da un preminente cittadino di Naxos, il mercante di olio d'oliva Lippio Kolovos, un Custode del fato di lunga data che aveva contatti con il gruppo di Atene, il quale era rimasto così colpito dalla sua devozione verso l'ellenismo da garantire per lui e ricevere il permesso dal prestigioso gruppo di Atene di provvedere alla sua iniziazione. Quando Spyro era venuto a conoscenza della Michaní Pepromenou e del suo potere di presagire le minacce per l'umanità, con il pensiero rivolto ai suoi discendenti si era impegnato nella missione dei Custodi del fato: trascorrere la vita alla ricerca delle chiavi.

In breve tempo aveva fatto carriera, passando dal ruolo di semplice cronista a quello di direttore del quotidiano di Naxos, e quella posizione gli aveva conferito un certo prestigio. Non era un bell'uomo. Aveva una faccia minuta sovrastata da un naso a patata e folti baffi che si lasciava crescere per nascondere il labbro leporino. Tuttavia, quel lavoro prestigioso gli aveva consentito di contrarre un buon matrimonio. Possedeva una comoda casetta vicino al porto ed era l'orgoglioso padre di un bel bambino in salute. L'ultima cosa che si aspettava quella mattina del 6 maggio era che la sua vita sarebbe andata a rotoli nel giro di poche ore.

Aveva incontrato Charles Gilday all'hotel, svolto la sua intervista in inglese, una lingua che parlava in modo accettabile, e accompagnato Gilday e il fotografo del giornale al molo per scattare una foto dell'archeologo che posava orgoglioso davanti al suo bottino. Quell'uomo - la cui faccia gli ricordava i bulldog che i caricaturisti dell'epoca disegnavano per ridicolizzare gli inglesi - non gli piaceva. Lo trovava arrogante e condiscendente, grondante mentalità colonialista da tutti i pori. Decenni prima che quel risentimento diventasse l'atteggiamento prevalente, lui era già contrariato dai ricchi stranieri che arrivavano nel suo Paese per saccheggiarne i tesori. E, quando aveva sentito Gilday parlare del prelievo di un manufatto dalla sacra grotta di Zas, aveva sentito la collera montare.

L'inglese era rimasto ostinatamente abbottonato riguardo alla sua scoperta. Perciò, dopo l'intervista, Spyro aveva cercato il falegname cui Gilday aveva ordinato le casse per la spedizione e gli aveva chiesto di raccontargli in confidenza quali reperti l'inglese vi avesse imballato per il viaggio di ritorno nel Regno Unito, scoprendo che erano in gran parte oggetti d'interesse quasi nullo: urne, vasi, ceramiche, dipinti di paesaggi, tavoli e sedie. Quando il falegname pensava che il lavoro fosse terminato, però, il segretario di Gilday era arrivato con un ultimo pezzo, un congegno a forma di parallelepipedo non meglio identificato, e gli aveva ordinato di fare la massima attenzione nell'imballaggio, chiedendo un'imbottitura extra e una doppia cassa.

« Cos'era? » aveva chiesto Spyro.

« Oh, non saprei esattamente. Una specie di macchinario », aveva ipotizzato il falegname.

« Un macchinario? Che tipo di macchinario? »

« Era fatto di metallo. Quale metallo, non saprei: io sono un falegname, conosco il legno. Era sistemato in una cassa di cipresso, questo lo posso dire. Una cassa di legno vecchio. » Ne aveva indicato le dimensioni aiutandosi con le mani e aveva detto che era pesante.

« Be', che aspetto aveva? C'erano quadranti e leve? Aste e ingranaggi? »

« Se devo dire la mia, somigliava parecchio a un orologio. Aveva una lunga freccia, come una lancetta, solo che non indicava l'ora. »

Spyro non stava più in sé dall'impazienza. « Cosa indicava allora? »

« Segni. Segni incisi sul metallo. »

« Che tipo di segni? »

« Non lo so, segni! »

« Me li potrebbe disegnare? »

« Se insiste, signor Valatos, ma non li ricordo tutti. » Il falegname aveva preso carta e matita e aveva fatto uno schizzo approssimativo di ciò che ricordava.

Spyro lo aveva guardato incredulo, perché ciò che l'uomo aveva disegnato corrispondeva a una delle chiavi di cui Lippio Kolovos gli aveva parlato. *Non sarà mica...? La chiave delle catastrofi? È questo che ha trovato l'inglese nella grotta sacra?* si era chiesto. Non poteva appurarlo di persona perché, mentre lui era seduto con il falegname, le casse venivano già caricate sul piroscafo diretto ad Atene.

Spyro aveva lasciato la bottega del falegname in stato di agitazione. Avrebbe voluto disperatamente parlare con qualcuno dei suoi sospetti, ma si era ricordato che Lippio Kolovos, l'unico a Naxos che potesse comprendere la situazione, si trovava a Rodi.

Aveva camminato avanti e indietro per il porto, incerto su cosa fare, senza mai staccare lo sguardo dal piroscafo al molo. Poi d'un tratto, in un momento cruciale, almeno per la sua vita, aveva sentito il peso del destino gravargli sulle spalle e capito che doveva salire a bordo della nave la mattina dopo. Sperava che il suo capo avrebbe tollerato la sua insolenza. Sperava che sua moglie avrebbe perdonato l'imperdonabile. Sperava che la generosità dei Custodi del fato lo avrebbe risarcito. Ma, soprattutto, sperava di riuscire dove nessun Custode del fato era riuscito in due millenni.

Aveva scritto l'articolo su Charles Gilday, informato l'editore del giornale che urgenti affari personali lo reclamavano ad Atene, ritirato gran parte dei suoi risparmi dalla banca e detto alla moglie che l'indomani sarebbe partito per un lungo viaggio.

« Ma perché, Spyro? » aveva chiesto lei in tono supplichevole.

Era una donna molto pia, benvoluta del sacerdote ortodosso che presiedeva la cattedrale di Zoodochos Pigi, nonostante le blasfeme attività amatoriali del marito. I Custodi del fato erano vincolati da un voto di segretezza, quindi Spyro non poteva rivelare il motivo del suo viaggio e, anche se avesse potuto farlo, lei non avrebbe mai capito.

Con uno strano fuoco che gli ardeva negli occhi, si era limitato a dirle che stava prevenendo catastrofi per il bene della loro progenie e che sarebbe tornato il prima possibile. E, altrettanto enigmaticamente, le aveva chiesto d'informare Lippio Kolovos.

Spyro era rimasto separato da Charles Gilday per sette giorni, perché viaggiavano in due classi diverse. Il gruppo di Gilday aveva optato per la prima classe sia nei collegamenti via mare sia sul treno per Nottingham. Spyro invece aveva scelto la terza classe, perciò era riuscito a intravedere Gilday solo durante gli scali. Amministrava con giudizio le sue finanze, mangiando poco e cibandosi di pagnotte e formaggi locali. Solo nei momenti in cui si sentiva particolarmente giù, si concedeva una birra o un dolce.

Durante la traversata da Calais a Dover, il mare mosso lo aveva costretto a trascorrere tutta la notte piegato sul parapetto del traghetto in preda alla nausea. Il viaggio era terminato alla stazione di Nottingham. Quando Spyro si era messo a correre lungo il corridoio del treno per vedere Gilday scendere dalla carrozza di prima classe, era stato bloccato da una barriera di bagagli e persone e si era ritrovato sulla banchina a guardarsi intorno spaesato. In preda al panico, era corso attraverso la stazione ed era uscito sul marciapiede, appena in tempo per vedere Charles Gilday e la moglie introdursi in una Rolls Royce, che si era allontanata sotto la pioggia battente.

Scoraggiato e incerto su come procedere, Spyro aveva chiesto a un facchino dove trovare un albergo economico.

Aveva prenotato al Bentinck, nelle vicinanze, dopodiché si era abbandonato sul duro materasso e aveva pianto.

Il giorno seguente, si era svegliato dopo la prima buona nottata di sonno da una settimana a quella parte e si era messo alla ricerca di Charles Gilday. Ma da dove iniziare? La città sembrava enorme e impenetrabile, con persone che sciamavano lungo i marciapiedi come formiche. Ne aveva viste alcune entrare nel pub Barley Twist in Carrington Street e le aveva seguite, dato che aveva letto dei pub britannici in un romanzo di D.H. Lawrence e voleva capire cos'avessero di tanto eccezionale.

Una donna formosa dietro il bancone gli aveva chiesto: « Cosa posso portarti, tesoro? »

Spyro aveva cercato le parole giuste in inglese. « Ho fame e vorrei una birra, ma non so quale tipo. Non sono di qui. »

« Lo vedo, tesoro. Ci pensa Betsy a te. »

« Betsy? »

La donna era scoppiata a ridere. « Sono io, Betsy! Mi chiamo così. »

« Oh, capisco. Io sono Spyro. »

Besty aveva versato una pinta di Shipstone e prelevato un sandwich al formaggio da sotto una campana di vetro. « Ecco a te, Spyro. Sono nove pence. »

Spyro si era messo la mano in tasca, aveva tirato fuori un mucchio di monete e teso il palmo, speranzoso.

« La maggior parte di queste nemmeno la riconosco, tesoro. Hai fatto un bel giro per arrivare fin qui, eh? Ecco qua. Ho trovato qualche moneta inglese. »

Dopo averla ringraziata profusamente, le aveva chiesto: « Come posso trovare una persona a Nottingham? »

« Chi stai cercando? »

« Un tizio di nome Charles Gilday. »

« Non ne ho mai sentito parlare. Non è uno dei soliti che vengono qui. Perché lo cerchi? »

« Voglio che mi venda una cosa. »

Due clienti abituali si erano avvicinati al bancone chiedendo le loro pinte.

La barista si era messa al lavoro e intanto aveva detto a Spyro: « Hai provato con il *Kelly's*? »

« Cosa? »

« Il *Kelly's Directory*, sai, l'elenco telefonico. »

« Dove posso trovarlo? »

« L'ufficio postale di Queen Street ne ha uno. »

La birra non era stata di suo gusto, ma il sandwich era così delizioso che ne aveva comprati altri due. Ben rifocillato e felice di aver incontrato Betsy, aveva seguito le sue indicazioni per Queen Street.

Sull'elenco telefonico aveva trovato due indirizzi relativi a Charles Gilday: quello della sua residenza e quello della sua casa d'aste, Gilday Auctioneers. Spyro li aveva annotati entrambi sul suo taccuino da reporter e aveva chiesto a un uomo che leccava i francobolli dove poteva acquistare una piantina della città. Gli era stato detto di provare da Boots.

Spyro aveva comprato lì una piantina pieghevole e aveva visto che la casa d'aste era poco distante. Con passo svelto, e ancor più sicuro delle proprie decisioni, era arrivato davanti all'imponente facciata della Gilday Auctioneers in Upper Parliament Street.

Aprendo la porta d'ingresso in vetro, aveva sentito suonare un campanello e aveva visto venirgli incontro con espressione sprezzante un uomo in completo impeccabile, che chiaramente disdegnava il suo abbigliamento ben poco sofisticato.

« Posso aiutarla? »

« Devo parlare con il signor Charles Gilday. » L'accento di Spyro non aveva aiutato la sua causa.

« È atteso? »

« Non capisco. Atteso? »

« Ha un appuntamento con il signor Gilday? »

« No, non ho un appuntamento. Ma devo parlargli. »

L'uomo aveva sospirato stancamente. « Il signor Gilday non c'è. Se non le dispiace fornirmi il suo biglietto da visita, gli riferirò che è passato. »

« Quando sarà di ritorno? »

« Il signor Gilday è appena rientrato dal continente. Non so quando tornerà in ufficio. Il suo biglietto da visita, per favore. »

« Non ho un biglietto da visita. »

« Allora buona giornata, signore. »

Imperterrito, Spyro si era incamminato verso la residenza di Gilday, che si trovava una ventina di minuti a piedi in direzione ovest. A mano a mano che si allontanava dal centro città, le strade diventavano più alberate e le case più grandi. La sua destinazione, il Park Estate, era un'enclave esclusiva che ospitava la *crème* della ricca società di Nottingham. L'opulenza di quel quartiere era parsa incredibile a Spyro, non aveva mai visto ville del genere, ma, quando era arrivato all'indirizzo dei Gilday in Cavendish Road, il suo sbigottimento si era ancora più accentuato. *Non può essere*, aveva pensato. *È un hotel? Un ospedale?*

La casa era un'enorme residenza vittoriana in mattoni rossi, arricchita da elementi architettonici in stile Tudor e circondata da un vasto prato verde. Spyro aveva controllato i suoi appunti per verificare l'indirizzo ed era andato su tutte le furie pensando: *Questo inglese è diventato ricco saccheggiando terre straniere come la mia*. Si era fatto coraggio, aveva percorso a passo di marcia il vialetto di ardesia e aveva suonato il campanello, scatenando i latrati furiosi dei cani della villa.

Il maggiordomo, un uomo inamidato con i capelli bianchi e un abito blu, lo aveva scrutato da capo a piedi e aveva diretto il lungo naso verso la targa di ottone vicino alla porta: VIETATO L'ACCESSO AI VENDITORI. Poi aveva detto: «Sì?»

«Devo parlare con il signor Charles Gilday.»

«Il signore l'attende?»

«No, io...»

«Il signor Gilday non riceve visite», aveva detto il maggiordomo, interrompendolo, e senza aggiungere altro gli aveva sbattuto la porta in faccia.

Spyro aveva suonato di nuovo il campanello, ma stavolta si era aperta solo la fessura della posta, attraverso la quale il maggiordomo gli aveva ordinato di andarsene, minacciando in caso contrario di sguinzagliare i cani.

Spyro era tornato in hotel e aveva iniziato un rituale che avrebbe ripetuto identico per i successivi sei giorni. Ogni mattina andava al Barley Twist per qualche sandwich al formaggio, una birra e una parola gentile da parte di Betsy; poi cercava d'incontrare Charles Gilday nel suo ufficio o a casa. Ogni sera tornava abbattuto al Barley Twist per un pasto simile a quello mattutino, infine si ritirava nella sua camera, piangendo per la moglie e il figlio e pregando Zeus di aiutarlo.

Poi, la mattina del 21 maggio, decise d'interrompere quel circolo infernale. Si svegliò all'alba, andò alla casa d'aste e aspettò che la Rolls Royce con autista arrivasse e depositasse Gilday al portone d'ingresso. Quello entrò così in fretta che non ebbe nemmeno il tempo di chiamarlo. Perciò Spyro si nascose sul marciapiede opposto, aspettando che Gilday lasciasse la casa d'aste a fine giornata. La giornata si trascinò lentamente fino a sera. Spyro guardò i membri del personale che uscivano e si allontanavano. Calò il buio dietro le finestre degli uffici, fatta eccezione per una al piano terra, dietro cui, a un certo punto, Spyro intravide Gilday attraverso le tende. Cogliendo al volo quell'opportunità, provò a entrare dal portone d'ingresso, ma lo trovò chiuso a chiave. Andò nel vicolo sul retro, ma anche la porta di servizio era chiusa a chiave. Allora, respirando affannosamente e digrignando i denti, infranse una finestra del seminterrato con una scarpa. Aspettò che gli occhi si abituassero al buio e distinse alcune scrivanie e varie cianfrusaglie. Avanzando a tentoni lungo il muro, sfiorò con le dita un interruttore, ma decise che fosse meglio non accendere la luce. Più avanti, arrivò a una scatola dei fusibili, sulla quale era posata una torcia in bachelite. Fu il cono di luce gialla proiettato dalla torcia a guidarlo su per le scale.

Trovò l'uomo che aveva seguito attraverso l'Europa seduto alla sua scrivania.

Gilday alzò lo sguardo di soprassalto ed esclamò: « Chi diavolo sei? Come sei entrato qui? »

« Per favore, posso parlarle, signore? » disse Spyro docilmente, con voce rotta.

« Rispondi o chiamo la polizia. »

Fu allora che Spyro la vide, poggiata sul sottomano di Gilday: la piastra frontale in bronzo rifletteva la luce della lampada da scrivania. « La Michaní Pepromenou », borbottò.

« Cosa sei, greco? » chiese Gilday. Poi socchiuse gli occhi e aggiunse: « Aspetta un momento! Non ti ho già visto prima? Non sei quel giornalista di Naxos? »

« Sì, signore, sono Spyro Valatos. »

«Che diavolo ci fai a Nottingham?»

«Sono venuto a chiederle di vendermi l'oggetto che ha preso dalla grotta di Zas, signore.»

«Sei impazzito? Mi hai seguito fino in Inghilterra?»

«Sì, signore, ha indovinato.»

«Che mi venga un accidente. Come l'hai appena chiamato? La Michaní che?»

«Michaní Pepromenou. Significa 'Macchina del destino'.»

Gilday parve rilassarsi, forse perché aveva capito che Spyro non era un ladro. «Cosa sai di quest'orologio?»

«Orologio, signore? Non è un orologio.»

«Cos'è, allora?»

«Gli dei lo hanno dato agli uomini per aiutare il mondo. È importante per i greci e per tutti i popoli. Con questo in mano, forse possiamo trovare le altre chiavi e avere la Michaní Pepromenou completa.»

«Dei? Destino? Salvare il mondo? Da cosa? Di quali sciocche superstizioni vai blaterando? Siamo nel XX secolo, giovanotto», disse Gilday con disprezzo.

«Non sono superstizioni», precisò Spyro, sforzandosi di tenere a bada le emozioni. «Lei l'ha preso da Naxos. Da una grotta sacra. D'accordo, lei è un uomo ricco e può farlo. Fa soldi vendendo ciò che ruba. Lo compro io. Quanto vuole?»

«Ascoltami bene! Chiariamo una cosa. Io non rubo. Sono un esploratore. Organizzo spedizioni lecite investendo personalmente grosse cifre e ho tutto il diritto di possedere ciò che scopro. Rientra nei miei guadagni, hai capito? Per qualche ragione, qualcuno ha seppellito questo orologio in una grotta, poi sono arrivato io e l'ho trovato.»

«Non è un orologio», ripeté Spyro.

«Sei un antiquario come me? Quanto pensi che sia vecchio? Tu sei solo un imbrattacarte che lavora per un quotidiano da due soldi su un'isoletta arretrata nel bel mezzo del nulla.»

Spyro non capì tutto ciò che Gilday disse, quindi non reagì con la rabbia che quelle parole avrebbero meritato. «Migliaia di anni.»

«Sciocchezze», disse Gilday, colpendo con un dito la bozza del catalogo d'asta che stava esaminando. «È un orologio originale del XVIII secolo. Se credi che i tuoi antenati primitivi fossero capaci di realizzare un manufatto simile, hai bisogno di farti curare.»

Spyro infilò la mano nella tasca dei pantaloni e tirò fuori una mazzetta di banconote. «Quanto vuole?» ripeté.

Gilday sbuffò e controllò il catalogo, dov'era indicato il prezzo di duecento ghinee. «Se mi dai cinquecento ghinee, è tuo.»

«Cos'è una ghinea?»

«Una ghinea, signor imbrattacarte, è poco più di una sterlina.»

Spyro guardò la sua misera mazzetta di denaro, che non ammontava neanche a un decimo del prezzo richiesto. «Ho solo queste», disse, sventolando le banconote perché Gilday le vedesse.

«Sembra che tu sia un po' a corto», rispose Gilday con aria beffarda. «Buonanotte. Adesso vattene e ignorerò il fatto che sei entrato nel mio negozio dopo l'orario di chiusura e con mezzi illegali.»

«Sono tutti i soldi che ho. Sono tutti i soldi che ho risparmiato nella vita.»

«Ho detto buonanotte», ripeté Gilday, tornando al suo lavoro.

Spyro si fermò davanti alla scrivania, ribollendo di rabbia.

Gilday alzò lo sguardo. «Sei ancora qui», disse, allungando la mano verso il telefono. «Sembra proprio che dovrò chiamare la polizia, così spiegherai a chi di dovere come ti sei introdotto.»

Spyro osservò la propria vita passargli davanti agli occhi. La moglie e il figlio, il suo accogliente ufficio al giornale e il mare scintillante che si vedeva dalla sua finestra. Poi rimise a fuoco quel vecchio beffardo, quel volgare saccheggiatore con la mano sul ricevitore, e perse la testa.

Si ritrovò in mano la lampada di ottone.

La scrivania precipitò nella penombra quando staccò la spina dalla presa.

Il sangue fuoriuscì dalla testa calva dell'inglese schizzando sul muro, sul catalogo, sulla chiave e su di lui.

Spyro si pulì il sangue dagli occhi con la mazzetta di banconote e afferrò la chiave delle catastrofi.

Mentre fuggiva, vide uno scialle da donna sullo schienale di una sedia, vi avvolse il congegno e uscì dalla porta sul retro, che dava su un vicolo.

La sera era fresca e limpida. Spyro aveva solo un'idea: nascondersi, in modo che nessuno potesse vedere il terrore nei suoi occhi e il sangue sui suoi vestiti. In Upper Parliament Street non c'era anima viva, ma Spyro si sentiva esposto come un uomo nudo in una chiesa. A testa bassa e camminando piano sotto i lampioni, passò davanti al Theatre Royal, per poi lasciare Sherwood Street e percorrere vicoli e stradine secondari. Non poteva tornare all'hotel. L'impiegata ficcanaso della reception, che era lì a tutte le ore, si sarebbe accorta delle sue condizioni e gli avrebbe chiesto cosa stesse trasportando. L'unica persona che conosceva in quel posto era Betsy, la barista, ma non poteva chiedere aiuto a lei.

Dopo un po', si ritrovò in Peel Street, una tranquilla zona residenziale che non aveva mai visto prima. Appena fuori della strada deserta, vicino a un piccolo parco, notò una grata di ferro arrugginita e, avvicinandosi, un'apertura buia dall'altro lato.

Nascondermi, pensò. *Devo nascondermi.*

La grata era assicurata solo da un fil di ferro attorcigliato, che lui sbrogliò senza troppe difficoltà. Aveva ancora la torcia nella giacca e la usò per esplorare la cavità buia.

Si ritrovò in un cunicolo in pendenza, largo a malapena per far passare un uomo. Le pareti e il pavimento erano di un materiale color ocra e friabile che Spyro sentiva polveroso sotto i piedi. Quando raggiunse un tratto pianeggiante, continuò a camminare e incespicare, avanzando a tentoni, finché non inciampò in un pezzo di ferro arrugginito e cadde in ginocchio, piangendo come un bambino, più per lo spavento che per la ferita.

Trascorse oltre ventiquattr'ore in quel mondo sotterraneo freddo e sconosciuto. Senza un orologio, misurava il passare del tempo in base alla fame. Per preservare la batteria della torcia, rimase perlopiù al buio. Probabilmente avevano già trovato Charles Gilday e ora la polizia era a caccia del suo assassino. A casa, sua moglie dormiva accanto alla culla del figlioletto. Lippio Kolovos e gli altri Custodi del fato non avevano idea che ai suoi piedi giaceva uno dei leggendari componenti della Michaní Pepromenou. Pianse fino a non avere più lacrime. Come sarebbe riuscito a tornare in Grecia, tra le braccia della moglie, acclamato dai Custodi del fato?

La fame e la sete aumentarono fino a diventare insopportabili. Se i suoi calcoli erano esatti, era scesa la notte, l'unico momento sicuro per riemergere in cerca di cibo e acqua. Puntò la torcia sulle incisioni tracciate sul bronzo e parlò alla chiave come si potrebbe parlare a un amico. « Devo lasciarti per un pochino, ma qui sarai al sicuro. Troverò un modo per riportarti in patria. Te lo prometto: d'ora in poi, solo mani greche ti toccheranno. » Avvolse la chiave nello scialle e strinse le dita intorno al fil di ferro arrugginito.

Quando Spyro aprì la ghiacciaia dell'appartamento vuoto di Peel Street in cui aveva fatto irruzione, era così affamato che divorò sul posto un pasticcio di carne avanzato. Dopo aver infilato nelle tasche tutti i generi alimentari e le bottiglie che ci entrarono, sgusciò di nuovo fuori.

Però una bottiglia di latte cadde schiantandosi per terra. Un cane abbaiò, allertando gli altri cani del vicinato. Si accese una luce in una casa sul lato opposto della strada, e un uomo aprì una finestra e gli urlò contro. Altre case s'illuminarono e lui cominciò a correre, facendo rotolare rumorosamente una scatola di fagioli sul marciapiede.

Mentre era quasi tornato alla grata di ferro, sentì un grido: « Ehi, tu! Fermati! Polizia! »

Era di nuovo sottoterra, correva, mentre la luce della torcia si andava affievolendo. Imboccò un cunicolo secondario dopo l'altro, cercando di ritrovare la strada per la Michaní Pepromenou, ma il percorso non gli sembrava familiare. Sentì alcuni uomini parlare tra loro ad alta voce; poi tutto tacque. Proseguì finché non poté più avanzare. Intuendo che era finito in un punto senza uscita, crollò per terra, ansimando come un coniglio braccato dai segugi.

Rimase in silenzio per un'ora o più, pregando Zeus e l'intero pantheon di dei e dee, finché non udì di nuovo delle voci. Si rannicchiò in posizione fetale, sentendole avvicinarsi. La luce inondò il nascondiglio e un poliziotto urlò: «Tu! Alzati e fatti vedere. Vieni con me».

La luce negli occhi gli fece tornare in mente il sole di mezzogiorno che inondava il mare azzurro della sua terra natale. «Sono un Custode del fato, un figlio di Zeus, non ci vengo, con te!» urlò in greco, caricando il poliziotto come un toro infuriato e levandoselo di torno. Corse alla cieca nell'oscurità più completa finché un'altra luce non lo abbagliò.

«Fermati! Polizia! Sono armato! Fermati o sparo.»

Ma Spyro non si fermò.

15

David lasciò cadere il telefonino sul materasso e disse: « Ho una notizia buona e una cattiva ».

Eleni era accanto a lui e gli accarezzava il petto. Se ne stavano comodamente sdraiati, l'aria condizionata dell'hotel di lusso che rinfrescava i loro corpi sudati.

« Non mi piace questo gioco. Non so mai quale ascoltare prima. »

« Io sceglierei la buona », disse David.

« Va bene. Qual è la buona notizia? »

« Organizzano visite guidate alle grotte di arenaria. »

« Fantastico. Anche oggi? »

« Pare di sì. »

« Okay, e qual è la cattiva? »

« Le organizzano nelle grotte sbagliate. Non a quelle sotto Peel Street. »

Lei fece il broncio. « Ecco perché odio questo gioco. »

« Mi dispiace. La città è crivellata di grotte, che si estendono per chilometri, ma solo alcune sono aperte al pubblico. »

« Cosa possiamo fare? » chiese lei, tirando il bordo del lenzuolo per coprirsi.

« Vuoi fare la doccia prima tu, mentre cerco di trovare qualcuno che ci accompagni? »

Eleni uscì dal bagno tamponandosi i capelli e ascoltò la fine della chiamata di David.

«Sì, voglio dire, oggi sarebbe meglio. Anche domani al limite, solo che saremo in partenza...»

«Vai via domani...?»

«È proprio sicuro di non poter venire oggi? Gliene sarei eternamente grato. Voglio dire, la prossima volta che verrà a Boston...»

«Non avrai in programma di tornare in America...?»

David le lanciò un'occhiataccia. «Sì, la mia amica ci rimarrebbe malissimo. È venuta apposta da Atene... No, non è un'archeologa. È la direttrice dell'Istituto di Anticitera...»

Eleni vide David annuire con entusiasmo.

«Si chiama Eleni Lillakis. Sono sicuro che sarà felice di ricambiare con un tour dell'istituto quando lei andrà ad Atene per il congresso internazionale di archeologia l'anno prossimo... Ottimo. Ci vediamo lì alle quindici.»

«Hai convinto qualcuno ad accompagnarci?» strillò entusiasta Eleni.

«In realtà lo hai convinto tu. Ho letto che il comune di Nottingham ha un archeologo nel proprio organico, un tizio di nome Malcolm Terry. Le suppliche di un archeologo di Harvard l'hanno lasciato indifferente, ma si è ammorbidito non appena ho fatto il tuo nome. Ci ha dato appuntamento all'ingresso delle grotte di Peel Street.»

«Sono sicura che non è stato merito mio, ma del Meccanismo di Anticitera», disse Eleni raggiante.

«Ah, sì? Aspetta che ti veda», disse David.

Malcolm Terry era magro come un chiodo, molto giovane e indossava stivali robusti, pantaloni color cachi e una polo bianca con lo stemma del comune di Nottingham.

Capirono che era lui da lontano, perché su una spalla portava una borsa a rete con dentro tre caschetti.

Sollevò sorpreso le sopracciglia quando si trovò davanti una bella donna, anziché la noiosa direttrice dell'istituto che forse aveva immaginato, e trascurò quasi del tutto David.

« Il Meccanismo di Anticitera mi affascina da morire, fin dai tempi dell'università. Mi ha catturato al punto che ci ho anche scritto un articolo », disse Terry rivolto a Eleni.

« Mi farebbe piacere mostrarglielo. Ne abbiamo svelato i segreti a poco a poco », spiegò Eleni.

« A proposito di segreti », intervenne David, « siamo molto interessati alle vostre grotte. Mi sono occupato a lungo di cunicoli sotterranei. »

« Questa è la sua prima visita alla 'città delle grotte', Eleni? » disse Terry, ignorando David.

« La prima, ma spero non l'ultima. È molto interessante », disse Eleni.

« Sono contento che ne apprezzi il valore. Questa città mi ha dato i natali, la laurea, il dottorato, il lavoro dei miei sogni... La mia ragazza dice che mi seppelliranno nelle grotte. Trovo che sarebbe fantastico... illegale, ma fantastico. Sapete già qualcosa al riguardo? »

Intuendo lo scarso interesse del giovane per David, Eleni prese in mano la situazione. « Non tanto, ma direi che siamo con la persona giusta. »

« La maggior parte dei visitatori è interessata alle Drury Hill Caves di Garner's Hill. La Mammoth Cave, in particolare, è impressionante. Le grotte di Peel Street sono le mie preferite, ma sono state chiuse al pubblico perché pericolanti in alcuni punti. Stiamo cercando finanziamenti per fare degli interventi di consolidamento strutturale. Perché vi interessano proprio queste? »

David ed Eleni avevano escogitato una scusa, anche se non avevano deciso chi l'avrebbe raccontata. A seconda di chi lo avesse fatto, Spyro Valatos sarebbe stato un lontano parente dell'uno o dell'altra. Date le circostanze, toccò a lei.

« Un mio parente è morto in queste grotte negli anni '30 », disse.

« Davvero? Mi racconti meglio », chiese Terry entusiasta.

Eleni gli propinò la storiella di uno sventurato immigrato greco che aveva rapinato un antiquario e perso la vita mentre si nascondeva sotto Peel Street.

Terry lesse il vecchio articolo di giornale sul telefonino e fece un verso di sorpresa. « Wow. Non ne avevo mai sentito parlare. Non vedo l'ora di aggiungere questo aneddoto al mio prossimo tour. »

« Mi piacerebbe rintracciare il posto in cui è morto e recitare una preghiera. A quanto pare, era un brav'uomo che ha fatto quello che ha fatto solo perché si trovava in condizioni disperate. »

« Bene, andiamo a dare un'occhiata. L'articolo non fornisce molti appigli, ma ho qualche idea. »

Il giovane archeologo li condusse per un breve tratto fino a un cancello in acciaio inossidabile incastonato in una struttura che ricordava un igloo di mattoni. Si chinò su un lucchetto, inserì la combinazione e slacciò la pesante catena. « Mettetevi il casco, entriamo », disse, accendendo la luce su quello di Eleni e lasciando che David se la cavasse da solo. « I topi hanno rosicchiato tutti i cavi elettrici in questa zona. Dovremo rifare l'impianto elettrico, se mai decidessimo di riaprirla al pubblico. Non scendo da parecchi mesi, ma non prevedo grandi sorprese.»

Mentre li conduceva lungo diverse rampe di scale di cemento e acciaio, Terry entrò in modalità guida turistica. Raccontò che Nottingham era stata eretta su uno spesso strato di arenaria, una roccia porosa relativamente facile da lavorare, tanto che, nel corso dei secoli, erano state scavate sotto la città almeno cinquecento grotte, se non di più. Se avesse dovuto dare una stima approssimativa della lunghezza complessiva dei cunicoli, avrebbe parlato di almeno dieci chilometri, ma potevano essere anche il doppio, dato che una buona parte non era mai stata mappata.

Le prime grotte risalivano al periodo anglosassone, quando erano state adibite a locali per la conservazione di generi alimentari, oppure a spazi abitativi e officine. Durante il Medioevo, ne erano state scavate molte altre per ospitare le concerie, i birrifici e le cantine della città in forte espansione. Ma era stata la rivoluzione industriale a segnare l'ampliamento più significativo, volto a dare supporto alle industrie emergenti, in particolare attraverso l'estrazione della sabbia destinata alla fabbricazione del vetro.

Il trio giunse a un livello caratterizzato da muri in mattoni e grandi stanze con volte a botte.

«Qui possiamo vedere l'uso più moderno delle grotte. Durante la Seconda guerra mondiale la città è stata sottoposta a intensi bombardamenti da parte della Luftwaffe e le grotte nella zona di Peel Street sono state adattate per essere utilizzate come rifugi antiaerei», spiegò Terry, indicando i cartelli per i bagni delle donne e degli uomini.

«Perciò queste sezioni non esistevano nel 1932», osservò Eleni.

« No, esatto. Ora passeremo attraverso i rifugi fino a raggiungere una zona in cui invece i cunicoli si presentano perlopiù nelle loro condizioni originali. Possiamo presumere che siano quelle le sezioni in cui il signor Valatos si è nascosto. »

« Come ha fatto a capirlo solo dalla vaga descrizione presente nell'articolo? » chiese David.

« Perché si parlava di un cunicolo senza uscita. E io conosco solo due cunicoli senza uscita entro cinquecento metri dall'ingresso di Peel Street. Dubito fortemente che si sarebbe spinto oltre. Non ci sarebbe stato alcun motivo di farlo. Nel dubbio, può recitare le preghiere in corrispondenza di entrambi. »

I cunicoli dal soffitto basso e le stanze più alte che incontrarono avevano il colore e la consistenza dello zucchero di canna grezzo. David affondò la punta della scarpa nel pavimento: l'arenaria era granulosa e si sgretolava facilmente. Pochi minuti dopo, giunsero al primo dei passaggi ciechi, una diramazione che terminava in una piccola stanza tondeggiante.

« La lascio alle sue preghiere », disse Terry, allontanandosi un po'.

David rimase con Eleni.

« Come facciamo a sapere se l'ha nascosto qui sotto? » sussurrò Eleni.

« Con un metal detector, suppongo. Ma l'area da ispezionare è troppo vasta », disse David.

Tornarono da Terry, che li accompagnò all'altro cunicolo senza uscita.

E, mentre camminavano, lo videro. Tutti e due nello stesso momento.

Eleni allungò la mano verso David e gliela strinse forte. « Credi che...? » sussurrò.

«Sì, credo di sì.»

«Scusate, avete detto qualcosa?» chiese Terry, girandosi verso di loro.

«Stavo dicendo che questo posto è incredibile», disse David.

«Sì, non è vero? Ha detto di essere un esperto di ittiti, David. E ha accennato a uno scavo in un complesso sotterraneo. Non sapevo che gli ittiti scavassero grotte.»

Per un attimo David pensò di menzionare Derinkuyu, la madre di tutte le grotte artificiali, ma Terry aveva già distolto l'attenzione e stava chiedendo a Eleni informazioni sugli hotel di Atene.

«Eccoci qui», disse il giovane poco dopo. «Cunicolo cieco numero due. La lascio pregare, poi devo tornare in ufficio. Spero che la visita sia stata soddisfacente, Eleni.»

«Non sa quanto», rispose lei.

Una volta fuori, David ed Eleni corsero in una caffetteria nei dintorni. Si sedettero a un tavolo e, protesi in avanti con le fronti che quasi si sfioravano, presero a sussurrare tra loro.

«Questa non ce l'aspettavamo, vero?» disse lei.

«È stato sicuramente lì! Cioè, ho già visto dei graffiti, alcuni del XIX secolo, incisi sull'arenaria: iniziali e date, cose del genere... ma la lettera greca omega? Dai! In base alle nostre informazioni, non può essere lì per caso.»

«Penso anch'io. Spyro Valatos è disperato, deve nascondersi; è un giornalista proveniente da un'isoletta, con una famiglia come tante. È un nuovo Custode del fato, zelante come tutti noi, ma non un assassino! Probabilmente Charles Gilday si è rifiutato di restituirgli la chiave e lui ha perso la testa. Allora diventa un assassino, e anche un ladro. Trova queste grotte e si nasconde da solo, al buio. Ha fame, quindi sale per cercare cibo. Non vuole portare la chiave con sé, quindi la seppellisce. L'arenaria è facile da scavare. Ma come farà a ricordare dove l'ha sepolta? Abbiamo visto quant'è facile perdersi laggiù, anche con una torcia. Quindi segna il muro con un'omega, l'ultima lettera dell'alfabeto, che simboleggia la fine. A un uomo disperato come Spyro, che probabilmente aveva capito che non aveva scampo e che non sarebbe mai tornato nella sua terra natale, quella situazione sarà sembrata davvero la fine di tutto. »

« Penso che tu abbia perfettamente ragione. »

« Cosa facciamo? »

« Siamo dei professionisti », disse David con un ghigno. « Se siamo riusciti a profanare una tomba, quanto ci vorrà per fare questo? » Si sporse ancora di più, e il profumo di gelsomino e vaniglia dei capelli di Eleni lo inebriò.

« Ma è chiuso! » sussurrò lei, moderando il tono a fatica.

Lui incrociò le braccia sul petto e, con espressione compiaciuta, annunciò: « Sei-quattro-sette-tre ».

« La combinazione del lucchetto? Ma come...? »

« Ho guardato il giovane Malcolm mentre la inseriva. »

Le parole successive di lei non furono pronunciate alla leggera. Eleni le soppesò a lungo, infine disse: « Penso di essermi innamorata di te ».

Lui le prese entrambe le mani e replicò: « Allora ho vinto. Io sono *sicuro* di essermi innamorato di te ».

Comprarono il necessario in un negozio di materiale militare usato a un chilometro e mezzo da dove alloggiavano e tornarono all'hotel con una pala da trincea della Seconda guerra mondiale, un paio di lampade frontali da minatore e un grande zaino. Trascorsero il resto del pomeriggio davanti ai loro computer portatili, rimettendosi in pari con i rispettivi lavori. David non aveva più avuto notizie da Oguz. Ricevette invece un messaggio incoraggiante dal team di Derinkuyu: il rilevatore di muoni era in funzione e le scansioni sarebbero riprese l'indomani mattina. Quella sera, David ed Eleni trovarono un romantico ristorantino italiano per celebrare le loro reciproche dichiarazioni, poi trascorsero diverse ore a letto insieme.

Poco dopo l'una di notte, lasciarono l'hotel e attraversarono il centro città fino a raggiungere Peel Street, incrociando pochi veicoli e ancor meno persone. David non vide telecamere a circuito chiuso sugli edifici di fronte all'ingresso delle grotte, ma ciò non significava che non ce ne fossero. Peel Street era deserta. In fretta, e in silenzio, aprirono il lucchetto e si chiusero il cancello alle spalle, rimettendo il gancio del lucchetto in sede ma lasciandolo sbloccato.

Eleni commentò l'incredibile senso dell'orientamento di David mentre lui la precedeva rapido lungo i cunicoli. Le lampade frontali di entrambi illuminavano il percorso.

« A volte torna utile. Due volte a sinistra, una a destra, poi al bivio di nuovo a sinistra e saremo arrivati », disse lui.

Lei lo raggiunse. « Hai sentito qualcosa? »

Si fermarono all'istante per ascoltare.

« Non sento niente », disse lui.

« Pensi che ci siano dei topi? »

« Topi e pipistrelli », confermò David. « Non mi stupirebbe se ci fossero. »

Si fermarono davanti al simbolo dell'omega, inciso all'altezza delle ginocchia e grande quanto il quadrante di un orologio da polso.

Eleni ne tracciò i contorni con un dito. « Oh, Spyro. Non sei mai tornato a casa. Se gli dei ce lo consentono, finiremo noi il tuo lavoro. »

David avvolse le mani callose intorno al corto manico di legno della vanga, s'inginocchiò davanti all'omega e iniziò a scavare. Lo strato superiore di arenaria era compattato da secoli di calpestio e si dimostrò, almeno all'inizio, poco cedevole, ma, una volta superato quello, la lama in acciaio temprato cominciò ad affondare con maggiore facilità. David era a circa quindici centimetri di profondità quando notò qualcosa attaccato alla superficie seghettata della vanga. « Che diavolo...? » Strappò qualche filo di tessuto blu dall'attrezzo e lo mostrò a Eleni. Raschiò la superficie della buca che aveva appena scavato e vide altro tessuto. « C'è qualcosa qui », annunciò.

Mentre lei lo osservava, David dissotterrò con perizia un oggetto ricoperto di stoffa blu ormai disfatta, poco più grande di un libro.

« Eccola! L'ha avvolta in qualcosa », disse Eleni.

David scavò intorno all'oggetto, raccogliendo la terra con le mani. « C'è del legno », disse, tastando la custodia.

Lei lo esortò a sollevare la stoffa. David eseguì, svelando una lastra incisa di bronzo splendente.

Non appena la vide, Eleni scoppiò in lacrime. « David, abbiamo trovato la chiave delle catastrofi! »

Lui prese a spalare senza posa e, quando ebbe scavato abbastanza per infilare le dita sotto il bordo della custodia, la sollevò, estraendola dal nascondiglio.

Il rumore era simile a quello di una mandria che si

precipitava al galoppo nel cunicolo, ma l'aggressore che sbucò alle loro spalle aveva due gambe e indossava scarponi pesanti.

David non vide arrivare il colpo, ma sentì benissimo la botta sulla tempia, che gli intorpidì il cervello e lo fece crollare in ginocchio, piegato sopra la chiave. Le urla di Eleni gli parvero lontanissime. L'aggressore era muscoloso e aveva la faccia nascosta da un passamontagna. Teneva in mano un paio di pesanti tronchesi e, mentre le sollevava per sferrare il colpo di grazia, Eleni gli si lanciò addosso. Lui la allontanò con una gomitata, che la fece sbattere contro il muro. David si sforzò di riacquistare lucidità sufficiente per cercare a tentoni il manico della pala prima che l'aggressore potesse sollevare di nuovo le braccia. Ruotò il busto e sferrò un colpo, ferendo l'uomo sulla coscia con il bordo seghettato dell'attrezzo.

Un grido selvaggio risuonò nel cunicolo, seguito da parole gutturali che David non riuscì a distinguere. L'uomo si piegò in due, perdendo la presa sulle tronchesi. David si rimise in piedi e la chiave scivolò a terra.

Ciò che accadde dopo fu quasi inevitabile. Come colto dalla consapevolezza primordiale di dover ricorrere alla violenza estrema, con una decisione istintiva David abbatté con tutta la sua forza la parte piatta della pala sulla testa dell'uomo.

Con un grugnito, quello cadde in avanti, a faccia in giù nell'arenaria.

« Corri! » urlò David, chinandosi per prendere la chiave.

Eleni lo precedeva, ma, quando sbagliò strada, lui la superò e le rimase davanti per il resto del percorso. Eleni girò la testa un paio di volte e vide che l'aggressore non li stava inseguendo.

Giunti al cancello, si fermarono qualche secondo per ricomporsi e non dare nell'occhio, nel caso qualcuno fosse uscito per una passeggiata notturna in Peel Street.

Non videro nessuno, così, ansimando, si chiusero il cancello alle spalle.

« Lo chiudo dentro, quel bastardo », disse David, il petto che si sollevava e riabbassava mentre sistemava la serratura. « Avrei dovuto prendere le sue tronchesi. »

« David, stai sanguinando. »

« Oh, merda! Okay, prendi questa. »

Eleni avvolse la chiave nella giacca e, mentre David si premeva una mano sulla testa, camminarono rapidi verso l'hotel.

Erano le tre. L'unico impiegato alla reception gli rivolse un sorriso curioso e si fece i fatti suoi. Eleni e David raggiunsero la camera in preda allo shock.

« Come ti sembra? » le chiese lui, togliendosi la mano insanguinata dalla ferita.

« È una brutta lacerazione e sanguina ancora. Dobbiamo andare in ospedale. »

« Non ci penso nemmeno. Non voglio che qualcuno chiami la polizia per indagare su un'aggressione. Chi diavolo era? Un delinquente che ci ha visti entrare? »

Lo sguardo spaventato negli occhi di lei lo preoccupò.

« Sembrava americano », disse Eleni.

« Come fai a saperlo? »

« Quando l'hai colpito alla gamba, ha imprecato con un accento americano. »

« Ne sei sicura? »

« Di quello che ha detto o del suo accento? »

« Di entrambi. »

« Sono sicura al novanta percento che l'accento fosse

americano. Ma in effetti poteva essere anche inglese. Sarebbe stato più facile se avesse detto più di due parole.»

David provò a studiarsi la ferita allo specchio. «C'è un kit da cucito? Gli hotel di un certo livello ne hanno sempre uno.»

Eleni lo cercò e ci mise poco a trovarlo. «Vuoi che faccia io? Senza anestesia?»

«Un paio di punti e ce ne andiamo. Quanto vuoi che faccia male?!»

«Non ho mai voluto imparare a cucire», disse lei, infilando il filo nella cruna dell'ago.

David seguì il percorso indicato dal suo telefono. Non si sentivano più al sicuro in quella città e volevano ripartire subito.

Decisero di non aspettare il volo pomeridiano che partiva dall'aeroporto delle Midlands Orientali. C'era un volo per Atene da Heathrow, cinque ore dopo.

Mentre guidava, David cercò di sbrogliare le questioni logistiche. «Il GPS dice che saremo a Heathrow alle 5.45. Dobbiamo lasciare l'auto a noleggio. Il volo è alle 8.30. Non credo che entrerà nella mia valigia. Potremmo doverne comprare una all'aeroporto.»

Eleni teneva la chiave in grembo. «Entrerà nella mia se butto via i vestiti. Non ne ho bisogno. David, ci ho riflettuto bene. Era americano.»

«Ci sono molti americani nel Regno Unito e, per la legge dei grandi numeri, tra loro ci sarà qualche delinquente.»

«Okay, ma se...»

«Se ci stessero seguendo? E chi ci seguirebbe? Nessuno sa cosa stiamo facendo, a parte i Custodi del fato, e nessuno di loro è americano o inglese. E tu li hai tenuti al corrente di ogni nostro passo.»

«Hai ragione. Non può essere uno di loro. E poi sono come una famiglia, per me. Ma tu? Tu sei americano.»

«Scusa?» sbottò lui.

«Cioè, nel tuo scavo di Derinkuyu ci sono degli americani. Uno di loro avrebbe potuto...»

«Non ho parlato delle chiavi con nessuno, né allo scavo né altrove. Sanno solo che sono andato in Grecia per cercare collegamenti tra il Meccanismo di Anticitera e il manufatto che abbiamo trovato.»

Lei soppesò quella risposta e decise che aveva ragione lui. «Ma perché aveva delle tronchesi?»

«Non lo so. Forse è un ladro di biciclette. Ci ha visto entrare nella grotta e ha deciso di derubarci.»

«Pensi di...»

«Ti chiedi se l'ho ucciso? Impossibile. Respirava ancora.»

«Dovremmo chiamare la polizia in forma anonima?» chiese lei, ma poi si rispose da sola. «No, non possiamo.»

«Non rimarrà laggiù fino a diventare uno scheletro. Può tagliare il lucchetto, se vuole uscire. Però sono sicuro che ha un mal di testa come il mio. Anzi, spero peggiore.»

«Non siamo nemmeno riusciti a riempire la buca. Quanto ci vorrà prima che Malcolm Terry lo trovi e ci ricolleghi alla faccenda?»

«Non credo che vada molto spesso laggiù, ma quando lo farà non penserà certo a me. Forse faresti meglio a evitare le sue chiamate una volta tornati ad Atene.»

David la lasciò studiare la chiave in silenzio. Mentre il cielo s'illuminava delle tenui tonalità che preannunciavano l'alba, uscì dalla M1 infilandosi in un'area di servizio, dove prese due caffè al distributore automatico.

« Sei pronta a parlarmene? » chiese.

« È incredibile », disse lei, cullando la chiave come se fosse un bambino. « È progettata per essere collegata a un'altra chiave. Vedi? C'è un solo foro su un lato, quindi deve essere l'ultima della catena. Il meccanismo è piuttosto semplice, anche se l'ingranaggio all'interno dev'essere complesso quanto quelli della mappa e del calendario. Questa lunga lancetta ruota intorno a un asse centrale e punta a uno di questi pittogrammi. »

« Io m'immetto in autostrada, tu continua pure », disse David.

« Ce ne sono sei, e ciascuno rappresenta un qualche tipo di disastro naturale. Non è difficile decifrarli, anche se le interpretazioni possono essere diverse. »

« Nessun testo? »

« Non ci sono didascalie o spiegazioni. Ma c'è un'iscrizione nella lingua koinè: 'Ignoriamo perché le Moire inviino calamità agli esseri umani'. »

« Cosa raffigurano i pittogrammi? » chiese David, infilandosi nel traffico.

« Il primo, con dei tratti curvi e una grande cresta simile a un'onda, direi che raffigura le inondazioni. Il secondo, una spaccatura frastagliata nel terreno, i terremoti. Il terzo è abbastanza chiaro: un'eruzione vulcanica. Poi ce n'è uno più difficile da decifrare. Sembrano figure umane sdraiate per terra. »

« Un'epidemia? » disse David.

« Sì, forse. Ce n'è un altro chiaro: sembra una cometa o un asteroide che si avvicina alla Terra. Infine, un altro più enigmatico che penso si riferisca alla siccità: c'è il sole sopra qualcosa che sembra un campo di grano rinsecchito. »

David guidò in silenzio finché Eleni non gli chiese cosa stesse pensando.

«Vorrei sapere se ci credi.»

Lei reagì stizzita: «Credo in cosa? Nella Michaní Pepromenou? Abbiamo dimostrato che esiste. Ne sto toccando un pezzo proprio ora».

«Nel destino. Credi che eventi come i disastri naturali siano frutto del destino? Credi che la Michaní Pepromenou funzioni davvero? Sei una scienziata, Eleni.»

«Sono un'astrofisica, e dunque so che conosciamo ormai abbastanza bene le leggi della Natura, ma non del tutto. La meccanica quantistica, che è alla base della fisica moderna, si basa sulla probabilità. Ci dice, infatti, che la materia può essere costituita da onde o particelle. E che di queste entità noi possiamo descrivere solo la probabilità che si trovino in una certa posizione. Tutto è probabilità. Forse 'probabilità' è un altro nome con cui possiamo chiamare il destino.»

David strinse il volante, chiaramente in disaccordo. «Okay, ma la macchina sulle tue ginocchia non è una specie di computer quantistico. È fatta d'ingranaggi di bronzo. Ruote dentate che fanno sì che le lancette puntino verso immagini di disastri e luoghi su una mappa, cilindri rotanti che indicano le date di un calendario... come dovrebbe funzionare una macchina simile? Pensi che tali eventi siano regolati da una certezza matematica? Pensi che gli antichi greci avessero capito cose che a noi sfuggono? Che sapessero prevedere i movimenti delle placche tettoniche, le traiettorie degli asteroidi, l'accumulo di magma nei vulcani, la mutazione di batteri e virus?»

«No!» sbottò Eleni. «Certo che no. Ma credo nella mia religione. Nei miei dei. Nelle Moire. Nel ruolo che essi svolgono nelle questioni umane. Prendo per buona la tradizione orale secondo cui gli dei volevano aiutare l'umanità a evitare i disastri che le Moire avrebbero senza dubbio provocato. Come puoi credere il contrario, dopo aver visto quello che abbiamo visto e trovato quello che abbiamo trovato? »

« Guarda, anche se non sono una persona di fede, rispetto le tue convinzioni. E mi sconvolge che un'antica leggenda tramandata oralmente come quella che parla di un macchinario simile al Meccanismo di Anticitera si sia dimostrata veritiera. Ma non sarò convinto finché non vedrò la Macchina del destino in azione. »

« In azione? »

« Per confermare che sia in grado d'indicare disastri che noi sappiamo essere realmente accaduti. »

« Per fare una cosa simile ci servirebbe la chiave mancante. »

« Be', non so come potremmo recuperarla. Iriniki non c'è più. L'archivio potrebbe comunque aver esaurito la sua magia. Non abbiamo più piste da seguire. E il mio scavo verrà chiuso se non sarò di ritorno in Turchia domani. Con la chiave del mondo. »

« Non possiamo fermarci ora! » protestò Eleni piangendo.

David allungò la mano verso la sua spalla, ma lei si ritrasse e lui guidò in silenzio verso l'alba.

16

Più o meno nello stesso momento in cui David ed Eleni si trovavano nella grotta a scavare in cerca della terza chiave, Yiorgos Lillakis aveva ricevuto una chiamata dagli addetti alla sicurezza del suo ateneo, l'università nazionale capodistriana, che lo informavano che si era rotta una tubatura allagando il suo ufficio. Gli avevano chiesto quindi di correre al campus per aiutare a mettere in salvo i materiali essenziali.

Yiorgos si era sfilato il pigiama e si era vestito in preda al panico. Lavorava in quell'ufficio da tre decenni. Dentro c'erano le bozze di tutti i suoi scritti sulla letteratura classica greca, scatole di appunti di ricerca, corrispondenza con accademici di altri istituti e ricordi dei suoi viaggi lontani. Si era maledetto per aver bevuto troppo vino la sera prima e aveva temuto di non riuscire a guidare con la testa annebbiata.

Sul marciapiede di fronte a casa sua, quattro uomini seduti in un'auto avevano visto le luci della casa che si accendevano e lui che correva da una stanza all'altra.

Dopo che era uscito, avevano aspettato ancora qualche minuto, poi si erano mossi.

David ed Eleni dormirono sul volo per Atene dal momento del decollo fino allo scossone dell'atterraggio.

Dopo essersi svegliati, lei gli controllò con delicatezza

la ferita alla testa. «Dovremmo andare in clinica a farti mettere dei punti veri», disse.

Lui sfiorò la linea di sutura asciutta. «Vanno benissimo i tuoi.»

Mentre aspettavano di sbarcare, il telefonino di Eleni s'illuminò: suo padre aveva provato a chiamarla varie volte.

«Papà mi ha cercata per tutta la mattina», disse Eleni a David.

«Ha lasciato un messaggio in segreteria?»

«Dice solo di richiamarlo. Aveva una voce strana.»

Eleni lo richiamò non appena furono sulla scaletta.

«Dove sei?» le chiese lui.

«Ad Atene. Siamo appena atterrati.»

«Bene. Torna a casa. È entrato qualcuno stanotte.»

David vide l'espressione di Eleni farsi agitatissima. «E tu c'eri? Ti hanno fatto del male?»

«Non ero in casa. Ma non è stato un normale furto con scasso.»

«E che mi dici delle...»

«Sono al sicuro. Fate presto.»

Quando scesero dal taxi, avevano entrambi i nervi a fior di pelle. Il fatto che la valigia di Eleni che conteneva la chiave fosse stata tra le ultime ad arrivare sul nastro trasportatore non era stato d'aiuto. David la seguì mentre lei correva in casa, facendosi strada tra i mobili rovesciati e il guazzabuglio di oggetti che un tempo erano stati dentro armadi e credenze. Eleni chiamò a gran voce il padre, che emerse dal giardino con una tazza di caffè in mano.

«Sto bene», li rassicurò. «Certo, quando succede una cosa del genere, ci si sente violati, è naturale. Per la prima volta da quando tua madre è morta, sono contento che non fosse qui. Voi come state? David, è sangue quello che hai sul colletto? »

« Un piccolo incidente. Ma adesso è tutto a posto. » David indicò il suo cuoio capelluto. « Tua figlia è un'ottima chirurga. »

« Ti ha messo lei i punti? »

« Sei. »

« Com'è andata in Inghilterra? »

« Poi ti diciamo, intanto però raccontaci tu cos'è successo qui », disse Eleni.

Yiorgos insistette per offrire loro del caffè e riferì la sua disavventura all'ombra del pergolato. « Come potete immaginare, ero agitatissimo. Dopo essere arrivato al campus, sono schizzato fuori del parcheggio, aspettandomi di vedere l'edificio pieno di personale, invece regnava un gran silenzio. Non c'era nessuno. Sono entrato e il mio ufficio era in condizioni perfette: niente acqua, niente allagamenti. Ero stordito. Ero stato svegliato in piena notte da una telefonata che sembrava ufficiale, da una persona che conosceva il numero del mio ufficio. E poi, lo ammetto, avevo bevuto un po' troppo prima di andare a letto, quindi ero ancora più confuso. »

« Quindi cos'hai fatto? » chiese Eleni.

« Sono rimasto seduto per un po' per ricompormi, poi ho chiamato l'ufficio addetto alla sicurezza dell'università. Volevo sapere chi mi avesse chiamato e perché. Non so se le guardie stessero dormendo o se si stessero occupando di qualche problema, ma ci è voluto parecchio perché qualcuno mi rispondesse. Mi hanno detto che nessuno di loro aveva chiamato e che non c'era stata nessuna segnalazione di allagamenti. Tutto qui. »

« E poi? » incalzò Eleni.

« E poi sono tornato a casa e l'ho trovata così. Sono corso subito in cantina. Quei bastardi sono scesi anche lì. Aspettate di vedere che casino hanno fatto. Ma è tutto a posto. Se mio nonno è riuscito a ingannare i nazisti, figuriamoci se non sarebbe riuscito a ingannare qualche topo d'appartamento. Ovviamente, ho chiamato subito la polizia. Non sono stati così veloci neanche loro. Hanno dato un'occhiata intorno e mi hanno chiesto cosa mancasse. Allora io ho fatto il giro della casa per controllare. Non era sparito niente! I gioielli di Sofia, i quadri, le sculture, le posate d'argento, c'era ancora tutto. »

« Cosa dicono quelli della polizia? » domandò David.

« Hanno detto che sembrava una banda di ladri professionisti. Chiamano per farti uscire di casa, poi entrano scassinando le finestre. »

« Come si spiegano il fatto che non sia stato preso niente? »

« Non lo sanno. Pensano che forse i ladri avessero informazioni errate su alcuni oggetti di valore che possedevo, come oro o monete, forse orologi. Non hanno preso nient'altro perché non valeva la pena. Sono contento di non avere niente di così prezioso. »

Yiorgos volle sapere perché Eleni e David fossero diventati silenziosi, e loro si scambiarono uno sguardo di tacita intesa.

« Vuoi dirglielo tu, o ci penso io? » chiese David infine.

« Dirmi cosa? » domandò Yiorgos.

Eleni prese a tremare. « Tu », fu tutto ciò che riuscì a dire.

« Adesso mi sto davvero preoccupando », disse suo padre.

David si alzò e lanciò un'occhiata alla struttura del pergolato, un comportamento che indusse Yiorgos a chiedergli cosa stesse facendo.

«Hai una radio? Una radio portatile?» chiese David.

«No, ma ho una cassa Bluetooth.»

«Puoi mettere qualcosa? A volume alto?»

«Stai dicendo delle cose sconnesse, ma non credo che tu sia pazzo.»

«Papà, per favore», disse Eleni.

«Okay, okay, metto un po' di Mozart.»

Con il sottofondo di una sinfonia sparata a tutto volume, David si avvicinò a Yiorgos, parlando con un tono sufficiente per farsi sentire. «Ho paura che qualcuno possa aver piazzato delle cimici in casa.»

«Cosa? Ma allora sei pazzo davvero!»

«Papà, ascoltalo.»

«Si sta delineando un quadro chiaro. Gli incidenti che ci sembravano isolati potrebbero avere un collegamento. Prima, la casa di Iriniki è stata svaligiata e lei è stata uccisa.»

«Ma quello è stato sicuramente un furto con scasso. Sono stati rubati degli oggetti», commentò Yiorgos.

«È vero, ma forse non è stato un banale furto», obiettò David. «Poi la vostra casa è stata scassinata e saccheggiata. E infine, ieri notte, a Nottingham, è successo qualcosa anche a noi.»

«Oddio!» esclamò Yiorgos. «La tua testa? Il sangue?»

«Siamo stati aggrediti», spiegò Eleni. «David è quello che ha subito più danni... no, in realtà, è stato l'aggressore a subire più danni di tutti. David è stato magnifico.»

«Sì, sono stato magnifico, vero?» disse David, accettando il complimento con un sorriso.

«Ti racconteremo tutto, ma intanto sappi che l'abbiamo trovata! Abbiamo scoperto dov'era sepolta la chiave delle catastrofi e ce l'abbiamo qui con noi», annunciò Eleni.

« L'avete trovata? » disse Yiorgos a voce troppo alta.

« Sstt! » lo zittì lei. « Andiamo di sotto. Te la facciamo vedere quando saremo dentro la stanza blindata. »

« È proprio necessario? » chiese Yiorgos.

« È una precauzione », spiegò David; poi afferrò la valigia, scese in cantina al seguito di Eleni e del padre, ed entrò con loro nella stanza blindata, lasciando la porta socchiusa per far girare un po' di aria. Eleni prese la macchina di bronzo, la mise su uno scaffale e sistemò le tre chiavi nell'ordine in cui dovevano essere collegate: prima la chiave del tempo, poi la chiave del mondo e infine la chiave delle catastrofi.

Yiorgos fissò la nuova chiave, sfiorando con le dita la sua piastra di bronzo. « Avete scoperto cos'è successo a Spyro Valatos? »

« Ha affrontato l'inglese, Charles Gilday, che ha trovato la chiave a Naxos. Non sappiamo cosa sia successo, ma Gilday è stato ucciso », disse Eleni.

« Da Valatos? »

« Sembrerebbe di sì. È fuggito con la chiave nelle grotte di arenaria sotto la città, dove l'ha seppellita. La polizia lo ha trovato là e gli ha sparato. Mentre stavamo scavando per cercare la chiave, qualcuno ci ha aggredito, ma David si è difeso e lo ha messo a tappeto. Non lo abbiamo visto in faccia, ma secondo me era americano. »

« Come lo sai? »

« Quando David lo ha colpito, ha imprecato con accento americano. »

« Ringraziando gli dei, ora siete al sicuro. Un americano, dici? Se, come voi credete, questi crimini sono collegati, allora chi ci sarebbe dietro? Chi sa della Michaní Pepromenou a parte i Custodi del fato? »

« Nessuno! Ecco la cosa che mi fa impazzire », ammise Eleni.

« Ti fidi di tutti i Custodi del fato? » chiese David.

« È un gruppo ristretto di anime devote, in particolare i membri di Atene, che abbiamo reclutato e vagliato personalmente prima dell'iniziazione », spiegò Yiorgos. « Abbiamo chiesto loro di non condividere la vostra ricerca con i Custodi del fato al di fuori di Atene, non perché non ci fidiamo degli altri, ma perché a volte le comunicazioni possono andare storte. Sono perplesso. »

« Noi siamo salvi, ma la povera Iriniki... » osservò Eleni.

« Non possiamo raccontare alla polizia i vostri sospetti », disse Yiorgos.

« Lo so, papà. »

« Per quanto ti fidi dei tuoi compagni di Atene, penso sia meglio non dire a nessuno che abbiamo trovato la terza chiave, o dov'è nascosta », specificò David. « Odio doverlo fare, ma devo riportare la chiave del mondo in Turchia prima che si sappia che io... be', mettiamola così, che l'ho presa in prestito. »

« Capisco, e ti prometto di non dire nulla », lo rassicurò Yiorgos. « Avete fatto un lavoro eccezionale. Tutti e due. Siete riusciti in un'impresa che nessun Custode del fato aveva portato a termine in oltre duemila anni. Siamo vicinissimi. Abbiamo solo bisogno della chiave degli dei per avere una Michaní Pepromenou funzionante. Avete qualche idea - un'idea qualsiasi - di dove cercarla? »

« Non abbiamo niente. Non possiamo proseguire », disse Eleni. « E poi David riparte domani. »

Yiorgos sembrò cogliere la delusione nella sua voce e le si rivolse in tono paterno. « David ha trascurato le sue responsabilità per noi. Troveremo l'ultima chiave, se questa è la volontà degli dei. Ora usciamo da qui e andiamo all'aria aperta.»

«Ti aiutiamo a sistemare casa», propose Eleni.

«Prima pranziamo», rispose suo padre, chiudendo a chiave la porta della stanza blindata.

Mentre mangiavano in giardino, David espresse le sue preoccupazioni. «Ho paura che possano tornare, Yiorgos. Puoi andare a stare da qualche altra parte per un po'?»

«Questa è casa mia. Non me ne vado.»

«Rimango io con te, papà.»

«Sarei più tranquillo se ci fosse anche qualcun altro», commentò David.

«Se sei così preoccupato, allora non andare via!» sbottò lei in tono petulante.

«Eleni, non fare così», si affrettò a dire Yiorgos, sbirciando da sopra gli occhiali.

«Ho un suggerimento: che ne direste se alcuni dei Custodi del fato, magari i ragazzi più giovani, venissero a stare qui per qualche giorno? Tanto per stare tranquilli», disse David.

Yiorgos prese il cellulare. «Sì, perché no? Farò qualche telefonata.»

Tre Custodi del fato giovani e forti risposero alla chiamata e arrivarono dopo il lavoro con l'occorrente per la notte. Nikolaos era un amante del fitness sulla trentina, con muscoli ben definiti. Di giorno lavorava come analista finanziario per una banca d'investimento con sede negli

Stati Uniti. Di sera e nei fine settimana sollevava pesi. Stelios, di qualche anno più grande, era un amante della vita all'aria aperta con un fisico da escursionista. La sua ragazza, Lexi, arrivò con lui e chiese di poter restare a sua volta. Konstantinos, che essendo sulla quarantina era il più maturo, era un giocatore professionista di hockey su ghiaccio quando non lavorava per un'organizzazione internazionale che si occupava di assistenza ai rifugiati.

Verso sera, Yiorgos, Eleni e David avevano finito di rimettere a posto la casa. Durante la cena, a base di pizza da asporto, i Custodi del fato chiesero loro se avessero trovato qualcosa a Naxos. Eleni mentì, dicendo che non avevano trovato nulla, ma David si accorse che quella bugia la faceva sentire in colpa.

Lexi si mostrò ottimista. « Avete già fatto tanto! Gli dei ci hanno mandato David. Troveremo le altre, me lo sento. »

Quindi la conversazione si spostò sull'effrazione in casa Lillakis, ed Eleni mostrò loro le foto della casa saccheggiata che aveva scattato con il telefonino.

« Quindi non hanno preso niente, Yiorgos? » chiese Konstantinos.

« Niente. »

« Quelli della polizia non hanno pensato che fosse strano? » domandò Stelios.

« Hanno sbadigliato parecchio, e non facevano che stringersi nelle spalle. »

« E che ci dici delle... » disse Nikolaos.

Yiorgos si mise un dito sulle labbra e premette un pulsante sul suo telefonino. Dalla cassa della cucina fuoriuscì musica a tutto volume. Poi, a voce bassa, continuò: « Ma David si chiede se i ladri non abbiano fatto un deposito invece di un prelievo ».

«Cosa intende?» Nikolaos non capiva.

«Forse qualcuno ha lasciato dei dispositivi per le intercettazioni», sibilò Yiorgos.

«Stai scherzando?!» Konstantinos era incredulo.

«Non sto dicendo che è successo, solo che l'idea mi preoccupa», spiegò David.

«Stavo per chiedere...» ritentò Nikolaos.

«So cosa stavi per chiedere», sussurrò Yiorgos. «Le chiavi sono al sicuro. È tutto ciò che devi sapere.»

«Okay, non te lo chiederò di nuovo, spero solo che sia un posto super sicuro, tipo la stanza blindata», disse Nikolaos, prendendo un'altra fetta di pizza.

David vide Eleni e Yiorgos irrigidirsi.

«Intendo la stanza di sicurezza all'istituto di Eleni, dove tengono il Meccanismo di Anticitera», specificò Nikolaos sussurrando.

«Non parliamone», concluse Eleni bruscamente.

«Sono d'accordo con David», disse Stelios, cogliendo l'occasione per cambiare argomento. «Questa faccenda puzza. Prima un'effrazione da Iriniki, ora questo. Forse l'irruzione da Iriniki non è stata davvero un furto, ma hanno preso alcuni oggetti per farlo sembrare tale. Forse erano così impegnati a piazzare cimici qui dentro che non hanno avuto il tempo di prendere niente. Quanto sei stato via, Yiorgos?»

«Un po' più di un'ora, un'ora e un quarto.»

«Visto? Non è tanto.»

«Come si fa a sapere se ci sono cimici che strisciano in giro?» disse Lexi.

«Non strisciano, amore. Sono nascoste in casa», spiegò Stelios.

«Io studio poesia, non insetti», ribatté lei.

«Chissà se si trovano rilevatori di cimici su Internet», domandò Konstantinos.

Stelios aggrottò la fronte. «Io ho qualche contatto. Dei tizi con cui pranzo di solito. Lavorano per le agenzie più impenetrabili del ministero. Potrebbero saperne qualcosa.»

«Intendi spie?» disse Yiorgos.

«La definizione corretta è agenti dell'intelligence.»

«Potresti chiedere aiuto senza dire perché ti serve?»

«Penso di sì. Uno, Petros, mi deve un grosso favore. Suo fratello aveva bisogno di rinviare il servizio militare, e diciamo solo che l'ha rinviato. Volete che gli faccia uno squillo?»

«Sarebbe meraviglioso», disse Eleni.

Dopo aver fatto colazione tutti insieme, i Custodi del fato andarono ai rispettivi lavori. David cercò di prenotare un volo in serata per Ankara, ma era tutto pieno. Imprecò al computer e optò per il primo volo in partenza la mattina dopo. Eleni uscì di cattivo umore per andare qualche ora all'Istituto di Anticitera.

In tarda mattinata, Yiorgos raggiunse David in giardino con una buona notizia. «Stelios mi ha appena chiamato. Il suo amico può venire a casa durante la pausa pranzo per valutare il nostro problema d'infestazione di cimici.»

«Spero di sbagliarmi», commentò David.

«Che ti sbagli o no, è meglio saperlo per certo. Posso dirti una cosa, David?»

«Certo, qualsiasi cosa.»

«È un po' imbarazzante.»

«Ti prego», insistette David.

« Okay. Un padre le sa, certe cose. Mi pare che tra te ed Eleni ci sia qualcosa. Qualcosa di bello. Sei un brav'uomo, quindi sono contento. Ma volevo parlarne con te. »

« Hai un ottimo intuito paterno », notò David, sorseggiando un succo d'arancia.

« Eleni è una donna molto sensibile. Grazie alla sua sensibilità, è una persona altruista e premurosa, ma anche vulnerabile. Ha avuto un paio di storie che all'inizio l'hanno resa felice, ma che poi, quando hanno fatto il loro corso, l'hanno lasciata in preda alla disperazione. Ogni volta che è stata male, Sofia era sempre pronta a raccogliere i pezzi, ma adesso lei non c'è più. »

« Non le farò del male, Yiorgos. »

« Sono contento di sentirtelo dire, ma... »

« Dico sul serio. »

Yiorgos socchiuse le palpebre e osservò un banco di nuvole. « Ti credo. Vedremo. C'è un'altra cosa, però. La tua vita è in America. La sua è qui. Il suo lavoro è qui. I suoi amici sono qui. I Custodi del fato sono qui, e io sono qui. Non voglio che lei lasci questa sua cerchia protettiva. Ora che sappiamo che la Michaní Pepromenou è reale, la mia convinzione che ci aspetti un disastro imminente è diventata una certezza. Qualcosa di terribile accadrà nell'arco del prossimo anno. Voglio che rimanga qui con me, così possiamo affrontarlo insieme. Forse sono egoista, non lo so. »

A disagio, David valutò quale risposta fornire, ben deciso a mostrarsi rispettoso. « Io sono un empirista, Yiorgos. Credo nelle conclusioni basate sulle prove, quindi sono più che disposto a modificare le mie opinioni via via che si presentano nuove prove. Non posso negare l'attendibilità della vostra tradizione orale. Abbiamo trovato tre chiavi. Non ho motivo di credere che non ne esista una quarta. Speriamo che esista e che la troveremo. Perdonami però se non sono convinto, come voi, che la Michaní Pepromenou possa predire il futuro. Trovo miti come questo affascinanti, ma non posso prenderli alla lettera.»

«Qui siamo ben oltre la mitologia, David, non pensi? Sta per succedere qualcosa di terribile, e succederà presto.»

«Consentimi di mantenere un sano scetticismo», insistette David.

«Cosa ci vorrebbe per convincerti?»

«Cosa ci vorrebbe? Che ne dici di trovare la quarta chiave, collegarle tutte e vedere se la macchina riesce a leggere le date dei disastri naturali storicamente noti? Voglio la dimostrazione che sapesse della peste nera del 1348. Dell'eruzione del Krakatoa del 1883. Del terremoto di San Francisco del 1906.»

«Rispetto la tua posizione, David. Tu non vieni come noi da un ambiente intriso delle nostre tradizioni. Hai bisogno di prove.»

«Da parte mia, ti dimostrerò che farò la cosa giusta per tua figlia, Yiorgos. Lei è...»

Eleni spuntò dalla porta sul retro con un bicchiere pieno di acqua e ghiaccio. «Lei è cosa?» chiese con un sorriso.

«È tornata presto», rispose David imbarazzato.

Yiorgos gli fece l'occhiolino. «Sì, infatti.»

Stelios arrivò a mezzogiorno con un uomo il cui aspetto non corrispondeva affatto a quello di un agente segreto, almeno secondo le idee preconcette di David al riguardo. Non era un tipo sicuro di sé alla James Bond o un nerd esperto di tecnologia con il viso nascosto dal cappuccio della felpa. Era un tizio schivo di mezza età, calvo, con un abito grigio che gli calzava tutt'altro che a pennello.

Petros Antoniou evitò il più possibile d'incrociare lo sguardo dei presenti e aprì una valigetta rigida contenente gadget elettronici incastonati nella gommapiuma. Valutò le notevoli dimensioni della casa e disse che doveva darsi una mossa, se non voleva perdere una riunione che aveva nel pomeriggio.

« È in gamba », sottolineò Stelios a Yiorgos, Eleni e David, « ma non è un tipo di molte parole. »

« Lo conosci bene? » chiese Eleni.

« Non siamo proprio amici. Non saprei dirvi dove vive, se ha una ragazza, un ragazzo o un cane. Ho pranzato con lui e un gruppo di colleghi di altri dipartimenti per alcuni anni. Lavora per gli spioni, all'EYP. »

« L'EYP? » chiese David.

« Il servizio nazionale per l'informazione, ovvero i servizi segreti. È come la vostra CIA. »

« Cosa gli hai detto per convincerlo a venire? » domandò Eleni.

« Gli ho detto che c'è stata un'effrazione e i ladri hanno messo a soqquadro la casa in cerca di qualcosa, ma se ne sono andati a mani vuote. Che la polizia non ha fatto niente. E che a te è venuta la paranoia che abbiano piazzato microfoni o telecamere per scoprire dove nascondi gli oggetti di valore. »

« Di che tipo di oggetti parliamo? » chiese Yiorgos.

« Ho dovuto dirgli qualcosa per giustificare la paranoia », spiegò Stelios. « Ho detto che avevi una rara collezione di monete antiche. È ben nascosta, ma ora hai paura di accedervi nel caso in cui stessero ascoltando e guardando. Lui l'ha bevuta, pur ritenendo improbabile che qualcuno ti spiasse. Perché non avrebbe dovuto crederci, d'altronde? »

Eleni gli chiese se volesse qualcosa da mangiare o da bere.

« Sto bene così », rispose Stelios. « Magari una Coca. Ehi, Petros! » urlò rivolto all'interno della casa. « Vuoi una Coca? »

« Ho da fare », fu la risposta.

Passò un'ora e Petros arrivò in giardino, dicendo che voleva esaminare il pergolato. Stelios chiese se avesse trovato qualcosa, ma Petros gli disse di lasciarlo finire. « Se devi fare qualcosa, tanto vale farlo bene », sentenziò. Passò la bacchetta di rilevamento intorno alla struttura in legno, su stipiti e cornici di porte e finestre e su alcuni vasi di fiori e, quando ebbe finito, si unì a loro al tavolo. « La prenderei, adesso, quella Coca. »

Eleni ne portò una dalla cucina, e tutti lo fissarono mentre ne beveva un sorso, aspettando il suo verdetto.

Alla fine, roso dall'impazienza, Yiorgos sbottò: « Allora? Niente? »

Petros rispose infilando la mano nella tasca della giacca e tirando fuori una manciata di oggetti neri delle dimensioni di graffette. « Due al piano di sopra, tre al piano terra, una in cantina. Qui fuori niente. Sono wireless, ovviamente. Solo per ascoltare. Non del tipo che usiamo noi. Forse cinesi. Forse russe. Si trovano sul mercato nero. Sul dark web. Non posso scendere nei dettagli per ragioni professionali, ma organizzazioni sofisticate - di albanesi, di turchi - potrebbero usare questo tipo di tecnologia per sorvegliare un obiettivo di alto valore per una truffa. Qualcuno vuole davvero le sue monete, signor Lillakis. Le consiglio di portarle via da qui e metterle in una cassetta di sicurezza in banca. Se vuole, farò dare un'occhiata ai dispositivi – in via del tutto informale, ovviamente – per cercare di scoprire da dove vengono.» Poi si alzò di colpo. «Stelios, amico mio, devi riportarmi al ministero, o mi faranno una lavata di capo.»

David, Eleni e Yiorgos rimasero seduti in un silenzio sbalordito per un lungo intervallo, finché Yiorgos non disse: «Cosa sta succedendo, in nome di Zeus?»

Gli uffici dell'EYP si trovavano in un anonimo grattacielo con vista sugli ospedali dell'esercito e dell'aeronautica. Petros Antoniou prese l'ascensore fino al nono piano, attraversò un dedalo di corridoi e si fermò fuori dell'ufficio di uno dei due vicedirettori, un tenente generale dell'esercito in pensione di nome Talos Fotopoulos.

«La sta aspettando?» chiese la sua segretaria.

«Mi riceverà», rispose Petros.

Fotopoulos indossava una camicia bianca ben stirata e una cravatta blu; la giacca del completo era su un appendiabiti a parete. Era sulla sessantina e aveva il corpo di un pugile imbolsito: i muscoli erano ancora tutti lì, ma imbottiti di grasso. Sollevando la testa glabra dalla relazione che stava leggendo, mostrò al visitatore le sue rigide rughe d'espressione.

Petros scaricò una manciata di dispositivi d'intercettazione sul suo sottomano.

Il vicedirettore ne ispezionò uno. «Davvero?» Era incredulo.

«Ha stupito anche me», commentò Petros.

«Provenienza?»

«Americana? Britannica? Francese? È un tipo di attrezzatura che usano tutti. Persino i turchi.»

Fotopoulos imprecò. «Come hanno fatto a scoprirlo?»

« Una fuga di notizie di uno dei nostri? Sorveglianza attiva del nostro operato? O... »

« O cosa? »

« L'americano. David Birch. Forse non conosciamo tutto di lui. »

« Scava e vedi se Langley ha qualcosa sul suo conto, ma non trascurare le altre piste. Se abbiamo una talpa, trovala. E cambia tutti i nostri telefonini, incluso il mio, nel caso in cui le nostre SIM siano state hackerate. Pensi che dietro l'omicidio di Iriniki Baros ci sia un'intelligence straniera? »

Petros si strinse nelle spalle. « Noi non siamo stati. »

« Birch o la ragazza hanno dato qualche indicazione su dove hanno nascosto le chiavi? »

« Si sono chiusi a riccio. »

« Peccato che nel Regno Unito non abbiano trovato nulla. »

« Sempre che sia vero... Come ho detto, si sono chiusi a riccio. Sono spaventati. »

« Va bene », disse Fotopoulos impaziente. « Al lavoro. E, per l'amor di Dio, Petros, portami la Michaní Pepromenou. »

Yiorgos invitò David ed Eleni a trascorrere il pomeriggio da soli, tranquillizzandoli che sarebbe stato perfettamente al sicuro durante il giorno, e loro optarono per una visita culturale al museo archeologico nazionale. Lui c'era già stato, ma lei era ansiosa di mostrargli la sua parte preferita.

Gli prese la mano nelle sale del periodo ellenistico e se lo trascinò dietro.

« È da un po' che non tengo per mano una bella ragazza in un museo », commentò David.

« E l'ultima volta sarebbe stata...? » chiese lei.

« Va bene, mi hai fregato. Questa è la prima volta. Ma è una cosa che ho sempre voluto fare. »

Lei gli strinse forte la mano. « Non so cosa farò, domani, quando te ne andrai. »

Lui stava per dire qualcosa, ma in quell'istante lei si fermò e indicò una scultura in marmo, il ritratto di un sacerdote del 50 a.C. Aveva lunghi capelli arruffati tra i quali sfoggiava una foglia d'alloro. Il viso maturo e d'innegabile bellezza, sebbene privo della punta del naso, era segnato da profonde rughe e ammantato di tristezza.

« Questo è stato il mio primo amore », gli raccontò.

« Capisco perché. Eleni, io tornerò. Questa cosa tra di noi mi sembra speciale. Non ho mai sentito niente di simile per qualcuno. »

« Forse è solo perché abbiamo vissuto insieme un'avventura. Forse questo sta influenzando i tuoi sentimenti. »

Lui scosse la testa. « Io sento che è amore vero. Ho pensato di essere innamorato un paio di volte, ma adesso mi rendo conto che non era così. L'amore è quello che provo per te. »

Eleni lo attirò a sé per un bacio.

Quando lui si staccò, indicò il busto di marmo con il pollice e disse: « Lo stai facendo ingelosire ».

« Tornerai, vero? »

« Credimi. Tornerò. »

Il telefonino vibrò e lui pensò bene d'ignorarlo. « È il mio collaboratore turco a Derinkuyu », disse.

« Rispondi pure. Ti aspetto lì. »

« Ciao, Mazhar, cosa succede? » chiese David al telefono.

« Ascolta, David, credo che la tua fuga sia giunta al termine. »

« Ti ho detto che ho un volo domattina. Sarò da voi nel primo pomeriggio. »

« Sì, lo so. Oguz mi ha appena chiamato. Viene a Derinkuyu anche lui. Arriva stasera. Vuole cenare con me. »

« Merda », commentò David. « Ti ha detto cos'ha in mente? »

« Non mi ha detto niente. Ma non può essere una buona cosa, giusto? »

« Come ti è sembrato? »

« Non lo so. Molto spiccio, direi. Nessuna cortesia. Gli ho chiesto se voleva un aggiornamento e mi ha detto di aspettare il suo arrivo. »

« Digli che sto tornando e che ho delle informazioni importanti sul nostro congegno. »

« Lo farò. »

All'improvviso David ebbe una reazione ritardata. « Hai detto 'aggiornamento'? Quale aggiornamento? »

« Il rilevatore di muoni è di nuovo online e funziona alla perfezione. Lo abbiamo installato dove volevi, nella stanza della mappa di bronzo. Proprio come sospettavi, c'è un ulteriore livello, più profondo. Abbiamo individuato un ambiente inferiore, che è significativamente più grande di quello sopra. E c'è qualcosa al suo interno che non sembra una formazione geologica. »

David premette il cellulare contro l'orecchio tanto forte da farsi male. « È artificiale? »

« Non lo so, David. È grande ed è simmetrico. »

David sentì stringersi il petto. « Puoi inviarmi la scansione? »

« Sì. Subito. »

David fissò il telefonino finché non emise un segnale acustico che segnalava l'arrivo del messaggio di Mazhar.

Trovò Eleni nella sala successiva, intenta a osservare una piccola statua, un ragazzo incappucciato che stringeva un cucciolo al petto.

« Tutto bene? » gli chiese.

Lui le mise le mani sulle spalle e disse: « Devi venire a Derinkuyu con me ».

17

La mattina dopo, David ed Eleni si svegliarono prima degli altri per prendere il volo per Ankara. I protettori di Yiorgos, i tre muscolosi Custodi del fato, erano ancora addormentati sui divani in soggiorno e in biblioteca. Yiorgos aveva detto che forse non si sarebbe alzato in tempo, quindi aveva augurato loro buona fortuna la sera prima.

I due si aggiravano furtivamente nella luce fioca, attenti a non disturbare nessuno; ma, quando il loro disaccordo sussurrato minacciò di trasformarsi in un'aperta ostilità, andarono in giardino per chiudere la discussione.

« Non puoi! » disse Eleni.

« Ma devo. È sempre stato questo, il piano. »

Eleni gesticolava animatamente. « Le chiavi devono stare insieme. Separarle di nuovo dopo due millenni sarebbe - faccio fatica a trovare la parola giusta - una barbarie. Una vera e propria barbarie. »

« Secondo ogni principio di diritto internazionale e morale, il manufatto appartiene al popolo turco. Ho commesso un crimine portandolo fuori del Paese. Deve tornare indietro », insistette David.

« Secondo questa logica, abbiamo commesso crimini anche prendendo le chiavi dalla Germania e dal Regno Unito. »

« Moralmente, quelle appartenevano alla Grecia. Sono state depredate su suolo greco. Quindi, le fattispecie non sono assimilabili. »

« Parli come un avvocato. »

Lui sorrise. « Lo prendo come un insulto. »

Eleni, con un'espressione dura in viso che lui non le aveva mai visto, non cedette. « Se lo riporti indietro, cosa ne sarà? »

« Per ora, finirà in un deposito. »

« E poi? »

Lui alzò le mani. « Prima che iniziassero gli scavi, abbiamo firmato un accordo con il ministero della Cultura turco, in base al quale tutti i reperti scoperti a Derinkuyu sarebbero diventati proprietà dell'università di Ankara. »

« Vedi? » sbottò lei quasi urlando. « Una volta che non lo avrai più sotto controllo, mettere insieme tutte le chiavi potrebbe diventare impossibile. »

Yiorgos uscì in vestaglia, preoccupato.

Eleni disse: « Scusa, papà. Ti abbiamo svegliato ».

« Perché state litigando? » chiese lui.

Eleni gli spiegò il motivo del loro disaccordo.

Yiorgos la ascoltò pensieroso, poi osservò: « David, mi hai detto che non ti saresti convinto che la Michaní Pepromenou è in grado di predire le catastrofi finché non fossi riuscito a testarlo con eventi storici passati. Però questo implica che tutte le chiavi siano collegate ».

« Ne manca ancora una », disse David.

« Sì! » disse Eleni. « Ecco perché andiamo in Turchia stamattina. Sei tu che ieri, quando siamo tornati dal museo, hai fomentato sia papà sia me. Se troviamo la chiave degli dei, possiamo dimostrare tutto. »

La sera prima, dopo aver fatto vedere loro la muografia di Mazhar, David aveva aggiunto: « Questa massa nella stanza inferiore è alta circa dieci metri ».

« È grande », aveva notato Yiorgos.

« Sì, è vero », aveva risposto David. « È simmetrica,

con uno schema complesso e con una densità variabile da molto alta a molto bassa. Ha una composizione completamente diversa dalla roccia circostante.»

«E questo cosa significa?» aveva chiesto Yiorgos.

«Significa che non è fatta di pietra.»

Eleni aveva incalzato David: «Digli cosa pensi».

«È pura speculazione, ma abbiamo uno scheletro schiacciato vicino a un piccone dentro un tunnel che porta alla stanza dove abbiamo trovato la chiave del mondo. Abbiamo due scheletri con le spade vicine. E se l'uomo con il piccone avesse saputo dell'esistenza della stanza inferiore? E se avesse voluto usare quel piccone per raggiungere qualunque cosa fosse stata contenuta di sotto? E se avesse voluto portare la chiave del mondo laggiù? E se gli uomini con le spade lo avessero inseguito e, per fermarli, lui avesse fatto cadere le rocce sulle teste di tutti?»

L'impazienza aveva avuto la meglio, così Eleni aveva interrotto David: «E se la quarta chiave fosse nella stanza inferiore?»

Mentre l'alba sorgeva, Yiorgos, con i capelli arruffati e spettinati, disse: «Capisco il punto di vista di entrambi. Voglio anch'io trovare la quarta chiave. Senza, non possiamo conoscere il momento, il luogo e la natura del disastro che siamo sicuri arriverà. Ma non voglio che David si metta nei guai per aver rimosso la chiave del mondo dal suolo turco. Forse c'è un compromesso: oggi tornate a Derinkuyu senza la chiave. Se non trovate l'ultima, vi raggiungerò in Turchia personalmente, quando vorrete, e ve la riporterò. Ti sembra una soluzione soddisfacente, David?»

David guardò l'orologio. Dovevano sbrigarsi, e non poteva essere troppo pedante nel valutare la proposta di Yiorgos. «Sì, d'accordo.»

Eleni gettò le braccia al collo del padre. « Papà, sei un genio. »

« È quello che ho detto a tua madre per anni. »

« Non ne parlare con nessuno, però, Yiorgos, nemmeno con i ragazzi che stanno da te », lo ammonì David. « Sanno che io sto tornando in Turchia. Ma di' loro che Eleni è partita per lavoro. Finché non sappiamo chi ci sta dando la caccia, è meglio essere estremamente prudenti. »

Noleggiarono un'auto all'aeroporto di Ankara. Avevano appena imboccato l'autostrada 21, quando il cellulare di David prese a squillare.

Lui diede un'occhiata al numero e disse a Eleni: « Potrebbe mettersi male ». Mise il telefono in vivavoce e rispose: « Signor Oguz, Mazhar mi ha detto che è a Derinkuyu ».

« Sì », fu la gelida risposta. « Lei dov'è? »

« Ho appena lasciato l'aeroporto di Ankara. Dovrei essere lì tra circa tre ore. »

« Non mi troverà. »

« È un peccato. Sono sicuro che Mazhar le abbia parlato delle scansioni della stanza inferiore. Speravo di rivedere il piano per scavarla. »

La risposta di Oguz fu fredda e chirurgica, il tipo di discorso che l'uomo d'affari aveva pronunciato molte volte nella sua carriera. « Non sarà necessario, David. I suoi servigi non sono più richiesti. Da questa mattina, la mia collaborazione con Harvard è annullata. I miei avvocati hanno informato l'università che il mio sostegno economico è stato interrotto. Il professor Erduran è ora l'unico ricercatore referente, perché ho appena stipulato un accordo con la Hacettepe Üniversitesi. Erduran convocherà degli archeologi turchi perché lo assistano.»

Eleni si sporse per toccarlo, ma David notò a malapena il gesto.

Si sforzò di mantenere la calma. «Ritengo che questo sia un errore, signor Oguz. Sotto la mia guida, abbiamo fatto progressi senza precedenti in un lasso di tempo molto breve. Il nostro obiettivo era individuare le radici di Derinkuyu, ma abbiamo stabilito una connessione tra l'Anatolia e la Grecia nel II secolo a.C., connessione precedentemente sconosciuta. È così che funziona la ricerca. Le scoperte casuali possono modificare gli obiettivi e farci imboccare nuove, entusiasmanti direzioni. L'antico congegno cartografico attirerà un enorme interesse internazionale verso Derinkuyu e la Turchia.»

Oguz non si lasciò convincere. «Ha lasciato il sito contro la mia volontà e, a mio avviso, la sua prolungata assenza è una grave negligenza professionale.»

«Mi dispiace, ma era necessario e ho ottenuto buoni risultati.» Mosse le labbra per dire silenziosamente a Eleni: *Mi dispiace.* E aggiunse: «Ho potuto confermare il legame tra il nostro congegno e il Meccanismo di Anticitera. La fattura è simile ed è possibile che i due manufatti siano stati realizzati nella stessa officina. È anche possibile che la mappa facesse in origine parte di un meccanismo più ampio progettato per prevedere eventi futuri come le calamità naturali. Vedremo cosa rivelerà lo scavo della stanza inferiore, ma è ragionevole pensare che nel II secolo Derinkuyu fosse un sito rituale ellenistico per la divinazione e la profezia».

Quelle argomentazioni gli si ritorsero contro su tutti i fronti.

Eleni incrociò le braccia e fissò incollerita l'autostrada.

E Oguz s'infuriò. « Divinazione e profezia! L'ha detto davvero? Non permetterò che i miei soldi vengano usati per promuovere il paganesimo greco. Sono un orgoglioso turco. E un orgoglioso cristiano. La Bibbia condanna la divinazione. Levitico 19,26: 'Non praticherete alcuna sorta di divinazione o di magia'. Sì, so citare alla lettera la Bibbia, David. E so citare anche Donald Trump: 'È licenziato'. »

« I miei studenti », protestò David. « Che ne sarà di loro? »

« Licenziati anche loro. »

La linea s'interruppe e David si rese conto che stava sfrecciando a tutta velocità lungo l'autostrada deserta. La campagna che percorrevano era piatta, brulla e desolata. In lontananza, cielo e terra sembravano fondersi l'uno nell'altra. David rallentò e confessò: « Mi dispiace. Non avrei dovuto usare la Macchina del destino come esca. Stavo solo cercando di salvare il progetto ».

« Ti abbiamo rivelato già tante cose. Dobbiamo fidarci di te », disse lei alla fine.

« Sai che puoi fidarti di me. »

Nessuno dei due disse nulla, finché Eleni non trasse un profondo respiro e ammise: « Mi dispiace che ti abbiano licenziato ».

« In ogni caso, non mi piaceva molto avere un capo. Non sono mai stato un leccapiedi. »

« Cosa farai ora? »

« Non lo so. Ci penseremo. »

Via via che si avvicinavano a Derinkuyu, l'autostrada moderna lasciò il passo a strade più strette e sconnesse. Stavano passando davanti a un parco giochi dai colori vivaci in un villaggio pieno di case di nuova costruzione quando il dottorando di David, Peter, chiamò.

«David, dove diavolo sei?»

«A dieci minuti da Derinkuyu. Tu dove sei?»

«In hotel, a fare i bagagli. Oguz è stato qui stamattina, lo sapevi?»

«Sì, gli ho parlato.»

«Allora saprai che siamo stati licenziati. Ci hanno detto di prendere le nostre cose e di lasciare gli scavi. Mazhar si è scusato, ma ha seguito gli ordini di Oguz. Sto aiutando tutti a prenotare i biglietti per tornare negli Stati Uniti. Gesù, David, è un gran casino.»

«Lo so. È terribile. Mi sento come se fosse colpa mia.»

«Uhm, forse perché è colpa tua? Mi dispiace. So che non è saggio per la mia carriera prendersela con il proprio professore, ma che cazzo hai in testa, David?»

«Risarcirò te e gli altri, promesso.»

«Già. Comunque, c'è dell'altro. Dopo che Oguz se n'è andato, Mazhar mi ha chiesto le chiavi del sito di scavo e dei magazzini. Ha detto che le avrebbe cambiate tutte. Non era mai stato dove ci sono i magazzini in città e mi ha chiesto di mostrarglieli.»

«Merda», disse David. Vide che Eleni teneva gli occhi chiusi e scuoteva la testa.

«Sì, merda. Ho dovuto dirgli che l'avevi presa tu. Non che avessi molta scelta.»

«No, hai ragione», ammise David.

«È un tipo così mite... Pensavo che gli sarebbe venuto un ictus. Posso solo consigliarti di riportarla oggi. È furibondo.»

«Grazie per l'avvertimento. Ti chiamo più tardi per vedere come procedere. A questo punto, non sono sicuro di poter sistemare le cose con Oguz, ma ci proverò.»

David entrò in una stazione di servizio e disse a Eleni che doveva chiamare Mazhar prima che fosse lui a chiamarlo; quindi uscì e la lasciò nell'auto con l'aria condizionata. Mentre parlava con il geologo, marciava avanti e indietro lungo la rete metallica che separava il parcheggio dai terreni agricoli aridi e sassosi dei dintorni. Il caldo era micidiale e, quando la conversazione s'interruppe quasi subito, David ne fu grato. Risalì in macchina, ma non ripartì.

«Com'è andata?» chiese Eleni.

«Non bene. Non gli interessava capire con me come convincere Oguz a darmi una seconda possibilità. Voleva solo sapere della mappa di bronzo. È andato nel magazzino per verificare di persona. Mi ha chiesto se la stavo riportando.»

«Cosa gli hai detto?»

«Gli ho detto che gliel'avrei riportata... tra un paio di giorni. Che l'avevo presa per fare una ricerca fondamentale in Grecia. Ma ho avuto difficoltà a spiegare perché ero tornato senza portarla con me. È arrabbiatissimo. Ha tutto il diritto di esserlo. Anch'io avrei fatto una ramanzina sul furto culturale e sull'arroganza accademica se fossi stato nei suoi panni.»

«Come siete rimasti?»

«Gli ho detto che volevo incontrarlo per parlare di persona, ma non ha voluto. Mi ha detto che ha cambiato tutte le serrature e che non mi è più concesso accedere al sito. Come se non bastasse, mi ha detto che sta seriamente pensando di denunciare il furto alla polizia.»

«Oh, David», disse lei tristemente. «Ti ho convinto io a non riportarla indietro. Mi dispiace tanto. Dovremmo avvisare mio padre, dirgli di venire.»

David mise in moto la macchina e imboccò la strada verso Derinkuyu. «Andremo in hotel e ci rifletteremo su.» Si sforzò di sorridere. «Non sono un esperto, ma è possibile che le Moire abbiano deciso di darci il tormento?»

Lei scoppiò a ridere. «Me lo stavo chiedendo anch'io.»

David non aveva mai fatto il check-out dalla sua stanza al Crystal Kaymakli, un hotel moderno vicino alle grotte. Quando chiese la chiave, l'impiegato si sporse sul bancone e gli disse con discrezione che avrebbero avuto bisogno di un'altra carta di credito, perché la prenotazione per il gruppo di Harvard era stata annullata. David fu colpito dall'efficienza di Oguz.

«Eccoci a casa», disse David a Eleni entrando nella stanza. Le sue valigie erano accatastate vicino alla finestra.

Lei guardò la grande e allettante piscina. «Peccato che non abbia portato un costume da bagno.»

«Andiamo a mangiare qualcosa in città e ne compriamo uno. Anche perché mi serviranno alcune cose per stasera.»

«Vedo che ti sei già fatto un'idea», osservò Eleni. «Cosa dobbiamo fare stasera?»

«Le stesse cose che abbiamo fatto la settimana scorsa, solo più estreme.»

Il sole tramontò alle otto. David volle aspettare che fosse buio pesto, così lasciarono l'hotel alle nove e passarono davanti all'ingresso turistico del complesso di grotte, a quell'ora chiuso. Aveva con sé uno zaino leggero: dentro c'erano solo un martello, un piccone, un paio di torce e due bottigliette d'acqua. Poco più avanti, lungo una strada lastricata di mattoni color nocciola, giunsero a un garage isolato vicino alle macerie di una casa demolita.

« Scommetto un milione di dollari che non hanno pensato di cambiare anche questa serratura », disse a Eleni.

Il lucchetto fece uno scatto e lui aprì, rivelando un paio di veicoli elettrici.

Invitò Eleni a salire, scivolando accanto a lei. « E non hanno cambiato nemmeno questa. »

La sua chiave girò nell'accensione e si avviarono sulla strada deserta.

L'ingresso degli scavi era a un chilometro di distanza, lungo una strada sterrata e polverosa, nel seminterrato di una fattoria abbandonata. La gente del posto sapeva che si trovava lì, ma, quando David aveva deciso di usarlo per evitare le aree più turistiche del complesso, aveva fatto erigere un bunker di cemento sopra l'apertura per tenere fuori bambini e cacciatori di tesori.

Parcheggiò il veicolo dietro la casa e provò la sua chiave nella porta serrata del bunker. Grugnì. « Questo invece se lo sono ricordato. »

Ci volle circa una dozzina di colpi di martello e scalpello per rompere il lucchetto. Una volta dentro, David disse: « Vediamo se hanno mantenuto la corrente elettrica ».

Fece scattare un interruttore e la ripida scalinata di pietra s'illuminò.

Eleni lo seguì attraverso i tunnel vulcanici, beandosi della vista delle pareti lisce e degli alti soffitti. « Sono più grandi delle grotte di Nottingham », esclamò con entusiasmo. « E molto più antiche. »

« I popoli che hanno scavato erano abili. Aspetta di vedere i sistemi di ventilazione e di raccolta dell'acqua piovana! »

La condusse sempre più in profondità, lungo rampe e attraverso passaggi tortuosi, finché non arrivarono al diciottesimo livello sotterraneo. Da lì, scesero la scala fino al diciannovesimo e avanzarono accovacciati lungo l'ultimo stretto cunicolo fino al quartier generale degli scavi.

Accendendo le luci, David osservò: « Questo era il mio ufficio ».

Eleni sorrise e toccò le pareti di roccia. « Bella vista. »

La scrivania di David era vuota.

« Hanno sgomberato le mie cose. Persino la felpa di pile che stavo per darti », osservò. Si soffermò sul tavolo da lavoro di Mazhar e rivide alcune delle muografie che aveva stampato. Ne afferrò una. « Prendiamola, può esserci utile. Ti mostro dove abbiamo trovato la chiave del mondo. »

Nell'ultimo tratto del cunicolo, David puntò il piccone verso la zona in cui erano stati scoperti gli scheletri sotto le macerie e le mostrò l'apertura sopra le loro teste dov'era stata piazzata la trappola. La scala di Peter Andreeson, che il dottorando aveva usato per esplorare i tunnel superiori, giaceva vicino al muro.

« Dammi un momento », disse improvvisamente Eleni. S'inginocchiò sul luogo del ritrovamento dei corpi e chiuse gli occhi, muovendo le labbra in preghiera. Poi, guardando David, aggiunse: « L'uomo che veniva seguito, quello che ha portato la chiave del mondo nella caverna... mi chiedo come si chiamasse ».

18

Isola di Anticitera, 212 a.C.

Kosmas giaceva sulla sabbia, ansimando come un cavallo in salita. Le spalle e i fianchi gli dolevano per lo sforzo di aver nuotato a lungo controcorrente. Prima di tuffarsi in mare dalla *Delfi* ormai alla deriva, si era legato la corda del sacco al polso destro e, durante la nuotata, quella si era attorcigliata stretta come un laccio, paralizzandogli la mano. Ora che il braccio era libero, la sua mente poteva finalmente distrarsi dal dolore e dedicarsi ad altre questioni.

Dov'erano i suoi amici, i suoi compagni guardiani?

Erano sopravvissuti al naufragio?

A preoccuparlo maggiormente era Loukas. L'unica cosa al mondo che spaventava quel ragazzo così tenace era l'acqua, ma, se si era legato al sacco, sarebbe dovuto riuscire a galleggiare all'infinito.

Quando il respiro si fu calmato, Kosmas si alzò e si scrollò la sabbia dai sandali. La spiaggia lo faceva sentire vulnerabile; sarebbe stato più al sicuro nella vicina boscaglia. Si mise in spalla il sacco contenente la chiave del mondo e si arrampicò in fretta sulla duna.

Era troppo presto per elaborare un piano.

Ora la sua preoccupazione immediata era la sopravvivenza. Aveva bisogno di acqua fresca e cibo. Prima, però, doveva riposare, e per farlo si sdraiò su un'invitante distesa di muschio spesso.

I raggi del sole mattutino che filtravano attraverso i rami svegliarono Kosmas, che sbatté le palpebre e gemette, disorientato, prima di ricordare dove si trovasse.

C'erano voci, chiacchiere, risate. E il rumore di martelli e seghe al lavoro. Allarmato, si alzò e strisciò fino al limitare della boscaglia. A non più di trecento passi, la quadrireme romana era incagliata contro gli scogli, inclinata ma ancora a galla. I marinai sul ponte e a terra si affannavano per riparare i danni. Vide legionari che entravano e uscivano dalla boscaglia alla ricerca di qualcosa: di greci, immaginò.

Lui aveva una missione prioritaria: proteggere la chiave a tutti i costi, così come gli altri guardiani - ammesso che fossero ancora vivi, con il favore degli dei - stavano proteggendo le loro.

La nasconderò, pensò. *In un posto dove potrò tornare quando la situazione sarà più tranquilla.* Afferrò il sacco e si tuffò nella boscaglia, alla ricerca di un luogo che lo ispirasse.

Dopo un po', arrivò a un gruppo di alti cipressi disposti a semicerchio intorno a una radura. Gli alberi fruscianti sembravano sussurrare: *Qui, qui, qui.*

Girò su sé stesso, studiando il terreno e imprimendosi il luogo nella memoria. *Tornerò*, pensò. *Qualunque cosa accada, ti troverò.* Accovacciato tra gli arbusti, usò il coltello per ritagliare un quadrato preciso e staccò una zolla di terra mista a radici, quindi scavò con le mani finché la buca non fu abbastanza grande da accogliere il suo prezioso sacco. Vi adagiò sopra la metà delle monete che aveva con sé e riempì la buca, finché il terreno non fu liscio e pronto per essere coperto di nuovo dalla zolla. Quando fu convinto che nessuno avrebbe notato la sua opera, pregò Zeus onnipotente di proteggere le meravigliose macchine di Archimede e i guardiani cui erano state affidate.

Non conosceva bene Anticitera, ma gli pareva che le isole che sorgevano in quelle acque fossero macedoni. Doveva trovare un insediamento. I macedoni veneravano l'Oracolo di Delfi, quindi, nonostante le divergenze politiche con le città-Stato greche, avrebbero sostenuto la sua missione. Ma quale direzione doveva imboccare? Alzando gli occhi al cielo, vide un falco che volava verso sud e lo interpretò come un segno. Decise di seguirlo, anche se la nave romana era arenata proprio da quella parte. S'inoltrò dunque nella boscaglia, determinato a tenersi alla larga dai romani.

Era ormai nel fitto del bosco quando una capra selvatica sfrecciò a tutta velocità a meno di cinque passi da lui. L'animale, in preda al panico, quasi non lo notò. Un attimo dopo, Kosmas capì il perché.

«Tu! Fermati! Identificati!»

Quell'ordine era stato impartito in latino e, sebbene Kosmas non comprendesse la lingua del soldato, ne colse la minacciosità.

Un gruppo di legionari con archi pronti e frecce incoccate stava inseguendo l'animale per procurarsi carne fresca. Ma, avvistando Kosmas, avevano dirottato l'attenzione su un diverso tipo di preda.

Lui si mise a correre, ma una freccia lo colpì al braccio costringendolo a rallentare e dando tempo ai cacciatori di accerchiarlo con le spade sguainate. Il guerriero dentro di lui avrebbe voluto combattere fino alla morte, ma il guardiano sapeva di dover sopravvivere perché, se fosse morto, la chiave sarebbe rimasta nascosta per sempre sotto un letto di arbusti. Con il cuore colmo di amarezza, lasciò dunque cadere il pugnale e si arrese.

Fu maltrattato e interrogato con durezza, ma la barriera linguistica impedì ai romani di scucirgli informazioni. Sentì uno di loro chiamarlo con disprezzo «*Macedo*». «*Graece*», ringhiò un altro. Uno più giovane afferrò la freccia dall'impennatura, gliela estrasse dalla carne e avvolse una striscia di cuoio intorno alla ferita. Sembravano colpiti dal fatto che lui non sussultò né fece un fiato. Punzecchiato dalle spade, avanzò verso la spiaggia seguito dai romani.

Giunti sulla riva rocciosa, lo portarono al loro comandante che lo fece perquisire. Addosso gli trovarono solo un borsellino mezzo pieno di tetradrammi, dracme e oboli di taglio inferiore.

L'ufficiale, colpito dai tetradrammi, se li infilò in tasca e disse in un greco stentato: «Sei greco? Vieni da una trireme?»

Kosmas fissò stoicamente le onde che lambivano gli scogli e non disse nulla.

Un violento pugno al ventre non gli sciolse la lingua, e nemmeno ci riuscì un forte pizzico al braccio infilzato da una freccia, che però lo fece crollare in ginocchio. Fu allora che il romano notò il suo anello di bronzo e glielo strappò dal dito minacciandolo con una spada.

Infastidito, l'ufficiale andò a conferire con il capo della quadrireme, che scese dalla nave per esaminare di persona il prigioniero, portando con sé un marinaio che parlava greco.

«Qual era il tuo compito sulla nave?»

«Ti hanno dato qualcosa da trasportare?»

«Quand'eri a Siracusa, hai incontrato Archimede?»

Benché le domande fossero poste in una lingua che lui era in grado di capire, Kosmas si rifiutò di dire alcunché e per questo fu torturato. Lo legarono a un albero, lo picchiarono notte e giorno e gli diedero da mangiare e da bere solo quel tanto che bastava per tenerlo in vita. Dalla sua prigionia, vide i romani recuperare un naufrago greco dopo l'altro e porre loro le stesse domande che avevano posto a lui. Quando i malcapitati rispondevano che erano rematori, ufficiali di galera o marinai, venivano passati a fil di spada e lasciati morire sulla sabbia.

È il mio silenzio che mi tiene in vita, pensò Kosmas.

A mano a mano che i giorni passavano, Kosmas sentiva un frastuono costante di colpi di scure, seghe e martelli. *Questi bastardi riusciranno a disincagliare la nave dagli scogli,* osservò.

E in effetti così fu.

Kosmas perse ogni cognizione del tempo. Il suo mondo erano le catene e i supporti cui era incatenato: dapprima, l'albero; poi, quando la nave salpò verso ovest, un montante a poppa vicino al bidone dei liquami; nella Siracusa occupata, una cella umida; infine, una ancora peggiore a Lilibeo, la base operativa dell'esercito romano in Sicilia.

Marco Claudio Marcello, il generale che aveva guidato la campagna in Sicilia, guadagnandosi il soprannome di «Spada di Roma» per le tattiche spietate che aveva adoperato per asservire l'isola greca, reagì con furore quando apprese che il carico della trireme *Delfi* era andato perduto in battaglia; lo stesso furore che aveva mostrato quando aveva scoperto che uno stupido legionario aveva assassinato Archimede, il cittadino più illustre di Siracusa. Tuttavia, quel nuovo prigioniero lo indusse a chiedersi se i tesori di Archimede fossero andati davvero perduti, così decise d'interrogare personalmente quel naufrago. Per intimidirlo al massimo, indossò la tunica rosso sangue e la lorica imperiale.

Marcello arricciò il naso per il fetore nella cella di Kosmas e pretese che il prigioniero fosse tolto dal suo giaciglio di paglia sudicia, lavato con abbondante acqua e portato in cortile per essere interrogato.

Kosmas non vedeva la luce diretta del sole da molto tempo e dovette coprirsi gli occhi, concentrando lo sguardo sull'aquila d'argento sul petto di Marcello. Quando sollevò la testa, vide una mandibola forte, un naso prominente, due occhi azzurri e una criniera di capelli castani. La forza e la robustezza di quel romano gli resero ancora più insopportabile accettare come il suo corpo si fosse invece consumato per mano di quei mostri.

Lo sorprese che il romano si fosse presentato parlando in un greco perfetto, frutto di anni trascorsi a soggiogare i compatrioti di Kosmas.

Marcello era stato informato sui precedenti interrogatori cui era stato sottoposto il prigioniero e usò quella conoscenza a proprio vantaggio. «Mi hanno detto che sei un uomo di poche parole», esordì. «Ammiro gli uomini che non cianciano come donnette. Tuttavia, nella tua situazione, questa dote non ti è stata di grande aiuto. Anzi, ne hai pagato il prezzo. Mi hanno detto che ti chiami Kosmas. Questo è tutto ciò che hai proferito. Non hai ammesso nemmeno la verità più ovvia, ossia che ti trovavi sulla trireme che abbiamo speronato al largo di Anticitera. Devo dirti cos'altro sappiamo?»

Kosmas non rispose.

«Sappiamo che sei un cittadino di Delfi. Lo abbiamo saputo interrogando i servi del matematico Archimede, secondo i quali cinque uomini di Delfi erano stati incaricati di portare alcune sue invenzioni in un luogo sconosciuto. E sappiamo che uno di loro si chiamava proprio Kosmas.»

«Conosco almeno venti greci di nome Kosmas», ribatté il prigioniero.

«Gloria agli dei! Allora sai parlare! Nessun altro Kosmas ha ricevuto questo», proseguì l'altro, infilando la mano nella tunica per prendere l'anello di bronzo.

Kosmas non disse nulla.

«Archimede è morto», disse Marcello, cercando una reazione sul volto del prigioniero. «Sei pertanto sollevato da ogni promessa o giuramento. Sono un uomo benevolo. Ti darò un giaciglio morbido e cibo buono. Chiederò al mio medico personale di curare le tue ferite. Potrei persino decidere di liberarti. Tutto ciò che devi fare è rispondere a queste semplici domande. A cosa dovevano servire le invenzioni di Archimede? Erano armi o congegni militari di qualche tipo? Conosci il destino degli altri quattro guardiani? Che fine ha fatto l'invenzione che portavi con te? Infine, dove ti era stato ordinato di portarla?»

Kosmas non disse nulla.

Marcello non si sporcava le mani di sangue e fango. Aveva uomini pronti a farlo al posto suo. Per i successivi due anni, Kosmas subì due volte al giorno percosse pensate per infliggergli dolore senza ucciderlo.

Eppure continuò a non dire nulla.

Un giorno, però, le percosse cessarono. Kosmas le aspettava perché erano diventate il suo modo di scandire il tempo, invece fu trasferito in una cella comune in un'altra parte della città portuale, dove trovò la compagnia di altri prigionieri greci. Solo molto tempo dopo seppe che il generale era stato trasferito sulla terraferma per fronteggiare l'invasione di Annibale. Il nuovo governatore della Sicilia aveva scarso interesse per Archimede e le sue invenzioni, perciò Kosmas fu praticamente ignorato.

Quattro anni dopo, accadde un miracolo. Kosmas era in fila con gli altri prigionieri per ricevere il pasto mattutino quando un ufficiale annunciò che era stato negoziato uno scambio di prigionieri tra Roma e la città-Stato di Atene. I greci sarebbero tornati a casa.

Un bel giorno arrivò una trireme greca per recuperare i prigionieri e intraprendere un viaggio di quindici giorni verso Atene. Nonostante tutti quegli anni di terribili sofferenze, Kosmas non aveva mai, nemmeno per un momento, perso di vista la sua missione di guardiano, tanto che, dopo una settimana di viaggio, iniziò a tempestare di suppliche il comandante affinché facesse una breve sosta ad Anticitera.

«È fuori questione», fu la risposta.

«Ho del denaro con me. Ti pagherò», insistette Kosmas.

«Dove ce l'hai? Fammi vedere questo denaro. Sei stato in una prigione romana per anni!»

«È sepolto ad Anticitera. Ti darò due tetradrammi d'argento per il disturbo; giuro su Zeus che sto dicendo la verità.»

Il comandante decise di fidarsi di quell'uomo infervorato e sofferente e gettò l'ancora al largo della costa orientale di Anticitera, concedendo a Kosmas sei ore scarse per ritrovare il suo tesoro.

Kosmas raggiunse la spiaggia con una scialuppa, in cerca di punti di riferimento, ma non riconobbe nulla di familiare, dato che il trascorrere delle intemperie e delle stagioni aveva trasformato il paesaggio. Stava per perdere le speranze quando, allorché era ormai trascorsa la metà del tempo concessogli, s'imbatté in un oggetto vicino al margine del bosco. Era una lama di sega rotta e arrugginita. *È questo, il posto,* pensò. *Qui è dove i romani si erano fermati a riparare la quadrireme.* Si lanciò a capofitto nella boscaglia, cercò affannosamente il semicerchio di cipressi e, all'improvviso, alzando lo sguardo lo vide. Nel suo stato di esaltazione, gli parve persino di sentire gli alberi dargli il benvenuto: *Eccoti, Kosmas. Ti stavamo aspettando. Abbiamo protetto il tuo tesoro.*

Il comandante della trireme stava quasi per salpare quando vide Kosmas correre lungo la spiaggia, con un sacco in spalla. Raggiunto il ponte, il guardiano posò due monete di valore nel palmo del comandante e trascorse gli ultimi giorni di viaggio a prua, sorridendo.

Ad Atene, Kosmas andò alla Pnice, la collina a sud-est dell'Acropoli in cui si riuniva l'Ecclesia, l'assemblea di cittadini che governava la città-Stato. Lì chiese se il suo compagno Loukas, cui Archimede aveva affidato il compito di trasportare la Macchina celeste, fosse mai arrivato a destinazione. Ma nessuno ne aveva sentito parlare. Scoraggiato, pensò di recarsi a Delfi per consultare l'Oracolo, ma la città era molto a ovest e lui aveva bisogno di andare a est. Sarebbe tornato in patria solo dopo aver portato a termine la sua missione.

Con un borsellino pieno d'argento, Kosmas non ebbe difficoltà ad acquistare un passaggio su una nave mercantile diretta a Smirne, la trafficata città portuale situata sulla costa occidentale dell'Anatolia. Lì comprò un cavallo veloce e iniziò a cavalcare verso est, attraverso le vaste pianure anatoliche. Non era la prima volta che effettuava quel viaggio. Sette anni prima aveva percorso la stessa rotta insieme con i suoi quattro compagni e altri che l'Oracolo aveva scelto per il suo nuovo culto.

Attraversando il regno di Galazia nell'Anatolia centrale, Kosmas stette per conto suo, limitando i contatti con la popolazione. I galati erano di origine celtica e praticavano usanze a lui estranee. Gli abitanti della Cappadocia, a ovest, erano più di suo gradimento. Sebbene fossero in gran parte persiani, tra di loro vi erano anche molti greci che si erano stabiliti lì dopo la conquista della regione da parte di Alessandro Magno un secolo prima, e i rapporti tra il re della Cappadocia e le città-Stato elleniche erano cordiali.

Quando fu poco distante da Derinkuyu, Kosmas si fermò per la notte nella città di Keskin e acquistò un otre di olio d'oliva. Era di ottimo umore, perché il giorno dopo sarebbe arrivato alle grotte sacre. Nella locanda cenò con un affabile gruppo di commercianti diretti in Oriente, ignaro che due soldati cappadoci seduti a un tavolo vicino lo stessero osservando.

« Cosa pensi che abbia in quel sacco? » chiese uno di loro.

« Non lo so, ma ho visto cuccioli di orso meno protetti dalla loro madre. »

La mattina dopo, Kosmas partì all'alba. I due soldati lo seguirono, mantenendo le distanze. Al calar del sole, in lontananza il villaggio di Derinkuyu brillava di un rosso acceso per via degli ossidi di ferro contenuti nel terreno vulcanico. Il suo cavallo era stanco, ma lui lo incitò e prima del tramonto giunse alle rovine di una casa di mattoni di fango alla periferia del villaggio.

Conosceva quella casa e sapeva cosa nascondeva al di sotto.

Si mise subito al lavoro per accendere un fuoco. Poi fabbricò una torcia da un ramo di cedro, ne avvolse l'estremità in un panno strappato dal suo *himation* e la inzuppò d'olio. L'ingresso alle grotte si trovava sotto una vecchia porta e una catasta di legname. Gli era stato detto che, quando i guardiani fossero tornati, avrebbero trovato un piccone tra le macerie e, come previsto, il piccone era lì. Con la torcia accesa, Kosmas iniziò a scendere.

I soldati lo seguirono a ruota. Vedendolo accendere una torcia, se ne procurarono una anche loro e lo seguirono nel suo percorso attraverso il mondo sotterraneo guidati dalle tracce lasciate dalla cenere del suo panno fiammeggiante.

Il suono si diffondeva bene in quei cunicoli labirintici. Kosmas sentì strani rumori quando raggiunse i livelli inferiori del complesso, ma si convinse che si trattasse di roditori. Solo quando fu vicino al suo obiettivo, si rese conto che erano invece passi.

Raggiunti di corsa l'ultimo stretto cunicolo e l'ultima stanza senza uscita, lasciò la chiave sul pavimento e tornò indietro. Appoggiò la torcia a terra, stringendo forte il piccone con entrambe le mani, e guardò la trappola sospesa sopra la sua testa, la sua ultima possibilità di difendersi.

Non ci volle molto perché i soldati facessero la loro comparsa nel cunicolo.

Sguainarono le corte spade persiane e gli urlarono di deporre il piccone, ma lui non capiva la loro lingua. Allo stesso modo, loro non compresero le parole che lui urlò in risposta.

Avanzarono piano, parlando tra loro delle tattiche migliori da usare in un luogo tanto angusto.

La mente di Kosmas fu invasa da vivide immagini del passato.

Il giorno in cui l'Oracolo di Delfi l'aveva scelto e benedetto per la sua missione.

La mattina in cui si era lasciato alle spalle la sua famiglia.

Le bevute e le risate con i suoi compagni guardiani.

L'addio ad Archimede.

Il naufragio.

Gli anni di percosse.

Non sapeva se gli altri guardiani fossero riusciti nella loro impresa, ma lui era vicino a compiere la sua parte nella sacra missione. La sua chiave era quasi a casa, ma c'era un ultimo ostacolo, ed era a pochi passi di distanza. Non poteva lasciare che la chiave cadesse in quelle mani ignoranti e luride.

Avanzò piano finché non fu sotto la trappola, brandendo il piccone minacciosamente. Gli avversari sapevano che il cunicolo era troppo stretto perché potesse sventagliarlo. Poteva solo brandirlo come un'asta per respingerli. Così continuarono ad avanzare. Kosmas fece un ultimo calcolo, poi agì.

Dopo aver colpito la barra di ferro sopra la sua testa, rompendo la struttura di legno e liberando la cascata di detriti, avrebbe avuto appena il tempo per tirarsi indietro. Purché avesse avuto la prontezza di tenere stretto in mano il piccone, avrebbe potuto usarlo per scavare una via d'uscita.

«Forza! Forza, bastardi! Fate un altro passo. Un altro passo», urlò. Quindi issò il piccone con tutta la forza e colpì l'estremità della barra di ferro.

Al piccolo schianto del legno che si rompeva, i due alzarono lo sguardo e urlarono.

Kosmas stava per saltare all'indietro quando i sassi gli si schiantarono sulla testa con immenso fragore. Non ebbe nemmeno il tempo di maledire le Moire per avergli permesso di avvicinarsi così tanto al suo obiettivo prima di recidere il filo della sua vita.

19

Eleni si rimise in piedi dopo aver pregato. «Cosa accadrà ai suoi resti?» chiese.

«Verranno studiati», rispose David. «Poi il gruppo dell'università di Ankara stabilirà la loro collocazione permanente.»

«Nessuna degna sepoltura, suppongo.»

«Gli archeologi in genere non lo fanno. Ci piace conservare le ossa nel caso in cui le tecnologie future ci permettano di aprire nuovi percorsi investigativi. Inoltre sarebbe difficile stabilire quale sia la sepoltura più adatta per la maggior parte dei resti.»

«Capisco», disse lei malinconicamente. «Però... Va bene, proseguiamo.»

Il cunicolo si apriva sulla grande stanza vuota dov'era posizionato il rilevatore di muoni di Mazhar.

«È lì che si trovava la chiave del mondo», spiegò David, indicando un cartellino conficcato nel terreno.

«Ah», esclamò Eleni con stupore.

David studiò uno dei fogli stampati da Mazhar e piantò il piccone nel pavimento di roccia vulcanica. «E qui è dove stiamo andando.»

Mentre David scavava nel pavimento di roccia, un gruppo di uomini stava cenando nella sala privata di una taverna di Atene. Era il tipo di locale con le pareti rivestite di legno, residuo di un'epoca in cui ai clienti interessava solo la cucina tradizionale greca: *souvlaki* di maiale, *pastitsio, moussaka* e *souvlaki* di agnello. Perfino il vino che bevevano era vecchio stile: un retsina rosso corposo che puzzava di resina di pino. Circa venti uomini erano seduti fianco a fianco intorno a un tavolo pensato per sedici. Erano tutti di mezza età o avanti con gli anni, e vestiti con giacca e cravatta.

« Ehi, Talos », disse uno di loro rivolgendosi a un compagno seduto lontano. « Dove sono i tuoi cuccioli? »

« Cuccioli? Petros ha la tua età e tu non sei certo un cucciolo », commentò Talos Fotopoulos.

« Pensavo avessi detto che ne avresti portato uno nuovo. »

« Il nuovo in questione e Petros hanno un servizio da sbrigare, stasera. »

« Per i nostri affari? »

« Non fare lo stronzo, Christos. Sai che non parlo del mio lavoro. »

Gli uomini s'incontravano una volta al mese, per mantenere i contatti senza usare comunicazioni elettroniche. Christos Anagnos, proprietario di una grande catena di stazioni di servizio, era il più ricco di tutti. Aveva fatto realizzare un fumetto di sé stesso con la sua peculiare capigliatura - capelli neri come la pece pettinati all'indietro e un'attaccatura a punta - per pubblicizzare la sua azienda. Di persona, usava la grande pancia come ariete per spingere gli avversari contro un muro e l'onnipresente sigaro spento come un undicesimo dito. Quando aveva pronunciato l'espressione « nostri affari », tutti avevano capito che intendeva quelli delle Aquile dorate e avevano abbandonato le rispettive conversazioni per ascoltare la risposta di Talos.

I commensali erano la mente e la spina dorsale finanziaria delle Aquile dorate. L'organizzazione era attiva, anche se non così attiva come avrebbe voluto la base.

« Entriamo in azione! » gridavano i più focosi. « Quand'è che entriamo in azione? Questi vecchi che agiscono dietro le quinte hanno troppo da perdere. Non sappiamo nemmeno chi sono. Facciamola finita con loro e riprendiamoci il Paese. »

Era stato Talos a scegliere il nome del gruppo. « Aquile dorate » conteneva un chiaro riferimento al movimento Alba dorata, che aveva avuto il suo momento di gloria nel decennio successivo alla crisi finanziaria greca del 2010 per poi essere sciolto.

La Grecia era da tempo un terreno fertile per le ideologie di estrema destra. Dopo la Seconda guerra mondiale, i gruppi nazionalisti e anticomunisti erano fioriti un po' ovunque. Poi era arrivato il colpo di Stato del 1967, quando un gruppo di alti ufficiali dell'esercito aveva istituito una giunta militare divenuta nota come « regime dei colonnelli ». Questi politici ultranazionalisti, anticomunisti e autoritari avevano guidato il Paese fino al 1974, dopodiché era stata ripristinata la democrazia.

Quando nel 2010 la Grecia era caduta in una spirale di debito pubblico fuori controllo, spesa pubblica eccessiva e burocrazia soffocante, l'economia aveva subito un terribile crollo. In seguito alle operazioni di salvataggio dell'UE e all'adozione di severe restrizioni sociali e finanziarie, anche la psiche del Paese aveva subito un crollo. Il movimento di destra Alba dorata aveva tentato allora di colmare il vuoto con una proposta politica ultranazionalista, neonazista e anti-immigrazione. Nel momento di massimo consenso, era entrato in parlamento con il sette percento dei voti popolari, ma, travolto da vicende giudiziarie, si era sfaldato dopo che la Corte di Atene lo aveva condannato come «organizzazione criminale» e che i suoi leader erano stati incarcerati. Più di recente, un certo numero di gruppi di estrema destra aveva fatto a gara per prendere il posto lasciato da Alba dorata, ma erano raggruppamenti piccoli, frammentati e privi di coesione. Uomini ricchi, influenti e con idee simili avevano analizzato il problema nei loro circoli e salotti privati, finché le loro parole non erano sfociate in azioni. Uno zoccolo duro di nuovi attivisti era stato reclutato in segreto tra membri della polizia, dei servizi segreti, della pubblica amministrazione, dell'esercito e dell'industria. Talos era diventato il punto di riferimento ideologico, Christos quello finanziario.

Talos era un anticomunista di vecchia data, la cui lunga carriera nei servizi segreti era stata dedicata a sradicare la tentacolare influenza di Mosca dalla politica greca. Il problema, diceva ai suoi seguaci, era che i movimenti di estrema destra erano troppo concentrati sugli aspetti negativi della società greca. Lui odiava gli immigrati - in particolare la nuova ondata di siriani, afghani e iracheni - almeno quanto li odiavano i teppisti dell'ala dura che brulicavano per le strade del Paese, ma i neonazisti e gli skinhead non erano portabandiera all'altezza della sua lotta. Secondo Talos, il modo migliore per rendere accettabili i programmi dell'estrema destra era insistere ossessivamente sui suoi aspetti positivi. Era necessario esaltare l'orgoglio nazionale greco. «I turisti amano il nostro Paese per il suo patrimonio unico al mondo. Ma noi greci, e i giovani in particolare, apprezziamo a dovere il nostro patrimonio? Siamo impantanati nella palude dell'UE, ma siamo prima di tutto greci, e solo dopo europei», diceva. Fanatismo e orgoglio nazionalista: era quella la chiave. «Solo coniugando i trionfi dell'antica Grecia con la stabilità incrollabile della Chiesa ortodossa si otterrà qualcosa di buono», ripeteva Talos. Dare la colpa agli immigrati funzionava per aizzare le masse, ma quella rabbia andava imbrigliata e sfruttata per elevare l'identità greca. «Possiamo librarci in volo come aquile reali, se alimentiamo il nostro orgoglio nazionale. Bisogna solo porre le basi, e il popolo seguirà», aggiungeva. Prima di tutto serviva una filosofia, poi un movimento, poi un governo fondato sulla grandezza, sull'idealismo e sulla purezza ellenici.

L'unico volto pubblico delle Aquile dorate era Pavlos Janouris, un ex funzionario in pensione. Gli altri nascondevano accuratamente la loro identità, per paura di compromettere la propria posizione sociale. Si sarebbero rivelati al momento opportuno. Janouris aveva distribuito i soldi di Christos Agnostos per finanziare vari gruppi scissionisti di estrema destra sotto l'egida delle Aquile dorate. I risultati erano stati buoni (la base stava crescendo), ma Talos era frustrato dal fatto che non ci fosse abbastanza slancio, anzi, ultimamente la situazione era addirittura stagnante. La base popolare del movimento si stava disamorando, ma ancora i militanti guardavano ai leader con i beccucci aperti, come aquilotti. E ai leader toccava il compito di riempirli, quei beccucci. C'era bisogno di un capo carismatico.

E il capo carismatico si era materializzato, ammantato di passione e ambizione. Uno degli analisti di Talos all'EYP era un giovane di nome Stelios Makris, il cui compito era monitorare i problemi di sicurezza delle frontiere causati dalla crisi dei rifugiati. Era abbastanza competente, ma continuava a punzecchiare il suo supervisore, Petros Antoniou, perché lo lasciasse infiltrarsi in una delle organizzazioni che assistevano i migranti.

Un anno prima, Petros si era presentato da Talos con una domanda. « Lo conosci quel ragazzo, Stelios, dell'ufficio migranti? »

« Sì, che mi dici di lui? » aveva domandato Talos. « Se mi stai chiedendo di dargli un incarico sul campo, la risposta è no. È troppo inesperto. »

« Non è quello. È solo che ha una nuova ragazza, molto carina. »

« Buon per lui. E allora? »

« Allora questa ragazza gli ha confidato a letto di far parte di un gruppo segreto che si fa chiamare 'Custodi del fato'. Vuole che lui ne entri a far parte. »

Talos mostrò un leggero interesse. « Si tratta di un gruppo politico? »

« Assolutamente no. Un'associazione culturale. Lei dice che sono ellenisti che si tramandano il culto dall'antica Grecia e che da duemila anni cercano qualcosa chiamato 'Michaní Pepromenou'. »

« E che diavolo sarebbe? »

« Un congegno meccanico fatto di componenti denominati 'chiavi'. Qualcosa di simile al Meccanismo di Anticitera, ma ancora più complesso. Dovrebbe predire il futuro. »

« Magia e superstizione », aveva detto Talos sprezzante. « Non vedi che sono impegnato? »

« Be', non predice proprio il futuro. I futuri disastri naturali, diciamo. »

« Cosa mi stai chiedendo? »

« Il ragazzo vuole infiltrarsi nel gruppo. »

« Per conto dell'EYP? »

« Io pensavo piuttosto per conto delle Aquile dorate. »

« Non faremo entrare Stelios Makris nelle Aquile dorate. Cos'hai in mente? »

«Se venisse trovato un altro Meccanismo di Anticitera sul suolo greco, magari intatto e non corroso, non sarebbe un bel simbolo intorno cui radunarsi, in aggiunta alla bandiera? Lasciamo che il ragazzo s'infiltri. Lasciamogli pensare che lo faccia per l'EYP. Se poi scopriamo qualcosa, possiamo usarlo per le Aquile.»

Talos sembrava divertito. «Se mi stai chiedendo di dare il permesso che Stelios Makris insegua una gonnella, permesso accordato.»

Non si era parlato più di Stelios e dei Custodi del fato per un anno, finché Petros non aveva attaccato bottone con Talos dopo una riunione di dipartimento, una settimana prima.

«Possiamo andare nel tuo ufficio?» aveva chiesto. «Voglio farti vedere una cosa.»

Talos si era seduto dietro la scrivania e, inforcati gli occhiali, aveva guardato l'immagine sul telefonino di Petros. «E questa cosa sarebbe?»

«È una foto scattata ieri da Stelios Makris a un incontro dei Custodi del fato.»

Talos sembrava perso e Petros aveva dovuto rinfrescargli la memoria sul gruppo. «A quanto pare, i Custodi del fato hanno trovato uno dei componenti della Michaní Pepromenou. Si chiama 'chiave del mondo'. Proviene da una grotta in Turchia, guarda un po'.»

«Sono felice per loro», disse Talos con sufficienza.

«L'archeologo americano che l'ha trovata ha stabilito la datazione: risale a duecento anni prima di Cristo. Guarda la mappa.»

Talos si era rimesso gli occhiali. «Sapevano delle Americhe a quei tempi?»

«No. È una mappa moderna che è stata incisa nel bronzo due millenni fa. E il sistema d'ingranaggi e la meccanica fanno supporre che sia stata realizzata dagli stessi artigiani che hanno realizzato il Meccanismo di Anticitera. Questa ipotesi è stata confermata da una donna di nome Eleni Lillakis, la direttrice dell'Istituto di Anticitera. È difficile vederlo dalla foto, ma le iscrizioni sono in greco antico.»

«Sembra impossibile.»

«Invece è così. Ho fatto dare un'occhiata a Nikos; lo conosci, è uno dei nostri crittografi, un vero genio. Mi ha detto che, se non è una bufala moderna, è il manufatto più importante che sia mai stato ritrovato.»

«E...» aveva detto Talos, sollecitando con un gesto Petros a giungere a una qualche conclusione.

«E i Custodi del fato hanno assoldato questo archeologo americano di Harvard perché li aiuti a trovare il resto della Michaní Pepromenou.»

Talos aveva guardato di nuovo la foto, ingrandendo l'immagine con le dita. «Okay, di' a Stelios di continuare a monitorare la situazione. E fallo pure entrare nelle Aquile dorate. È di buona famiglia?»

«Sono persone rispettabili.»

«Va bene. Se pensi che possa fare al caso nostro, lo inviterò alla cena della prossima settimana.»

Le Aquile dorate erano già al dessert quando Petros arrivò, scusandosi per il ritardo.

«Vedo che Talos ti tiene al guinzaglio corto», commentò Christos con la bocca piena.

«È pur sempre un miglioramento rispetto al collare a strozzo», rispose Petros, assecondandolo. «Capo, posso parlarti un momento?»

Si appartarono in un angolo, dove Talos chiese un aggiornamento.

«Ho appena saputo dalla dogana dell'aeroporto che Eleni Lillakis è partita per la Turchia questa mattina, sullo stesso volo di David Birch.»

«Perché Stelios non ce l'ha detto?» chiese Talos.

«Gliel'hanno tenuto nascosto. L'irruzione a casa di Yiorgos Lillakis li ha spaventati, e adesso non si fidano di nessuno. Nessuno dei due ha imbarcato valigie e i loro bagagli a mano sono stati scansionati ai raggi X come al solito. Ne possiamo dedurre che la chiave del mondo sia ancora ad Atene.»

«Siamo sicuri che non abbiano trovato la terza chiave in Inghilterra?»

«Loro hanno detto di no, ma Stelios non è sicuro che siano sinceri. Adesso è tornato a casa Lillakis a fare da baby-sitter a Yiorgos.»

«Se lei è andata con lui, sono a caccia della quarta chiave.»

Christos si avvicinò furtivamente, infilò la grossa pancia tra loro e mise le braccia intorno al collo di entrambi. «Signori. Se state parlando di affari dell'EYP, me ne vado. Ma, se si tratta di affari delle Aquile, voglio sapere.»

Talos aveva abbastanza vino in corpo per dare una risposta imprudente. «E se ti dicessi che potremmo entrare in possesso di un'invenzione greca in grado di predire con incredibile precisione la posizione e il momento in cui si verificheranno terremoti, eruzioni vulcaniche, inondazioni, epidemie e così via? Quali ripercussioni avrebbe questo sull'orgoglio greco? Quali ripercussioni avrebbe sulla nostra posizione nel mondo? Quali ripercussioni avrebbe sulle Aquile come forza politica?»

«Immagino tu non stia scherzando, perché non ti ho

mai sentito fare una battuta prima d'ora», osservò Christos.

«Sono serissimo.»

«Allora ti dico che ci ritroveremmo catapultati tra le grandi potenze mondiali e che domineremmo le prossime elezioni parlamentari. Ci permetterà di avere il controllo delle informazioni e d'imporre dazi agli altri Paesi?»

«Questo si vedrà. Per prima cosa, dobbiamo mettere insieme tutti i pezzi. Però stammi a sentire, Christos: tieni la bocca chiusa con tutti, commensali presenti inclusi», disse Talos.

«Certo. Anche quando mi verrà da sorridere, lo farò a bocca chiusa.»

Erano una buona squadra e lavoravano bene insieme. David usava il piccone ed Eleni spalava le pietre di lato, creando un mucchio ordinato.

«Hai già le vesciche?» le chiese lui.

«Un numero sufficiente. Mi vergogno a dire che non faccio mai lavori manuali, nemmeno di giardinaggio. Mia madre cercava di convincermi a unirmi a lei quando sistemava le aiuole e, ogni volta che mi rifiutavo, diceva: 'Non sei figlia mia'.»

«Smettila di spalare prima che comincino a sanguinare», si raccomandò lui.

«Non ci penso proprio. Mi dà troppa soddisfazione.»

Lavorarono fino a notte fonda, e a mano a mano la buca si faceva sempre più profonda e il mucchio di detriti sempre più alto.

David stava per fare una pausa per bere, quando il piccone si conficcò fino al manico. «Ci siamo», annunciò.

Lei diede un'occhiata. «Oh, wow. E adesso?»

« Allarghiamo il buco. Parte delle macerie cadrà dentro. Per limitare i danni, facciamo in modo di spalarne quante più possibili. »

Scavarono e spalarono per un'altra mezz'ora finché il buco non fu abbastanza grande da farci passare la testa e le spalle.

David si mise a pancia in giù, strisciò fino al buco e chiese una torcia.

« Sta' attento. Devo tenerti stretto? » domandò lei.

« Sarebbe una grande idea, in tutti i sensi », disse lui, calandosi dabbasso.

Lei stava ancora ridacchiando, quando sentì la sua voce echeggiare da sotto.

« Oddio! »

20

Isola di Anticitera, 212 a.C.

«Nuotiamo da questa parte», urlò il comandante della *Delfi* sopra il fragore della tempesta. «Verso nord. Altrimenti, ci troveremo in mezzo ai romani.»

Ilias era un nuotatore provetto e, benché stesse trasportando un sacco galleggiante, riusciva a stare dietro ad Alexandros senza difficoltà.

Nuotarono per un'ora nel mare mosso procedendo paralleli alla riva, quando Alexandros fece segno che era ora di avvicinarsi alla spiaggia. Raggiunsero la terraferma esausti, e si sarebbero volentieri fermati a riposare sulla sabbia soffice, se non li avesse spinti il bisogno di nascondersi tra gli alberi.

Tesero le orecchie per cogliere le voci dei romani, ma sentirono solo il rumore del vento e la pioggia sferzante.

«Ho tantissima sete», dichiarò Ilias.

«Allora apri la bocca, ragazzo», disse il rugoso comandante, spalancando le mascelle e accogliendo a sua volta la pioggia sulla lingua. «Zeus ti sta donando tutta l'acqua di cui hai bisogno.»

Ilias si appoggiò a un albero, il viso rivolto alla pioggia, e pregò che i suoi compagni fossero sopravvissuti.

Alexandros sembrò leggergli nel pensiero. «Voi ragazzi siete stati scelti perché siete giovani e forti nel corpo e nello spirito. Sono sicuro che gli altri sono riusciti ad arrivare a terra.»

«Mi auguro che sia come dici.»

Il comandante sfiorò il sacco con il piede. «Queste macchine... nessuno mi ha detto a cosa servono, solo che ero incaricato di portarvi in Anatolia. Tu ne sai qualcosa?»

«So che sono un dono che gli dei hanno fatto agli uomini per sconfiggere la crudeltà del fato.»

Alexandros chiuse gli occhi. «Sembrano importanti.»

Dormirono nella boscaglia fino alle prime luci dell'alba, quando furono svegliati da alcune voci sulla spiaggia.

«Ascolta... Sono greci. Sono i miei uomini!» esultò Alexandros.

Presto si ritrovarono in otto e presero a raccontarsi a vicenda di com'erano sopravvissuti mentre avanzavano verso nord, sotto la guida di Alexandros che conosceva bene l'isola.

«C'è un'insenatura riparata con un piccolo villaggio», disse. «Lì le donne sono delle vere bellezze, con occhi verdi e fluenti capelli corvini. Quest'idea dovrebbe mettervi le ali ai piedi! I mercantili greci vi fanno scalo di frequente, per fare scorta di acqua e cibo e permettere ai marinai di godere della compagnia delle macedoni. Ne aspetteremo uno che faccia al caso nostro.»

«Intanto noi c'intratterremo con le donne», aggiunse un soldato di marina.

Le radici che raccolsero lungo il cammino bastarono a placare la fame, ma gli uomini erano in condizioni pietose quando arrivarono al villaggio: pieni di punture d'insetto e con braccia e gambe sanguinanti per i rovi. I macedoni li sfamarono e diedero loro un letto. Ilias fu accolto in una casa di pietra, dove una vedova faceva del suo meglio per crescere i figli da sola. La maggiore, Acantha, era una delle bellezze dai capelli corvini che Alexandros aveva decantato e riservò mille attenzioni al guardiano dalle lunghe membra e dai ricci schiariti dal sole.

Non si vide nessun mercantile greco prima di due settimane e, durante quel pigro intervallo, Ilias e Acantha s'innamorarono. Una notte, mentre erano abbracciati sulla spiaggia, lei gli chiese cosa portasse nel sacco da cui non si separava mai.

« La salvezza dell'umanità », rispose lui.

« Tutto qui? » disse lei, baciandolo.

Ogni mattina Ilias scendeva in spiaggia alla ricerca di Agapitos, Loukas, Stephanos e Kosmas, ma quelli non arrivavano mai.

Con una negoziazione agevolata dal denaro nel borsellino di Ilias, Alexandros convinse il comandante di un mercantile di offrire loro un passaggio per l'isola di Chio. Quando fu il momento di salpare, Acantha pregò Ilias di portarla con sé e lui accettò con entusiasmo. Alla partenza, diede alla madre della ragazza un tetradramma, rendendola all'istante la donna più ricca del villaggio.

Mentre la nave lasciava l'insenatura e s'inoltrava in mare aperto, Alexandros cercò di consolare il guardiano affranto. « Non è detto che i tuoi compagni siano perduti », gli disse. « Le correnti potrebbero averli spinti fino a Creta. E questo tratto di mare è solcato da navi amiche, pronte a soccorrere i naufraghi. Se gli dei vorranno, li troverai a destinazione ad aspettarti a braccia aperte. »

Durante la traversata, Alexandros e gli altri uomini della *Delfi* parlarono tra loro e decisero di chiedere a Ilias di unirsi alla sua missione.

« Siamo diretti in una terra straniera e inospitale », rispose lui. « Ci sono già stato. È una landa desolata, rossa come il sangue e lontana dalle acque che voi lupi di mare amate tanto. »

« Siamo con voi e con Zeus », disse Alexandros. « Ora e per sempre. »

Chio fu solo una tappa intermedia. Da lì fu semplice organizzarsi per attraversare lo stretto fino a Smirne, dove comprarono cavalli e provviste per il viaggio via terra. Ilias insegnò ad Acantha a cavalcare e fu una giornata piena di allegria. Ma da lì in avanti il tragitto fu duro. In Galazia un giovane rematore fu morso da un serpente e morì. Tutti ebbero la dissenteria per il cibo avariato. Nella prima città della Cappadocia in cui arrivarono, un soldato e un marinaio s'invaghirono di due giovani persiane e chiesero a Ilias i soldi necessari per comprarle come mogli.

Quando finalmente arrivarono a Derinkuyu, i greci e le loro donne rimasero incantati davanti alle profonde gole rossastre e alle singolari formazioni rocciose simili a funghi che punteggiavano il paesaggio. Ilias li condusse fino a una casa di pietra abbandonata ai margini del villaggio e dichiarò che erano giunti a destinazione.

« Qui, amore mio? » chiese Acantha delusa.

« Non farti ingannare dalle apparenze », disse lui.

Accesero le torce e discesero in un mondo bizzarro oltre ogni dire, fatto di cunicoli, stanze, cisterne e profondi condotti di aerazione.

« Sono stati gli dei a costruire tutto questo? » domandò Acantha, toccando le fredde pareti vulcaniche.

« No, sono stati gli uomini », spiegò Ilias.

«Tu e i tuoi amici?»

«No. Uomini che sono venuti molto prima di noi, in tempi antichi.»

«Perché l'hanno costruito?»

«Non sappiamo perché, ma l'Oracolo di Delfi, nella sua immensa saggezza, ci ha detto di venire qui e allestire un luogo sacro per accogliere la Michaní Pepromenou.»

«Ma perché qui?»

«Perché qui verranno gli uomini per mettersi in salvo e rendere grazie a Zeus, nostro padre. Vedrai.»

Scesero lungo grezze scalinate finché non poterono andare oltre o più in profondità.

Al livello più basso, Ilias udì qualcosa e fermò i compagni. «Andrò avanti io», disse, estraendo il pugnale. «Voi aspettate qui.»

«Prego che siano amichevoli», disse Alexandros. «Prego che i tuoi compagni ti stiano aspettando.»

Ilias avanzò furtivamente, lasciando il suo prezioso sacco al comandante. All'ingresso dell'ultimo cunicolo, si mise in ascolto, ma era tutto silenzioso. Si mosse a passi lenti, alzando la testa verso la trappola che era ancora in costruzione, l'ultima volta che l'aveva vista. Il suo pesante carico metteva a dura prova le corde che la tenevano sospesa.

All'improvviso, un uomo robusto, armato di piccone, comparve all'estremità del cunicolo. Si precipitò avanti per posizionarsi sotto la trappola e gridò: «Chi va là?»

Rendendosi conto che parlava greco anziché persiano, Ilias gridò allegramente in risposta: «Sono Ilias di Delfi, emissario dell'Oracolo, guardiano della Michaní Pepromenou».

«Gloria a Zeus! Sei arrivato!» esultò l'altro.

La gioia di Ilias si dissolse dopo aver chiesto se anche i suoi compagni guardiani fossero arrivati.

« No, mio buon signore. Tu sei il primo », fu la risposta.

Ilias guidò Acantha e gli altri attraverso l'ultimo cunicolo. Tutti ebbero bisogno di una buona dose d'incoraggiamento per convincersi a passare sotto la trappola sospesa. Dopodiché entrarono in una grande stanza, dove un gruppo di artigiani e soldati di Delfi li accolse con vino e pane.

Insieme parlarono, risero e bevvero alla luce tremolante di torce e candele di sego. Nessuno dei compagni di Ilias ebbe il coraggio di porre la domanda che tutti avevano in mente finché Alexandros, con la gola ben lubrificata dal vino, non disse: « È questa la nostra destinazione finale? Questa stanza vuota è il luogo in cui dovremmo rendere gloria al nostro signore, Zeus? »

« Non qui, amico mio », rispose Ilias. « Là sotto. »

I carpentieri sollevarono una tavola quadrata dal pavimento e la posarono da parte.

Ilias guardò in basso verso la lunga scala di legno. La luce delle candele che ardevano a terra gli danzava negli occhi.

Il caposquadra, un mastro di nome Helios, gli diede una pacca sull'ampia schiena e disse: « Quando sei venuto qui l'ultima volta, hai dovuto usare la fantasia per immaginare la nostra creazione. Adesso ti basterà usare gli occhi ».

Ilias mise un piede sulla scala e iniziò a scendere, con il sacco sulle spalle. Saltò giù dall'ultimo piolo, dando la schiena alla sala, e si girò per avere una visuale completa. La prima reazione fu di sbigottimento: sussultò e si protesse gli occhi dallo splendore. Poi cadde in ginocchio e si prostrò, piangendo come un neonato. Quando si fu ricomposto, aprì il sacco e depose la chiave degli dei nel suo santuario e luogo di riposo.

Gli uomini greci e le loro mogli macedoni e persiane formarono una comunità alla periferia del villaggio di Derinkuyu. I celibi, tra cui il vecchio Alexandros, presto sposarono donne della Cappadocia e, in breve tempo, la comunità si riempì di bambini.

Ilias continuava ad aspettare. Non passava mattina senza che entrasse nelle grotte per vedere se Agapitos, Loukas, Kosmas o Stephanos fossero arrivati durante la notte. Un anno divenne due anni, due divennero tre, tre quattro, quattro cinque. Alla fine del quinto anno, la pazienza della comunità iniziò a scemare e gli uomini chiesero ad Alexandros di far ragionare Ilias.

Un pomeriggio, con il sole arancio basso nel cielo, i due uomini s'incamminarono sulla terra rossa vicino all'accampamento.

« Amico mio », esordì Alexandros, « vorremmo rivedere la Grecia prima di morire. Alcuni di noi, come te, sono abbastanza giovani da avere ancora familiari in vita. Non vorresti tornare a Delfi e mostrare i tuoi bei figli e tua moglie a tua madre e tuo padre? »

« Sarebbe un sogno », rispose Ilias, « ma sarebbe un sogno anche vedere tutte le chiavi riunite e la promessa della Michaní Pepromenou mantenuta. »

« Sono passati cinque anni, un tempo sufficiente per arrivare qui. Temo che gli altri siano morti la notte in cui la tempesta si è abbattuta al largo di Anticitera, o per mano dei romani o in una terra lontana, mentre tentavano di raggiungere questo luogo. Temo che le altre chiavi siano andate perdute. Vai a cercare l'Oracolo. Raccontagli cos'è successo. Forse può scegliere un altro mortale in grado di costruire una seconda Michaní Pepromenou. »

« C'era un solo Archimede, e sappiamo entrambi che ormai è morto. L'Oracolo stesso ha detto che nessun altro uomo sarebbe stato in grado di creare una simile meraviglia. »

« Ascolta la nostra proposta », disse Alexandros. « Formiamo una congregazione dedita alla ricerca delle altre chiavi. Devono pur essere da qualche parte. Anche se i guardiani fossero annegati quella notte, i loro sacchi sarebbero rimasti a galla e sarebbero approdati sulla terraferma. Forse non troveremo le chiavi perdute nel corso della nostra vita. Ma insegneremo ai nostri figli, e ai loro figli, e ai figli dei loro figli a proseguire la ricerca finché non saranno ritrovate. Non sarebbe questo un lascito migliore rispetto al rimanere qui tutti quanti, ad appassire e morire in questa terra straniera? »

Camminarono in silenzio mentre l'aria del deserto si raffreddava e il sole scompariva. Ogni tanto Alexandros guardava il viso del suo amico e vedeva le labbra muoversi.

« Ho pregato Zeus », disse infine Ilias.

« Lo vedo. »

« Sono d'accordo con te. Torniamo nella nostra terra. Lì formeremo una congregazione. »

« Come la chiameremo? »

« I Custodi del fato. »

21

« Che c'è? » gridò Eleni. « Cos'hai visto? »

David scattò in piedi. « Qualcosa d'incredibile. Dobbiamo prendere una scala. »

« Ce n'è una nel cunicolo, laggiù », disse lei.

« Non è abbastanza lunga. Ci servirà quella che abbiamo usato per andare dal livello diciotto al diciannove. Il livello venti ti lascerà senza parole. »

Richiusero la lunga scala di alluminio, la trasportarono attraverso i cunicoli e le stanze del livello diciannove e la distesero alla massima lunghezza attraverso il buco scavato dal piccone di David.

Lui scese per primo per assicurarsi che fosse stabile, poi chiamò Eleni. « Non guardare in basso, concentrati sui pioli », le disse.

« Posso scendere e guardare allo stesso tempo », protestò lei.

« Non farlo. Cadresti. »

« Perché? »

« Per lo shock. »

David la aspettò, poi la prese per la vita, la fece girare lentamente e illuminò con la torcia la volta della stanza.

Non aveva mai visto nessuno scoppiare a piangere in modo così repentino. Eleni s'illuminò di gioia e meraviglia, come un fiore che schiude i petali al sole del mattino, e prese ad ansimare fin quasi a rimanere senza fiato. Sebbene la severa educazione protestante bandisse ogni esternazione di emozioni, anche lui fu toccato nel profondo dalla solennità di quel momento e allungò la mano verso quella di Eleni proprio mentre lei cercava la sua.

L'abbagliante colosso di dieci metri sfolgorava di sfumature oro e avorio, intervallate da tocchi di colori sgargianti. Davanti a loro, Zeus sedeva eretto sul suo trono, il torso nudo scolpito nell'avorio con una tecnica sopraffina, tanto sofisticata da evidenziare ogni increspatura dei suoi muscoli possenti. Una veste intessuta di sottili lamine d'oro copriva la parte inferiore del corpo, scendendo fino ai sandali dorati e ai piedi d'avorio. I capelli lunghi fino alle spalle erano fili aurei, sovrastati da una corona di rami d'ulivo dello stesso prezioso materiale. Nella mano destra reggeva una maestosa statua dorata della Nike alata, dea della vittoria. Nella sinistra, uno scettro d'oro sormontato da un'aquila così enorme che la punta delle ali raggiungeva la volta della stanza. Il trono d'avorio, intarsiato di gemme e decorato con incisioni di mammiferi e uccelli, poggiava su un basamento ornato da scene di corse di carri e battaglie.

Esaminando la statua alla luce della torcia, Eleni singhiozzò: « È così bella che faccio quasi fatica a guardarla ».

David annuì con espressione vacua, troppo preso dalle questioni archeologiche che la statua sollevava. Era stata costruita su un'intelaiatura di legno? Le aree a bassa densità rilevate dalle muografie erano compatibili con una sottostruttura cava in legno. Doveva essere stata realizzata sul posto. Trasportarne grandi sezioni attraverso i cunicoli sarebbe stato impossibile. Da dove provenivano le materie prime? I giacimenti d'oro abbondavano in Anatolia, ma l'avorio? Quello forse era stato importato dal Nord Africa o dall'Oriente. Che tipo di artigiani era stato necessario e in che numero? Erano state di sicuro assoldate squadre di falegnami, scultori, pittori e orafi per eseguire il progetto elaborato da un genio.

« Corrisponde alla descrizione di una delle sette meraviglie perdute: la statua di Zeus a Olimpia », disse Eleni. « Non potrebbe... »

David scosse la testa. « Tu conosci la mitologia. Ma io conosco l'archeologia. Esistono attestazioni scritte della statua nel tempio di Zeus a Olimpia fino al VI secolo d.C. Dopo quel periodo, non si trova più traccia nelle cronache né del tempio né della statua, segno che sono andati distrutti a causa di un incendio o forse di un terremoto. Se questa statua è coeva delle ossa e dei manufatti che abbiamo trovato, allora è stata realizzata almeno settecento anni prima che quella di Olimpia andasse perduta. »

« Ma corrisponde alla descrizione », insistette Eleni asciugandosi le guance.

« Allora è una copia. Fidia ha scolpito la statua di Olimpia nel V secolo a.C. Chiunque abbia realizzato questa probabilmente si è ispirato alla sua. »

Eleni camminava intorno all'imponente basamento, esaminando il colosso da tutte le angolazioni. « Ma perché qui? C'erano dei greci? »

« Sono sicuro che ci fosse qualche enclave greca in Anatolia », spiegò David. « Alessandro Magno l'ha conquistata sottraendola ai persiani nel IV secolo a.C. Dopo la sua morte, l'autorità greca sulla regione si è frammentata e hanno ripreso gradualmente il sopravvento le culture di matrice persiana. Nel periodo che c'interessa, il 200 a.C. circa, Derinkuyu era territorio persiano e non è mai emersa alcuna prova significativa di una presenza greca nella regione. Di sicuro non di una sufficientemente numerosa e influente da sostenere un culto in grado di realizzare un'opera del genere. »

« E invece ecco qui Zeus in tutta la sua gloria », notò Eleni senza fiato.

David puntò la torcia verso il resto della stanza. Ciò che vide fornì la risposta a una delle sue domande: come avevano fatto i costruttori della statua a scendere fin lì?

Su un lato, una scala di legno saliva inclinata verso un punto della volta alto circa sette metri. A guardarla bene sembrava robusta, con pioli incastrati nei montanti e fissati con spessi strati di resina.

« Guarda un po' qui », disse. « C'era un modo più facile per scendere. »

Eleni si avvicinò mentre lui illuminava la cima della scala con la torcia. « Cos'è? »

« Un portellone di legno. Vedi com'è incassato nel soffitto? È probabile che arrivi più o meno a metà della buca che ho scavato. Chissà quante volte ci abbiamo camminato sopra senza sapere che fosse lì. »

« Pensi che abbiano nascosto la scala di proposito? »

« Direi di sì. Questa statua è un tesoro d'immenso valore. E non solo dal punto di vista culturale. Pensa a tutto l'oro, l'avorio e le gemme da cui è formata! Hanno fatto di tutto per tenerla nascosta. Hanno persino costruito una trappola per schiacciare sotto le macerie chiunque si avvicinasse con intenzioni ostili. »

Eleni indicò verso l'alto e disse: « L'uomo con il piccone... stava portando il manufatto quaggiù. Stava venendo a offrire la chiave del mondo a Zeus, ma era braccato da qualcuno. Si è sacrificato per impedire che gli inseguitori prendessero la chiave e scoprissero la statua. È stato un eroe ».

David si girò e raggiunse a passo svelto la statua. « Se stava portando qui la chiave, dove intendeva lasciarla? Per terra? In grembo a Zeus? Oppure... »

« Oppure...? » disse lei, avvicinandosi.

David esaminò di nuovo la statua con la torcia, ispezionandone la superficie di avorio, oro e legno. Ci picchiettò sopra restando in ascolto, in attesa di un rumore sordo. Premette su rosette e intarsi. « Ecco! Guarda! » esclamò infine. « Vedi? »

« Intendi qui? Questa linea? »

Il basamento rivestito d'avorio era alto circa venti centimetri. Il pannello frontale in oro raffigurava la scena di un auriga che guidava un carro trainato da quattro cavalli all'inseguimento di un altro. Una sottile linea verticale attraversava il braccio dell'auriga, correndo dalla cima alla base del pannello.

David spostò la torcia a sinistra. « Eccone un'altra. »

Eleni stava già guardando oltre. « E una qui », disse.

David bussò con una nocca sul basamento, che risuonò vuoto. « Dobbiamo entrare. »

« Forse ho una limetta per unghie », disse lei.

« Rischieremmo di scheggiare l'avorio. Vuoi che mi bandiscano a vita da ogni istituto accademico del pianeta? »

Lei capì che non stava scherzando e tacque.

David fece scorrere i polpastrelli lungo il carro dorato e sorrise. « C'è un modo migliore. Dai un'occhiata qui. L'oro presenta delle scanalature perfette per infilarci le dita. »

« Sì! » disse lei, toccandole. « Provo? »

« Vai, provaci, ma piano e con delicatezza. »

Eleni infilò le dita di tutte e due le mani sopra e sotto il carro e tirò. Non accadde nulla. Allora fece una smorfia e tirò più forte. « Non si muove », disse. « Ho le unghie troppo lunghe. Prova tu. »

David infilò le dita e tirò. Ci fu un piccolo scricchiolio,

come lo squittio di un topo. Tirò di nuovo e un segmento lungo circa un quarto del fregio slittò in avanti di un centimetro. Con un altro strattone, aprì un cassetto alto circa venti centimetri e lungo trenta.

Eleni illuminò l'interno con la torcia e imprecò in greco. Era vuoto.

« Proviamo con il prossimo », propose David, individuando le scanalature sui cavalli alla sinistra del carro. Stavolta il cassetto si aprì più facilmente, ma anche quello era vuoto.

Le scanalature per il terzo cassetto si trovavano sul secondo carro; stavolta aprirlo fu più difficile e, sebbene laggiù facesse freddo, David era madido di sudore quando finalmente ci riuscì.

« Ne manca solo uno », disse, puntando il cassetto più a sinistra. David tirò fino a temere di strapparsi le unghie, ma quello non si mosse.

« Forse dovresti prima sfilare il cassetto accanto », suggerì Eleni.

Era una buona idea. David ci provò, quindi cercò un appiglio sul lato del cassetto incastrato, ma il pannello di legno era liscio. Diede un colpetto con il pugno, sperando di farlo cedere appena, quindi un altro strattone alle scanalature dorate. Alla fine il cassetto si mosse.

« Alleluia! » esclamò.

Eleni gli strinse il braccio mentre il cassetto si apriva con uno stridio, e finalmente eccola lì.

Tremando, Eleni la sollevò.

Era più piccola delle altre chiavi, più semplice nell'aspetto, ma non meno bella: un parallelepipedo in cipresso con dui fori sui lati, quello a sinistra più grande di quello a destra. Come le altre chiavi, anche quella aveva una piastra di bronzo, ma, invece di presentare quadranti, lancette o cilindri, recava incisa una sola immagine: la statua di Zeus che avevano di fronte. Nel cassetto c'era anche qualcos'altro, una custodia di cuoio lunga circa venti centimetri. David ne allentò i cordoncini ormai consumati e tirò fuori una manovella di bronzo con il manico di legno e due aste anch'esse di bronzo.

« La chiave degli dei », sussurrò Eleni. « David, abbiamo la Michaní Pepromenou. »

22

Erano troppo su di giri per dormire. Si sdraiarono sullo stretto lettino singolo di David in albergo, la chiave degli dei posata su un cuscino tra loro.

« Non mi piace l'idea di non aver ricoperto il buco », disse Eleni, osservando le foto che aveva scattato alla statua. « Lo troveranno. »

« Non c'era modo di farlo senza inconvenienti », osservò lui. « Se avessimo provato a riempirlo, le macerie sarebbero passate attraverso. Avremmo dovuto costruire una qualche struttura di legno per contenerle, ma se l'avessimo fatto a quest'ora saremmo ancora laggiù. Inoltre, non appena arriveranno i nuovi archeologi da Ankara, inizieranno a scavare proprio lì. Me l'ha detto Mazhar. »

« Cosa ne faranno della statua? »

« Dovranno lasciarla al suo posto, magari costruirci intorno un museo. Non sarà una decisione semplice. È un'opera spettacolare, ma è greca. Non tutti in Turchia ne saranno entusiasti, tantomeno il mio ex finanziatore. »

« Posso dirlo a mio padre? »

« Della statua o della chiave? »

« Di entrambe. »

« Non puoi aspettare di vederlo? »

Eleni fece il broncio. « Ti prego! Prima mia madre, poi l'irruzione in casa... ne ha passate tante. Vorrei almeno regalargli un momento di felicità. »

« Cosa vuoi dirgli? »

«Solo una parola: 'Sì'. E l'orario del nostro arrivo domani.»

«Niente foto?»

«Niente foto.»

«Okay, fai pure. Vorrei avere anch'io qualcuno cui non vedo l'ora di raccontare tutto.»

«Hai detto che tua madre è ancora viva.»

Lui si lasciò sfuggire un sospiro ed Eleni gli accarezzò il petto.

«Non ci parliamo molto. Mia sorella era la sua prediletta, mentre non ha mai capito né tollerato i comportamenti immaturi di un adolescente maschio. Quando Trish è morta, si è chiusa in sé stessa. Non è stata più lei, dopo.»

«Non è stata orgogliosa di ciò che hai realizzato?»

«A parole sì, ma, appunto, solo a parole.»

«E tuo padre?»

«Lui era sempre arrabbiato. Lo faceva arrabbiare mia madre. Lo facevo arrabbiare io. Lo faceva arrabbiare il suo capo. È stato sempre così fino al giorno della sua morte. Non ha mai capito perché non desiderassi un lavoro più remunerativo di quello di docente.»

«Mi dispiace», disse Eleni. «Mia madre era una donna meravigliosa in ogni senso. E anche mio padre lo è. Quello che è successo a Iriniki mi spaventa a morte. Grazie a Zeus, ci sono Stelios, Nikolaos e Konstantinos lì con lui.»

«Sì, meno male.» David fece una pausa prima di aggiungere: «Mi fa ridere quando ringrazi Zeus o gli dei».

Lei si fece seria. «In che senso ti fa ridere?»

«Oh, cavolo, ho fatto una gaffe. Non volevo urtarti. È solo che, dopo aver sentito 'grazie a Dio' per tutta la vita, mi faceva strano sentire 'grazie agli dei', tutto qui.»

«Ti 'faceva'? Adesso non più?»

«No. Adesso non mi fa più tanto ridere. Anzi, dopo stasera, ha assunto tutto un altro valore.»

La serietà di Eleni si sciolse in un sorriso. «Ottimo, tutto un altro valore. In senso accademico? Spirituale?»

«Dal punto di vista accademico, senza dubbio! Potrei non riuscire mai a pubblicare nulla di tutto questo, ma è sicuramente il punto più alto della mia carriera; della carriera di chiunque.»

«La settima meraviglia perduta del mondo. Una voce spuntata dalla lista.»

«Se non la settimana meraviglia, una sua cugina di primo grado.»

«E dal punto di vista spirituale?»

David si girò sulla schiena e studiò il soffitto. «In quel senso è più complicato. Sto ancora elaborando.»

«Ne hai ben donde. Però hai visto che la nostra tradizione orale era corretta? Abbiamo cercato la Michaní Pepromenou per oltre duemila anni e ora, grazie a te, l'abbiamo trovata.»

«Grazie a te più che a me.»

«Okay, grazie a entrambi, ma, ora che ce l'abbiamo, cosa ti dice questo sulle nostre convinzioni?»

Lui ridacchiò. «Ho come l'impressione che qualcuno mi voglia convertire a tutti i costi.»

«Nessuno ti vuole convertire. Voglio solo vedere se hai aperto gli occhi. Noi non facciamo proselitismo. Non bussiamo alle porte. Le persone ritrovano la nostra fede negli alberi e nelle montagne, nel mare e nella terra. Gli dei sono presenti in ogni aspetto della natura. Noi non diciamo ai fedeli di altre religioni che le loro credenze sono sciocche o che i loro dei non esistono. Ma i nostri dei hanno fatto un dono al mondo e ora lo abbiamo trovato. Quando collegheremo le chiavi, sapremo quali pericoli ci attendono.»

«A tuo padre l'ho detto, cosa ci vorrebbe per trasformarmi in un credente.»

«Lo so. Vorresti trovare conferma dei disastri passati usando la Michaní Pepromenou.»

David si girò di nuovo verso di lei. «Ti hanno mai detto che sei una donna intelligente?»

«Tutti quelli che incontro», rispose lei con un sorriso compiaciuto. «Senti, io mi alzo. Tanto non dormiremo mai.» Lo scavalcò, indossò una maglietta e aprì il suo portatile sulla scrivania.

«Cosa fai?» le chiese lui.

«La Michaní Pepromenou non servirà a niente se non troviamo prima il modo di convertire le date dell'antico calendario greco in quelle del moderno calendario gregoriano. Provo a mettere a punto un programma di conversione.»

«Come?»

«Ti basta saperlo in generale o devo entrare nello specifico?»

«In generale, per il momento. Sono troppo stanco per i dettagli.»

«Okay», iniziò lei con entusiasmo. «Per prima cosa, dobbiamo considerare il ciclo delle Olimpiadi. Questo è facile perché sappiamo che la prima Olimpiade cadde nel 776 a.C. Poi dobbiamo tener conto del fatto che l'antico calendario greco era lunisolare, il che significa che i mesi si basavano sulle fasi lunari, ma venivano aggiunti mesi supplementari per sincronizzare l'anno solare. Il passo successivo è più complicato. Le diverse città-Stato avevano sistemi di datazione diversi, per cui l'anno iniziava in momenti differenti. Per alcune città-Stato iniziava a metà inverno, per altre a metà estate. Poi c'è il problema dell'intercalazione.»

«Ah, certo, l'intercalazione! Lo dico sempre anch'io che è un problema serio», scherzò David.

«Con l'intercalazione non si scherza», disse Eleni, facendogli l'occhiolino. «Anche le regole sull'aggiunta del mese extra per adattare l'anno del calendario lunare a quello solare variavano tra le diverse città-Stato. Secondo la tradizione, il progetto per la Michaní Pepromenou proveniva dall'Oracolo di Delfi, quindi darò per scontato che la macchina si basi sul sistema delfico. Potremo verificare se questa ipotesi è corretta facendo dei test a ritroso. Ma, per sicurezza, prenderò in considerazione anche il sistema di Atene, dato che era la potenza principale della regione. Basterà aggiungere un set di script supplementari all'algoritmo principale.»

«E scriverai un programma in grado di fare tutto questo prima di lasciare l'hotel?»

«Non essere sciocco. Dovrò finire di lavorarci in aereo.»

Durante il volo per Atene, tra un pisolino e l'altro, David ogni tanto si svegliava e vedeva Eleni digitare sulla tastiera. Quando lo scossone dell'atterraggio lo ridestò definitivamente, la trovò con la testa appoggiata sulla sua spalla.

«Ehi, siamo arrivati», le sussurrò all'orecchio.

Lei sbatté le palpebre e disse: «Stavo riposando un attimo».

«Lo vedo. Hai finito?»

«I miei amici programmatori l'avrebbero infiocchettato di più, ma se non altro funziona.» Controllò il telefono e vide che suo padre aveva risposto al messaggio che gli aveva inviato a mezzanotte.

Mi scoppia il cuore.

Eleni gli mandò un'emoji e la parola: Atterrati.

Yiorgos fu rapidissimo a rispondere.

Stelios sta venendo a prendervi, vi aspetta fuori dagli arrivi.

Non serve. Prendiamo un taxi.

Ha insistito. Anche a lui scoppia il cuore. Aveva un giorno libero dal lavoro.

Glielo hai detto?

Gli ho detto solo « sì », la bellissima parola che hai usato tu.

Oh, papà. Non avresti dovuto. Nottata tranquilla?

Sì, tutto a posto.

La valigia di Eleni arrivò sul nastro trasportatore prima che lei e David avessero il tempo di preoccuparsi. Lei sbirciò dentro. La chiave era imballata a dovere.

« Come sta la nostra bambina? » chiese David.

« È pronta a incontrare le sue sorelle. »

Rimasero sul marciapiede fuori dagli arrivi per qualche minuto, in attesa che Stelios apparisse, finché Eleni, colta dall'impazienza, non gli telefonò.

« C'è un sacco di traffico », si giustificò lui. « Sarò nel parcheggio tra cinque minuti. Ce l'avete con voi? »

« No comment », disse lei con leggerezza.

« Dai! Hai scritto di sì. »

Eleni sentì un clacson in sottofondo e si raccomandò: « Ehi! Tieni d'occhio la strada. Ti aspettiamo fuori ».

Anche il telefonino di David squillò, e lui lo prese per verificare di chi si trattasse.

Non erano molte le persone cui avrebbe risposto in quel momento, ma Mazhar era una di quelle. *Ha trovato il buco,* pensò. *Ha trovato la statua.*

« Mazhar. Ciao. »

« Dov'è il manufatto? » fu il brusco saluto del geologo.

Strana come prima domanda, pensò David. « Dove sei? »

« Ad Ankara, a sistemare i dettagli del nuovo accordo di collaborazione con Oguz e a trovare un nuovo archeologo. »

« Non c'è nessuno allo scavo? »

« No, perché me lo chiedi? »

David aveva trattenuto il respiro e lo lasciò andare con sollievo. Non era ancora arrivato il momento della resa dei conti.

« Niente, così », rispose.

« Il manufatto, David... dimmi dov'è. »

« È ancora in Grecia. Lo restituirò presto, te lo prometto. Manca poco, sono quasi riuscito a decifrarlo. Non vedo l'ora di aggiornarti. Hai convinto Oguz a tornare sui suoi passi? Devo continuare a lavorare sul progetto. Tra poco questa storia sarà sulla bocca di tutti. Avete bisogno di me e avete bisogno delle risorse di Harvard per mandarlo avanti. »

« Purtroppo il tuo tempo è scaduto ieri. Non ho nemmeno provato a fargli cambiare idea, perché ormai siamo ben oltre quel punto. Ti chiamo per dirti che ieri ho segnalato la tua fuga alla polizia. È stato emesso un mandato di cattura nei tuoi confronti. E, visto che non ti trovi più in Turchia, stanno lavorando con l'Interpol per emettere un mandato internazionale. Mi dispiace, ma è così che stanno le cose. Ti esorto a restituire il manufatto turco alla Turchia. Addio. »

Eleni si accorse subito di quanto David fosse contrariato, e si fece raccontare tutto.

« È colpa mia », commentò in tono cupo. « Ti ho messo io nei guai. Che ripercussioni avrà sulla tua carriera accademica? »

« Non ne ho idea. Me ne preoccuperò a tempo debito. Ma non è colpa tua. Mi sono cacciato io in questo pasticcio e sono contento di averlo fatto. » Le rivolse un sorriso malizioso. « È stata un'avventura pazzesca, no? »

« La migliore di sempre. »

« Adesso che hai sentito la brutta notizia, vuoi sapere la bella? » disse David, riponendo il cellulare. « Se lascio la Grecia, verrò arrestato all'aeroporto. Quindi sono bloccato qui con te. »

Lei gli passò un braccio intorno alla vita e disse: « Questa parte mi rende felice. Pochi giorni fa non sapevo neanche della tua esistenza, e adesso non riesco a immaginare la mia vita senza di te. Torniamo a casa e vediamo cosa ci riserva il fato ».

L'aeroporto era affollato di persone che accompagnavano o venivano a prendere i passeggeri. Mentre aspettavano fuori dagli arrivi, David chiese a Eleni che tipo di macchina dovesse cercare.

« Una Toyota rossa. Piccolina. Anzi, eccola lì. »

Stelios si fermò accanto al marciapiede e aprì la portiera dall'interno. « Vi serve il bagagliaio? » chiese.

« No, viaggiamo leggeri », rispose Eleni.

« Salite. »

« David, vuoi andare tu davanti? » chiese Eleni.

« No, vai tu », disse lui, aprendo la portiera posteriore e sistemando il borsone sul sedile.

Anche Eleni salì a bordo, salutando Stelios con un bacio di circostanza.

« È questa? » chiese Stelios, toccando la borsa sulle sue ginocchia.

« Sei incorreggibile », rise lei.

Stelios smise di sorridere. « Lo prendo per un sì. »

David era ancora mezzo dentro e mezzo fuori dall'auto quando vide la pistola argentata puntata contro di lui. All'inizio pensò che fosse una specie di scherzo.

« Esci dalla macchina », gli intimò invece Stelios. « Non voglio sparare, ma lo farò se sarò costretto. Non provare a chiamare la polizia. Se vedo che mi segue... »

« Ma che fai? » strillò Eleni.

La mano di Stelios tremò. « Sta' zitta o ti becchi una pallottola. »

Eleni fece per mettere la mano sulla maniglia della portiera, ma Stelios le strappò la borsa dalle gambe e aggiunse: « Togli la mano da lì o sparo, te lo giuro ». Quindi si girò di nuovo verso David.

« Eleni... » iniziò a dire lui, indeciso sul da farsi.

Stelios armò il cane della semiautomatica.

« Fai come ti ha chiesto », supplicò Eleni.

David indietreggiò.

« Chiudi la portiera. Ecco, bravo », disse Stelios, premendo sull'acceleratore.

David rimase fermo sul marciapiede, immobile. Poi fece qualcosa che non era affatto da lui. Per via del fisico atletico e muscoloso, la gente spesso era portata a pensare che fosse un uomo d'azione, magari un ex pugile, un lottatore o un giocatore di football. Ma David non era mai stato nessuna di queste cose. Non aveva mai preso parte a una rissa, nemmeno alle elementari. Non aveva mai impugnato una pistola, figurarsi sparato un colpo.

Prendeva sempre le decisioni in modo misurato e riflessivo e non era affatto incline alla collera. Se avesse avuto il tempo di rifletterci, lui stesso si sarebbe stupito di quanto quell'ondata travolgente di rabbia gli fosse venuta spontanea, come un respiro.

Dietro di lui c'era una Mercedes coupé bianca, il cui conducente stava aiutando la moglie a caricare le valigie nel bagagliaio. David si avvicinò all'auto accesa, salì a bordo e partì senza dire una parola né degnare di uno sguardo la coppia che balbettava incredula nello specchietto retrovisore.

La strada che portava fuori dell'aeroporto s'immetteva nell'autostrada E94 in direzione della città. David vide la Toyota scomparire in lontananza e accelerò. Il traffico era intenso e non fu facile destreggiarsi tra le auto. Non aveva un piano; il suo unico obiettivo era non perdere di vista Eleni. Il resto era secondario. Non poteva nemmeno chiamare la polizia: il suo cellulare era rimasto nella Toyota.

Eleni era troppo arrabbiata per piangere. « Perché stai facendo questo? »

« Devi stare zitta », le intimò Stelios.

« Chi sei? Chi sei veramente? Ti abbiamo accolto tra noi. Lexi è pazza di te. »

« Lexi è una stupida, e voi siete un branco d'idioti in tunica bianca. È un miracolo che abbiate azzeccato qualcosa su questa Michaní Pepromenou. La merda che ho dovuto sopportare... » Guardò gli specchietti retrovisori una prima volta, poi più attentamente.

« Dov'è mio padre? Gli hai fatto del male? » domandò Eleni in preda al panico.

« È a casa. Sta bene, ma non lo resterà per molto se non mi dici quello che voglio sapere. » Un'altra occhiata allo specchietto lo indusse a imprecare. « Chi cazzo è? Qualcuno mi sta seguendo! »

Eleni si girò a guardare.

Stelios imprecò di nuovo quando il suo telefonino prese a squillare. Tolse il vivavoce e ascoltò attraverso l'AirPod che aveva nell'orecchio. « Ce l'ho. E ho anche lei », specificò.

Eleni sentì una voce lontana uscire dall'auricolare e si sforzò di carpirla. « Falla parlare », sentì che diceva.

« Ci sto lavorando. Sai se c'è qualcuno che mi segue? »

« No, di che diavolo parli? » chiese Petros.

« Lascia perdere. Probabilmente non è nessuno. Dove dobbiamo incontrarci? »

« Alla villa di Christos a Ekali. Talos è già lì. Ma, per l'amor di Dio, non portarci la ragazza. »

« Certo che no. »

« Se parla, bene. Se non parla, fa lo stesso. In ogni caso, portala alla grotta. »

« Ho lasciato l'americano all'aeroporto. Cosa devo... »

« Non preoccuparti per lui. Ho appena visto che gli pende sulla testa un mandato di cattura dell'Interpol per furto di reperti archeologici. Informerò io la polizia su dove si trova. »

« Mi ha visto. »

« Allora dobbiamo assicurarci che non parli. Abbiamo amici al comando. Non sarà un problema. »

David si rese conto che stava stringendo spasmodicamente il volante e allentò la presa. La Toyota filava a gran velocità e lui rischiava di perderla di vista. Il limite era di centoventi chilometri orari e, benché lui andasse già a centocinquanta, stava perdendo terreno. Premette sull'acceleratore e cercò d'insinuarsi negli spazi vuoti fra le tre corsie. Conosceva la strada: era quella che prendeva sempre dall'aeroporto per raggiungere il centro di Atene. Il massiccio dell'Imetto sfilava alla sua sinistra. Se Stelios era diretto in città, lo svincolo che aggirava il punto più settentrionale della montagna era ormai vicino. S'infilò nella corsia di sinistra, ma subito imprecò. La Toyota aveva deviato a destra, uscendo dall'autostrada, e lui dovette tagliare la strada a un'auto per rimanere sulla sua scia. In quei momenti concitati non riusciva nemmeno a pensare all'eventualità che Stelios fosse coinvolto in ciò che era successo a Iriniki e Yiorgos, e nell'aggressione che avevano subito loro due a Nottingham. Adesso, in mente aveva solo Eleni.

Qualunque cosa gli fosse preso, Stelios gli aveva appena rapito la donna che amava.

« Dove mi stai portando? » chiese Eleni.

« In un posto sicuro », rispose Stelios. « In un posto dove possiamo parlare. »

« Parlare di cosa? Cosa vuoi? »

« Le altre chiavi. Se le ottengo, ti lascerò andare e non mi sentirai mai più. »

« Perché? »

« Perché le voglio? Per lo stesso motivo per cui le volete voi Sciroccati del fato. Non c'importa se la macchina sia capace o no di predire i disastri. Ci risulterebbe comunque utile per la propaganda. E, se per qualche miracolo funzionasse davvero, allora sarebbe tanto di guadagnato. Con quella macchina nelle mani, avremmo un immenso potere geopolitico.»

«Avremmo? E chi sareste voi?»

«Persone che amano la Grecia.»

«Non pensi che la amiamo anche noi?»

«Voi amate gli dei e le dee della mitologia, le vostre stupide fantasie utopiche e la storia antica. Le Aquile dorate amano la Grecia vera. La Grecia pura. La Grecia del qui e ora. Useremo le chiavi per restituire l'orgoglio a un Paese che ne ha troppo poco e che è infestato da troppi stranieri e parassiti. Se gli antichi greci hanno potuto realizzare macchine incredibili come questa duemila anni fa, immagina cosa possiamo fare noi ora, se sappiamo muoverci.»

«I greci hanno già una macchina incredibile risalente all'antichità. Si chiama Meccanismo di Anticitera.»

«A nessuno frega niente di quell'ammasso di rottami. Le chiavi invece sembrano funzionare. Se le presentiamo nel modo giusto, il popolo greco ne andrà pazzo.»

«E sareste questi fantomatici 'voi' e Stelios Makris a restituire l'orgoglio al popolo greco?»

«Le domande, le faccio io», ribatté Stelios agitando la pistola. «Tu limitati a rispondere. Dove le hai nascoste? Mentivi quando hai detto di non aver trovato una chiave in Inghilterra? Le abbiamo tutte quante, adesso?»

«Ho sentito cos'ha detto quel tizio al telefono», rispose Eleni scoppiando in singhiozzi. «Mi ucciderai, che io te lo dica o no.»

«Dipende da me, non da lui. Ma, se non parli, ucciderò tuo padre mentre sono a casa sua a proteggerlo. È questo che vuoi?»

Stava guidando lungo odós Iraklitou, in direzione del sobborgo ateniese di Nea Penteli. La strada a due corsie era congestionata e fu costretto a rallentare. Serrò la mascella per la tensione. Un suono di clacson lo indusse a controllare gli specchietti. « Cazzo! Mi stanno seguendo », disse.

Gli automobilisti strombazzavano contro la Mercedes bianca che, a una dozzina di auto di distanza da lui, entrava e usciva dalla propria corsia, invadendo quella opposta. Anche Eleni si voltò. Vide la Mercedes procedere a zig-zag, ma non aveva idea di chi ci fosse al volante.

David lanciò un'occhiata impassibile agli automobilisti cui stava tagliando la strada. A mano a mano che risaliva la collina, la carreggiata si restringeva e le case diventavano più grandi e con più terreno intorno. All'improvviso la Toyota rossa iniziò a imitare la sua tattica, immettendosi nella corsia opposta per sorpassare. David continuò a procedere speditamente, mentre contava il numero di auto che doveva superare e cercava nel vano portaoggetti qualcosa da usare come arma, trovando solo un paio di occhiali da sole e un manometro per pneumatici.

Davanti a lui, la maggior parte delle auto prese a svoltare a sinistra. Anche la Toyota lo fece e, pochi secondi dopo, il traffico diventò più scorrevole, come se un'arteria ostruita si fosse sbloccata e il sangue avesse ricominciato a fluire. Non appena svoltò, David capì il perché. Un furgone delle consegne che bloccava la strada era riuscito a fare inversione a U e a dirigersi nella direzione opposta. La Toyota riguadagnò terreno e David la vide, a circa cento metri di distanza, che sorpassava a tutta velocità. David premette a sua volta l'acceleratore per restarle alle calcagna.

Superate le ultime villette, la strada proseguiva sul

monte Pentelico lungo campi cespugliosi e solcati da affioramenti rocciosi. Quasi tutte le auto avevano svoltato nelle ultime strade residenziali e David si ritrovò a rincorrere la Toyota su un percorso impervio.

Eleni sapeva dove stava andando Stelios. C'era solo una grotta sul monte Pentelico: la grotta di Davelis. Nell'antica Grecia, lì si estraeva il marmo e gli adoratori di Pan andavano a celebrare i loro riti. Un pirata del XIX secolo chiamato Davelis l'aveva usata per nascondersi e gli ellenisti come Eleni vi s'incontravano per i rituali al tramonto. Al suo interno c'erano recessi profondi e oscuri dove un corpo non sarebbe mai stato trovato.

La Toyota arrivò a un bivio. A sinistra c'era la strada che scendeva dalla montagna verso l'elegante sobborgo di Ekali; a destra, la grotta. Stelios svoltò a destra e sfrecciò lungo la strada stretta e deserta.

D'un tratto Stelios vide la Mercedes invadere lo specchietto retrovisore. Era così vicina che riuscì a distinguere il volto del guidatore. « Brutto figlio di puttana », disse. « È lui. »

Eleni guardò oltre il poggiatesta e vide David al volante.

Stelios abbassò il finestrino e agitò la pistola a mo' di avvertimento. La Mercedes non rallentò. Anzi, accelerò fino a trovarsi a qualche metro di distanza. Stelios tolse il piede dall'acceleratore e, mentre la macchina rallentava, si sporse dal finestrino, puntando il braccio all'indietro, pronto a sparare.

Eleni agì d'impulso, come quando David aveva rubato la Mercedes. C'era una penna a sfera infilata nell'elastico intorno all'aletta parasole di Stelios. Eleni la prese, la strinse nel pugno e gli colpì la guancia con tutta la forza. Sentì fiotti di sangue caldo inondarle la mano.

Stelios urlò di dolore, ritrasse la pistola e schiacciò il freno sino in fondo: tutti e due finirono sballottati contro i sedili. Prima che Stelios potesse riprendersi, Eleni si era slacciata la cintura.

« Fermati! » gridò lui.

David inchiodò appena prima di tamponarli.

Vide Eleni scendere dalla Toyota. Si sporse dal lato del guidatore, urlandole di salire a bordo della Mercedes. Quando lei saltò sul sedile del passeggero, lui le disse solo: « Metti la cintura! »

I paraurti delle due auto si toccavano. David vide Stelios uscire dalla Toyota, una mano premuta contro la guancia insanguinata, l'altra stretta intorno a una pistola. Inserì la retromarcia e fece in tempo a percorrere solo pochi metri allorché un proiettile perforò il tettuccio.

Stelios risalì rapidamente a bordo e fece retromarcia a tutta velocità, schiantandosi contro la Mercedes. David perse il controllo per un istante, poi si riprese e cercò di proseguire in retromarcia sulla stradina stretta e tortuosa. C'era un tornante, che era già stato difficile percorrere in avanti; in retromarcia sarebbe stato impossibile.

« Impossibile », sbottò David, frenando bruscamente.

« Cosa vuoi fare? » gridò Eleni.

David spostò la leva del cambio, premette il piede sull'acceleratore e urlò: « Questo! »

Il motore della Mercedes in marcia avanti era più potente di quello della Toyota in retro. Tra un cigolio di lamiere e uno stridio di pneumatici, avvolta in una nube di gomma bruciata, la Toyota prese ad arretrare lentamente verso il ciglio del burrone.

Il braccio di ferro terminò quando Stelios tolse la retro, dirigendosi a tutta velocità verso la grotta.

Solo allora David frenò.

« Stai bene? Ti ha fatto male? » chiese a Eleni.

« Sto bene. Però Stelios ha la chiave. Non possiamo permettere che la porti via. »

« Ti sei accorta che ha una pistola? »

« Non possiamo permettere che la porti via », si limitò a ripetere Eleni. « Senza quella chiave, non abbiamo niente. »

Lui si lasciò sfuggire un sospiro e disse: « Cosa c'è lassù? »

« Una grotta. Questa è l'unica strada d'accesso. Voleva uccidermi e lasciarmi lì. »

David ripartì, sbandando con le gomme lisce sulla strada dissestata, finché la Toyota non apparve in lontananza. Quello che accadde dopo potrebbe riassumersi in una semplice equazione: la collera di David era più forte della sua paura.

Le due auto s'inerpicavano a tutta velocità sulla montagna, costeggiando il profondo burrone sulla sinistra.

David raggiunse la Toyota e iniziò a sorpassarla sulla striscia di ghiaia a destra. « Reggiti! » urlò a Eleni. Sterzò e colpì con forza il lato posteriore destro, costringendo l'auto di Stelios a un testacoda che la mandò a sbattere con uno schianto fragoroso contro il fianco della montagna.

La Marcedes proseguì, ma Eleni si guardò alle spalle e urlò: « È andato a sbattere! »

Allora David si fermò, fece manovra per girare l'auto e si accostò alla Toyota incidentata.

Eleni stava per uscire, ma lui urlò: « Vado io! » E saltò

fuori dall'abitacolo, prendendo un sasso da usare come arma.

Si avvicinò lentamente. L'auto era rovesciata su un fianco e c'erano vetri ovunque. Evitò di accostarsi dal lato anteriore - non lo allettava l'idea di trovarsi faccia a faccia con una pistola -, perciò guardò attraverso il lunotto posteriore.

Gli airbag del conducente si erano aperti e Stelios penzolava inerte dalla cintura di sicurezza. David non vide la pistola, ma notò il borsone di Eleni appoggiato alla portiera del passeggero. Colpì il lunotto con il sasso finché non si ruppe, poi s'infilò nell'abitacolo strisciando fino a raggiungere il borsone. Notò il rivoletto di sangue che colava dalla testa di Stelios, ma non si fermò a controllare se respirasse. Uscendo, recuperò anche il suo borsone dal sedile posteriore.

Eleni si affrettò a controllare che la chiave non fosse rimasta danneggiata, quindi trasse un sospiro di sollievo e ringraziò Zeus.

Mentre David sfrecciava a ritroso lungo la strada di montagna, lei gli disse: « Hai salvato me e anche la Michaní Pepromenou ».

« Adesso non ci resta che salvare il mondo, giusto? »

L'intenzione di David era solo di alleggerire l'atmosfera dopo la mezz'ora più traumatica della sua vita, ma Eleni lo prese sul serio.

« Sì, e dobbiamo anche sbrigarci », rispose.

23

Trovarono Yiorgos in biblioteca, e David fu colpito dall'accogliente semplicità della scena. Un professore anziano che leggeva un libro sulla sua poltrona preferita, una tazza di caffè a portata di mano, un raggio di luce pomeridiana che illuminava il pulviscolo sospeso nell'aria.

Yiorgos alzò lo sguardo e disse: « Ah, siete arrivati? Perché ci avete messo così tanto? Dov'è Stelios? »

« Oh, papà! » esclamò Eleni, correndo verso di lui.

Allarmato, Yiorgos schizzò in piedi. « Che succede? »

Lei gli gettò le braccia al collo e scoppiò a piangere.

Yiorgos si girò a guardare David. « È successo qualcosa? Avete una faccia... »

« Stelios ha cercato di ucciderci. »

Incredulo, Yiorgos chiese: « Che vuoi dire? Non ha senso. Dov'è, adesso? »

« Nella sua macchina distrutta. È ferito, forse morto », ipotizzò David.

Yiorgos accompagnò Eleni fino al divano. « Ascoltatemi bene entrambi », disse sforzandosi di rimanere calmo. « Non so cos'avete passato, ma siete sotto shock. Vi porto qualcosa da bere. Dell'acqua; o meglio ancora un brandy. »

« Acqua », disse Eleni.

« Brandy, per favore », disse David.

Yiorgos li servì e chiese: « Dovremmo chiamare la polizia? »

David sollevò il borsone di Eleni. « Se lo facciamo, dovremo fornire una spiegazione per questa... e per i reperti che abbiamo rubato in Turchia, in Germania e nel Regno Unito. »

Yiorgos fissò il borsone. « L'avete con voi? »

« Sì. Vuoi vederla? » domandò Eleni.

« Sì, ma dopo », rispose Yiorgos. « David, 'rubare' è una parola bruttissima. »

« Usiamo pure un'altra parola, resta il fatto che è illegale », disse David. « Sequestrerebbero tutto. E io ed Eleni saremmo arrestati. Chissà cosa succederebbe alla Michaní Pepromenou. Ah, e non ci dimentichiamo del furto d'auto. »

Yiorgos scosse la testa, come se stesse cercando di scrollarsi dell'acqua da un orecchio. « Furto d'auto? Cosa? Forse preferisco non saperlo. E Stelios? Se mi dite cos'è successo, magari posso aiutarvi. »

« Siamo soli? O ci sono anche Nikolaos e Konstantinos? » chiese Eleni.

« No, sono andati a lavorare. Stelios è rimasto con me finché non è venuto a prendervi. Non vi fidate neanche di loro? »

« Non mi fido di nessuno tranne di te e David », ammise Eleni.

Ascoltandoli raccontare la loro disavventura, anche Yiorgos sentì il bisogno di un provvidenziale sorso di brandy. « In macchina? Stava parlando con un altro uomo? » Yiorgos era sorpreso.

« Sì, l'uomo ha detto a Stelios di farmi parlare e poi di uccidermi », spiegò Eleni.

« Per tutti gli dei! Ma chi è Stelios? Pensavamo di conoscerlo. A che gioco sta giocando? » osservò Yiorgos.

« Non ne abbiamo idea », ammise David, « ma deve essere coinvolto in tutto quello che è successo: l'omicidio di

Iriniki, l'irruzione in questa casa, l'aggressione che noi due abbiamo subito in Inghilterra.»

«Ma perché vogliono le chiavi?»

«Per propaganda politica!» sbottò Eleni. «Per una specie di programma nazionalista di estrema destra volto a ripristinare la dignità e la purezza della Grecia. Se la Michaní Pepromenou fa davvero ciò che secondo noi è in grado di fare, vogliono sfruttarla per ottenere il potere o chissà quale altra finalità perversa. Stelios è un infiltrato, una spia. Ha sedotto Lexi e noi lo abbiamo accolto.»

«Siamo in pericolo qui. Dovremmo andare a casa della mamma», suggerì Yiorgos. Sua moglie aveva ereditato una casetta sulle montagne vicino alla valle delle Meteore.

«Non possiamo portare le chiavi con noi. Non sarebbero al sicuro», disse Eleni.

«Pensi che qui non saranno al sicuro? Non hanno trovato la stanza blindata.»

«Ma magari la prossima volta la troveranno», ipotizzò Eleni.

David ascoltava ed elaborava le loro parole, cercando di giungere a una conclusione ragionevole. «C'è una cosa che non capisco. Se c'era Stelios dietro l'irruzione, perché ha fatto venire il suo amico Petros a cercare le microspie nascoste?»

Eleni si portò una mano alla fronte. «Forse era una messinscena! Forse ha solo finto di trovare le cimici che ci ha mostrato. Forse ha lasciato quelle vere dov'erano e ne ha piazzate di nuove. Forse ci stanno ascoltando anche adesso.»

Yiorgos scrollò le spalle. «Allora non andremo alle Meteore. Non preoccupatevi, ho un'altra idea che terrò per me.»

«Se hai ragione», disse David a Eleni, indicando la cantina, «allora dobbiamo spostarle.»

«Dobbiamo sbrigarci», li incitò Eleni. «E niente più chiacchiere. Comunichiamo solo per iscritto. Papà, prendi carta e penna. Io recupero un po' di cose e ci vediamo in giardino.»

«Io posso fare qualcosa?» chiese David.

«L'eroe del giorno può godersi un altro brandy.»

La villa di Christos Anagnos sorgeva in una magnifica e appartata tenuta di quasi un ettaro a Ekali, un quartiere residenziale così esclusivo da essere soprannominato la «Riviera di Atene». Era vicino al suo ufficio in città, al suo circolo esclusivo, e a pochi minuti di elicottero dal suo mega yacht, una vera e propria vetrina per ostentare la propria ricchezza agli occhi di politici e oligarchi dell'industria. Quando Petros Antoniou arrivò, fu portato nel fumoir, debitamente ventilato, dove Christos si stava godendo un sigaro e Talos Fotopoulos era in preda all'agitazione.

«Dov'è Stelios?» chiese Petros.

«Stavamo per chiederlo a *te*», rispose Christos, indicando il petto di Petros con il sigaro.

«Ho provato a chiamarlo qualche minuto fa, ma non ha risposto. Ho pensato che il telefono non prendesse, quassù.»

«Qui non è mai arrivato», dichiarò Talos. «Trovatelo, accidenti. Vi avevo detto che era troppo inesperto per le operazioni sul campo.»

«Se non è qui, probabilmente è ancora alla grotta», ipotizzò Petros.

«Quale grotta?» chiese Christos.

« Meglio che tu non lo sappia », disse Talos. « Vai, Petros. Vai a fare lo speleologo, ammesso che si dica così. »

Petros partì in macchina, guidando oltre le ville e i club privati di Ekali e immettendosi nella regione montuosa di Penteli. Mentre procedeva, provò ripetutamente a chiamare Stelios.

Giunto nei pressi della grotta di Davelis, imprecò ad alta voce quando si accorse del gran numero di luci lampeggianti rosse e blu. Un gruppo di autopompe, auto della polizia e ambulanze bloccava la strada, impedendo agli automobilisti di passare. Raggiunta la barricata, Petros vide uno sciame di personale di soccorso che circondava una Toyota rossa rovesciata su un fianco. Si pentì di non essersi informato su quale modello di auto guidasse Stelios. Un poliziotto gli chiese di tornare indietro.

« Cos'è successo qui, agente? » chiese Petros.

« Un incidente stradale. Per favore, faccia come le ho detto. »

Petros mostrò il tesserino del ministero e ripeté la domanda.

« Un incidente, è coinvolto solo un veicolo. Ci ha avvisati un automobilista di passaggio. Ci sono danni estesi al paraurti, quindi è possibile che si sia trattato di uno scontro con un altro veicolo. »

« Il nome del guidatore? »

Il poliziotto sembrava a disagio. « Non sono autorizzato a fornirle queste informazioni. »

« Non mi faccia incazzare, agente », ringhiò Petros, « o la faccio accusare di intralcio all'operato del ministero. Come si chiama? »

Il poliziotto controllò il suo taccuino. « Stelios Makris. »

« Cazzo. Chi altro c'era in macchina? »

«Nessuno. Era da solo.»

«Ne è sicuro?»

«Sicurissimo.»

Scuotendo la testa, Petros disse: «Va bene, fatemi passare. Dov'è lui, il guidatore?»

«Nell'ambulanza.»

«Dica ai paramedici di lasciarmelo vedere. E chieda a qualcuno di consegnarmi fino all'ultimo spillo che sia stato trovato dentro la macchina.»

All'inizio, David e Yiorgos rimasero perplessi alla vista dell'armamentario che Eleni aveva portato in giardino, ma, quando lei cominciò a metterci mano, loro capirono le sue intenzioni e iniziarono ad aiutarla in silenzio. Ci vollero tutte le lenzuola di ricambio nell'armadio della biancheria e diversi pacchetti di puntine da disegno per coprire il pergolato con una sorta di baldacchino. I tre scesero in cantina, vi riemersero carichi di scatole di plastica opaca e si misero al lavoro sotto la tettoia. Le lenzuola erano abbastanza trasparenti e il sole abbastanza forte da illuminare l'interno del tendone di una bella luce uniforme.

Iniziarono a scambiarsi appunti scritti finché Eleni non s'innervosì.

Sono più veloce al computer, scrisse, portando il portatile sotto il pergolato.

Allineò le chiavi nell'ordine che riteneva più plausibile: la chiave degli dei a sinistra, poi la chiave del tempo, la chiave del mondo e infine la chiave delle catastrofi.

Inserì la manovella nella prima chiave e sorrise quando quella scattò in posizione. Digitò: Ora le tre aste.

Dove vanno? scrisse David.

Hanno lo stesso diametro, quindi credo sia indifferente.

Ci vollero diversi tentativi per sistemarle e, una volta finito, Eleni si sedette e mostrò due pollici in su.

Il momento della verità, scrisse. Vuoi girare tu la manovella, papà?

Lui scosse la testa e mimò con le labbra: *Fallo tu*. La guardò stringere leggermente la mano di David e sorrise a quel gesto. David immaginò che Yiorgos e sua moglie avrebbero forse fatto la stessa cosa.

A quel punto Eleni girò la manovella.

O meglio, cercò di girarla. Ma quella non si mosse.

Ci mise un po' più di energia, poi molta di più. Infine si sedette, con espressione demoralizzata.

Scrisse: Non voglio esagerare. Papà, puoi prendere l'olio e la cassetta degli attrezzi? Dobbiamo aprire le custodie.

David e Yiorgos la guardarono sfilare le aste in preparazione dell'intervento. Eleni iniziò con la chiave degli dei. La cassa di cipresso non era attaccata alla piastra di bronzo con alcun elemento di fissaggio, come viti o perni. Sembrava che gli antichi falegnami e bronzisti avessero lavorato di concerto per costruire casse con tolleranze così precise da farle combaciare con le macchine. Nel corso dei secoli, le casse si erano gonfiate per via dell'umidità e adesso non si staccavano più dalla piastra metallica.

Dovrebbe farlo un restauratore qualificato, scrisse Eleni. Stiamo compiendo un peccato mortale.

Utilizzando un martelletto, iniziò a battere sul cacciavite più piccolo e sottile del padre, facendo leva nel punto in cui il metallo incontrava il legno, finché non ebbe fatto un giro completo intorno alla circonferenza della cassa. Non riuscì ancora a spostarla, quindi fece un altro giro con un cacciavite più spesso, maledicendosi ogni volta che una scheggia di legno volava via. Questa volta, utilizzando il cacciavite come leva, riuscì a far muovere la cassa di un millimetro. Eseguì un altro giro con il cacciavite più spesso e finalmente liberò il meccanismo dalla custodia. La tirò via con attenzione e fissò meravigliata le ruote dentate sovrapposte e magistralmente interconnesse.

È molto più bello che visto attraverso l'endoscopio, scrisse.

Reinserì la manovella, individuò il punto in cui gli ingranaggi si erano bloccati e si mise al lavoro per oliare con precisione ogni ruota dentata e cilindro. Fu un lavoro scrupoloso, ma alla fine gli ingranaggi iniziarono a muoversi e, dopo diversi minuti, la manovella girò facilmente. Eleni festeggiò dando il cinque sia al padre sia a David, poi digitò: Vuoi provare tu?

David annuì e iniziò a replicare la tecnica usata da lei sulla custodia della chiave del tempo. Quando riuscì a sfilarla, la diede a Eleni affinché oliasse gli ingranaggi e iniziò a lavorare sulla chiave del mondo. Mentre procedevano, Yiorgos immortalò quell'evento storico con la sua videocamera.

Faceva caldo e sudavano, ma non pensarono mai di prendersi una pausa. Continuarono finché tutti gli ingranaggi di tutte le chiavi non tornarono a girare senza intoppi come il giorno in cui erano stati realizzati.

Eleni collegò la manovella alla chiave del tempo e scrisse: La prima cosa da fare è azzerarla settandola sulla data della prima Olimpiade.

La guardarono girare la manovella finché non segnò il primo giorno del primo anno della prima Olimpiade, il 776 a.C.

È ora di collegare le altre chiavi, scrisse Eleni. Quando ebbe finito, si sedette e osservò la Michaní Pepromenou in tutto il suo splendore.

E adesso? scarabocchiò Yiorgos.

Adesso facciamo un esperimento a ritroso, scrisse David.

David aveva una lista annotata sul suo telefono. La mostrò agli altri e indicò il primo disastro.

Eruzione del Vesuvio. Ottobre 79 d.C. 16.000 vittime.

Eleni aprì sul suo portatile il programma Python che aveva scritto per convertire il calendario gregoriano nel calendario delle Olimpiadi della città-Stato di Delfi. Mostrò agli altri l'equivalente greco antico del 79 d.C. e iniziò a girare la manovella della Michaní Pepromenou.

Scoprirono subito che un giro completo della manovella corrispondeva a un intero anno olimpico. Girandola una volta al secondo, ci sarebbero voluti circa quattordici minuti per coprire l'arco di ottocentocinquantaquattro anni tra la prima Olimpiade e il disastro del Vesuvio. Mentre procedevano, videro le lancette che indicavano determinati luoghi sulla mappa e specifiche calamità, ma David ebbe il sospetto che si trattasse di rotazioni casuali. Quando la data dell'eruzione del Vesuvio fu prossima, David si sporse in avanti e Yiorgos zumò sulla macchina con la videocamera.

Ormai mancavano solo poche rotazioni. Eleni rallentò al massimo. Poi, un attimo prima che i meccanismi girassero verso l'anno designato, infranse la promessa di silenzio sussurrando: « Ci siamo ».

Il cilindro arrivò al 79 d.C. e non accadde nulla.

Yiorgos ed Eleni sembravano sconvolti, ma David si limitò a scrollare le spalle.

Credevano davvero che avrebbe funzionato? pensò.

Aspettate! Non ci siamo ancora, scrisse Eleni.

Fece avanzare lentamente la manovella, facendo girare i cilindri del mese e del giorno.

All'improvviso la freccia della chiave del mondo ruotò bruscamente e si fermò sull'Italia meridionale e la freccia della chiave delle catastrofi scattò sul pittogramma di un vulcano in eruzione.

Eleni digitò la data indicata dal calendario greco nel suo programma di conversione e digitò trionfante: 24 ottobre 79!!!

David si sentiva stordito. Quella storia non aveva alcun senso per lui, era razionalmente impossibile. Si fidava degli studi al radiocarbonio e della voltammetria che avevano datato la chiave del mondo al 212 a.C. *Ma come hanno fatto le persone che hanno creato questa macchina a prevedere un'eruzione vulcanica avvenuta tre secoli dopo?*

Yiorgos mise da parte la videocamera per asciugarsi le lacrime. Eleni andò da lui e si abbracciarono, singhiozzando.

Dobbiamo provare di nuovo! scrisse David.

Sì, okay, ma che ne pensi??? rispose lei.

Non so cosa pensare. E indicò l'evento successivo sulla lista.

Terremoto di Antiochia. 526 d.C. 250.000 vittime.

Eleni avviò la macchina. Prima del risultato del Vesuvio, aveva un'espressione tanto tesa da sembrare pietrificata. Adesso, mentre David la guardava, a lui parve che tutte le sue preoccupazioni fossero svanite. Respirava con calma.

Gli anni scorrevano.

Eleni indicò che si stava avvicinando al seguente obiettivo e, quando il cilindro atterrò sul 526 d.C., una lancetta ruotò verso la Grecia settentrionale, l'altra verso il pittogramma di un abisso che squarciava la Terra.

Yiorgos ed Elena annuirono, per nulla sorpresi dal risultato.

David invece era sconvolto. Era uno scienziato e voleva di più. Indicò con decisione il disastro successivo, quello molto più avanti nel tempo.

La peste nera. Europa, 1348. 30 milioni di vittime.

Ci vollero quasi quattordici minuti di manovella.

«Ora», sussurrò Eleni mentre il cilindro segnava l'equivalente delfico del 1348.

La lancetta della mappa si comportò diversamente. Si arrestò in un punto e, dopo una pausa di un secondo, scattò in un secondo punto. L'arco tra i due punti comprendeva tutta l'Europa meridionale e settentrionale. La freccia delle catastrofi puntò al pittogramma che raffigurava dei corpi sdraiati a terra.

David si accasciò sulla sedia e chiuse gli occhi. La parte della sua vita in cui era convinto di aver capito come funzionava il mondo era ormai terminata. Una porta si era chiusa e un'altra si stava aprendo. Con un senso d'ineluttabilità, indicò l'ultimo evento della lista.

Influenza spagnola. 1918. 50 milioni di vittime.

Dopo altri dieci minuti circa di sforzi, Eleni arrivò al XX secolo.

Non appena il cilindro scorse fino al 1918, la prima lancetta ruotò in modo sorprendente intorno all'intera superficie della mappa e la seconda, come aveva fatto prima, indicò il pittogramma dei corpi caduti.

David non poté far altro che annuire al risultato e scarabocchiare l'ovvio. *Pandemia mondiale.*

Yiorgos posò la videocamera e scrisse: *Figlia mia adorata. David. È ora di vedere il futuro.*

24

Si scambiarono occhiate serie ed Eleni iniziò a girare la manovella su XX e XXI secolo. David ricordò cos'aveva detto Iriniki su un disastro imminente: *I Custodi del fato sono a conoscenza di un evento catastrofico che si verificherà cinquecentosessanta Olimpiadi dopo la data di costruzione della Macchina del destino. Il ciclo quadriennale di cui parliamo è iniziato tre anni fa. Manca solo un anno alla sua conclusione. La calamità attesa potrebbe verificarsi oggi. O tra un anno. Ma in ogni caso il tempo stringe.*

Eleni tenne gli occhi sui cilindri rotanti, fermandosi solo per scrivere che avevano varcato la soglia del secolo in corso.

Rallentò fino a giungere a un ritmo misurato e continuò a sbirciare il suo programma di conversione per trovare punti di riferimento.

« 26 dicembre 2004 », sussurrò mentre una lancetta spazzava l'area dell'Anello di Fuoco e un'altra indicava il pittogramma delle inondazioni.

Il terremoto e lo tsunami nell'oceano Indiano, pensò David. *Centinaia di migliaia di morti.*

« 12 gennaio 2010 », sussurrò Eleni quando la macchina registrò il terremoto di Haiti.

Altre centinaia di migliaia di morti, pensò David.

Quando arrivò al 2020, Eleni rallentò fin quasi a fermarsi. « Non ce la faccio », sussurrò.

« Sì che ce la fai. Devi », bisbigliò suo padre.

Eleni proseguì. « Oggi », disse. Procedeva pianissimo,

e annunciava ogni mese con un sussurro affannato: «Agosto. Settembre. Ottobre. Novembre. Dicembre. Gennaio. Febbraio. Marzo. Aprile. Maggio. Giugno».

La Michaní Pepromenou prese improvvisamente vita.

La prima lancetta tracciò l'arco completo e inquietante dell'intera mappa.

La seconda indicò il pittogramma di una palla di fuoco che attraversava il cielo.

«E il calendario indica anche il giorno: il 10 giugno», disse infine Eleni.

Prima che Yiorgos radunasse tutti gli appunti scarabocchiati per bruciarli nel camino, scrisse che un collega dell'università che stava trascorrendo un anno sabbatico in Brasile gli aveva messo a disposizione la sua casa di villeggiatura a Epidauro. Aveva sperato di portarci Sofia, ma l'aggravarsi della malattia glielo aveva impedito. Eleni scrisse che si sarebbero dovuti fermare all'Istituto di Anticitera per mettere la Michaní Pepromenou nella stanza blindata. L'istituto era pattugliato da guardie armate e l'unica altra persona che aveva la combinazione era in vacanza in America per tutto il mese. Lì il macchinario sarebbe stato al sicuro finché non avessero trovato una sistemazione alternativa.

Infilarono le chiavi in contenitori di plastica e si concessero un po' di tregua. Yiorgos andò a preparare la valigia e David ed Eleni decisero di sgranchirsi le gambe.

Nonostante il caldo di quel pomeriggio, uscire dalla tenda sotto il pergolato fu un sollievo. Una leggera brezza soffiava sul quartiere di Plaka e, senza accordarsi su una destinazione, i due passarono davanti alla casa di Iriniki e attraversarono il parco archeologico dove sorgevano le rovine del tempio di Zeus Olimpio. Sembrava il posto giusto in cui andare.

«Stai bene?» gli chiese Eleni.

Lui rispose sinceramente: «Non lo so».

«Noi eravamo già credenti ed è stato comunque uno shock. Non riesco a immaginare come possa sentirti tu.»

Fecero il giro del parco, camminando sulla terra arida color ruggine. Il sole batteva ancora, ma la temperatura si era un po' abbassata e il sito era pieno di turisti.

«Vuoi sapere come mi sento? Come stordito. Il giorno in cui mi viene svelato il più grande mistero dell'universo, scopro che il mondo finirà tra dieci mesi. Sembra uno scherzo crudele.»

«La Michaní Pepromenou non dice che il mondo finirà, solo che ci sarà una catastrofe globale.»

David si sforzò di ridere. «Grazie, adesso mi sento molto meglio. Ricordo di aver visto un documentario anni fa, anche se ammetto che non ero del tutto sobrio e, nonostante quella full immersion nell'argomento, non ho afferrato appieno cosa siano gli asteroidi killer.»

Eleni fece un piccolo inchino teatrale. «Sono qui per questo.»

«Non è incredibile?» commentò lui. «Proprio quando serve un astronomo, mè ne ritrovo uno davanti. Voglio dire, come mai nessuno ne sa niente? Pensavo che le orbite degli asteroidi pericolosi fossero mappate.»

«Quelli che dici tu sono gli asteroidi che provengono dal nostro sistema solare. Li chiamiamo Near-Earth Objects o NEO. E su di loro hai ragione: la NASA e l'Agenzia spaziale europea hanno piani di sorveglianza che tengono d'occhio le comete e gli asteroidi con orbite che li portano vicino alla Terra. Ne hanno identificati migliaia abbastanza grandi da causare danni globali. Grazie a sistemi di controllo automatizzati, hanno compilato un catalogo di asteroidi che potrebbero potenzialmente impattare la Terra nei prossimi cento anni.»

«Allora perché non hanno dato l'allarme? Non ti viene il dubbio che gli dei si siano sbagliati?»

«Purtroppo no, è molto probabile che la previsione sia corretta. Vedi, i sistemi di sorveglianza non rilevano il cento percento dei NEO. Molti dei più piccoli sfuggono alle rilevazioni, soprattutto quelli provenienti dalla direzione del Sole. Nel 2013, per esempio, un piccolo asteroide non rilevato è entrato nell'atmosfera terrestre sopra la Russia e la sua esplosione aerea ha causato ingenti danni e feriti. Nel 2019 un asteroide di circa cento metri di diametro è passato a settantamila chilometri dalla Terra e i sistemi di sorveglianza lo hanno rilevato solo pochi giorni prima del suo massimo avvicinamento.»

«Quanti danni avrebbe causato?»

«Dipende sempre da molte variabili: la composizione dell'asteroide stesso, la sua velocità, l'angolo d'ingresso nell'atmosfera, l'area d'impatto... ma, semplificando, la risposta semplice è che un asteroide di quelle dimensioni comporterebbe una piccola esplosione nucleare, capace di provocare danni gravi ma circoscritti. In altre parole, in un caso simile, la lancetta della Michaní Pepromenou indicherebbe un singolo punto sulla mappa.»

Alcuni ragazzi giocavano a calcio, e il pallone sfuggì loro, rimbalzando verso David ed Eleni. David lo bloccò senza esitazione e lo rilanciò con un colpo preciso.

«Complimenti», disse Eleni.

«Tu hai i tuoi talenti, io ho i miei», commentò lui, accennando finalmente un sorriso. «Allora, cosa mi sfugge?»

«Ti sfugge la minaccia costante dei 'killer dei pianeti':

gli asteroidi interstellari. Mentre i NEO orbitano all'interno del sistema solare, gli asteroidi interstellari provengono dallo spazio interstellare, appunto, ed entrano nel sistema solare lungo traiettorie ripide e iperboliche. La loro velocità è pari a due o tre volte quella dei NEO e sono più rari, ne abbiamo rilevati solo due negli ultimi vent'anni: nel 2017, Oumuamua è stato il primo oggetto interstellare noto ad attraversare il sistema solare; due anni dopo, è stata la volta della cometa 2I/Borisov. »

« Quanto si sono avvicinati? »

« Parecchio, tenuto conto della vastità dello spazio, ma non abbastanza da farci preoccupare. Siamo comunque nell'ordine dei milioni di chilometri. Il problema con gli asteroidi interstellari è che la loro elevata velocità riduce la finestra temporale disponibile per il loro rilevamento e tracciamento. Inoltre, le loro traiettorie sono inaspettate. Non sono vincolate all'influenza gravitazionale del Sole in un'orbita stabile, perciò il loro arrivo è imprevedibile. »

Anche la traiettoria a spirale di loro due nel parco somigliava a quella di un corpo celeste in un'orbita di decadimento intorno a un pianeta. Ben presto si ritrovarono di fronte alle rovine del tempio di Zeus.

« D'accordo », disse infine David. « Sono pronto al peggio. Quanto dovrebbe essere grande un asteroide per causare danni planetari, e cosa succederebbe se un bastardo del genere ci colpisse? »

Smisero di camminare e si fermarono l'uno davanti all'altra.

La voce di Eleni si fece bassa e malinconica. « Come ti dicevo, ci sono molte variabili: dimensioni, velocità, angolo di entrata. Ma va bene. Immaginiamo un asteroide con il diametro di un chilometro, un'elevata velocità e un angolo di impatto ripido che colpisce un'area densamente popolata. L'energia dell'impatto sarebbe di gran lunga maggiore di qualsiasi esplosione nucleare mai avvenuta nella storia. Il cratere avrebbe un diametro di circa venti chilometri e una profondità di diversi chilometri. Se colpisse una città, la polverizzerebbe all'istante. L'onda d'urto distruggerebbe tutto – edifici, vegetazione, persone – fino a diverse centinaia di chilometri dal punto d'impatto. Le radiazioni termiche causerebbero una vasta tempesta di fuoco. L'impatto innescherebbe gravi terremoti in un'area molto estesa, nonché enormi tsunami, se il punto zero fosse abbastanza vicino a un mare. Vuoi che continui? »

« Hai speso un penny, spendi una sterlina », disse David.

« Che intendi? »

« È un vecchio modo di dire americano che significa: già che ci sei, vai avanti e dilla tutta. »

« Per dirla tutta, se sei vicino all'impatto, sei spacciato all'istante », proseguì Eleni. « Se sei più lontano, potresti essere spacciato comunque, ma magari non subito. I detriti espulsi dal cratere pioveranno su una vasta area, causando ulteriore distruzione. Grandi quantità di polveri entreranno nell'atmosfera, portando a un inverno nucleare. L'assenza di luce solare provocherà l'abbassamento delle temperature per anni. Gli incendi su vasta scala peggioreranno le cose. I raccolti andranno perduti e ci saranno gravi carestie. Le conseguenze socioeconomiche e politiche saranno immani. Sarebbe il peggior disastro planetario dai tempi della catastrofe che ha provocato l'estinzione di massa dei dinosauri e della quasi totalità delle forme di vita sulla Terra sessantasei milioni di anni fa. »

« Quanto era grande quell'asteroide? »

« Forse dieci chilometri. »

David fissò le rovine per un po', ed Eleni lo lasciò ai suoi pensieri, mentre lei affrontava i propri.

All'improvviso lui ebbe un'idea. «Se facessimo scorrere il calendario in avanti e trovassimo eventi futuri come le epidemie, significherebbe che l'umanità è sopravvissuta.»

«È un'ottima idea», disse lei. «E hai parlato come un vero credente.»

David aveva gli occhi lucidi. Era il tipo d'uomo che non piangeva in pubblico, ma in quel momento non gli importava delle apparenze. «Prima di questa vicenda, non ho mai creduto in nulla che la scienza non potesse osservare e spiegare razionalmente.»

«Io sono una scienziata, eppure credo. Fede e scienza sono perfettamente compatibili. Credo che poteri superiori stabiliscano le regole della fisica, della matematica e della natura, che noi, come specie, ci siamo sforzati di comprendere sin dall'alba dell'umanità. Credo che le Moire ci controllino, ma solo fino a un certo punto. Con l'aiuto degli dei e con la nostra innata capacità di esercitare il libero arbitrio, possiamo tracciare il nostro cammino.»

«Possiamo ringraziare le Moire per averci fatti incontrare?»

«No, sono stati gli dei, e tu, David Birch, sei un dono degli dei che ci ha aiutato a trovare la Michaní Pepromenou prima che fosse troppo tardi. Le Moire sono dietro le forze oscure che cercano di fermarci. Se dubiti del potere degli dei, devi solo alzare gli occhi. Guarda.» Fece un gesto con la mano a indicare le rovine. Nell'antichità, il grandioso tempio aveva centoquattro colossali colonne corinzie, ciascuna delle quali alta quasi venti metri. Ne rimanevano in piedi solo quindici, ma le loro dimensioni erano impressionanti.

« È veramente magnifico », ammise lui.

« Questo tempio fu concepito più di duemilacinquecento anni fa da persone con una profonda fede, che credevano con tutte sé stesse che Zeus fosse il loro padre spirituale. Ci vollero più di sei secoli per completarlo, e questo dimostra quanto quei fedeli fossero determinati, tanto da superare l'instabilità politica, la mancanza di fondi e i disastri naturali. »

« Però adesso è solo un rudere », disse David.

Eleni chinò le spalle. « Adesso è solo un rudere. La gente ha perso la fede e le sue molte divinità. È apparso un nuovo dio. Il cristianesimo ha soffocato la nostra antica religione. Non voglio dire che il dio cristiano sia meno valido degli dei in cui credo, ma al centro del mio mondo spirituale c'è Zeus. » Lo guardò in faccia con un'espressione che pareva chiedere: *E tu? Ora che hai trovato la Michaní Pepromenou e l'hai vista in azione, in cosa credi tu?*

Non fu facile per David rispondere. Alla fine, a fatica, riuscì a dire: « Adesso credo anch'io. Come potrebbe essere altrimenti? »

Eleni non mostrò alcun segno di trionfo. Non proclamò la vittoria sulle tenebre, come facevano certi predicatori. Si limitò a prendergli la mano e a dire: « È ora di andare ».

Nella mezz'ora in cui David ed Eleni erano stati al parco, Yiorgos si era dato da fare. Il soggiorno era pieno di bagagli stipati di vestiti e articoli da toeletta, provviste che rischiavano di andare a male, bottiglie d'acqua e vino, libri, una foto incorniciata di Sofia, la sua videocamera e i contenitori di plastica con la Michaní Pepromenou.

« Come facciamo a mettere tutte queste cose in macchina, papà? » chiese Eleni.

« Ho pensato a tutto io », disse lui allegramente. « Le chiavi devono arrivare solo fino all'istituto, per quel breve tragitto possiamo tenerle sulle ginocchia. Voi, comunque, per sicurezza limitatevi allo stretto necessario, okay? »

Eleni scoppiò a ridere. « Okay, papà. »

David si bloccò quando sentì un rumore di legno che si scheggiava e vetri infranti. Dalla cucina rimbombarono dei passi pesanti, diretti verso il corridoio. Prima che loro tre potessero parlare o muovere un dito, due uomini sfondarono la porta e irruppero nel soggiorno con le pistole in pugno. Uno aveva indosso una polo e un berretto dei Los Angeles Lakers, l'altro era in giacca e cravatta.

David riconobbe nel primo Petros Antoniou, l'uomo che Stelios aveva invitato in casa per controllare la presenza di cimici. Allora gli era sembrato un tipo mite, persino un po' fifone, e vederlo adesso con una pistola in mano gli fece uno stranissimo effetto. L'altro, un tizio con la testa allungata, aveva l'aria più matura e molto più minacciosa. L'unica cosa che gli impediva di sembrare un delinquente di strada erano il completo elegante e le scarpe lucide.

David non capì cosa dicessero – entrambi blateravano ordini in greco –, ma colse alla perfezione il tono minaccioso del messaggio.

La rabbia e la paura di Yiorgos erano palpabili: quando lo sentì parlare, David immaginò che stesse chiedendo loro chi fossero e cosa volessero, e che li stesse invitando ad andarsene da casa sua.

Eleni, intanto, cercava di tranquillizzarlo.

David si avvicinò piano al camino, gli occhi puntati su un attizzatoio.

Sentì Eleni gridare, un attimo prima di ricevere un pugno a tradimento sul fianco. Gemette e, girandosi di lato, vide Stelios, bendato e con il viso gonfio, che gli puntava una pistola alla testa.

« No! Non fategli male! » urlò Eleni in inglese.

L'uomo con la testa allungata disse qualcosa in greco e Stelios abbassò la pistola.

Adesso anche Talos Fotopoulos passò all'inglese, per farsi capire da tutti. « Sono lì? » chiese, indicando i contenitori di plastica. Nessuno rispose, così ordinò a Petros di aprirne uno. Lui sbirciò all'interno e scostò con cautela l'imballaggio, finché non si trovò a fissare la chiave del mondo. « Ne senti parlare. Ne vedi le immagini. Ma ammirarla con i tuoi occhi... » disse con voce roca. « Santo cielo, è una cosa meravigliosa. È stata costruita da mani greche oltre duemila anni fa. Non c'era civiltà più grande all'epoca. E, a giudicare dalle prove che avete fatto oggi sotto la piccola tenda improvvisata, e dalla vostra conversazione al parco, sembra che funzioni davvero. »

David colse l'espressione di rabbia e disprezzo di Eleni. Non aveva bisogno di chiedere come facesse a saperlo. Vere o false che fossero le cimici trovate da Petros, doveva aver approfittato della visita in casa Lillakis per piazzarne altre, oltre a qualche telecamera. Forse ce n'era persino una sotto il pergolato. E, vestito come un qualunque turista in scarpe da ginnastica, doveva averli seguiti e registrati al tempio di Zeus.

« Allora, Eleni », disse Talos. « Posso chiamarla Eleni? Deve dirci come si usa. Ho sentito che gli americani hanno un modo di dire per quando non capiscono qualcosa.

Dicono 'per me è greco'. Bene, la Michaní Pepromenou è greco, per noi. Ci dica come funziona, o meglio, ce lo mostri. Ma faccia in fretta. »

Eleni ribolliva di rabbia. « Chi siete? »

« Patrioti greci », rispose Talos tronfio. « Dovrebbe essere felice di sapere come la utilizzeremo. So che è arrabbiata, ma la invito a usare la sua notevole intelligenza per capire la situazione. Se non fa come dico io, la costringerò a scegliere chi dei due si beccherà un proiettile: suo padre o il professor Birch. In caso contrario, sarà Stelios a scegliere per lei. Non vede l'ora, arriva dritto dal letto d'ospedale, non è vero? »

Con la benda sulla guancia macchiata di sangue fresco, Stelios guardò prima Yiorgos, poi David, quindi con un sorrisino forzato disse: « Io ho già deciso ».

Furibondo, Yiorgos sbottò: « Patrioti? Vi conosco, voi Aquile dorate. Siete fascisti. Volete restaurare il regime dei colonnelli. Ho vissuto quell'incubo da giovane e non vi aiuteremo. Eleni, non dire niente ».

« Suo padre la sta consigliando male », disse Talos.

Eleni si limitò a insultarli in greco.

« Se vuole giocarsela così, allora scelga. Suo padre o il suo amante », disse Talos, facendo oscillare l'arma argentata dall'uno all'altro, come un pendolo. « È una scelta interessante. »

Anche se si stava ancora riprendendo dal colpo a tradimento, David si sforzò di analizzare la situazione. Quegli uomini non stavano cercando in alcun modo di nascondere la propria identità; avevano già ucciso prima e non sarebbero andati via con le chiavi lasciando dei testimoni. Stelios era il più vicino e, anche se era malconcio, era giovane, atletico e sarebbe stato difficile metterlo fuori gioco. Il più anziano del gruppo sembrava uno abituato alle risse e capace di difendersi, ed era anche il più lontano. L'unico era Petros, che aveva le braccia esili e teneva la pistola come fosse un corpo estraneo. Prima, però, doveva avvicinarlo.

«Vi mostro io come funzionano», disse, facendo un passo verso i contenitori e verso Petros. «Bisogna montarle in modo da farle combaciare.»

«Non muoverti!» disse Stelios.

«È okay, lascialo fare», s'intromise Talos.

«David! Per favore, no!» lo pregò Eleni. «Gli dei non vogliono che la Michaní Pepromenou cada in mani sporche di sangue.»

«Ci uccideranno», insistette David.

«Gli dei ci proteggeranno», ribatté lei.

«Invece penso che gli dei vogliano vedermi fare questo.» David afferrò Petros per la vita e lo scaraventò a terra con violenza. Lottò per strappargli la pistola, ma un'esplosione scosse la stanza, che subito dopo fu invasa da una nuvola di fumo. Quindi risuonò una raffica di spari, una dozzina di colpi o più.

David riusciva a vedere solo a un braccio di distanza.

Scorse un orribile buco nero sotto l'occhio di Petros.

Intorno a sé, udiva scalpiccii, urla e gemiti.

«Eleni!» chiamò a pieni polmoni.

Lei rispose chiamandolo a sua volta, e lui avanzò sul tappeto attraverso il fumo denso e soffocante.

Vide il suo braccio. Era a terra.

Ci furono altri spari. Un corpo si schiantò contro un oggetto di vetro.

«Sei ferita?» le chiese.

«Non credo.»

Si allungò sopra di lei per proteggerla con il suo corpo.

«Dov'è papà?» Eleni cercò di divincolarsi.

« Resta lì », disse David. « Yiorgos! Stai bene? »

« Non sono ferito. Eleni? »

« Sto bene, papà. »

« Rimanete giù », ordinò David.

Il fumo si stava diradando, e lui vide la pistola argentata dell'uomo calvo sotto un tavolino. Allungò la mano per prenderla e, incoraggiato dal fatto di avere un'arma, si alzò lentamente, liberando Eleni che subito strisciò verso il padre.

C'erano corpi e pozze di sangue ovunque, le pareti erano chiazzate di rosso. David contò cinque uomini nel soggiorno, uno nell'ingresso. Stelios aveva il torace insanguinato e non si muoveva. Petros era senza dubbio morto. L'uomo calvo era vivo, ma rantolava e aveva il respiro corto. Un nuovo arrivato, con indosso un paio di jeans intrisi di sangue, era steso sul tavolino da caffè, con la testa che penzolava dal piano di vetro frantumato. Un altro sconosciuto era appoggiato a un muro, con la testa piegata in avanti. E ce n'era un terzo, per metà dentro e per metà fuori della stanza, con le gambe nel corridoio.

« Dobbiamo andarcene da qui », disse David.

Yiorgos si alzò, ma a malapena si reggeva in piedi. « Chi sono? Cos'è successo? Sono morti? »

« Papà, dobbiamo andare via. Prendi le chiavi. Lascia tutto il resto », ordinò Eleni, agguantando la borsa del computer e la videocamera di Yiorgos.

« Non dovremmo chiamare la polizia? Un'ambulanza? »

« Chiameremo dalla macchina », rispose Eleni.

David s'infilò la pistola tra la cintura e i pantaloni e afferrò due contenitori, Eleni e Yiorgos presero gli altri due. Arrivati al portone d'ingresso, David ci ripensò, appoggiò i contenitori a terra e uscì con la mano sull'impugnatura della pistola. « Via libera », disse agli altri. « Non vedo nessuno. »

Caricarono la macchina.

Yiorgos, l'espressione smarrita, si frugò nelle tasche in cerca delle chiavi.

« Guido io », dichiarò David.

« Forza, papà, sali dietro. Io vado davanti con David », disse Eleni.

David ingranò la marcia e avanzò fino alla fine del vialetto. « Da che parte vado? »

« A sinistra », rispose Eleni.

« Meglio a destra », intervenne Yiorgos.

« Ragazzi, non posso fare entrambe le cose. »

« A sinistra », ripeté Eleni.

David percorse a passo d'uomo le strette e affollate vie di Plaka mentre Eleni gli forniva le indicazioni per raggiungere la A8.

« Ecco, vai a sinistra su odós Tripodon », gli disse.

Era una strada stretta, dove a malapena potevano procedere due auto affiancate. C'era un piccolo parco sulla destra e, a sinistra, agios Nicolaos Rangavas, la più antica chiesa bizantina della città.

Un SUV proveniente dalla direzione opposta bloccò loro la strada e David gli fece segno di passare. Poi, da dietro, arrivò un secondo SUV. Le portiere di entrambi si spalancarono e ne uscirono uomini armati, che circondarono l'auto di Yiorgos. Uno bussò dal lato del conducente. David imprecò, guardò Eleni con espressione sconsolata e abbassò il finestrino.

« Professor Birch, lei e i Lillakis dovreste venire con noi. »

David scrutò attentamente l'uomo biondo che aveva davanti. Era di mezza età, con indosso una giacca a vento e un leggero accento del Sud degli Stati Uniti, di quelli un po' ammorbiditi da anni di studio e lavoro al Nord.

« Lei è americano », disse.

« Esatto », rispose l'uomo. « Ha mai sentito l'espressione 'siamo del governo e siamo qui per aiutarvi'? Bene, in questo momento voi avete bisogno di tutto l'aiuto possibile. »

25

Li scortarono fino a casa di Yiorgos e li fecero aspettare in macchina, mentre parte degli uomini entrò a perlustrare la casa.

«Chi sono?» chiese Yiorgos.

«Ho un presentimento», disse David.

«L'uomo che ci ha aggrediti a Nottingham... ho subito pensato che fosse un americano», ricordò Eleni.

«Dubito che sia una coincidenza», disse David.

«Cosa ci faranno?» chiese Yiorgos.

«Non ci uccideranno, ma potrebbe sembrarci di morire comunque», ipotizzò David.

«Prenderanno la Michaní Pepromenou, vero?» chiese Eleni.

«Temo di sì», ammise David.

Avevano lasciato il finestrino socchiuso per far entrare l'aria. David sentì uno degli uomini uscire dalla casa e parlare con il tizio biondo al comando.

«È un disastro, là dentro.»

«C'è qualcuno ancora vivo?»

«Talos Fotopoulos ha esalato l'ultimo respiro davanti a me. Ci sono tre uomini dell'EYP morti e due cani sciolti, più Talos. Nessun superstite.»

«Portate via tutti i computer e i dispositivi elettronici. Io chiamo Doukas e gli dico che lo aspetta una giornataccia. Serve una bella ripulita là dentro.»

«E Untermeyer?»

«Untermeyer sarà furioso, ma non possiamo più far

finta di niente. Spostateli tutti e tre nella mia macchina. Prendete tutto ciò che c'è nella loro. Ho visto una videocamera e una borsa per il computer accanto a quello che sai sul sedile posteriore. E, per l'amor del cielo, non fate cadere nulla.»

La casa in cui arrivarono era fredda, a differenza della maggior parte delle abitazioni di Atene, comprese quelle dotate di aria condizionata. Yiorgos, Eleni e David furono accompagnati all'interno, dove poterono togliersi i cappucci che erano stati costretti a indossare durante il tragitto.

«Mi dispiace per i cappucci», disse il biondo. «Ma questi posti vengono definiti 'case sicure' per questo. A proposito, potete chiamarmi Pete.»

Anche se il biondo aveva in effetti la faccia da Pete, David dubitava che quello fosse il suo vero nome.

Le tende erano chiuse. Il mobilio era anonimo, come quello di un albergo a tre stelle. Sul tavolino c'erano bibite fredde e biscotti.

«Qualcuno vuole un caffè? Abbiamo una Keurig in cucina», disse Pete.

«Volete dirci che diavolo sta succedendo?» chiese David.

«Vi garantisco che vi spiegherò tutto, non appena avrò sistemato alcune questioni.»

«Non potete trattenerci.»

«Lo pensa davvero? Divertente. Servitevi pure. Il bagno è laggiù. Questi signori vi terranno compagnia.»

John Untermeyer era sempre agitato per qualcosa, ma quel pomeriggio era sul punto di esplodere. Aveva raggiunto la sua attuale posizione nell'agenzia osservando un sacro rispetto dei ruoli e della catena di comando. Atene era il suo feudo. Era lui a gestirne risorse e criticità. Così, quando scoprì di essere stato volutamente escluso da un'operazione sul suo territorio, non la prese affatto bene e andò ancor di più su tutte le furie allorché fu convocato a una riunione proprio in una delle sue case sicure.

Gli piaceva guidare da solo in città, ma usò un autista per andare dall'ambasciata degli Stati Uniti al quartiere di Psyri, perché trovare parcheggio da quelle parti era un vero incubo. Arrivato alla villetta, che sorgeva in una strada di abitazioni e negozi, sbatté la portiera con una violenza esagerata.

In quanto capo della sezione locale dell'agenzia, quella casa rientrava nella sua giurisdizione, ma era chiaro che qualcuno vi si era introdotto in modo indebito. Entrò con le sue chiavi e trovò ad accoglierlo l'uomo biondo.

«John, grazie per essere venuto con così poco preavviso.»

Untermeyer era furibondo. «Che cazzo succede, Ash?»

Ashley Tenney aveva un nome di battesimo ambiguo dal punto di vista del genere che gli aveva causato non pochi problemi durante l'adolescenza in North Carolina, ma si era convinto che tutte le risse in cui era finito per quella ragione lo avessero temprato.

«Mi dispiace, John. Non è stata una mia decisione. Vuoi un caffè? C'è una Keurig.»

«Conosco benissimo le macchine del caffè che abbiamo in dotazione. È casa mia, cazzo. Di chi è stata la decisione?»

«Del capo delle operazioni.»

«Con l'approvazione di McCaffrey?»

«Esatto. Dai, siediti e rilassati.»

Al piano terra c'era un soggiorno con gli stessi mobili anonimi dell'appartamento al piano superiore dove si trovavano David, Eleni e Yiorgos.

«Fa troppo freddo qui dentro», disse John, tenendosi addosso la giacca sportiva.

«Sei diventato come i greci. Atene d'estate è micidiale.»

John aveva superato i cinquanta. Gli restavano una, forse due promozioni nella sua carriera, e non aveva intenzione di scornarsi con McCaffrey. Perciò si sforzò di mantenere un tono civile.

«Sono qui da sei anni, quindi sì, uno si abitua. Ora spiegami come mai i nostri superiori hanno deciso di escludermi da un'operazione che si è svolta in casa mia e che ha inanellato colpi di genio come una carneficina di membri dell'EYP e il rapimento di un americano e due cittadini greci.»

«Era per proteggere te e l'ambasciatore nel caso fossimo stati implicati, cosa che mi assicurerò non accada.»

«Sputa il rospo. Qual era l'obiettivo?»

«Ehi, Brian, puoi prendere i contenitori?» gridò Ash.

Due dei suoi uomini portarono in casa le chiavi.

«In quale si trova la mappa?» chiese Ash.

«Nel primo.»

Ash lo aprì e John si alzò per guardare all'interno.

«Che cazzo è questa roba?»

«È impossibile, eppure è reale. È una macchina che è stata realizzata più di duemila anni fa in Grecia e che era andata perduta finché un americano di nome David Birch, un archeologo della tua università, non ha trovato uno dei suoi componenti in una grotta in Turchia.»

«Non ti seguo.»

«Guardala. Cosa ti salta all'occhio?»

«È una mappa moderna.»

«Azzeccata al primo tentativo. Io sono andato in una scuola pubblica e ce ne ho messi tre.»

John si strofinò la tempia, a riprova che aveva il mal di testa o che stava per venirgli. «Come hanno fatto a realizzare una mappa moderna duemila anni fa?»

«È quello che vogliono sapere tutti. È per questo che è nata l'operazione.»

«Come l'abbiamo saputo? È stato Birch a rendere pubblico il ritrovamento?»

«Assolutamente no. L'ha trovata solo due settimane fa. È una storia complicata. Sai che abbiamo monitorato i gruppi ultranazionalisti in Grecia per capire come fanno rete e come ottengono fondi da movimenti affini in Europa e Russia?»

«Certo che lo so. È la mia operazione.»

«Ecco, appunto: avevamo il sospetto che un elemento delle Aquile dorate si muovesse all'interno dell'EYP e che fosse addirittura arrivato ai vertici.»

John sembrava sul punto di perdere di nuovo la calma. «Di chi parliamo?»

«Di Talos Fotopoulos.»

«Talos? Avevo a che fare di continuo con lui. Perché cavolo non ne ero a conoscenza?»

«Langley ha deciso di sottoporre a intercettazioni l'EYP.»

John scosse la testa. «Cazzo. Un alleato.»

«Già. Pensava che i vantaggi di scoprire se una risorsa

russa si fosse infiltrata nell'EYP superassero i rischi. Durante l'operazione, è emerso che un giovane analista di nome Stelios Makris si era infiltrato in un gruppo di ellenisti, moderni adoratori di Zeus, che era alla ricerca di qualcosa chiamato *Michaní Pepromenou*, che tradotto significa... »

« Lo conosco, il greco. »

« Okay, bene. Il gruppo è una setta basata su un mucchio di stronzate i cui membri si fanno chiamare Custodi del fato e credono nell'esistenza di un antico congegno andato perduto nel tempo, simile al Meccanismo di Anticitera. Hai presente? »

« L'ho visto. Quando l'ambasciatore ha visitato l'Istituto di Anticitera, ho incontrato uno dei tuoi ospiti, la dottoressa Lillakis. »

« Una tipa in gamba, a quanto pare », commentò Ash. « Comunque, si diceva che la Michaní Pepromenou fosse in grado di predire disastri naturali come terremoti ed eruzioni vulcaniche. Ma si trattava di semplici leggende, almeno finché Birch non ha trovato questa mappa in una grotta in Turchia e, effettuando alcuni test, non ha scoperto che è stata realizzata circa duecento anni prima di Cristo. Anche se non aveva idea di cosa fosse né di come fosse possibile che esistesse, si è ricordato del Meccanismo di Anticitera e l'ha portata in Grecia - illegalmente, aggiungerei - per consentire a Eleni Lillakis di darle un'occhiata. Lei l'ha identificata subito come un pezzo della leggendaria Michaní Pepromenou e l'ha mostrata ai Custodi del fato. Ti ho detto che anche lei è una Custode del fato? È stato allora che Stelios Makris ha visto il congegno, ha scattato una foto per Talos e gliel'ha inviata tramite WhatsApp. Ed è così che noi ne siamo venuti a conoscenza. »

«Perché le Aquile dorate dovrebbero essere interessate?»

«Per le loro idee nazionaliste, tanto per cominciare. Per la gloria dell'antica Grecia, la Silicon Valley dell'antichità, pura e incontaminata da immigrati e parassiti. Vogliono appropriarsene ed etichettarla come roba loro.»

«L'antica Grecia probabilmente aveva un problema migratorio ben più grande di quello attuale», sbuffò John.

«Non saprei. Ma le Aquile dorate hanno capito che l'idea che la mappa funzionasse era assurda e hanno detto: non lo sappiamo e non ci interessa se la macchina proviene da antichi dei o dagli alieni; se funziona e può prevedere quando e dove avverrà la prossima alluvione o il prossimo terremoto, ha un potere inestimabile e ci permetterà di avere tutti in pugno.»

«Incredibile che anche Langley creda a queste stronzate...»

«Insomma, prendono la foto di Stelios e la inviano ad alcuni esperti di metallurgia, di antica Grecia, del Meccanismo di Anticitera. Se ne vanno zitti zitti nei laboratori in Turchia che hanno eseguito la datazione per Birch. E concludono che è tutto vero. Non sanno come sia possibile, ma è vero. Allora ci interessiamo anche noi, proprio come si è interessato Talos. Il direttore delle operazioni decide di creare un gruppo non ufficiale per approfondire la questione. Sanno, tramite Stelios, che David Birch ha accettato di aiutare Eleni Lillakis e i Custodi del fato a trovare i tre componenti mancanti della Michaní Pepromenou. Langley voleva seguire o prevedere le mosse di Birch, quindi autorizza un lavoretto sporco dentro la casa dove i Custodi del fato tengono il loro archivio.»

«E non m'informano», osservò John.

«Esatto, per i motivi che ti ho detto. Purtroppo, non informano neanche me. Ero in Lituania, beatamente ignaro di tutto. Ingaggiano un greco, un ex membro delle forze speciali, che fa un pasticcio. Fa irruzione in casa e finisce per uccidere una donna di nome Iriniki Baros.»

«Gesù! L'ho letto. La donna era su una sedia a rotelle, porca miseria.»

«Sì, una brutta storia. Ma il tizio che hanno assunto per seguire Birch e Lillakis in Germania fa di meglio. Li vede dissotterrare la bara di un vecchio nazista, dentro la quale era nascosto il secondo componente.»

«Hanno profanato una tomba? In Germania?»

«Proprio così. Perciò la squadra di Langley decide di mettere le mani su uno dei componenti per farlo analizzare. Non sa dove siano nascosti i primi due, la mappa e il congegno tedesco, una specie di calendario. Chiede a uno dei loro uomini, di base nel Regno Unito, di seguire Birch e Lillakis a Nottingham, dove trovano il terzo componente in un complesso rupestre sotto la città. Il tizio cerca di rubarlo, ma Birch ha la meglio in uno scontro diretto.»

«Buon per lui. A sentirti, sembriamo un branco d'incompetenti», commentò John.

«A quel punto chiamano me, per sistemare le cose. Ti chiedo scusa, ma ho portato la mia squadra ad Atene qualche giorno fa. Siamo entrati con la forza nella casa di Yiorgos Lillakis, nella zona di Plaka, e abbiamo cercato i due componenti mentre Birch ed Eleni Lillakis erano nel Regno Unito. Non li abbiamo trovati, ma siamo riusciti a mettere delle microspie in casa. Un lavoretto pulito. Purtroppo, quando lui e Lillakis sono tornati, Birch ha intuito che qualcuno aveva piazzato delle cimici durante l'irruzione.»

John sorrise. «Non per niente è laureato a Harvard.»

«Stelios è rimasto nelle vicinanze, ufficialmente per proteggere Yiorgos, e si è offerto di chiedere a un tizio del ministero dell'Interno di sua conoscenza di controllare se ci fossero cimici. Il tizio è Petros Antoniou, il suo capo all'EYP, nonché terzo membro della cellula delle Aquile dorate. Trova tutti i nostri dispositivi e piazza i suoi, con l'aggiunta di alcune telecamere. A questo punto io m'incazzo e ottengo l'autorizzazione per inserirmi nel loro feed video e audio. Qualunque cosa veda Talos, la vedo anch'io.»

«Dove vuoi andare a parare, Ash?»

«Okay, arrivo al punto. Birch e Lillakis trovano l'ultimo componente proprio dove lui ha trovato il primo, nella grotta in Turchia. Tornano ad Atene per collegare tutti i pezzi e provare il congegno, per vedere se fa davvero ciò che secondo loro è in grado di fare. Ma, prima che possano riportarlo a casa del padre di lei, Stelios tenta un furto all'aeroporto. Molla Birch per strada e se ne va con Lillakis, minacciandola con una pistola. Vuole che lei gli dica dove sono gli altri componenti. Forse ci riesce, ma Birch indossa i panni di Schwarzenegger e lo fa uscire di strada, salvando la donzella in pericolo e recuperando il quarto componente. Tornano a casa e si preparano a mettere alla prova il congegno, ma sono scimmiette sospettose. Hanno paura che Stelios e il suo amico Petros possano aver rimesso la casa sotto sorveglianza.»

«Vuoi dire che gli altri componenti erano sempre stati in casa Lillakis?»

«Non abbiamo trovato il nascondiglio. E ancora non sappiamo dove fossero. Comunque i tre smettono di parlare, iniziano a scambiarsi bigliettini e sistemano la Michaní Pepromenou in una tenda improvvisata sotto il pergolato in giardino. Purtroppo per loro, non sapevano della telecamera che Petros aveva piazzato tra i rampicanti. Talos li stava guardando mentre effettuavano la prova, e anche noi. A quanto pare, a un certo punto hanno esclamato: '*Eureka!*' E vorrei che apprezzassi la citazione greca. »

« Apprezzo. »

« A quanto risulta dalle immagini, sembrerebbe che la Michaní Pepromenou funzioni davvero. Continuano a fare prove e il meccanismo non perde un colpo. Poi scoprono qualcosa che li spaventa a morte. Impacchettano i componenti in fretta e furia e si preparano a levare le tende, per una destinazione sconosciuta. »

« E come si è passati da questa scena a un bagno di sangue? »

« A quanto pare ci eravamo persi un dettaglio. Anche l'EYP aveva Talos e le sue Aquile dorate sotto sorveglianza, perché erano membri di una cellula nazionalista. Quando Talos, Petros e Stelios arrivano a casa di Yiorgos per impossessarsi della macchina, tre agenti dell'EYP arrivano per catturare Talos. Scoppia il finimondo. È stato ripreso tutto dalle videocamere, se hai voglia di vedere una sparatoria vecchio stile. Entrano in sei, non ne esce nessuno. Gli innocenti fuggono e noi li intercettiamo con il malloppo. »

John sapeva dove si trovava l'alcol. Si versò un gin e lo bevve in un sorso solo. « Sai cosa, Ash? Sono contento di non aver preso parte a questo circo. Almeno sono rimasto pulito. Ma perché hai voluto coinvolgermi ora? »

« Dovevamo informare Doukas che la sua squadra era stata eliminata, insieme con le mele marce. Dovevamo ripulire la scena prima che intervenisse la polizia, richiamata dagli spari. Gli ho anche detto che avevamo un paio di cittadini greci. Era inevitabile che la vicenda arrivasse a conoscenza del ministro dell'Interno, da lì al nostro ambasciatore, visto che Birch è americano, e di conseguenza a te. »

« Immagino che tu non abbia detto che a uccidere la donna in sedia a rotelle è stato un tizio assoldato da te. »

« No! »

John sospirò. « E ora? »

« Questi contenitori saliranno su un aereo privato diretto in Virginia stasera, insieme con i telefonini, i computer e la videocamera che abbiamo trovato nella loro auto. Stiamo radunando una squadra di esperti per far analizzare tutto, fino all'ultimo ingranaggio. »

John indicò il soffitto. « E i tuoi ospiti? »

« Cavolo, John, pensavo che a questo punto li avresti considerati 'nostri' ospiti. Abbiamo il coltello dalla parte del manico. Metterò in chiaro chi comanda e quali sono le regole, e li lascerò liberi. Non renderanno pubblica la notizia. Dobbiamo sistemare le cose con i turchi, ma non sarà un problema. »

John si alzò e chiamò il suo autista per farsi venire a prendere. « Un'altra cosa, Ash. Come diavolo funziona questa Michaní Pepromenou? »

« Non ne ho idea. È molto al di sopra delle mie competenze. »

Era quasi mezzanotte quando David, Eleni e Yiorgos tornarono a casa Lillakis. Erano stati informati che adesso era come nuova, ma loro non ci credettero finché non la videro con i loro occhi.

Non c'erano tracce di sangue né di altri fluidi corporei. Anzi, la casa era più linda di quanto non fosse prima della carneficina. I fori dei proiettili nei muri erano stati stuccati e dipinti.

« Hanno trovato la vernice giusta in cantina », si meravigliò Yiorgos.

Il piano di vetro del tavolino era stato sostituito.

Ancora sotto shock, i tre si radunarono in cucina e si versarono un brandy, troppo affranti per parlare.

L'uomo biondo che si faceva chiamare Pete aveva detto loro cosa sarebbe successo. Non avrebbero riavuto indietro la Michaní Pepromenou né i loro dispositivi elettronici. Da quel momento in poi, quegli oggetti sarebbero diventati proprietà del governo degli Stati Uniti. Erano state sventolate parole come « risorse strategiche » e « sicurezza nazionale ». David, Eleni e Yiorgos erano stati costretti a firmare accordi di riservatezza su tutto ciò che era accaduto quel giorno. Se si fossero rifiutati, sarebbero stati deferiti alle autorità tedesche e britanniche con le accuse di profanazione di tomba, vilipendio, furto di reperti archeologici e, nel caso di Yiorgos, ricettazione. Pete era a conoscenza dei problemi di David con i turchi, ma aveva detto che su quello ormai si poteva fare ben poco. Tutti e tre rischiavano lunghe pene detentive.

Era stato a quel punto che Eleni aveva detto a Pete: « Sta per verificarsi una terribile calamità. Il mondo è in pericolo. Di questo che mi dice? »

Pete l'aveva ascoltata e aveva annuito, con un drink in mano. « Ecco, il punto è che non è più un vostro problema. »

I Custodi del fato si riunirono il giorno seguente a casa di Iriniki. Lexi aveva saputo di Stelios da Eleni e aveva pianto tutta la notte. Le donne del gruppo cercavano di consolarla, ma il tradimento subito da Lexi era una ferita che avrebbe richiesto tempo per guarire.

Eleni si rivolse al gruppo da dietro la scrivania di Iriniki in biblioteca. Raccontò tutto ciò che era successo negli ultimi giorni in Germania, nel Regno Unito e in Turchia. Gli altri ascoltarono, immobili, mentre lei raccontava loro dell'assemblaggio della Michaní Pepromenou e delle verifiche che avevano effettuato usando le date di calamità realmente accadute, e piansero dopo che Eleni annunciò cosa sarebbe successo in capo a dieci mesi.

« Dobbiamo dare l'allarme! » disse la sempre impulsiva Koriana. « Dobbiamo mostrare al mondo la Michaní Pepromenou per provare la veridicità della previsione. »

« Temo che non sia possibile », ribatté Eleni. Scelse le parole con cura, dicendo solo che un'autorità governativa non meglio identificata aveva sequestrato il congegno e aggiungendo che non poteva rivelare di quale governo si trattasse, perché erano stati costretti a firmare accordi di riservatezza. Se avessero rivelato troppo, avrebbero rischiato di finire in prigione per i crimini commessi all'estero.

Asterios, l'avvocato con i folti capelli neri, chiese di vedere l'accordo che avevano siglato. Quando Eleni gli disse che non avevano avuto il permesso di conservare delle copie, andò su tutte le furie, sostenendo che quella era una situazione vergognosa, dal punto di vista sia legale sia etico.

Eleni cercò di finire il discorso, ma non ce la fece.

David le era accanto e le accarezzò la spalla. « Quello che Eleni stava per dire è che la Michaní Pepromenou è perduta per sempre », intervenne. « Non la riavremo mai. Avete solo la nostra parola. Non c'è modo di convincere il mondo di ciò che sta per succedere. »

« Ma avete detto che Yiorgos ha girato un video, no? » chiese Yannis, il banchiere.

« Gli hanno confiscato la videocamera », spiegò David.

Nessuno a quel punto capì perché Yiorgos infilò la mano nella sua borsa, tirò fuori una confezione di cereali e cominciò a masticare rumorosamente.

« Forse un modo c'è », disse poi, frugando dentro la scatola e sollevando trionfante un pezzettino di plastica nera. « Quei bastardi non sanno che ho nascosto la scheda SD in mezzo ai corn flakes. »

Finita la riunione, Yiorgos andò nel suo ufficio all'università, a lungo trascurato, mentre David ed Eleni si diressero a casa. David non era sicuro di quale sarebbe stata la sua mossa successiva: Asterios disse che lo avrebbe aiutato per le questioni legali sorte in Turchia. Si sarebbero incontrati la mattina dopo. Per il momento, David era ben contento di poter trascorrere qualche giorno con Eleni, passeggiando nel quartiere e facendo l'amore.

Lasciarono casa di Iriniki tenendosi per mano e, non appena svoltarono l'angolo diretti all'abitazione di Yiorgos, videro un paio di poliziotti in uniforme aggirarsi davanti alla porta d'ingresso.

« Questa storia non mi piace », ammise Eleni.

« Nemmeno a me », rispose lui.

Eleni si rivolse ai poliziotti in greco e, dopo un'animata conversazione, si girò verso David, le guance rigate di lacrime. « David, sono qui per arrestarti in seguito al mandato di cattura dell'Interpol. Vogliono anche interrogarti in merito al furto di una Mercedes all'aeroporto. »

26

L'istituto penale di Sincan era un complesso tentacolare appena fuori Ankara, dove i prigionieri venivano trattenuti in varie fasi dell'iter giudiziario, dalla custodia cautelare alla pena detentiva. Dopo una breve udienza di convalida presso il tribunale di Ankara, David fu mandato in quella prigione di media sicurezza, che era stata progettata per ospitare duemila detenuti, ma attualmente ne contava tremila. Finì in una cella per due persone che, grazie ai letti a castello, ne accoglieva il doppio. Per fortuna, o per carità umana, uno dei suoi nuovi compagni di cella era un americano che stava scontando una condanna a sette anni per spaccio di droga.

Kyle era un affabile texano sposato con una donna turca. Aveva all'incirca l'età di David, ma i due non avrebbero potuto essere più diversi.

« Mi stai prendendo in giro? » disse, quando scoprì che David era un professore. « Di Harvard? Ma dai, è pazzesco! »

« Sì, è una storia pazzesca », confermò David, grattandosi il collo. La divisa che gli avevano dato era rigida come cartone e gli stava procurando un'eruzione cutanea. Il cibo era orribile, le temperature opprimenti e il russare collettivo nel braccio in cui era capitato gli dava l'impressione di dormire accanto a un tosaerba.

« E che avresti combinato? »

« Dicono che ho rubato un manufatto antico. »

« Dicono o l'hai rubato davvero? »

David esitò.

« Dai, bello, non ti agitare. Non sono uno spione. »

« Non è proprio quello che direbbe uno spione? »

Kyle gli diede una pacca sul braccio. « Certo che sei intelligente! Non mi stupisce. Harvard, hai detto, no? Comunque, parliamo seriamente. Hai provato a venderlo? Quanto valeva? »

« Non ho provato a venderlo e non ho idea di quanto valga. »

« Quindi i turchi l'hanno recuperato? »

« No, è stato rubato. I turchi non lo vedranno mai più. »

« Cazzo! Allora sei proprio fregato. »

Kyle parlava bene il turco e sapeva come muoversi in carcere, il che si rivelò provvidenziale. Guardie e detenuti non facevano che tormentare David, e Kyle traduceva per lui, usando parte del credito che sembrava essersi guadagnato per dargli una mano.

« Mia moglie è quasi al verde », disse un giorno a David. « Tu avrai degli amici con i soldi, fuori di qui, ne sono sicuro. Aiuta il tuo amico Kyle. Devo scontare una pena lunga. Una mano mi sarebbe utile. »

« Puoi contarci », disse David, provocando in Kyle il sorriso più raggiante che gli avesse mai visto.

« Vuoi pregare con me, David? Sei cristiano? »

« Non credo, no. »

« Non credi? »

« No, non sono cristiano. »

« Cosa sei allora? »

« Un ellenista, penso. »

« E che sarebbe? »

« È una lunga storia, Kyle. »

David era in prigione da una settimana. Dopo cena, lui

e Kyle trovarono posto a uno dei tavoli fissati al pavimento nell'area comune del loro braccio. Kyle tirò fuori il suo mazzo di carte e distribuì una mano di gin rummy. David di solito non prestava attenzione al televisore, che rimaneva costantemente acceso in sottofondo, ronzando parole in turco, ma quella sera vide sullo schermo un volto familiare. Balzò in piedi e domandò a Kyle di tradurre per lui.

Alle spalle del conduttore del telegiornale c'era una foto di Mazhar Erduran.

«Cosa sta dicendo?» chiese David impaziente.

«Dice che questo tizio, Erduran, ha scavato in una grotta e ha fatto delle scoperte incredibili. Lo ha intervistato questo pomeriggio.»

Apparve un filmato del giornalista nell'ufficio di Mazhar.

«Continua, Kyle.»

«Okay. Dice che la settimana scorsa ha trovato una grotta nascosta e, al suo interno, un'enorme statua del dio greco Zeus.»

Sullo schermo comparve una foto del colosso.

Non potevano tenerla nascosta, pensò David. *Era solo questione di tempo prima che fossero costretti a parlarne.*

«Dice che è la prova che le antiche popolazioni turche tolleravano tutte le religioni e hanno accolto i greci in Anatolia. Dice che è un peccato che la Grecia moderna sia molto meno tollerante nei confronti delle pratiche religiose turche.»

Interpretazione interessante, pensò David. *Mi chiedo se ci sia lo zampino di Oguz dietro questa lettura.*

«Adesso dice che hanno fatto scoperte ancora più spettacolari.»

Sullo schermo apparve una delle foto scattate da

David alla chiave del mondo il giorno in cui era stata trovata. L'inquadratura era ampia e non permetteva di osservare nel dettaglio la mappa.

David stentava a credere che Mazhar l'avesse resa pubblica.

Kyle continuò: « Dice che è un'antica mappa che potrebbe essere stata usata per la navigazione marittima. È complicata come il famoso Meccanismo di Anticitera, ma è in condizioni molto migliori e probabilmente è stata realizzata dai turchi ».

« Questa è una stronzata », borbottò David.

« Ah, sì? Se lo dici tu. Il tizio del notiziario gli ha chiesto quando i turchi potranno vederla. Oh, merda. Lui dice che non lo sa perché il suo ex collaboratore americano, il professor David Birch, gliel'ha rubata. »

A questo punto comparve una foto di David presa dal sito web di Harvard.

Gli altri prigionieri la videro e iniziarono a fischiare e applaudire.

« Merda, sei famoso », disse Kyle. « Tutti ti chiederanno dei soldi. Il tuo amico ha detto che sei in una prigione turca in attesa di giudizio. Il tizio del notiziario ha chiesto se hai intenzione di restituire la mappa, e lui ha risposto che spera di sì, ma che non lo sa. »

David non poté comunicare con l'esterno per le due settimane successive. Era sicuro che Eleni gli stesse scrivendo, ma Kyle gli disse che le guardie di solito trattenevano la posta per puro dispetto.

« Attento. Probabilmente cercheranno di venderti le tue lettere », lo avvertì.

Un giorno era nella sua cella dopo pranzo, steso sul

letto superiore a fissare la muffa sul soffitto, quando un secondino gli disse che era arrivato il suo avvocato.

L'avvocato turco di David era un penalista raccomandatogli da Asterios. A quanto pareva, aveva conoscenze in politica ed era il migliore sulla piazza.

Ali Demir si teneva la giacca sopra la spalla con un pollice. Il sudore gli aveva inzuppato le ascelle della camicia bianca. Laureato a Oxford, parlava inglese con l'accento britannico dell'alta società. « Mio Dio, qui dentro si muore di caldo », disse, accomodandosi sulla sedia di metallo della sala colloqui. « Non le chiederò come sta, dato il clima. »

« Apprezzo che non me lo chieda », rispose David. « A che punto siamo? Ha detto alle autorità che il manufatto ce l'ha la CIA? »

« Sì, è stata una questione delicata perché ho dovuto onorare pubblicamente l'accordo di riservatezza che avete firmato, per evitare che i suoi amici greci corressero rischi legali. Ho girato intorno alla questione, ma il messaggio sembra essere stato recepito. Sono stato contattato, in via ufficiosa, da un ministro del governo vicino ai servizi di sicurezza. Mi ha detto che la CIA ha detto privatamente al MIT – il nostro equivalente della CIA – che ce l'hanno loro, ma che è necessario tenere la cosa sotto silenzio. Dicono che stanno studiando il manufatto e che, al momento opportuno, divulgheranno i risultati al nostro governo. Nel frattempo, credo che il suo presidente abbia fortuitamente approvato un rifornimento di jet da combattimento americani alla nostra aeronautica militare. »

« Questo è un passo avanti, direi. » Il sudore gocciolò dal viso di David sul tavolo di metallo.

« Sì, ha ragione. E c'è stato un ulteriore sviluppo. Giornalisti turchi, accademici e membri del parlamento di diversi partiti hanno fatto pressione sulle autorità affinché rendessero pubblica la dichiarazione che ha rilasciato al momento del suo arresto.»

«Quale dichiarazione?»

«Quella secondo cui il manufatto le era stato sottratto mentre si trovava in Grecia. Il governo è terribilmente sotto pressione. La gente la considera una questione patriottica. Se il manufatto è turco ed è migliore del Meccanismo greco di Anticitera, allora deve stare in Turchia. C'è anche un hashtag: '#ridateciilmanufatto'.»

«E quindi?» chiese David fiducioso.

«Pare che il governo, cedendo a queste pressioni, pubblicherà una dichiarazione la prossima settimana in cui dirà che, con l'aiuto delle autorità internazionali, hanno recuperato il manufatto.»

«Cosa? Ma è una menzogna!»

«Sì, una menzogna sfacciata. Spero che non la sconvolga troppo il fatto che i politici mentano. Pubblicheranno una foto degli ingranaggi fornita dalla CIA, ma non la piastra con la mappa, che sarebbe impossibile da spiegare senza il suo aiuto.»

«Sulla mappa ci sono anche delle iscrizioni in greco», osservò David.

«Capisco», disse l'avvocato. «Non lo sapevo.»

«Non so come faranno a non mostrare la mappa.»

«Presumibilmente diranno che il manufatto è nelle mani di esperti di conservazione e che sarà sottoposto a un restauro e a uno studio scientifico dettagliato da parte di professionisti turchi. Dev'essere compilato un rapporto scientifico completo prima che la mappa possa essere resa pubblica. Insomma, prenderanno tempo. E poi ne prenderanno altro più avanti.»

« Come inciderà questo sul mio caso? »

« Nessuno ha intenzione di affrontare un processo pubblico, David. Rischia vent'anni, se sarà condannato. Se si dichiara colpevole, le garantisco che accetteranno sei mesi. Se desidera dichiararsi innocente, il processo non avrà luogo prima di un anno. »

« Sei mesi?! »

« Sei mesi. »

« Allora accetto. »

27

Sei mesi dopo

Il braccio della prigione era caotico e rumoroso come al solito, ma per David quel giorno era diverso da tutti gli altri. Era il giorno in cui avrebbe varcato i cancelli di Sincan senza più voltarsi indietro.

Raccolse i suoi pochi averi, tra cui una pila di lettere. Oltre a quelle di Eleni, ce n'erano alcune di amici e colleghi da tutto il mondo, un paio di sproloqui di sua madre sulle offese mortali che aveva subito in un Walmart e in un ristorante del quartiere (ma nessun accenno alla situazione del figlio), e una breve missiva proveniente da Harvard, in cui lo informavano che era stato estromesso per giusta causa dalla sua cattedra alla facoltà di Arti e Scienze.

Un Kyle giubilante entrò dalla porta aperta della cella. Aveva pagato un detenuto cinquanta lire turche per poter usare il suo cellulare, introdotto in prigione con mezzi illeciti. « Mia moglie ha ricevuto i soldi ieri, amico mio », raccontò Kyle, abbracciando David. « Mille euro, cazzo! Fanno una gran differenza per noi. »

« È il minimo che potessi fare », spiegò David. « Mi hai aiutato a sopravvivere qui dentro. »

« Ne esci alla grande, amico mio. Il professore prende un bel 30 all'esame di vita nel penitenziario. »

« Che avrei dovuto fare per prendere 30 e lode? »

« Scontare una condanna più lunga, tanto per cominciare. Mi mancherai, fratello. »

« Non mi mancherà Sincan, ma mi mancherai tu, Kyle. Vorrei poterti fare uscire prima di... »

« Prima di cosa? »

« Prima del tempo. »

Le guardie lo scortarono fuori e lui le ringraziò sarcasticamente per tutti i bei momenti passati insieme, usando le poche parole turche che aveva imparato. Oltrepassato l'ultimo cancello, la vide.

Nessuno lo aveva mai abbracciato tanto forte.

« Eccomi da te, sono un uomo libero », disse.

Non vedeva Eleni da un mese. Era un lungo viaggio e lui l'aveva scoraggiata dal farlo troppo spesso. Ma quel giorno sembrava diversa, più leggera nello spirito, più radiosa, una donna nuova.

« Ciao, uomo libero. »

« Sei bellissima », gli disse lui.

« La felicità rende belle. Torniamo a casa. »

Nikolaos, il Custode del fato cui piaceva sollevare pesi, stava aspettando in una jeep. Aveva assunto il ruolo di autista e guardia del corpo personale di Eleni, e David capì subito che aveva una cotta per lei. Come biasimarlo?

Li aspettavano quattro ore di viaggio attraverso la Turchia centrale. Era febbraio e il clima in Cappadocia era freddo e asciutto. Le nevicate sparse ricordarono a David la notte a St. Louis, quando Oguz aveva accettato di finanziarlo. David aveva iniziato a scontare la sua pena detentiva in estate, quindi aveva sperimentato entrambi gli estremi climatici a Sincan e aveva concluso che preferiva tremare piuttosto che cuocere.

« Non hai una giacca pesante », osservò Eleni durante una sosta. « Devi avere freddo. »

«Sto bene. Mi piace, il freddo.»

La fattoria era fuori da Yeşilhisar caddesi, una via situata circa un chilometro e mezzo a nord-est dell'ingresso turistico delle grotte di Derinkuyu. David aveva fatto avere a Eleni, tramite il suo avvocato, alcune mappe disegnate a mano con l'indicazione di un luogo ideale in cui stabilire l'insediamento. Lei e i Custodi del fato avevano contattato un contadino del posto la cui fattoria si trovava nel punto sulla mappa segnato da una X e si erano offerti di comprare tutto: terreno, edifici e attrezzature. I soldi non erano un problema, dato che alcuni Custodi del fato erano molto danarosi. L'uomo aveva rifiutato, facendo capire di non avere simpatia per i greci. Allora i Custodi avevano offerto di più, ma il contadino, fiutando l'occasione, aveva rifiutato di nuovo. Dopo diverse offerte, l'uomo aveva ceduto la proprietà da uomo ricco e i greci avevano preso possesso della fattoria. I Custodi del fato di tutta la Grecia avevano lasciato il lavoro, acquistato un camper o una roulotte e avevano percorso i duemila chilometri che li separavano da Derinkuyu. Quando anche gli ultimi erano arrivati, l'insediamento contava ottantacinque persone tra uomini, donne e bambini, oltre a qualche decina di animali domestici.

Nikolaos attraversò Derinkuyu, oltrepassò il vecchio hotel di David, superò l'ingresso della grotta e imboccò Yeşilhisar caddesi, che si addentrava nella campagna. Eleni aveva mostrato le foto della fattoria a David, che quindi non fu colto di sorpresa, ma si trovò davanti una tenuta più grande di quanto avesse immaginato, con cinque ettari pianeggianti adibiti perlopiù alla coltivazione di frumento e un ettaro che ospitava una casa colonica, edifici annessi, silos e recinti per il bestiame. Il villaggio improvvisato di camper e roulotte sorgeva su un campo adiacente. Quando David scese dalla jeep, fu circondato dal gruppo ateniese di Custodi del fato che già conosceva. Era strano vederli in un contesto diverso, con abiti invernali da campagna e stivali robusti: Yannis senza i suoi completi a tre pezzi, Asterios con un berretto di lana che nascondeva la chioma fluente, Lexi in jeans e piumino, Koriana in tuta. Yiorgos uscì dalla fattoria, ancora con il grembiule da cucina, per stringere la mano a David e attirarlo a sé per un abbraccio.

« Per favore, tutti quanti, lasciatelo respirare », chiese Eleni.

« No, mi fa piacere essere circondato da un gruppo di persone tra cui non ci sono assassini, stupratori e spacciatori. »

Eleni scoppiò a ridere. « Qui la popolazione è molto diversa. Dai, lascia che ti mostri la tua nuova casa. »

Lo accompagnò dentro la fattoria, che sembrava immutata dal giorno in cui il contadino e la sua famiglia se n'erano andati.

« Non abbiamo cambiato l'arredamento », disse Eleni. « Abbiamo preferito concentrare le energie altrove. La camera da letto di papà è laggiù. Noi siamo di sopra. »

Chiuse la porta e lo tirò sul letto scricchiolante e bitorzoluto. Ma, in quel momento, a lui parve il giaciglio più comodo del mondo.

Era tardo pomeriggio quando uscirono da sotto le coperte. David indicò verso l'alto e disse: « Non te l'ho chiesto. Ancora niente? »

« Niente. Sono sempre online a controllare le notizie astronomiche. »

« Non pensi che... »

« Che potremmo esserci sbagliati? No, non credo. C'è ancora luce. Vuoi vedere cos'abbiamo fatto? »

Lo portò al villaggio di camper, dove lui strinse la mano dei nuovi arrivati e giocò a calcio con alcuni bambini.

« La nostra priorità erano le condizioni igieniche », spiegò lei. « Abbiamo valutato se ampliare la fossa settica, ma abbiamo pensato che fosse meglio investire nei bagni chimici, di cui prima o poi avremmo avuto comunque bisogno. »

« Buona idea », approvò lui.

« Quello è l'edificio dei gabinetti. In quel rimorchio ci sono centinaia di altri bagni per dopo. »

Arrivati ai silos, Eleni disse: « Abbiamo pagato il contadino per il suo raccolto di grano. Negli ultimi sei mesi, lo abbiamo fatto macinare e ci è stato restituito sotto forma di sacchi di farina da venticinque chili l'uno, che abbiamo conservato nei silos ».

« Una mossa intelligente », osservò David. « Se fossero stati più pesanti, avremmo avuto problemi a spostarli in seguito. »

« In quell'edificio laggiù conserviamo frutta e verdura liofilizzate, riso, zucchero, latte in polvere, latte artificiale per i neonati, sale, spezie, burro di arachidi, tutti gli alimenti raccomandati dalla letteratura survivalista. Sapevi che in un contenitore a base quadrata di un metro di lato e due di altezza si possono conservare cibi liofilizzati e acqua sufficienti a un adulto per un anno intero? »

David rise. « No, non lo sapevo. »

« Tutti chiedono se sei sicuro per quanto riguarda l'acqua. »

« L'acqua non sarà un problema. Avete comprato l'escavatore meccanico? »

« Sì, il modello che hai chiesto. È in quel fienile. Abbiamo sistemato lì anche i generatori e il gasolio, casse di torce elettriche e batterie, kit di pronto soccorso, forniture mediche, chirurgiche e ostetriche e molto altro.»

«E la gente del posto? Come ha reagito a tutto questo?»

«Con gran sospetto e palese ostilità. Non è stato piacevole. E il fatto che siamo greci non ha aiutato. Il contadino che vive laggiù ha sparato a uno dei nostri cani che era entrato nella sua proprietà. Un agente della polizia locale viene di continuo a vedere cosa facciamo con la speranza di coglierci in fallo, ma Asterios si è assicurato che avessimo tutti i permessi per i camper e il resto in regola. Una volta, il poliziotto si è comportato in modo così aggressivo che Asterios gli ha chiesto se stesse cercando di ottenere una tangente. Per poco non è finito in prigione.»

«Immagino che dovremo sopportare tutto questo per altri quattro mesi», commentò David. «Hai portato le mappe?»

Eleni le aveva nella borsa a tracolla e, mentre la luce calava, David si orientò e indicò un punto su una mappa in scala 1:1000.

«Sei sicura che sia sulla nostra proprietà?»

«Sicurissima.»

David prese una vanga. Camminarono attraverso campi di grano incolti e, quando fu certo di essere nel punto giusto, piantò la lama nel terreno duro.

«Qui?» chiese lei.

«Qui.»

28

Il clima temperato d'inizio primavera risollevò l'umore nel villaggio improvvisato. La vita andava avanti, ma con uno scopo.

Ogni mattina Yiorgos segnava religiosamente il giorno sul calendario appeso nella cucina della fattoria, prima d'iniziare a preparare la colazione.

«Buongiorno. Dormito bene?» chiese a David ed Eleni.

«Sì, papà.»

«Qual è il programma per oggi?»

«Più o meno lo stesso di sempre, ma faremo un passo ulteriore», disse David con un sorriso.

Yiorgos indicò il calendario. «Mancano dieci settimane.»

«Lo sappiamo, papà. Per questo pensiamo di farlo oggi.»

Yiorgos fece scivolare una cucchiaiata di uova nel suo piatto. «È pronto?»

«Lo abbiamo finito ieri sera.»

«Convocheremo una riunione più tardi e aggiorneremo tutti», disse David. «Entro domani le cose potrebbero cambiare radicalmente.»

Il video che David ed Eleni pubblicarono su YouTube quella sera non brillava per qualità. L'audio era metallico. La risoluzione tutt'altro che nitida. Si sedettero sul divano illuminato da due lampade da tavolo e fissarono l'obiettivo di una videocamera fornita da uno dei Custodi del fato. Il treppiede era stabile, ma le loro voci no. Entrambi avevano già tenuto decine di lezioni e interviste video in passato, ma quella era diversa. Avevano abbozzato una scaletta, si erano divisi gli argomenti, ma non volevano seguire un copione. Non erano attori. Lo scopo era apparire sinceri e autentici.

Non si persero in disquisizioni inutili. Volevano risultare credibili, anche se il messaggio era incredibile. Né didascalici, né prolissi. David si presentò e descrisse la chiave del mondo, poi spiegò come l'aveva scoperta e cosa la rendesse così straordinaria. Eleni parlò dei Custodi del fato, della profezia che avevano tramandato e della loro secolare ricerca della Macchina del destino. Poi, insieme, parlarono della scoperta delle altre chiavi.

«So che la maggior parte di voi starà pensando che siamo dei pazzi fissati con l'apocalisse», disse Eleni con un sorrisino. «Ecco perché abbiamo deciso di mostrarvi un video della prima volta che abbiamo assemblato la Macchina del destino.»

David cominciò a commentare il video girato da Yiorgos. «L'unico modo per verificare se la Macchina del destino fosse in grado di predire disastri naturali futuri era appurare se fosse in grado d'indicare quelli già accaduti. La Macchina segue l'antico sistema di datazione greco, quindi Eleni ha messo a punto un programma di conversione. Ecco, qui stavamo effettuando il primo test. Volevamo vedere se la Macchina avrebbe segnalato l'eruzione del Vesuvio del 79 d.C. Qui Eleni stava regolando il calendario verso gli ultimi mesi di quell'anno e guardate: la lancetta della mappa indica l'Italia meridionale e quella degli eventi indica il pittogramma di un vulcano in eruzione. Ora passeremo ad altri esempi e, nel guardarli, vedrete quanto ci siamo emozionati.»

«È emozionante anche rivederli adesso», ammise Eleni.

Terminato il filmato, David disse: «A questo punto eravamo convinti che la Macchina del destino funzionasse. Non restava che guardare al futuro».

«Qui ci vedete mentre ci avviciniamo all'anno in corso», intervenne Eleni. «E questo è ciò che crediamo accadrà il 10 giugno, tra dieci settimane. Guardate le lancette che si muovono lungo l'intera mappa e, qui, la lancetta degli eventi che punta all'immagine di un corpo celeste fiammeggiante. Un asteroide che non è stato ancora rilevato arriverà dall'esterno del nostro sistema solare e si scontrerà con la Terra. Non sappiamo dove avverrà l'impatto, ma causerà un disastro globale. Vi invitiamo pertanto a iniziare a prepararvi. Fate scorta di cibo, medicinali e acqua sufficienti per diversi mesi. Individuate luoghi dove potervi rifugiare sottoterra: scantinati, metropolitane e rifugi antiaerei. Speriamo che, con il tempo, le autorità locali forniscano indicazioni più precise, ma vi preghiamo intanto di prendere sul serio i nostri avvertimenti. Vogliamo che voi e le vostre famiglie siate al sicuro.»

La mattina dopo Yiorgos li svegliò di soprassalto e li esortò a sbrigarsi. Molti dei loro amici Custodi del fato di Atene li aspettavano in soggiorno.

«Cos'è successo?» chiese Eleni, assicurandosi che la camicia da notte la coprisse a sufficienza.

David la seguiva barcollando e strofinandosi gli occhi.

«Il vostro video ha più di dieci milioni di visualizzazioni. È diventato virale», spiegò Lexi, controllando il telefonino.

«Ed è un bene, no?» chiese Eleni.

«Non del tutto», disse Nikolaos.

«Sono in tanti a pensare che siate entrambi mentalmente instabili.»

«In tanti, quanti?» domandò David, accettando con gratitudine la tazza di caffè che Yiorgos gli porgeva.

«Direi circa il novanta percento di coloro che hanno commentato», riportò Asterios.

«La maggior parte degli altri pensa sia uno scherzo», disse Konstantinos, il giocatore di hockey.

«Be', è stato un successo», commentò David con tono ironico. «C'è altro che dovremmo sapere?»

«Diversi governi stanno esortando la popolazione a non fare acquisti compulsivi né scorte esagerate sulla base di un video delirante diffuso su YouTube», aggiunse Yannis. «Penso che temano che i negozi rimangano senza carta igienica.»

Koriana lesse un post in cui l'Agenzia spaziale europea diceva che, sebbene di solito non commentasse notizie sensazionalistiche diffuse su Internet, dato il livello d'interesse si sentiva in dovere di chiarire che nessun asteroide noto era in rotta di collisione con la Terra.

Lexi continuò a controllare il cellulare. «Conosci un certo Mazhar Erduran?»

«Sì», rispose David.

«Ha detto a un'agenzia di stampa turca che non bisogna dar retta a un criminale che è appena uscito di prigione dopo aver rubato un prezioso manufatto al popolo turco.»

«Be', niente auguri di Natale per lui quest'anno», commentò David. «Ascoltate, gente. Abbiamo fatto quello che dovevamo fare. Abbiamo assolto il nostro dovere di avvertire il mondo. Adesso dobbiamo continuare i nostri preparativi. C'è ancora molto da fare e solo dieci settimane di tempo.»

Un dottorando dell'università delle Hawaii che lavorava alla Pan-STARRS aveva disegnato una vignetta che aveva affisso nella sala relax dell'osservatorio. Mostrava un paio di astronomi che indossavano magliette della Pan-STARRS e si sbellicavano dalle risate guardando il video di un uomo e una donna che indicavano il 10 giugno su un calendario. Dalla finestra alle loro spalle si vedeva un asteroide in fiamme dirigersi dritto verso di loro. La didascalia recitava: *Chi ha detto che gli astronomi non hanno senso dell'umorismo?*

Il Pan-STARRS (acronimo di Panoramic Survey Telescope and Rapid Response System) raccoglieva una serie di telecamere astronomiche, telescopi e computer posizionati sulla cima dell'Haleakalā, sull'isola di Maui. Progettato per scandagliare di continuo il cielo alla ricerca di NEO e altre minacce planetarie, era l'osservatorio che aveva individuato Oumuamua, il primo oggetto interstellare noto.

La notte del 26 aprile una studentessa universitaria e un ricercatore dell'istituto di astronomia presso l'università delle Hawaii erano in servizio per monitorare i dati provenienti dagli strumenti.

La studentessa di nome Stephanie Miller notò qualcosa di strano su uno dei grafici relativi alla curva di luce e chiese perplessa: «Dobbiamo tenerlo d'occhio?»

Il ricercatore sbadigliò e si stiracchiò, guardò il monitor e si rianimò immediatamente sulla sedia. « Sì. Dobbiamo decisamente tenerlo d'occhio. »

Nell'ora successiva ignorò Miller e si concentrò ad analizzare i dati sulla curva di luce e sulla posizione, le immagini in serie temporale e le analisi spettroscopiche.

« Brian, per favore, mi dici cosa stai facendo? » sbottò alla fine la studentessa. « Questa dovrebbe essere un'esperienza formativa, per me. »

« Devo telefonare al Minor Planet Center a Cambridge. Ascolta la chiamata e impara. » Brian chiamò subito l'istituto e chiese di parlare con l'astronoma più anziana in servizio, ma la risposta che ricevette fu deludente.

« Guardi, la trovi subito e le dica che la chiamo da Pan-STARRS », aggiunse. « Lo scriva: ho una serie di segnali che indicano la presenza di un oggetto interstellare, di un chilometro e mezzo di diametro, attualmente vicino a Giove, che viaggia a novanta chilometri al secondo su una rotta di collisione diretta con la Terra. Le dica che la data dell'impatto prevista è tra sessantadue giorni. Il 10 giugno. E no, non è uno scherzo di cattivo gusto. »

Dopo la notizia della scoperta di 3I/Miller (così chiamato perché era stato scoperto da una studentessa di nome Miller ed era il terzo asteroide interstellare conosciuto), il mondo parve fermarsi per un po'. Nient'altro sembrava più avere importanza. I governi invitarono alla calma e annunciarono che stavano mettendo a punto piani per affrontare la minaccia. Il governo tedesco reagì in modo particolarmente allarmato quando emerse che il punto d'impatto previsto dell'asteroide era nel Nord della Germania.

Quando fu ventilata l'ipotesi di schierare flotte di missili balistici intercontinentali statunitensi, russi e cinesi per annientare o almeno deviare l'asteroide dalla sua traiettoria, il mondo ricominciò a girare.

Ma non ci volle molto perché gli scienziati bocciassero quell'opzione. I missili balistici non erano in grado d'intercettare un oggetto interstellare che si muoveva a quella velocità. 3I/Miller avrebbe richiesto una tecnologia simile a quella utilizzata nelle missioni spaziali, con razzi in grado di raggiungere velocità orbitali o di fuga e sistemi di guida avanzati per manovre precise nello spazio.

Il mondo tornò a fermarsi.

Tutte e sette le nazioni e le aziende private con programmi spaziali in grado di lanciare in orbita vettori pesanti tennero conferenze stampa ottimistiche sulle proprie possibilità di avviare missioni di salvataggio.

Il mondo ricominciò a girare.

Nelle settimane successive, problemi tecnici e logistici restrinsero il novero delle agenzie papabili alla NASA, alla China National Space Administration e a SpaceX. Furono stabilite le date di lancio e la popolazione le segnò sul calendario insieme con quella del 10 giugno.

David ed Eleni esortarono i Custodi del fato a non deconcentrarsi e a ignorare i social media. C'era troppo da fare per lasciarsi influenzare da ciò che la gente pensava di loro. Ovviamente i più giovani non resistettero e rimasero ammaliati dal loro nuovo status di rock star.

Un giorno, nei pressi del granaio, Eleni origliò una conversazione particolarmente illuminante tra Lexi e Koriana.

« Ho visto su Instagram che qualcuno ha capito che sono una Custode del fato », disse Lexi. « Una tizia ha pubblicato una mia foto presa dai miei social. »

« Eri venuta bene? »

« Altroché. Un tizio carino ha messo like e ha detto che non gli sarebbe dispiaciuto passare il suo ultimo giorno sulla Terra a letto con me. Ci credi? »

« Dovresti mandargli la nostra posizione. »

« Tu dici? È un peccato che qui non riceviamo gli ordini online. Ho visto una felpa con cappuccio con la scritta AMO GLI ELLENISTI sul davanti e uno Zeus con gli occhiali da sole sulla schiena. »

Eleni fu tentata di rimproverarle, ma desistette quando si accorse che stava reagendo come avrebbe fatto sua madre.

SpaceX si ritirò per prima, quando si rese conto che non c'era tempo a sufficienza per montare una testata nucleare sul razzo Falcon Heavy. Poi fu la volta della Cina: addusse motivi non ben specificati, ma le voci dicevano che ci fossero crepe strutturali nelle camere di combustione del motore del Long March 5. Rimase solo la NASA. Il 6 maggio un razzo superpesante SLS partì dal Kennedy Space Center con un carico di otto testate nucleari. Le speranze rimasero alte fino a tre ore dopo l'inizio della missione, quando la NASA annunciò di non aver raggiunto l'obiettivo.

3I/Miller continuò il suo tragitto.

« Be', è fatta », disse Yiorgos, spegnendo la TV. « Vado a letto. »

« Anch'io, papà », rispose Eleni. « Sono stanca. Tanto non pensavo che avrebbe funzionato. »

David aiutò Yiorgos a riordinare per la notte. Quello era un nido temporaneo, ma a loro piaceva tenerlo pulito.

« Non lo sai, vero? » disse Yiorgos.

« Cosa non so? »

« Eleni è incinta. »

David perse per qualche secondo la capacità di parlare. « Te lo ha detto lei? »

« No. »

« Allora come fai a saperlo? »

« I giovani sono proprio ciechi. Alla mia età si ha tutta la saggezza, ma è troppo tardi per sfruttarla. Vai di sopra. Vai con lei. »

Perduta ogni speranza, subentrò il panico. La gente decise di agire, più spesso e volentieri in modo stupido anziché saggio. Poiché i governi non intervennero con soluzioni di protezione civile su larga scala, le nazioni sperimentarono problemi come disordini sociali, saccheggi e carenze di cibo e benzina. Circolavano voci secondo cui gli Stati Uniti avevano avvisato i governi amici già otto o nove mesi prima e che quei governi avessero messo in salvo i loro leader in bunker nucleari ben riforniti; famiglie incluse, ovviamente. Quelle voci, vere o false che fossero, misero in agitazione tutti coloro cui era stato goffamente suggerito di rifugiarsi in cantina. Molti scesero in piazza. Il mondo era nel caos, soprattutto in Germania, dove venticinque milioni di tedeschi lasciarono le loro case nel Nord del Paese. I ricchi tedeschi decollarono verso l'Asia e il Medio Oriente. I poveri allestirono campi tendati in Baviera.

Pochi giorni dopo il fallimento della missione della NASA, un traffico sospetto di veicoli cominciò a addensarsi nei pressi di Yeşilhisar caddesi. Un giovane turco, arrivato con un mezzo targato Istanbul, bussò alla porta della fattoria.

Eleni era in casa e rispose accogliendolo in inglese.

Nella stessa lingua, il giovane le chiese: « Salve, mi dispiace molto disturbarla, ma Lexi abita per caso qui? »

Eleni rimase interdetta, ma il ragazzo era di bell'aspetto e non sembrava minaccioso. « Vi conoscete? »

« Siamo amici su Facebook. Io sono Emre. »

« Non ti sta aspettando, vero? »

« Le ho detto che mi sarebbe piaciuto venire e sono venuto. »

« Mi dispiace molto, ma non credo che possa vederti », disse Eleni.

Il giovane scoppiò a piangere. « La prego. Ho fatto un sacco di strada. Mia madre è in macchina con la mia bambina. Mia moglie è morta di parto. Lexi è una ragazza bellissima. Capirà. »

« Come ci hai trovati? »

Il giovane aveva un foglio ripiegato in tasca, la stampata di una conversazione su Messenger. Lexi aveva inviato a Emre la sua posizione, e quindi il loro indirizzo.

Eleni si sentì avvampare. « Te l'ha mandato Lexi?! »

« Non a me. È su Internet. L'ho visto e ho mandato a Lexi la richiesta di amicizia. Ora sono qui per incontrarla. Penso che lei sia qui per le grotte. È così? »

Eleni era furibonda. « Perché non aspetti in macchina con la tua bambina? Vado a parlare con Lexi. Hai bisogno di acqua? »

« No, stiamo bene. Abbiamo portato tanto cibo. Una grande tenda. Dica a Lexi il mio nome, Emre: significa 'amico'. »

Eleni aveva udito più traffico del solito su Yeşilhisar

caddesi quella mattina. Gli chiese se c'era qualcun altro lungo la strada.

«Oh, sì, ci sono un sacco di macchine», rispose lui.

Fu indetta una riunione di emergenza dei Custodi del fato.

Eleni era arrabbiata con Lexi quanto gli altri, ma difese a spada tratta la ragazza, che singhiozzava. «Lasciatela in pace», disse. «È stata una cosa innocente. I giovani fanno così, flirtano.»

David aggiunse: «Sapevamo tutti che c'era il rischio di essere trovati. Abbiamo a che fare con vicini sospettosi ogni giorno. Siamo solo un centinaio. Possiamo ospitare molte più persone».

«E il cibo?» chiese Asterios. «Ce n'è a sufficienza a malapena per noi.»

«Potremmo accettare chiunque porti abbastanza cibo per sé», propose Koriana.

«Chi farà i controlli?» domandò qualcuno.

«Come faremo a sapere che chi viene non vuole farci del male?» chiese un altro.

C'erano molte altre domande.

La prima democrazia al mondo era stata fondata nel 508 a.C. nella città-Stato di Atene. Proprio come i loro antenati, quei greci (e un americano) fondarono in modo spontaneo una comunità democratica nel loro campo di frumento in Turchia. Dibatterono civilmente e discussero con foga fino a raggiungere un accordo. Un comitato di controllo avrebbe fatto colloqui a chi desiderava unirsi alla comunità. Un comitato alimentare si sarebbe assicurato che i nuovi arrivati avessero provviste a sufficienza e, in caso contrario, li avrebbe mandati a procurarsi ciò di cui avevano bisogno. Un comitato di sicurezza costituito da giovani avrebbe mantenuto l'ordine. Asterios, da vero avvocato, propose la creazione di un comitato che facesse rispettare le regole. Gli eventuali disaccordi tra i membri del comitato sarebbero stati sottoposti al voto dell'intera comunità.

Come gli antichi ateniesi, anche loro chiamarono la comunità democratica « Ecclesia ».

E, alla fine della prima assemblea, Yiorgos disse a Eleni e David: « Avete fatto un buon lavoro ».

Al primo giugno, la popolazione della fattoria era aumentata fino a contare diverse migliaia di persone. Tende e camper punteggiavano molti campi di grano. Ogni giorno arrivavano nuovi ospiti. I comitati erano impegnati in superficie. David e la sua squadra erano impegnati sottoterra.

Un giorno uno dei Custodi del fato del comitato di controllo andò a parlare con David quando risalì in superficie per il pranzo.

« Abbiamo un uomo spagnolo con sua moglie; si sono presentati oggi, ma non hanno cibo né attrezzatura. Nemmeno sacchi a pelo. Sembrano una coppia a posto. Cosa pensi che dovremmo fare? »

« Cosa fanno per vivere? »

« Lui è un ostetrico. Lei una pediatra. »

David parve pensieroso, come se stesse riflettendo su una decisione difficile, ma in realtà stava ringraziando il cielo. « Oh, penso che possiamo ammetterli. »

Una sera, il poliziotto che li aveva importunati per settimane si presentò alla fattoria, le luci blu lampeggianti dell'auto accese.

Eleni lo vide fermarsi e s'irrigidì, pronta per l'ennesimo scontro.

Lui uscì dall'auto e rimase in piedi, cappello in mano, con la moglie e i tre figli. Aveva imparato una sola parola greca, che pronunciò goffamente. «*Parakaló.*»

Per favore.

Il 3 giugno uno dei Custodi del fato trovò David e gli disse che lo desideravano alla fattoria. Qualcuno che diceva di conoscerlo lo stava cercando.

David riconobbe Mazhar da lontano; era con la sua famiglia allargata. Quando lo raggiunse, David aveva già sperimentato l'intera gamma di emozioni ed espressioni facciali, e alla fine aveva optato per un sorriso. «Ciao, amico mio», lo salutò.

Il geologo chinò la testa e pianse. «Mi dispiace tanto per quello che ti ho fatto. Io...»

«Non devi dire niente. Non sono arrabbiato. Non hai fatto niente di sbagliato. Presentami tua moglie. Questa è tua suocera?»

«Sì. Non voleva lasciare il bagno che le ho aggiustato.»

Più tardi, quando la famiglia si fu sistemata, David chiese a Mazhar: «Vuoi fare un giro?»

Avevano costruito una scala di legno per sostituire quella che David aveva usato per scendere ai livelli più profondi delle grotte.

«Dalla mappa di Peter Andreeson derivante dalla sua esplorazione del livello diciassette, ho capito che c'era un altro sistema di cunicoli che correva a nord-est, sotto Yeşilhisar caddesi, e che probabilmente si collegava alla città sotterranea di Nevşehir. Ho scavato un po' e l'ho trovato.»

« E, avendo comprato il terreno, hai avuto piena libertà. Molto lungimirante. Ci sono rampe e scale antiche come nella nostra zona? »

« Sì. Vieni a vedere. »

A un livello inferiore, percorsero un cunicolo che proseguiva dritto per circa un chilometro verso il loro sito di scavo.

« Ho trovato una città sotterranea inesplorata che non si collega a quella accessibile ai turisti. Quindi saremo al sicuro. Si allunga a sud-ovest, fino alla trappola situata al livello diciassette e all'ambiente cieco appena oltre. Potremo scendere fino alla statua di Zeus al livello diciannove, che è importante per i greci e per me. »

« Per te? Ora credi? » chiese Mazhar.

David scoppiò a ridere. « È difficile non credere. »

Fece visitare a Mazhar il complesso, che avevano ribattezzato New Derinkuyu City, un labirinto di cunicoli, ambienti, condotti di aerazione e profonde cisterne piene d'acqua, il tutto cablato con luci a LED a bassa tensione alimentate a batteria.

« C'è spazio per migliaia di persone », spiegò David. « Non lo definirei confortevole secondo gli standard moderni, ma sopravvivremo qui finché non sarà possibile uscire e ricostruire in superficie. Forza, lascia che ti aiuti a scegliere il vostro spazietto. »

29

10 giugno

Non c'era margine di errore. Gli astronomi avevano calcolato l'orario al secondo. L'impatto sarebbe avvenuto alle 6, 12 minuti e 39 secondi ora locale, le 5, 12 minuti e 39 secondi in Germania.

Per eccesso di cautela, la maggior parte degli abitanti di New Derinkuyu City decise di spostarsi sottoterra il giorno prima, ma i Custodi del fato optarono per un'ultima notte di veglia.

Alle cinque e venti, dieci minuti prima dell'alba, David, Eleni e suo padre chiusero a chiave la porta della fattoria e si diressero verso uno dei campi di grano incolti vicino all'ingresso della città. La terra piatta della Cappadocia sfolgorava di rosa. L'aria era ancora fresca a quell'ora del giorno. A est le ultime vestigia del cielo notturno erano illuminate da un corpo celeste arancione, più luminoso di Venere, con una lunga coda infuocata. Il vento soffiava a raffiche mentre le onde d'urto attraversavano l'atmosfera.

Yiorgos ed Eleni erano vestiti di bianco. David non aveva nulla di quel colore, e la cosa lo preoccupava.

«Non importa», gli disse Eleni.

«Non conosco nessuna delle preghiere o degli inni.»

«Avrò un sacco di tempo per insegnarteli.»

All'alba i tre si riunirono in cerchio, tenendosi per mano. Salmodiarono in greco, pregarono e cantarono per venti minuti e, dopo aver finito, avevano tutti le lacrime agli occhi.

Poi si avvicinarono all'imbocco che David aveva scavato nella terra.

« Vai pure avanti, papà, David e io arriviamo subito », disse Eleni.

« Sarà meglio che non facciate tardi », rispose Yiorgos.

« Non preoccuparti. » L'astronoma che era in lei voleva veder passare l'asteroide sopra la sua testa.

« Quanto tempo avremo per scendere prima dell'impatto? » chiese David.

« Sessantadue secondi. Ho fatto i calcoli. »

Lui la prese tra le braccia, la baciò e disse: « Ecco perché ti amo tanto ».

L'arrivo dell'asteroide fu preceduto da un boato, che sembrava quello dei tuoni durante la più terribile delle tempeste. Dovettero proteggersi gli occhi mentre la palla di fuoco di una luminosità accecante che sprigionava spaventosi boati sonici sfrecciava nel cielo.

David allontanò Eleni da quello spettacolo e si chiuse il portello alle spalle.

Fabbricato da Grafica Veneta S.p.A.
con un processo di stampa e rilegatura certificato 100% carbon neutral
in accordo con PAS 2060 BSI

Certificato PEFC
Questo prodotto è realizzato con materia prima da foreste gestite in maniera sostenibile e da fonti controllate
PEFC/18-31-226
www.pefc.it

Fotocomposizione Editype S.r.l.
Agrate Brianza (MB)

Finito di stampare
nel mese di ottobre 2025
per conto della Casa Editrice Nord s.u.r.l.
da Grafica Veneta S.p.A. di Trebaseleghe (PD)
Printed in Italy